바보 이야기

OROKA MONOGATARI

이 책의 한국어판 저작권은 일본 講談社와의 독점 계약으로 (주)학산문화사에 있습니다.
저작권법에 의해 한국 내에서 보호를 받는 저작물이므로 불법 복제와 스캔 등을 이용한
무단 전재 및 유포 시 법적 제재를 받게 됨을 알려 드립니다.

는 (주)학산문화사가 일본 와 제휴하여 발행하는 소설 브랜드입니다.

바보 이야기 愚物語

니시오 이신
西尾維新

제3화 츠키히 언두

제1화　소다치 피에스코

001

아라라기 코요미를 싫어한다. 어느 정도로 싫어하는가 하면, 정말 정신이 아득해질 정도로 싫어한다. 그 녀석을 생각하기만 해도 나는 가슴이 죄어드는 것처럼 괴롭다. 다른 것은 아무것도 생각할 수 없게 된다. 이 세상의 싫음을 전부 모아서 꽃다발처럼 만들어도, 나의 아라라기에 대한 단 하나의 싫어함에는 미치지 못한다. 나의 싫음은 태양에 필적한다. 이 혐오감을 상실하면 나는 나로 있을 수 없게 될 것이다. 나의 아라라기에 대한 창궐하는 미움은, 이미 나 개인의 아이덴티티이고 나 자신의 주축이고 나 자체의 중심이다. 그 녀석을 싫어하지 않으면 나는 나로 있을 수 없다. 그 어떤 끔찍한 것을 보아도, 그 어떤 참극이나 재해에 직면해도, 그래도 '그 남자에 비하면'이라고 생각하는 것으로 나는 역경을 극복해 왔으니까.

이 싫어함이, 현기증이나 메슥거림이나 구역질이나 경련이나 소름이 내 안에서 사라져 버리는 것이, 나는 몹시 두렵다. 조금이라도 이 '용서할 수 없다'가 감소한다면⋯ 이라는 상상을 하는 것만으로도 나는 죽어 버릴 것만 같다. 그 정도로 나는 연약하고, 그 정도로 그 녀석은 유들유들하게 내 안에 있다. 그 녀석이 그렇게까지 미움받을 만한 짓을 나에게 했던 것일까. 그런 상식적인 의문을 느낄 틈조차 없을 정도로, 나는 그 남자에게 혐오를 느낀다. 아라라기의 웃는 얼굴을, 자상함을, 배려를, 우정을, 몸짓 하나하나를 떠올리는 것만으로도 나는 훌쩍훌쩍 울 것만 같다. 어떤 수많은 재물도, 어떤 처참한 고문도 나와 아라라기를 화해시킬 수는 없다. 이것만큼은 용납할 수 없고, 이것만큼은 양보할 수 없다.

싫어하고 싫지만 싫어서 싫으니 싫음에 싫은 싫음은 싫음을 싫다.

싫어한다싫어한

다싫어한다싫어한다싫어한다싫어한다싫어한다싫어한다싫어한다싫어한
다싫어한다싫어한다싫어한다싫어한다싫어한다싫어한다싫어한다싫어한
다싫어한다싫어한다싫어한다싫어한다싫어한다싫어한다싫어한다싫어한
다싫어한다싫어한다싫어한다싫어싫어싫어싫어싫어싫어싫어싫어싫
어싫어싫어싫어싫어싫어싫어싫어싫어싫어싫어싫어싫어싫어싫어싫
어싫어싫어싫어싫어싫어싫어싫어싫어싫어싫어싫어싫어싫어싫어싫
어싫어싫어싫어싫어싫어싫어싫어싫어싫어싫어싫어싫어싫어싫어싫
어싫어싫어싫어싫어싫어싫어싫어싫어싫어싫어싫어싫어싫어싫어싫
어싫어싫어싫어싫어싫어싫어싫어싫어싫어싫어싫어싫어싫어싫어싫
어싫어싫어싫어싫어싫어싫어싫어싫어싫어싫어싫어싫어싫어싫어싫
어싫어싫어싫어싫어싫어싫어싫어싫어싫어싫어싫어싫어싫어싫어싫
어싫어싫어싫어싫어싫어싫어싫어싫어싫어싫어싫어싫어싫어싫어싫
어싫어싫어싫어싫어싫어싫어싫어싫어싫어싫어싫어싫어싫어싫어싫
어싫어싫어싫어싫어싫어싫어싫어싫어싫어싫어싫어싫어싫어싫어싫
어싫어싫어싫어싫어싫어싫어싫어싫어싫어싫어싫어싫어싫어싫어싫
어싫어싫어싫어싫어싫어싫어싫어싫어싫어싫어싫어싫어싫어싫어싫
어싫어싫어싫어싫어싫어싫어싫어싫어싫어싫어싫어싫어싫어싫어싫
어싫어싫어싫어싫어싫어싫어싫어싫어싫어싫어싫어싫어싫어싫어싫
어싫어싫어!
　이 마음은 분명, 사랑보다도 격렬하다.

002

나오에츠 고등학교를 떠난 지 벌써 한 달 이상이 경과했다. 그만큼이나 내 마음에 꽉 달라붙어서 떨어지지 않았던, 교실에서 벌어졌던 저주 같은 사건도 지금 와서는 모든 것이 그립다…고 말할 수 있을 정도로 완전히 떨쳐 낸 것은 아니다. 그렇지만 이렇게 떠나와 보니, 어쩐지 모든 것이 꿈이었던 것처럼 느껴지기도 한다.

꿈은 꿈이어도 악몽이었다, 라는 리리시즘lyricism 풍부한 상투적인 말을 늘어놓을 생각은 없다. 꿈이란 것은, 문자 그대로 꿈이다.

지리멸렬하고 앞뒤가 맞지 않으며, 장면과 장면을 마구 건너뛰고, 중요한 부분이 애매모호하고 흐리멍덩하며, 한도 끝도 없이 망양하지만 그래도 인상의 잔재 같은 것만이 희미하게 남아 있다…. 그런 느낌의 꿈같은 환상.

아마 좀 더 오랜 시간이 경과해서 그 교실의 레이아웃을 전혀 떠올릴 수 없게 된다고 해도, 그래도 완전히 떨쳐 낼 수는 없는 것이다.

그 남자도.

그런 식으로, 그 학급을 떨쳐 내지 못하고 지내는 걸까.

그렇게 생각하면 조금 통쾌하기도 하다. 어쨌든 그런 이유로 오늘부터 나의, 새로운 마을에서의 새로운 고등학교 생활이 시작되는 것이었다.

그런 이유고 뭐고, 반강제였지만.

살던 동네에서 추방당해 유배된 몸으로서는 자포자기해서 전부 내팽개치고 싶은 기분이라, 차라리 고등학생 따윈 이 기회에 때려치울까 하는 생각도 했다. 하지만 그렇게 엿장수 마음대로는 되지 않았다. 무슨 일이든 '그만둔다'는 것은 아주 어렵다. 자살하는 것과 같은 수준으로, 고등학생을 그만두는 것은 어려웠다.

고등학교 정도는 나오도록 하렴.

하지만 그런 빤한 대사를, 설마 나를 상대로 하는 사람이 있으리라고는 생각하지 않았다. 목숨은 아주 소중하며 인간은 모두 평등하다는 말 정도로 그것은 의심스러우면서도 속이 빤히 들여다보이는 허식으로 점철된 말이라고 생각했는데, 막상 직접 들어 보니 '뭐, 그럴지도 모르겠네.'라고 감동해 버렸다.

게다가 보호자에게 들은 말이었으니, 피보호자로서는 고개를 숙이고 따를 수밖에 없다는 사정도 있었다. 물론 보호자라고 해도 이것은 부모라는 의미가 아니다.

나에게 부모는 없다. 아버지도 어머니도 없다.

없다, 없어.

없어졌다.

그러니까 여기서 말하는 보호자란 '인연도 연고도 없는 완전한 타인임에도 불구하고, 천애고아를 보살펴 주려고 하는 기특한 부부'라는 의미다.

하코베箱邊 부부.

보호사*하고도 조금 다르겠고, 알기 쉽게 말하면 수양부모 같은 것이라고 할까?

우여곡절 끝에 나오에츠 고등학교를 떠난 내가 둥실둥실 안정을 잃고 떠 있는 동안, 우왕좌왕하다가 결정되어 버린 나의 다음 행선지는 노부부가 사는 단독주택이었다. 나에게 주어진 방의 넓이는 전에 살던 공영주택보다도 넓었다.

원래는 관청 사람의 재량으로 마을을 떠난 뒤로도 사실상의 자취생활을 계속할 수 있었을 테지만, 뭐가 어떤 흐름으로 그렇게 되었는지 나는 전혀 모른다. 정신이 들고 보니 잘 알 수 없는 흐름에 농락당하는 언제나의 나다운 상황이기는 하지만. 역시 부모 없는 미성년자가 혼자 생활하는 것은 금지당한 것일까, 아니면 우연히 운 좋게 불우한 여자아이가 부잣집 사람의 눈에 띈 것일지도 모른다.

운 좋게? 내가? 웃기는 소리.

…물론 혼란에서 정신을 차린 내가 뒤늦게나마 강경하게 거절했다면 귀찮은 것들은 배제한 단독생활을 유지할 수 있었겠지만, 나는 고민 끝에 하코베 가에 신세를 지기로 결심했다.

이유는 수수께끼다, 내 결정이지만.

옛날을 그리워하는 마음이 거기에 없었다고는, 솔직히 말하기

※보호사(保護司) : 현대 일본에서, 범죄를 저질러 보호관찰을 받게 된 사람의 생활을 관리하며 다양한 도움을 주는 민간봉사자.

어렵다. 예전에 완전한 타인의 집에 '피난'했던 시절은 당연하게도 나에게 비참함만을 맛보게 한 추억이었지만, 그래도 몇 안 되는 '집'의 기억이다.

없다시피 한 추억.

집에 살고 싶었다.

그것이 이유라고 하면… 좀스럽다고 할까, 애처롭다고 할까, 아니면 주눅 들었다고 할까…. 이건 이것대로 자포자기로 인해 내팽개치는 행위라고 말할 수 있을 것도 같다.

나처럼 비참한 녀석이 이제 와서 제대로 된 인간관계를 쌓을 수 있을 리 없다. 한 달 전의 나라면 그런 식으로 생각하고 철저히 자아를 주장했을지도 모른다. 하지만 좀스러워도 애처로워도 주눅이 들었더라도, 여기서 자아를 주장하는 것은 어쩐지 패배한 기분이 드는 것이었다.

그 남자에게 졌다는 기분이 든다.

그 녀석이 변했다면, 나도 변한다.

그 녀석이 행복해졌다면, 나는 더욱 행복해진다. 그것은 나의 가장 강한 고집이며, 이것을 주장하기 위해서라면 다른 모든 것을 접어도 괜찮다. 그래서 나는 하코베 가에서 고등학교를 다니기로 했던 것이다.

관청에서 지원금이 나오고 있으므로 사립이라도 별 상관없다는 말을 들었지만, 역시나 그건 사양하고 나는 공립 고등학교로 전학을 가기로 했다.

그렇다 해도 나에게도 허세라는 것이 있다. 그 허세 때문에 파멸했지만, 그렇다고 해서 그리 간단히 버릴 수 있는 것도 아니다. 그러므로 전학하는 학교는 그 지역에서 제일 편차치가 높은 공립 고등학교를 선택했다.

편입시험은 누워서 떡 먹기였다.

공부밖에 할 일이 없었던 등교거부아 시절의 성과가 멋지게 나온 것이다. 어쨌든 11월인 이 시기에 전학을 해 봤자 학교에 다닐 수 있는 시간은 넉 달이 채 못 된다. 3학년생에게는 3학기가 있으나 마나 하다는 것을 생각하면 사실상 한 달 남짓일까?

그렇게 되면 이제 와서 모교라는 기분은 전혀 들지 않고, 제대로 자리를 잡으려는 생각도 들지 않는다. 나오에츠 고등학교도 만족스럽게 다니고 있었다고 말할 수는 없지만, 역시 그 학교의 그 교실 쪽이 나의 뿌리에 얽혀 있다.

그 교실보다 끔찍한 교실은 없다는 것을 생각하면, 전학 첫날인 오늘도 분명 극복할 수 있다는 여유도 생겨난다. 하지만 방심은 금물이다.

무의미할 정도로 치밀한 책략을 짰다가 생각지도 못한 대실패를 하는 것이, 나의 나다움이니까.

한 달 남짓한 덤의 덤 같은 학교생활을 무사평온하게 보내기 위해서도, 나는 각오를 해야만 한다.

아저씨, 아주머니, 다녀오겠습니다. 하코베 부부에게 그렇게 인사를 하고, 나는 출발한다. 휴식기간을 마치고, 언제부터 시작했는지 알 수 없는 휴식기간을 마치고 새로운 출발을 맞이한다.

잘 보라고, 아라라기.

오이쿠라 소다치는, 여기서부터 자란다.

003

머랭을 처음 만든 사람은 참 대단하죠. 날달걀을 깨서, 그것을 노른자와 흰자를 나누려고 생각한 것만으로도 한 단계 빼어난 발상인데, 척 보기에도 영양이 풍부해 보이는 노른자라면 모를까, 흰자 쪽만을 휘저으려고 하다니. 예상할 수 있을 리 없잖아요? 흰자만을 휘저으면, 그것도 상당히 끈기 있게 샥샥 하고 계속 휘저으면 저런 휩크림처럼 되다니. 그리고 그 작업으로 만들어진, 맛도 멋도 없는 고운 거품을 구워서 과자로 만들었으니, 이건 정말 먹… 글어 먹었다.

취소, 취소, 완전 취소다.

이런 자기소개가 어디 있냐.

전학생이 전학 첫날에 이런 인사를 했다간 닉네임이 '머랭'이 되어 버릴 것이 틀림없다. 호의적으로 어찌어찌 '물랭루즈' 정도로 파생시켜 준다면 더 이상 바랄 것이 없겠지만, 그런 기적을 기대하기보다는 처음부터 그런 괴짜 어필을 하지 않는 것이 정답이다.

취미는 과자 만들기입니다, 라고 얌전한 척하는 것이 목적이었을 텐데, 멋진 모습을 보이려고 하다가 나도 모르게 삼천포로 빠져 버렸다.

진정해라, 특이한 시점을 가진 여자라고 생각하게 만들 필요는 없다. 그야 경우에 따라서는 그것도 필요해질지 모르지만, 기껏해야 같은 교실에서 한 달 남짓 지내게 될 학생들에게 개성을 어필할 까닭은 없다.

아무 일도 없이.

나오에츠 고등학교에서 겪었던 것 같은 괴로운 일 없이 정상적으로 졸업하는 것이, 우선 나의 첫 번째 과제다. 해야 할 것은 개성의 어필이 아니라 적당히 기적을 숨기는 일이다.

나는 전학생이라는 눈에 띄는 포지션에서 재빨리 내려와야만 한다. 만화 같은 데서 자주 보는 '전학생 중 이런 애 꼭 있다' 사례집 같은 상황은 앞으로의 내 생활에 불필요하다.

걱정 없다. 평범하게 있으면, 나는 귀엽다.

참혹한 꼴을 당하며 살아왔지만, 그래도 내 얼굴을 때린 녀석은 센조가하라 히타기 정도밖에 없다.

나오에츠 고등학교에서도 일단 친구는 있었다. 남자아이에게 고백을 받았던 적도 있다. 나는 입만 다물고 있으면, 전학생이라는 이유만으로 받게 될 막연한 기대에 부응해 줄 수 있을 만한 소재일 것이다. 아무래도 보통 사람과 어긋나 버린 듯한 센스는, 교복을 입음으로써 평범해졌다.

쓸데없는 소리만 하지 않으면 된다.

처음 뵙겠습니다, 오이쿠라 소다치라고 합니다. 엉뚱한 시기에 전학을 와서 소란스럽게 만들어 죄송합니다. 졸업까지 얼마 남지 않았다고 생각합니다만, 그래도 이 반의 일원으로서 부디 사이좋게 지내 주셨으면 좋겠습니다.

이거다. 이 평범함이다. 노려라, 평범!

사건성이 없는 무개성을 어필해라.

수학자인 오일러를 존경합니다. 그러니까 그렇게 불러 주세요, 라는 말을 할 필요조차도 전무하다. 내가 누구에게 사숙私淑하고 있는가 따윌 소리 내어 일일이 공표하지 않아도 된다.

실망하게 만들게 된다.

평범하려 한다는 이야기도 그것대로 꽤나 어린애 같은 발상이지만, 아마도 이것이 어른이 된다는 것이겠지. 나는 얼마나 불쌍한가, 라는.

그런 무익한 자기연민에서 벗어나자.

내가 나를 불행하다고 생각하고 있는 한, 나는 평생 불행한 상태다. 아니, 어떻게 손을 대고 어떻게 포지티브하게 해석하려 해도 내 인생이 웃음이 나올 정도로 불행하다는 사실은 틀림없다. 따지고 보면, 내 인생은 해석보다는 해체가 필요할 것이다.

모든 것은 마음먹기 나름이라는 말을 하는 녀석이 있다면 죽여 버릴 거다.

다만, 불행하다는 것은 행복해져서는 안 되는 이유가 되지는 않는다. 행복해진 뒤라면 나도 말하자. 모든 것은 마음먹기 나름이다.

보여 주는 거다. 그 녀석에게.

그러기 위해서라면 뭐든지 한다.

…다만 이런 식으로 단단히 별러 봤자 어차피 헛심만 쓰는 것

뿐이라고 말하는 듯한 허무감도 있다. 잔뜩 있다.

　범상치 않은 혐오와 터무니없는 증오를 동반하며, 내 안에서 아라라기 코요미는 이렇게 거인 같은 존재감을 발하고 있지만, 그러나 아라라기 코요미의 안에서 오이쿠라 소다치는 원 오브 뎀one of them일 뿐이다. 뎀은 고사하고 제로일지도 모른다.

　그 녀석에게 몇 번 잊혔는지 모르겠다.

　몇 번을 무시당하고, 몇 번을 없는 취급 받았던가.

　지금 생각하면 그것 또한 '특별 취급'이었는지도 모르지만 그런 말을 들어 봤자 역시 납득할 수는 없고, 근본적으로 그 녀석은 그러한, 어쩔 수 없는 녀석이라고 생각한다.

　다른 사람을 구해도, 구한 상대의 얼굴을 기억하지 못하는 히어로다. 이해하기 어렵지만 세상에는 그런 인간이 있다는 것을, 여기까지 오면 역시나 인정하지 않을 수 없다.

　그 녀석뿐만 아니라 아라라기 가의 인간은 전부 그럴 것이고, 하코베 부부 역시 그 부류일 것이다. 나는 평생 그런 식으로 살 수 없고, 그렇게 되려고도 생각하지 않지만.

　설령 도탄의 괴로움을 거쳐 내가 행복해지더라도, 그 녀석은 태평스럽게 '잘됐네' 하며 순수하게 축하해 줄 뿐이라거나…. 그건 참으로 짜증 나는 미래다.

　생각해 버리고 만다.

　뭘 해야, 무엇이 어떻게 되어야, 나는 그 녀석의 코를 납작하게 만들어 줄 수 있을까? 뭘 해도, 무엇이 어떻게 되어도 그 남자가, 내 속이 후련해지는 기분 좋은 반응을 보여 줄 것이라는 생각은 들지 않는다.

하지만 적어도 딱 한 가지 확실한 것이 있다. 절대 분명한 것이 있다. 내가 전학 간 곳에서 과도하게 고립되거나 문제를 일으켰다는 것을 알면, 그 남자는 아주 슬퍼한다.

그 녀석을 우울하게 만들 수 있다면 나에게 그렇게 유쾌한 일은 또 없겠지만, 다만 그건 이미 했던 일이다.

어떤 의미에서, 예상대로일 뿐일 것이다.

그 녀석에게 '역시나, 그야 그렇겠지'라고 여겨지는 것은 사양하고 싶다.

전학 간 곳에서 잘 지내는 것이 아라라기에 대한 최대의 배신이 될 것이다. 그러니까 그러기 위한 첫걸음으로서 '노려라, 평범!'이다.

평범한 것이 가장 행복하다든가 하는 이야기를 새침한 얼굴로 말해 주겠다. 그런 결의와 함께, 나는 하코베 가에서 세 정거장 거리에 위치해 있는 공립 시시쿠라사키肉倉崎 고등학교에 도착했다.

학교 안에 들어갈 것도 없이 등교하는 시점에서 이미 나는 시시쿠라사키 고등학교의 교복을 입은 학생들 사이에 섞여 버린 것인데, 익숙하지 않다고 할까, 역시 뭐랄까, 그들과 그녀들은 나오에츠 고등학교 학생들과는 근본적으로 다르다는 느낌을 받았다. 이쪽이 멋대로 그런 편견의 눈으로 보고 있는 것뿐일지도 모르지만, 모든 학생들의 표정에 어느 정도 여유가 느껴진다.

사립 입시명문교였던 나오에츠 고등학교는, 나까지 포함해서 어느 녀석이나 공부에 목을 매는 구석이 있었으니까. 좀 더 자세히 말하자면 아주 예민한 구석이 있었으니까. 물론 그런 환경을 원해서 입학한 것이었으니 비판적인 불평을 할 입장은 아니지만.

자리가 바뀌고 사람이 바뀌는 것만으로, 이렇게나 달라지는 법일까…. 나도 모르게 질투가 나서 금세 주위를 적시는 기분이 들려는 것을 깨닫고, 나는 황급히 스스로를 억누른다.

안 되지, 안 돼.

이런 식으로 금세, 누구에게나 열등감을 품어 버리는 것이 나의 가장 몹쓸 부분이다. 알고 있다.

나는 남을 부러워하는 것으로 자기己己를 형성하고 있다.

뭐라고 할까…. 스스로를 변변치 못한 인간이라고 인정하는 것은 아주 용기가 필요한 일이고, 애초에 서글픈 일이지만, 지금 나에게 필요한 것은 그런 일일 것이다.

많든 적든 누구에게나 그런 부분은 반드시 존재하지만, 이런 사고방식을 가지고 있는 한, 나는 한 걸음도 앞으로 나아갈 수 없다.

뒤를 향하고 멈춰 서 있는 것이나 마찬가지다.

모든 것을 경쟁이나 싸움처럼 받아들이고 있다가는 스트레스가 끊임없이 쌓일 뿐이다. 게다가 이 학교의 학생들이 스트레스 없이 생활하고 있는가 하면, 절대 그렇지는 않을 것이다.

그럴 리가 없다.

사람이 모여서 생활하면, 그곳에는 반드시 스트레스가 생기고 알력이 발생한다. 그렇기에 나는 결코 방심해서는 안 된다.

나오에츠 고등학교의 그 교실에서 내가 고립되었던 것은 방심 때문이라기보다는 거만함 때문이었지만, 멍하니 있다가는 나는 그때의 전철을 두 번 세 번, 꼴사납게 연기演技하게 될 것이다.

다시 방구석에 틀어박히게 될지도 모른다. 아직 서로 어떤 인간인지도 알지 못하지만, 하코베 부부를 후회하게 만들고 싶지 않다.

앞으로 어떻게 될지는 알 수 없다.

고등학교를 졸업한 뒤에 이어서 대학에 다닌다니, 식객 신분으로는 뻔뻔스럽기 짝이 없다고 생각한다. 다만 보조금이나 장학금을 전부 활용한다면 나에게는 그런 장래도 가능하다. 나에게 보이지 않았을 뿐… 아니, 보려고도 하지 않았을 뿐이지 세상에는 그런 안전망이 펼쳐져 있는 것이었다.

그런 것으로 행복을 느끼기는 역시나 어렵지만, 적어도 그런 나라에 태어난 것은 행운이라 할 수 있을 것이다. 그렇다면 최대한으로 활용해야만 한다.

교문 앞에 멈춰 서서 그런 것들을 가만히 생각하고 있는데, 옆을 지나가는 사람들이 흘끗흘끗 쳐다보는 듯한 기분이 든다. 자의식 과잉인지도 모르고, 아마도 피해망상이겠지만 내 교복 차림에 뭔가 이상한 구석이 있는지도 모른다.

사실은 통행에 방해가 되는 여자애를 민폐로 여기며 바라보는 것일 뿐이라고 이해하면서도, 나는 거울이 보고 싶어져서 허겁지겁 도망치듯이 새로운 고등학교로 발을 들였다.

첫걸음이란, 내딛어 버리면 이렇게 아주 싱겁다.

004

결론부터 말하면, 전학한 학교의 반에서 내 화려한 무대 아닌 우중충 무대, 새로운 동료들을 향한 최초의 자기소개는 그리 잘 되었다고는 말하기 어려웠다. 대실패라고 할 정도는 아니어도, 순조롭지 않았던 것은 틀림없다.

최대한 흔해 빠지고 특색 없는 셀프 프로듀스를 계획했지만, 나는 그 대본에 도달하기 전에 꼴사나울 정도로 허둥지둥하고 말았다. 내 이름을 '오시쿠라'라고 생각한 학생도 분명 적지 않게 있을 것이다.

40명의 시선을 혼자 뒤집어쓰게 되자 완전히 긴장해 버려서, 혀는 계속 꼬이고 목소리는 어색해졌다. 자기소개를 끝낼 때까지 혀를 몇 번 깨물었는지 모르겠다.

제대로 말한 단어 쪽이 적었다.

부끄러워서 그 자리에 주저앉아 버리고 싶을 정도였다. 오히려 마지막까지 서 있을 수 있었던 것만으로도 스스로를 칭찬하고 싶다.

잘 했다. 잘 하지는 못했지만.

생각대로는 풀리지 않는 법이구나…. 이렇게 되니, 머리를 굴려서 아주 그럴싸한 플랜을 세웠던 것이 무엇보다 부끄러운 일 같았다.

하지만 이것이 지금의 나다.

많은 사람들에게 둘러싸이거나 시선을 받는 것이, 어쩐지 내 흠결을 찾으려는 것으로 느껴져서 평정을 유지할 수 없게 된다.

나의 실패를 모두가 비웃고 있다는 기분이 든다. 진정해라, 냉정해져라. 그야 실제로 우스꽝스럽게 혀가 꼬였던 나는 실소의 표적이 되기는 했겠지만, 그렇다고 조소를 뒤집어쓴 것은 아니다. 악의를 가지고 나를 비웃었던 것은 아니다. 그들과 그녀들은 재미있었기 때문에 웃은 것뿐이다.

얕보이는 정도가 딱 좋다.

애초에 나는 실수 없는 자기소개를 하고 싶었을 뿐이고(그건 실패했지만), '발표를 잘 하는구나'라는 말을 듣고 싶었던 것도, 하물며 칭찬받으며 떠받들어지고 싶었던 것도, 학급의 인기인이 되고 싶었던 것도 아니다.

그런 패권다툼의 어리석음을, 그리고 부실함을 전에 다니던 학교에서 나는 더할 나위 없이 잘 배우지 않았던가.

스스로를 컨트롤해라, 스스로를 분석해라.

복잡하게 위장된 수학 문제를 풀 때처럼 순서대로, 식을 최대한 단순하게 만들고 항목별로 정리하는 거다.

내가 집단에 대해 고집스러워지는 것은, 많은 인원수 앞에서 굳어 버리는 것은 그들과 그녀들이 두렵기 때문이다.

도당을 이룬 집단이 폭력을 휘둘러 올 경우, 나 혼자서는 어찌할 방법도 없기 때문이다. 걱정 없다. 여기에는 내 신체를 치거나 때릴 만한 녀석은 없다. 자기소개에서 실수 좀 했다고 발길질을 해 올 만한, 머리가 이상한 인간은 좀처럼 없다. 학대를 겁내고, 그래서 무리의 정점에 서려고 하지 않아도 되는 것이다.

오히려 그렇게 되려고 무리했기 때문에, 저질러 버렸기 때문에 나는 집단에서 쫓겨난 것이다. 이해하자, 나는 집단을 지휘하거나 다른 사람 위에 설 수 있을 만한 인간이 아니다.

적어도 지금은.

나는 성격이 나쁘다. 비뚤어져 있다. 비굴하다. 늘 뭔가를 원망한다. 질투심이 깊다. 의심이 많다. 귀염성이 없다. 피해자 의식이 강하다. 히스테릭. 머리 좋은 것을 내세우고 있는 바보다. 자학적. 스스로 불행에 도취되기 쉽다. 뭐든지 전부 남 탓으로 돌린다. 아라라기 탓으로 돌린다.

근본적으로, 그런 녀석이 자기소개를 다소 매끄럽게 마쳤다고 한들 인기인이 될 수 있을 리 없다. 엉뚱한 시기의 전학생이라는 스테이터스는 내 추악함을 가리는 베일로서는 역시 적당하지 못한 것이다.

마법도 아니고, 사람은 그렇게 확 바뀌지는 않는다. 사는 동네를 바꾸고, 사는 집을 바꾸고, 학교를 바꾸고, 교복을 바꾼들… 내가 바뀐 것은 아니다.

나는 나다. 가죽은 벗을 수 없다.

됐다, 됐어.

새로운 출발의 간단한 첫걸음에서 아주 제대로 비틀거렸지만,

꼴사납게 바닥을 뒹굴었다고 할 정도까지는 아니다. 실수의 치욕을 얼버무리기 위해서 교탁을 뒤엎거나 주변에 있는 물건을 집어던지거나 칠판을 긁어 대거나 하지는 않았다. 울부짖거나 화가 나서 근처에 있던 담임교사를 후려치지는 않았다. 실패를 보다 큰 실패로 무마하려고 그 자리에서 교복을 벗거나 하지는 않았다.

봐, 최악의 사태는 피했다고.

너무 나쁜 상황을 상정하느라 내가 보기에도 마이너스 사고도 이보다 더할 수 없겠다 싶은 기분이 들지 않는 것도 아니지만, 궁지에 몰리면 무슨 짓을 저지를지 전혀 알 수 없는 것이 바로 나다. 어쨌든 고집을 부린 끝에 끔찍이 싫어하는 남자 앞에서 귀여운 잠옷 차림을 드러낸다는 엉망진창의 폭주를 한 적도 있을 정도니까.

그 일을 생각하면 자기 이름을 매끄럽게 말하지 못했다는 것 정도가 뭐가 문제냐. 분명 계획 밖의 수치는 당했지만, 그것은 멋을 부리려다가 미끄러진 것과는 다르고(머랭에 관한 이야기 같은 걸 하지 않아서 정말 다행이다. 그랬을 경우, 나는 정말로 폭발했을지도 모른다), 그리고 어차피 한 달 남짓한, 짧은 기간 동안 알고 지낼 학생들 앞에서 당한 창피다.

내버려도 되는 수치다.

이것은 졸업 이후를 향한 재활운동이라고 생각해라. 부끄러움을 받아들이는 것이 불가능하다면, 도저히 사회에 나갈 수는 없다.

내가 두려워하는 것은, 이런 성격 그대로 어른이 되어 버리는 것이다. 나는 지금 열여덟, 선거권을 부여받으려 하는 나이에 이 모양 이 꼴이다. 스무 살이 될 때까지… 아니, 하다못해 스물두 살이 될 때까지는 조금 더 나은 인간이 되지 못하면, 분명 말도 안 되는 일이 벌어질 것이다.

구체적으로 어떻게 되는지 뭐라 확실히 말할 수는 없지만, 이 음험한 캐릭터성을 지닌 채로는 언젠가 그럭저럭 반사회적인 행위를 저지르고 형무소에 수감되는 일도 가능할 것 같다. 그런 연쇄는 끊어야만 한다.

끊어도 되는 것이다.

내가 불행한 이유는 무수히 있고, 내가 앞으로도 불행해질 이유는 무한히 있다. 하지만 내가 행복해져선 안 되는 이유는 하나도 없으니까.

…게다가 이 실패에 관해서만 말하자면, 결코 나쁜 일만 있는 것은 아니었다. 자기소개에서 실수한 나를 우스운 듯 바라보는 반 학생들의 눈치에서, 전학 온 이 교실의 대략적인 분위기를 파악할 수 있었기 때문이다.

적당한 자극을 줘서 반응을 엿본 것이다.

역시… 나오에츠 고등학교하고는 다르다.

좋은 뜻으로도 나쁜 뜻으로도 스탠더드한, 이른바 '학교'라는 느낌…. 나의 경험으로 말하자면, 얼마 안 되는 고등학교 생활보다는 굳이 따지자면 중학교 시절에 가까운 분위기.

비좁은 장소에 많은 사람이 들어차 있으니(특히 나 같은 인간에게는) 스트레스 공간임에 틀림없어 보이지만, 나오에츠 고등학교에서 느낀 스트레스와는 생각했던 대로, 다른 것 같다.

아니.

다른 것은 룰인지도 모른다.

이쪽 교실은 그쪽과는 다른 관습으로 성립되어 있다는 느낌이다. 나오에츠 고등학교의 룰은 어떤 의미에서는 단순해서, 성적이 높으면 그것이 그대로 학생 간의 서열관계에 반영되는 구석이 있었다.

반대로 말하면, 아무리 착하고 정의감이 강한 아라라기 코요미 같은 남자라도, 성적이 좋지 않다는 이유만으로 최하층에 놓여 있게 된다. 내가 징벌을 받은 그 학급재판도 성적에 관련된 문제로 집행된 것이었다. 그때는 그것이 아주 정당한, 어디에서나 이루어지고 있는 흔한 학급행사처럼 생각하고 있었는데, 지금 생각하면 상당히 독자성 강한 이벤트였을 것이다.

시시쿠라사키 고등학교도 이 지역의 입시명문교이니까 성적이 학급 내에서의 지위에 전혀 영향이 없지는 않겠지만, 그것보다 훨씬 고도의 인간관계가 작용할 듯 보인다.

스마트폰의 소지도 금지되지 않은 것 같고…. 그것은 나오에츠 고등학교에서는 도저히 생각할 수 없는 일이었다. 커뮤니케이션 능력이야말로 이쪽의 스트레스 공간에서 살아남기 위한 중대한 요소인 듯하다. 성적만 좋은 것은 오히려 역효과이고, 자칫하다가는 미움받게 될지도 모른다. 필요한 것은 인간적인 매력이었다.

…이른 단계에서 그 점을 깨달은 것은 다행이었지만, 그러나 이것은 나에게 거의 절망적인 정보였다.

왜냐하면, 나는 매력이 결여된 것에 대해서는 프로페셔널이라 말할 수 있다. 어지간한 매력결여 인간에게 지지 않을, 절대적인 자부심이 있다.

자기소개를 하다가 혀가 꼬인 정도로는 아직 그 사실이 드러나지 않았겠지만, 이대로 아무런 대책도 세우지 않고 있다가는 머지않아 마각을 드러내게 될 것이 틀림없다. 로마에 가면 로마법을 따르라고 하지만, 참으로 답답한 레귤레이션이었다.

너무 엄하다.

그렇다고 해서 나는 이 상황에서 룰 변경을 제의할 정도의 개혁자는 아니다. 신참인 주제에. 했던 말을 또 하게 되는데, 아주 잠깐 동안 같이 지낼 사이다.

법률이 전혀 다른 나라에 한 달 정도 머무르는 것 같은 상황이다. 머리를 낮게 하고, 몸을 움츠리고, 지역 풍토나 문화에 저촉되지 않도록 몸을 숨기고 지내는 것이 최선이다. 그러기 위해서.

무사평온하며 논트러블하고 논스트레스한 고등학교 생활을 위해서, 나는 곧바로 이 반의 학생 40명, 정확히는 41명 중에서 한 명의 학생을 점찍었다.

출석번호 41번.

그녀의 이름은 유루가세 아미코忽瀬亞美子라고 한다.

005

2인조를 만들려고 해도, 3인조를 만들려고 해도, 4인조를 만들려고 해도 항상 혼자 남는 남자. 그것이 내가 혐오하는 아라라기의 알기 쉬운 특징이었는데, 그러나 가능성만으로 말하면 누구나 언제든지 처할 수 있는 상황이다. 그런 사태를 피하기 위한 재치 있는 방법이 바로, 언제라도 2인조가 될 수 있는 상대를 미리 정해 두는 것이다.

어디까지나 탁상공론으로서의 이야기지만…. 둘이 있다면 2인조를 만들 때는 말할 것도 없고, 3인조를 만들 때에도 4인조를 만들 때에도, 언제나 페어를 이루고 있으면 든든하다.

남은 것도 거절당한 것도 아닌, 어디까지나 '사람 수가 부족하다'는 인상을 준다면 고립감은 옅어질 것이다. 그렇게 생각한다.

40명이나 되는 학생들과 갑자기 친근하게 지내려 한다는 것은 유랑자의 몸으로서는 너무 높은 허들이지만, 40명 중에서 우선 딱 한 명과 친해지는 것이라면 손쉽다…고 할 정도는 아니어도, 그 정도도 못 하면 어떡하느냐고 말할 수 있는 낮은 레벨의 과제다.

뭐, 엄밀히 말하면 40명 중 한 명이 아니라, 약 20명 중 한 명이다. 이 상황에서는 남자와 사이가 좋아져 봤자 의미가 없다. 오히려 역주행이라고 말할 수 있을 것이다. 나오에츠 고등학교는 남녀혼합이라고 할까 남녀동격이라고 할까, 출석번호도 남녀가 섞여 있었을 정도였는데, 시시쿠라사키 고교는 교실의 자리 배치조차 남자와 여자가 또렷하게 나뉘어 있었다.

고풍스러운 규율에 기초하고 있다…. 나에게는 그렇게 보였지만, 아마도 세상에서는 이쪽이 훨씬 평범한 남녀공학일 것이다.

그러니까 그런 분위기 속에서 남자하고 2인조를 만들어 봤자, 여자로서는 안 좋게 눈에 띨 뿐이고 이득이 없다. 남학생에게 꼬리치는 신입 여학생이라며 사실과는 다른 반감을 사게 될 것이 빤하다.

남자에게 교태 부리는 여자…. 아라라기와의 경위를 생각하면 꼭 오해라고만도 할 수 없지만, 그런 인상을 주는 상태로 한 달이란 시간을 보내는 것은 너무나 고생스러울 것이다…. 나 같은 녀석은 분명 어딘가에서 히스테리를 일으킨다. 확실히 말하자면, 유혈사태를 일으킬지도 모른다.

그러니까 내가 사이좋게 지내야 할 상대는, 학급의 절반을 점하고 있는 약 20명의 여자 중 누군가다. 다행이라고 할까, 어쩌면 평범한 고등학생이라면 대부분 그럴지도 모르지만, 전학 온 이 반의 경우 남녀비율은 거의 동등하지만 남자보다 여자 쪽의 세력이 강해 보였다. 그 부분도, 대등한 느낌이 강했던 나오에츠 고등학교하고는 완전히 달라서 행동하기 쉽지 않아 보이지만…. 뭐, 약한 세력 측에 속하는 것보다는 어느 정도 나을 것이다.

이건 완전히 순수한 변명인데, 자기소개를 할 때에 내가 실수해 버린 것은 누구를 타깃으로 할지 선정하는 데 정신이 팔려 버렸기 때문이기도 했다.

친구가 되어야 할 타깃.

그야말로 '전학생 중 이런 애 꼭 있다'가 되어 버릴지도 모르지만, 전학생에게 처음으로 말을 거는 반 학생이란 역시 중요할 것이다. 과장이 아니라, 그것 하나로 그 이후의 생활이 결정되어 버릴지도 모를 정도로.

다정해 보이는 학생에게 말을 걸까, 취미나 이야기가 통할 것 같은 학생에게 말을 걸까, 학급의 리더 격인 존재에게 말을 걸까…. 사전에 조사해 둔 바에 따르면(조사했다고), 일부러 문제아들의 불량그룹에 접근함으로써 자신의 안전을 꾀한다는 전략도 방법 중 하나인 듯하다. 하지만 아무래도 그런 부분에서는 나오에츠 고등학교와 마찬가지로, 시시쿠라사키 고등학교에는 그런 알기 쉬운 불량학생은 없는 듯했다. 스커트 기장을 줄인 여학생도, 교복의 호크를 풀고 있는 남학생도 없을 정도의 분위기였다. 그런 부분에서는 성적만 좋다면 다소의 복장불량도 넘어가 주던 나오에츠 고등학교보다 건전할지 모른다. 분위기를 파악하지 못하고 솔직한 감상을 말하자면, 너무 건전해서 숨이 막힐 정도다. 나 같은, 성실하다기보다는 고지식한 인간에게도.

뭐, 가령 불량학생 그룹이 있었다고 해도, 내가 그 멤버의 기분을 맞추며 환심을 산다는 능숙한 행동을 할 수 있으리라고 생각되지도 않는다. 옛날의 나라면 체면 따윈 상관하지 않고 해냈을지도 모르지만, 지금 와서는 가장 힘든 일이라고 해도 좋다.

…아니, 애초에 옛날의 나라면 이런 세세한 전략을 짜려고 하지도 않았을 것이다. 짤 거라면 더욱 대담한 책략을 짰을 것이다. 나에게 전학은 이번이 처음도 아니다. 중학교 시절에도 나는 다니던 학교에서 한 번 전학했었는데, 그때는 뭐라고 할까, 내가 보기에도 참으로 멋졌다. 그것은 그것대로 자포자기였을지도 모르지만, 나오에츠 고등학교에서 그 학급재판을 경험하기 전의 나였으니 지기 싫어하는 마음도 강했다.

중학생이었고.

지금, 그때와 같이 행동하는 것은 불가능하다. 나의 멘탈은 아슬아슬하게 인간다운 형태를 유지하고 있을 뿐, 속은 텅 빈 인형 같은 상태다.

아아, 그게 아니라, 속 빈 인형이 아니라 풍선일지도 모른다. 쿡 찌르면 큰 소리를 내며 파열하는 모습은 그야말로 똑같다. 풍선風船. 바람을 타고 움직이는 배, 라는 어감만은 아주 로맨틱하지만.

가령 할 수 있다고 해도, 그래서는 결국 이제까지 해 오던 실패를 반복할 뿐일 것이다. 나의 실패인생에 피리어드를 찍기 위해서는 내 쪽에서 접근하는 것이 불가결하다. 무엇에 대해 접근하는가 하면 그것은 아마도… 아니, 됐다.

어쨌든.

풍파를 일으키지 않고, 목표를 세우자.

우선은 한 명으로 시작해서 졸업할 때까지 학급의 전원…은 역시나 지나치다고 해도 대여섯 명 정도, 친구를 만드는 것이다. 한 손에 다 꼽지 못할 정도의 친구를 만든다.

나는, 잘 해 나간다.

세상을 살아간다.

이 평화로워 보이는 평범한 학교에서, 평화로워 보이는 평범한 생활을 향유해 보인다. 그리고 숙려한 끝에, 자기 이름을 말할 때 혀가 꼬이면서도 내가 선정한 친구 후보 학생이 바로 유루가세 아미코인 것이었다.

물론 전학생인 내가 배정된 자리가 그녀와 가까웠다는 심플한 이유도 무관한 것은 아니었지만, 그것은 두 번째나 세 번째 이유라 할 수 있다.

내가 그녀를 제1차 목표로 고른 것은, 더욱 엄격하고 단적인 이유였다. 즉, 그녀가 학급 안에서 혼자 붕 떠 있는 느낌이었기 때문이다.

척 봐서는 알기 힘들고, 아무래도 담임교사도 눈치채지 못한 듯했지만(눈치채지 못한 척을 하고 있는 것뿐일지도 모르지만) 전학생인, 즉 외부인인 나는 척 보고 알 수 있을 정도로 그녀는 반에서 분리되어 있었다.

고립.

그야말로 학급 안에서 2인조를 만드는 행사가 있다면 언제나 그녀가 남을 것은 예상하기 어렵지 않다. 41은 소수이니까 필시 남기 쉬울 것이다.

그렇다면 반에 인원이 한 명 늘어난 것을, 그녀는 내심 기뻐하고 있을 게 분명하다. 사람의 약점을 파고드는 것 같아서 솔직히 별로 기분도 좋지 않고 칭찬받을 만한 행동도 아니지만, 나도 수단을 가릴 상황이 아니다.

친구가 없는 자들끼리 사이좋게 지내자, 라고 말하면 너무 노골적일까. 하지만 그런 호혜관계互惠關係를 쌓는 것은 수요와 공급의 관점에서 봐도 유루가세 아미코에게 결코 손해 보는 이야기는 아닐 것이다.

필시 쏠쏠한 공생이 될 것이다.

이렇게 커뮤니케이션을 원시적인 손실과 이득, 원리적인 이해만으로 해명하려 하는 부분에 나란 인간이 품고 있는 근본적인 문제의 원인이 있는 듯 보이지만, 그래도 이 국면은 인순고식*을 관철하지 않을 수 없다.

뭐, 세상에는 반에서 고립되어 있는 학생에게 적극적으로 말을 거는 행위로 자신의 인간적 평판 상승을 꾀하는 놈도 있는 모양이니, 그런 녀석의 그런 행위보다는 다소 긍정적인 자조 노력이라고 생각하고 싶다. 미안하지만, 나에게는 다른 사람을 구하고 있을 여유 따윈 없다.

여유가 없어도 물 쓰듯 자기희생을 치르던 그 남자와도 다르다. 희생해야 할 자기自己조차, 나에게 있는지 어떤지 확실치 않다.

실제로, 가끔 생각하는걸.

사실 나는 훨씬 전에, 한참 옛날에 자살했으며 지금 보고 있는

※인순고식(因循姑息) : 옛 습관을 고치지 않고 눈앞의 편안함만을 취함.

것은 숨이 끊어지는 순간의 흐릿한 환각이 아닐까 하고. 그렇다면 하다못해 죽을 때 정도는 좀 더 좋은 망상을 하라는 이야기겠지만.

망상 중에서조차 지옥이냐, 나는.

행운과 불운은 마음먹기 달렸다는 헛소리에는 어떻게 생각해봐도 한 푼의 가치도 없지만, 좋은 이미지의 나 자신을 가질 수 없는 한, 좋은 인생을 보낼 수 없으리란 점은 확실하다. 그렇다면 그럴 마음은 털끝만치도 없더라도, 전학한 학교의 교실에서 고립되어 있는 같은 반 학생에게 분위기 파악 못 하고 말을 걸 정도의 자애로운 마음이 있는 여자로 착각하게 만드는 것도 어쩌면 가능할지도 모른다.

뭐… 하네카와 츠바사라는 그 반장이라면 분명히 그렇게 하겠지. 그런 괴물 같은 우등생을 모범으로 삼을 생각이야말로 털끝만큼도 없지만.

그 녀석의 흉내 같은 것을 내다간 진짜로 죽을 수 있다.

…그런 의미에서는, 나오에츠 고등학교에서는 드문드문 보이던 하네카와 츠바사나 아라라기 같은, 뭐랄까, '괴짜'는 이 학교에서 보이지 않는 듯했다.

역시 그러한 개성을 가진 인간들은, 바라고 바라지 않고에 상관없이 이런 정통 루트에서 벗어나 버리는 법일까. 아니, 그 녀석들은 나오에츠 고등학교에서도 상당히 특수한 타입이기는 했다.

유루가세 아미코도, 당연히 그런 느낌은 아니다.

'반에서 고립되어 있는 여자'라는 부분만 픽업한다면, 예를 들면 그 여자, 센조가하라 히타기와 동류항으로 분류하지 못할 것도 없지만, 그러나 그 카테고라이즈에는 너무나 식견이 부족하다고 말하지 않을 수 없다. 1학년일 때부터 그랬지만, 센조가하라 히타기는 스스로 원해서 고립되어 있던 별난 여자 고등학생이었다.

히키코모리 체험을 했던 내가 하는 말이니 틀림없다. 정말로 고독을 좋아하는 인간은 학교 같은 곳에 가지 않으니까. 뭐, 요번에 재회했던 그녀는 어느 정도 둥글둥글해져 있는 듯했지만.

아라라기 녀석이 센조가하라 히타기를 바꾼 것이라 한다면, 그것은 나에게 뭐라 말할 수 없는 사실이다. 나에게도 그런 식으로 변할 찬스가 있었던 걸까? 그렇다면 나는 몇 번이나, 그것을 놓쳐 왔을까.

아니.

이번의 이것도, 아라라기가 나에게 준 찬스임은 틀림없다. 그렇다면 이번에야말로 나는 이 호기를 놓치지 않는다.

그래서 나는 유루가세 아미코와 친구가 된다. 되어 보이겠다.

내 안에서 남아도는 쓸데없을 정도의 모든 정열을, 우선은 그것에만 기울인다.

…나중에 생각해 보면, 말하자면 기껏해야 친구 한 명을 만들자는 것뿐이었는데 그때까지의 전력을 소비하고 이때까지의 열량을 발하려고 했던 시점에 내 다음 실패의 원인이 있었을 것이다. 하지만 그 학급재판 때도 그랬던 것처럼, 나는 일을 저지르는 동안에는 언제나 옳은 행동을 하고 있다고 생각하고 있었다.

실수하겠다고 생각해서 실수한 적 따윈 없다.

불행해지겠다고 생각해서 불행해진 적 따윈 없다.

요만큼도 없었는데.

006

앞서 말한 대로 유루가세 아미코와 센조가하라 히타기의 공통점은 반에서 고립되어 있다는 정도밖에 없었지만, 그러나 막상 유루가세 아미코에게 말을 걸려고 할 때, 나는 센조가하라 히타기에게 처음 말을 걸었을 때를 떠올리지 않을 수 없었다.

기출문제를 참고해 버렸다.

참고가 되지 않는데.

지극히 감상적인 말투가 되어 버리는데, 세상에는 특별한 인간이라고 표현할 수밖에 없을 정도로 특별한 인간이 있으며, 센조가하라 히타기는 그런 부류의 인간…이라 할 정도는 아니지만 (그것은 엄밀히 말하면 하네카와 츠바사 같은 인간만을 가리킨다) 그래도 상당히 '그쪽 인간'으로 기억한다.

아라라기는 예외로 하더라도(그 남자는 나에게 있어 모든 것의 예외다) 나오에츠 고등학교에 관한 것은 이미 끝난 일이고 끊어진 일일 테지만, 그래도 잊을 수 없는 강렬한 인상을, 그리고 영향을 남기고 있는 것이 '병약하고 덧없는' 분위기의 그 아이였다.

병약하고 덧없기는커녕, 나는 얼마 전 그녀에게 얻어맞는 바람에 히키코모리에서 복귀한 첫날 보건실로 실려 갔지만…. 그러나 꼭 그것 때문에 인상이 강하다고 말하는 것이 아니다.

특별한 인간.

물론 특별한 인간의 특별함에 대해 주저리주저리 늘어놓을 생각은 없다. 그런 것은 심술궂은 의견조차 되지 않는다.

모두들 아시는 대로 나는 누구의 특별한 존재도 될 수 없었던 인간이다. 아라라기의 특별한 존재가 될 수 없었고, 어머니의 특별한 존재도 될 수 없었다. 나 자신에게조차, 나는 특별한 존재라고는 말할 수 없다. …그것은 이제 됐다.

특별하지 않다면 범용凡庸을 지향할 뿐이다.

그것이 불가능하다면, 나는 누구도 될 수 없다.

하지만 그래도, 생각하지 않을 수가 없다.

하네카와 츠바사 같은 인간도, 아라라기 코요미 같은 인간도 그리 흔하지는 않다. 백만 명 중 한 명꼴의 희귀한 인간이다.

그러한 녀석들을 볼 때마다 '인간은 평등하다'라는 말의 공허함을 알게 된다. 하지만 그런 강렬한 개성을 발하는 녀석들은 사실 백만 명 중 한 명밖에 없으므로, 나 자신이 그렇게 되는 것은 물론이고 조우하는 것조차 어렵다.

아마 그럴 기회는 더 이상 나에게 남겨져 있지 않을 것이다.

…특별한 인간과 관계를 갖는 것이 반드시 인생에 플러스가 된다고 할 수만은 없을 것이다. 특별한 인간과 섣불리 관계를 가져 버린 탓에, 휘둘리고 착취당하고 부려지다가 부서져 버린

보통 사람이 대체 얼마나 될까.

특별한 인간의 특별한 광채에 눈이 멀어 버릴 위험성을 생각하면, 그들과 그녀들을 리스크라고 판단하고 스스로 다가가지 않도록 하는 것도 현명한 선택일 것이다.

만화가 아니다.

'캐릭터'가 잡혀 있기만 하면 되는 게 아니다. 애초에 만화의 주인공이 작중에서 취하는 행동 대부분은 반사회적 행동임을 절대 잊어서는 안 된다.

오락으로서는 재미있지만, 현실적으로 생각한다면 재난이 따로 없다. 이러니저러니 하면서 결국에는 질투 같은 말만 쏟아내고 있는데, 내가 말하고 싶었던 것은 그들과 그녀들에 대한 불평불만이 아니라 실제로 특별한 인간은 어떻게 특별해진 걸까? 라는 의문이다.

들을 때마다 내가 평정심을 잃어버리는 말 중에, '똑같이 괴로운 일을 당하면서도 성실히 노력하는 사람도 있으니까, 태생이 불행하다는 이유만으로 동정해서는 안 된다'라는 논설이 있는데, 통계학적으로, 요컨대 수학적으로 해석한다면 이 말에는 일정한 진실이 포함되어 있음을 떨떠름하게나마 인정하지 않을 수 없을 것이다.

나처럼 학대를 받으면서 변변치 못한 가정에서 자라더라도, 성실히 노력하며 비뚤어지지 않고 성장해서 위인이 된 녀석도, 찾아보면 어딘가에는 있을 것이다. 뭐, 좋다고, 그건.

하지만 그렇다면 같은 논리로, 특별한 인간이 특별한 이유로서, 더욱 그럴싸하게 이야기되는 이런저런 것들도 상당히 수상하게 생각된다.

그야 그들과 그녀들은 혜택을 받고 있었다.

좋은 지역에서 태어나고, 좋은 가정에서 태어났을 것이다.

좋은 만남이 있었을 것이다.

보기 드문 재능이 있거나, 노력할 기회가 주어지기도 했을 것이다. 하지만 넓은 시야로 보면 그것 자체는 그렇게 특별하지 않은, 주위에 널려 있는 흔하디흔한 일일 뿐이다.

질병처럼 만연해 있는 성공에 관한 책이나 얼토당토않은 위인의 자서전을 아무리 깊이 탐독하고 적혀 있는 가르침을 충실하게 실천한다 해도 똑같이 성공할 수 없는 것처럼, 특별한 인간의 체험을 그대로 따라 체험한다고 해서 누구나 특별해질 수 있는 것은 아니다.

좋은 지역에서 태어나고, 좋은 가정에서 태어나고, 좋은 만남을 거치고, 보기 드문 재능이 있고, 노력할 기회가 주어져도, 그래도 엉망진창으로 성격이 꼬여서 사회와 어울리지 못하고 최종적으로 범죄의 길로 달려가는 자도 분명히 있다.

통계학적으로, 수학적으로 반드시 있다.

범죄의 길로 달려간다는 이야기를 하자면 이미 극에서 극으로 달려가고 있지만, 하지만 많은 경우에 많은 인간은 특별한 인간이 될 수 없다. 그렇다면 특별한 인간은 실제로, 언제 어디에서, 어떠한 이유로 특별해진 걸까?

나처럼 비굴한 낙오자가 그저 확률적인 오차일 뿐인 것처럼,

그들과 그녀들 역시 그저 확률적인 오차에 지나지 않는 것일까?

생물의 진화는 그러한 느낌으로 생겨났다고도 한다. 그렇다면 그것은 오차가 아니라 돌연변이일지도 모른다.

인류를 그다음 단계로 나아가게 하기 위한 존재야말로 그들과 그녀들, 이유 없는 특별들. 조금 호들갑스럽지만, 그렇게 이해한다면 조금은 납득할 수 있다. 미쳐 날뛰는 열등감을, 제어할 수가 있다.

오차에 이유 따윈 없다고 명확히 말해 주는 편이 차라리 속이 후련하다. 불행한 인간의 불행함에 동정해서는 안 되는 것처럼, 특별한 인간의 특별함은 동경할 만한 것이 아니라고 힘차게 단언해 주는 누군가가 있는 것만으로 나 같은 인간은 구원을 얻는다.

내 경우에는 오차가 아니라 오작동이라고 해야 할지도 모르지만…. 고장 난 인간으로서 처분되지 않도록 조심해야만 한다. 마무리를 지어야만 한다.

센조가하라 히타기의 특별도, 하네카와 츠바사의 변이도, 아라라기 코요미의 예외도 나오에츠 고등학교 안에서만 존재하는 것이다. 그들과 그녀들 같은 캐릭터는 시시쿠라사키 고등학교에는 등장하지 않는다.

이제부터 한동안 내가 상대해야 하는 것은, 유루가세 아미코를 대표로 하는 압도적으로 평범하고 평범하게 특별을 동경하는 남자애와 여자애들이었다.

007

　나, 오이쿠라 소다치는 열등감의 권화이며, 비굴과 자기부정을 더하고 곱한 것 같은 문제아다. 그런 주제에 상대가 누가 되더라도 적대시하고, 그런 데다 상대의 인격이나 인권을 아무렇지도 않게 깔보고 있으니 정말 질이 안 좋다.

　공평하게 봐서, 상당히 최악의 인간층에 속한 여자라고 말할 수밖에 없다. 내가 내가 아니었다면, 나 같은 녀석은 거의 혐오의 대상일 뿐이었을 것이다. 내가 나였어도 상당한 혐오의 대상이니까, 이 점은 틀림없다.

　얕볼 생각은 없었고, 하물며 학급에서 고립되어 있는 느낌의 유루가세 아미코가 말을 거는 나를 두 팔 벌려 환영해 주리라는, 그런 낙관적인 미래를 상정했던 것은 아니다. 다만 센조가하라 히타기 때보다는 그래도 쉬우리라 생각했던 것은 부정할 수 없다.

　하물며 하네카와 츠바사와 대치했을 때를 생각하면⋯. 그런 식으로 상대화해서 마음속에서 멋대로 미션의 난이도를 낮추고 나서 유루가세 아미코에게 도전한 것은, 나의 연약함 때문이고 나의 빈약함 때문이었을 것이다.

　빈약하고, 위태롭다.

　그것이 나다움이었다. ⋯정말 기분 나쁜 녀석이다.

　언제나 타인의 가격을 매기고, 랭킹을 내고, 독자적인 서열에 집어넣고…. 개냐, 나는?

그야 '하우머치'라는 전혀 귀엽지 않은 닉네임이 붙을 만하다. 오이쿠라*라는 성씨를 이용한 말장난이기는 하겠지만, 그래도 존경하는 수학자를 비겨서 오일러라고 불러달라고 하는 건, 꿈속의 꿈같은 이야기일까.

하긴 나 같은 녀석에게 존경받으면 오일러 선생님께도 민폐일 것이다. 그것은 접어 두고, 어쨌든 유루가세 아미코에게 말을 붙여 보려던 것은 생각대로 되지 않았다.

대부분의 예상대로, 라는 소리는 하지 않았으면 좋겠다.

자기소개 때처럼 '혀가 꼬여서'가 아니다. 오히려 나치고는 노력한 편이다. 나 같은 녀석이 이 정도의 근성이 있었구나, 하며 웬일로 이야기를 하면서 서서히 흥이 올랐을 정도다.

나오에츠 고등학교에서 화근을 남길지도 모를 정도로 참혹한 전투경험을 거치는 동안, 자각하지 못하는 사이에 나에게 범상치 않은 교섭력이 습득된 걸까, 라는 바보 같은 착각을, 아주 짧은 순간 동안 품어 버렸을 정도다.

아니, 실제로, 특별한 인간들을 잇달아 상대했던 그 며칠간은 결코 헛되지 않았다고 생각한다. 그 일이 없었더라면 애초에 나는 여기에 오지도 않았을 테니…. 그러니까 미약하게나마 나는 성장했다고 생각한다.

콧대 높게 다가간 것도 아니고, 기만하려는 생각도 없었다.

※일본어로 오이쿠라는 '얼마인가'라는 질문문이다.

말하자면 그럭저럭 성실하게, 나는 유루가세 아미코와 접하려고
했다.

비굴하지 않은 겸허한 자세로.

하지만 그녀는 나의 접근을 거부했다.

그것도, 상당히 강하게 거부했다.

예상치 못했던 반응이었다. 그런 모습을 학급 안에서 보였으
니, 내가 그때 느낀 부끄러움이 어느 정도로 막대했는지는 일부
러 설명할 것도 없을 것이다.

날뛰지 않았던 것이 신기할 정도다.

창피함 이상으로 어이가 없었기 때문일지도 모른다. 어쨌든
유루가세 아미코는 내가 말을 거는 것을 무시한 끝에, 중간에
일어나서 교실에서 퇴장한다는 행동을 보였으니까.

그렇게 노골적으로 거부당할 줄이야.

너무 노골적이어서, 좀처럼 믿기지가 않았다. 대화를 거부한
다고 해도, 좀 더 쓸 만한 다른 방법들이 있을 것이다.

당초에 센조가하라 히타기가 나에게 그렇게 했던 것처럼, 자
연스럽게 '말 걸지 마, 혼자가 좋아'라는 분위기를 빚어내면 된
다고 말하는 것은 역시나 너무 고도의 요구이겠지만…. 내가 말
을 거는 것이 싫었다고 해도, 나를 상처 입히지 않고 원만하게
넘어갈 방법은 얼마든지 있었을 것이다.

왜 나를 상처 입히지?

뭐야, 저건. 뭐라고 할까, 그렇다…. 마치 저래서는 나 같지
않은가. 히스테리를 일으켜서 기행을 저지르기 시작하는, 망가

져 버린 나. 빈약하고 위태로운 나.

뭐, 나라면 쉬는 시간이 끝나고 다음 수업이 시작되어도 성실하게 교실로 돌아오지는 않았겠지만(두 번 다시 학교에 오지 않았을지도 모르지만), 어쨌든 일어난 현상으로 보면, 전학생이 말을 걸자 유루가세 아미코는 눈길도 주지 않고 도망쳤다는 것이다.

이 일련의 사건을 같은 반 학생의 시점에서 이야기한다면, 자기소개에서 실수한 전학생이 고립되어 있는 같은 반 학생에게 우호를 구했지만 상당히 매섭게 교류를 거절당했다는 구도가 된다.

이게 무슨 수치냐.

전학 첫날부터 차질이 생긴다고 해도 정도가 있었다. 그 결과, 자기소개를 하다가 혀가 꼬였던 실수는 갱신되어 사라졌을지도 모르지만, 그렇다고 실패를 대실패로 커버하면 어떡하느냐는 이야기다.

왜 저러는 걸까. 혹시 저 애는 나오에츠 고등학교에서의 내 악행들을 알고 있던 것일까. 그렇다고밖에 생각되지 않는 극적이고 격한 반응이었다.

멀리 떨어진 지역에 와서 과거를 끊어 냈다고 생각하고 있었는데, 나의 용서받을 수 없는 수많은 행위들이 얼굴에 적혀 있었던 걸까. 아니, 아니. 설마 그럴 리가 없다.

그렇다고 한다면, 그런 녀석이 자기소개를 하다가 혀가 꼬였다고 해서 웃을 수는 없을 것이다. 반이 하나로 똘똘 뭉쳐서, 인륜에서 벗어난 나를 배척할 것이다.

그런 눈뜨고 못 볼 전개로 이어지지 않은 것은, 저 애가 도망친 것에는 저 애 나름의 사정이 있다는 뜻이다.

유루가세 아미코의 사정.

…어쩐지 말로 해 버리면 너무 당연해서 그 부분에 머리가 돌아가지 않았던 것이 후회될 뿐이지만, '고립상태'라고 하는 그녀의 교실 내 포지션에만 신경 쓰느라 '어째서 그녀는 고립되어 있는가'라는 백그라운드에 대해 나는 전혀 생각하지 않았던 것이다.

어떻게 이렇게 인간관계에 서툴 수 있지.

부끄럽다고 말을 하자면 그 부실한 계획을 부끄러워해야 하고, 어처구니없다고 한다면 그 예의 없음에 어처구니없어 해야 했다.

부끄럽고 어처구니없이 죽어라.

한 사람의 인간을 보고 '친구가 적어 보이니까 친구가 되기 쉬울 것 같다'라고 천박하기 짝이 없는 판단을 내린 것이니, 정말로 그런 녀석은 죽어도 싸다. 아라라기 다음으로 죽어도 싸다. 죽어라, 아라라기!

…맥락 없이 아라라기의 죽음을 상정함으로써 어떻게든 정신의 평정을 되찾은 나였지만, 그러나 내가 대실패를 하기 전에 생각해야 했던 것은, 친구가 적어 보이는 학생은 어째서 친구가 적은가… 하는 것이었다.

명탐정도 아니고, 그런 것을 척 보고 추리할 수 있을 리 없다.

하지만 대강 판단해서 친구가 적어 보이는 학생은, 친구가 되기 어려워 보이는 학생일 가능성이 높다는 정도의 예상은 나도 할 수 있었을 것이다.

내가 그랬던 것처럼, 아라라기가 그랬던 것처럼.

친구를 만드는 것에 서툴고 친구가 되기 어려운 인간이란 특별하다고 할 정도는 아니고 일반적으로 자주 있으므로, 유루가세 아미코가 그렇다고 해도 그다지 이상할 것도 없다.

그런 것조차 감안하지 못하고, 생각조차 하지 못하고 나는 마치 숫자를 2로 나누듯이 그녀에게 접근해서 가까워지려고 했던 것이니, 이건 정말 벌 받을 짓이다.

친구가 되려고 한 것이 죄라고 한다면 그 벌은 충분히 받았지만…. '대중의 시선 속에서 친구를 만들려고 했다가 거절당한 녀석'이라는 딱지는, 이후의 내 생활에 커다란 장애물이 될 것이다. 아악.

냉정하게 분석한다면, 나는 무엇을 해서도 안 되었던 것이다. 이러니저러니 하며 책략가가 된 듯한 기분으로 전략을 짜고 있었는데, 역시 새로운 학교에 긴장하고 있었고, 자기소개에서 실수한 것 때문에 균형을 잃고 있었던 모양이다.

전학생이라는 스테이터스를 최대한 이용해서, 묵묵히 자리에 앉아 있으면 그것으로 족했던 것이다. 그러고 있으면, 분명히 의식수준 높은 반의 리더적 존재가 나에게 말을 걸어 주었을지도 모른다.

전학생이 긴장하고 있는 것과 마찬가지로 전학생을 맞이하는 측도 나름대로 긴장하고 있으므로, 그 긴장상태를 해소하기 위해서, 그렇다, 말하자면 그들과 그녀들은 나에게 흥미진진했을 것이다.

나의 정체를 알려고 슬쩍 떠보러 올 테니, 그렇다면 나는 몸을 숨기고 조용히 그것을 기다리기만 하면 되었다.

하지만 나는 그렇게 수동적이 될 수 없는 성격이었다. 스스로 행동함으로써 곤경을 헤쳐 나가고 싶다고 생각하는 것은, 특별한 인간이 한다면 용기 있는 위업이겠지만 나처럼 무능한 인간에게는 그저 위험천만한 나쁜 버릇이다.

그것은 곤란할 때에 도움을 청할 수 없는 체질이라는 의미이기도 하니까…. 그렇게 나는, 상냥하고 평화로운 세계에 둘러쳐져 있던 세이프티 네트를 능숙하게(부주의하게) 빠져나와, 지금에 이르렀다.

자력구제를 꾀하고, 실패해 왔다.

중학교 시절에 아라라기는 나를 구해 주지 않았지만, 내가 쓸데없는 행동을 취하지 않았더라면 의외로 다른 전개도 있지 않았을까 하고 진심으로 생각한다.

누군가에게 일방적인 도움을 받는 것을 자존심이 허락지 않는다니, 이 얼마나 한심한 프라이드일까. 이런 건, 사리분별을 하는 방법을 제대로 가르쳐 주면 지금 당장 솔선해서 폐기할 거다. 프라이드를 지키기 위해 자신의 몸을 지킬 수 없다니, 그것이 멋진 것은 특별한 인간뿐이다.

…하지만, 혹시 유루가세 아미코도 그런 식으로 생각한 걸까?

요컨대 전학생이 말을 걸어왔다고 해서 그것에 달라붙는 듯한 행동은 꼴사납다고. 좀 더 말하자면, 어떠한 덫이 아닐까 하고, 그런 식으로 경계했는지도 모른다.

무엇을 경계하는 거지. 무엇과 싸우고 있는 거지.

그런 식으로 어리석다고 생각하는 것은 타인이 하고 있을 경우이며, 자신으로 치환해서 생각하면 이렇게 진지한 생존전략도 없다. 그것이 아무리 엉뚱하며 우스꽝스럽기 짝이 없더라도.

뭐, 나와 그녀는 다른 인간이다. 어디까지나 이것은 내 멋대로의 상상이며, 유루가세 아미코는 전혀 다른 이유로 나를 무시하고 교실에서 뛰쳐나갔는지도 모른다.

예를 들면, 단순히 내가 싫었기 때문일 가능성도 있다. 첫 만남일 테지만, 어딘가에서 엄청난 원한을 사고 있지 말라는 법은 없다. 아라라기가 나를 까맣게 잊고 있었고, 그러면서 내가 사갈蛇蝎보다도 싫어하는 이유에도 전혀 짐작이 가지 않는 눈치였던 것처럼, 내가 그녀를 잊고 있을 뿐이라든가?

나는 지금 나라는 인간을 전혀 신용하지 않고 있으므로 그 가능성을 완벽히 소거하기는 어렵다. 뭐, 현실적으로는 없다고 생각하지만, 중학교 시절에, 그중에서도 허세를 부리던 전학 직후쯤이 조금 수상하다.

하지만 그런 기적적인 재회를 망상하고 있을 새가 있다면, 나는 서둘러 이후의 대책을 취해야 했다.

전학 첫날에 2연속으로 실수하며 얼굴에서 불이 날 것 같은 창피를 당했다. 이 이상 수치를 수치로 덧칠하기 전에 나는 어떻게든 명예회복을 꾀해야만 한다.

낙오소녀인 나에게 명예 따위 원래부터 있지도 않지만, 이대로 낯 두껍게, 패잔병으로서 하교할 수는 없었다. 하코베 부부에게 변명할 말이 없다.

어떻게든 해야만 한다.

어떻게든.

…이렇게, 반성과는 비슷하면서도 다른 기분 좋은 자학을 반복하면서도, 결국은 비슷한 실패를 반복하는 것이 나라는 인간이었다.

여기서야말로 나는 쓸데없는 짓은 하지 말고, 일단 퇴각해서 태세를 정비해야 했던 것이다. 자기소개에서 비웃음을 사고, 이어지는 두 번째에서 놀림거리가 되었다.

하지만 여기서 얌전히 있으면 어떠한 구제장치가 있었을 것이다. 고립되어 있는 학생에게 거절당했다는 것은 뒤집어 보면 결과적으로는 다수파에 속하는 데 성공했다고, 조금 견강부회 기미가 있기는 해도, 그렇게 말할 수 없는 것도 아니니까.

유루가세 아미코를 이른바 '공통의 적'으로 간주함으로써, 나는 절묘하게 우리 반 학생들 사이에 낄 수 있었을지도 모르는 것이다. 다만 이러한 찬스를 전부 날려 버리는 것이 불행의 정규직 사원, 오이쿠라 소다치의 진면목이다.

다른 사람의 호감을 사고 싶어 하는 주제에, 다른 사람의 호의를 짓밟는다. 그것은 내가 근본적으로 인간의 호의란 것의 존재를 믿지 않기 때문일 것이다. 호의 같은 것보다 혐오 쪽이 훨씬 믿을 수 있다고 생각하고 있는 것이다.

아니, 이것은 허세 부리는 표현이고 허세 부리는 핑계이며, 그 이외에도 다수파에 속하는 것을 좋게 생각할 수 없는 마음이라든가, 연민 따윈 질색이라는 마음이라든가, 그런 '쪼그만 나'가 넘쳐 나고 있다.

바글바글, 하고.

실패를 만회하려고 하다가 새로운 실패를 하는 원인의 대부분은, 그런 '쪼그만 나'의 무리가 된다. '쪼그만 나'의 무리는 각자 제멋대로인 주제에 신기하게도 통제가 되는 군단이다.

이번에 그녀들이 향하려고 하는 예봉은, 어디까지나 고립소녀인 유루가세 아미코였다. 정말이지 구제불능이네, '나'라고 하는 이 녀석.

008

미안해요, 오이쿠라 양을 상처 입힐 생각은 없었어. 그때는 부득이하게 어쩔 도리가 없는 사정이 있어서, 도저히 오이쿠라 양의 호의에 응해 줄 수 없었던 것뿐이야. 그런 일은 앞으로 두 번 다시 없을 테니까 용서해 줘. 지금부터라도 늦지 않았으니, 친구가 되자. 앞으로는 소다치라고 부를게. 아니, 오일러라고 부르게 해 줘, 부탁이야.

…그런 식으로, 있을지 없을지도 알 수 없는 잘못을 유루가세

아미코가 인정해 주기를 바라고 있다면, 나는 본격적으로 구제 불능이다. 나야말로 어쩔 도리가 없다.

이런 구제가 불가능한 녀석을 평생 상대해야만 한다니, 이건 정말, 이유 없는 벌이라고 생각한다. 그것을 생각하면, 기껏해 야 한 달 정도 나하고 사이좋게 지내는 것을 참아 줄 사람이 있 어도 괜찮을 거라고 생각하지만.

좀 기분이 나빠지기는 하겠지만, 그렇게까지 해는 없다니깐?

하지만 유루가세 아미코는 아주 냉정했다. 쉬는 시간이 될 때 마다 씩씩하게 어프로치하는 나를 거들떠보지도 않았다. 그거 다, 길을 걷고 있을 때, 나눠 주는 티슈를 계속 무시하는 느낌. 노골적으로 빠른 걸음으로 '나는 당신과 관계를 가질 생각이 없 습니다'라고 표명하면서 지나쳐 가는 것처럼, 유루가세 아미코 는 집요하게 물고 늘어지는 나에게서 후닥닥 도망쳐 가는 것이 었다. '후닥닥'이라는 것은 안 그래도 너덜너덜해진 내 마음에 받는 대미지를 최소한으로 억제하기 위해서 일부러 코미컬하게 형용하고 있을 뿐이고, 실제로는 '거미새끼들이 흩어지듯이'라 고 말하는 것이 맞다. 혼자인데 거미새끼처럼 도망치고 있으니, 남겨진 나는 쫓아갈 생각도 들지 않는다. …따라서 반의 놀림거 리는 다시, 3탄, 4탄으로 이어진다.

아니, 솔직히 말해서 어떤 타이밍에 유루가세 아미코가 한마 디라도 나를 '상대'해 주었다면, 그것을 성과로 받아들이고 일단 매듭을 지었을 것이다.

성공이 아니라도, 성과만 얻을 수 있다면 포기는 할 수 있다.

그것으로 깔끔하게 물러서고, 이왕이면 다홍치마라고 다른 학생으로 방향전환을 하고 있었을 것이다.

하지만 이 마당에 이르면, 소극적인 성격의 나라도 물러설 수 없게 된다. 들어 올린 주먹을 내려칠 곳이 보이지 않는다.

아니, 이런 상황이 이어진다면 나는 자기 주먹으로 자기 머리를 내려치고 말 것이다. 자학과 자벌과 자괴와 자멸.

반복반복반복반복반복.

어디까지 가더라도 나 자신.

그리고 모든 것이 어떻게 되더라도 상관없어진다. 사실은 다시 시작할 수 있는 일이라도, 어딘가 일부를 못쓰게 되면 신경질적으로 포기해 버린다.

조금이라도 더러워지면 옷을 버리는 듯한 결벽성. 웃음이 나온다. 나 정도로 더러운 녀석이 결벽 같은 소리를 한다.

결벽이 심한 인간일수록 의외로 방은 어지르기 쉽다고도 들었는데—자기 손을 더럽히고 싶지 않기 때문에 청소를 할 수 없다고 한다—결벽증이 있다면 깔끔하게 포기하면 될 것을, 나는 그래도 끈기 있게 유루가세 아미코에게 들러붙었다.

생각해 보면 이것은 서로가 그저 불쾌해질 뿐이고, 양자에게 오로지 손실만이 생겨나는 상태였다. 호혜관계는 고사하고.

내가 창피를 당하는 것과 마찬가지로, 여기까지 오면 유루가세 아미코도 상당한 치욕을 느끼고 있다고 말해도 좋을 것이다. 극단 오이쿠라에 의한 애드리브 희극에 억지로 말려든 것 같은 상황이니 미치고 팔짝 뛸 노릇일 것이다.

그러니까 그녀야말로 저항을 깔끔히 포기하고 나와 그냥저냥 알고 지낸다는 정도로 타협한다는 선택을 해도 좋을 법한데, 그럴 기미가 전혀 없었다.

디스커뮤니케이션discommunication이란 틀림없이 이런 걸 두고 하는 말일 것이다. 나는 그녀에게 일방적으로 말을 걸기만 하다가 끝내 방과 후를 맞이하고 말았다. 당초의 내 계획으로는, 점심시간에는 책상을 마주하고 같이 점심을 먹는 동료가, 방과 후에는 학교 안을 데리고 다니며 견학시켜 주는 친구가 생겨 있을 예정이었는데, 그런 이상적인 공상은 예정조화의 파산도 이만한 게 없었다.

외톨이로 전학 온 나는, 방과 후가 되어도 여전히 외톨이였다. 3학년이지만 동아리 활동에라도 참가해 볼까, 하고 현실도피를 하고 싶어질 만한 참담한 결과였다.

얼굴을 향할 수 없다. 동서남북, 어디에도 얼굴을 향할 수 없다.

아라라기 녀석에게 사람은 변할 수 있다는 장면을 보여 줄 생각이었는데, 사람은 변할 수 없다는 장면을 보이고 있다. 학급의 모든 학생으로부터의 백안시 비슷한 시선보다, 이 자리에 없는 아라라기로부터의 시선 쪽에 신경을 쓰는 나.

만약 이곳에 아라라기가 있었다면 녀석의 두 눈을 도려내고 있었을 거라고 말할 정도로, 나는 나에게 실망해 버렸다.

하지만 그래도 나는 포기하지 않았다(포기 좀 해라).

방과 후에, 이것이 오늘의 마지막 찬스라고 입술을 꼭 깨물고, 쇼트타임이 끝나는 것과 동시에 재삼재사를 넘어서 드디어 다섯 번째, 유루가세 아미코의 자리로 달려갔다. 그러나 나의 이런 움직임을 미리 예상했던 모양이었다. 유루가세 아미코는 내가 돌아볼 무렵에는 모습을 감추고 있었다.

전학생이라는 입장을 이용해서 학교 안내를 부탁한다는 작전은 이것으로 꽝. 어떻게 이럴 수가, 안내를 해 준다면 나를 계속 무시했던 건 용서해 주려고 했는데! 라고 여기서 공치사 같은 소리를 태연자약하게 생각하는 내 성격은, 드디어 극악함이 증가하기 시작한 듯하다. 그렇지만 다섯 번째가 되면, 나도 도망친 유루가세 아미코를 보고 어이없어 하며 멍하니 있지만은 않는다.

오히려 다섯 번째가 될 때까지 그저 어이없어 하며 멍하니 있었으니 상당히 둔했다고도 할 수 있지만. 이제 다음 수업은 없다. 순순히 멈춰 서 있을 생각은 없었다.

쫓아간다.

어째서 그렇게까지 유루가세 아미코에 집착하는지, 이렇게 되면 본인도 같은 반 학생들도 이상하게 생각할 것이다. 사실 같은 반 학생들은 가방을 가지고 뛰어나가는 내 모습을 더 이상 웃으며 보고 있지 않았다.

완전히, 기묘한 녀석을 보는 눈으로 보고 있다.

눈치 빠른 녀석이라면 나와 유루가세 아미코 사이에 과거의 인연이 있는 것이 아닐까 하고 의심했을지도 모른다. 그러나 유감스럽게도 그 추측은 완전히 빗나간 것으로, 내가 과거에 인연이 있었다고 말할 수 있는 상대는 결국 아라라기 정도다.

그리고 그 아라라기 정도는 물론 아니지만, 이때까지 계속 강한 거절을 받은 나는 유루가세 아미코를 거의 싫어하게 되어 가고 있었다.

격한 분노가 나를 움직이게 만들었다.

방과 후 학교 안내를 받을까, 아니면 같이 하교해서 동네를 어슬렁거리다가 차라도 마실까. 그런 목가적인 전개 예측은 이미 내 머릿속에 없었다.

그러기는 고사하고, 따라잡으면 적당히 좀 하라며 설교를 해 주고 싶을 정도로 적대적인 기분이 되어 있었다.

이미 친구가 될 생각 따윈 없어지고 단순히 분풀이를 위해 뒤쫓는 뉘앙스를 띠고 있기까지 했다. 나의 접근을 모조리 거부하는 유루가세 아미코를 곤란하게 만들어 주겠다는 심술궂은 모티베이션이 나를 움직이고 있다고 말하더라도, 이렇게 되면 그렇게 사실에서 크게 벗어난 것은 아닐지도 모른다.

철저히 끝장 나 있구나, 나는.

하지만 의외로, 언제나 헛수고라는 종점 간판에 도달하곤 했던 나의 그런 편향된 어프로치는, 이번만큼은 말라죽지 않고 드디어 결실을 맺었다.

이 부분은 아라라기나 센조가하라 히타기, 하네카와 츠바사를 상대하고 있을 때와 달리, 헛심만 쓰고 김새는 상황, 리듬이 흐트러진 느낌이라 당황스럽기까지 했지만, 한동안 복도를 달려간 계단 부근에서 유루가세 아미코가 발을 멈추고 있었다.

가느다란 팔로 단단히 가슴 앞에 팔짱을 끼고, 위협하듯이, 나를 번뜩 노려보고 있다. 그런 그녀의 '매복'은 나에게 예상치 못한 것이었고, 꿰뚫는 듯한 그 시선에는 아무리 나라도 당황하고 말았다.

당황했고, 그리고 달아올랐던 마음이 단숨에 식어 버렸다. 방금 전까지는 땅끝까지 유루가세 아미코를 쫓아갈 생각이었지만, 막상 따라잡고 보니 무엇을 해야 좋을지, 무슨 표정을 지어야 할지 알 수 없었다.

설마 여기서 '적당히 좀 해라'라는 말을 할 수는 없다. 객관적으로 봐서, 적당히 해야 할 사람은 내 쪽이다.

다만 객관적이 된다는 것은 나에게 있어 새가 되거나 고양이가 되는 것보다 훨씬 어려운 일이다. …개라면 몰라도.

인간에 가격을 매기거나, 서열로 보거나, 그런 끝에 도망친다고 뒤쫓거나 하다니, 정말로 개 그 자체가 아닌가. 장난감으로 놀아 주는 걸 원해서 유루가세 아미코를 쫓아다니고 있었다는 느낌? 마음에 들지 않는 일이 있으면 주위 시선은 아랑곳 않고 누구라도 상관없이 물고 늘어지는 부분을 보면 들개, 혹은 단어를 고르지 않는다면 미친 개…. 그런 개가 쫄랑쫄랑 따라다니며 술래잡기를 강요해 온다면, 유루가세 아미코가 머리끝까지 화가 난 표정으로 나를 맞이하는 것도 당연했다. 드디어 울화통이 터진 것일까? 오히려 지금까지 용케 참았다고 말할 수 있을 것이다. 나 같은 녀석이 달라붙는 행위에 1영업일을 견뎌 주었다는 이야기이니, 어쩌면 반에서 고립되어 있는 이 여자애는 내가 생각했던 것보다 성격이 좋은 아이인가? 하고 극단적으로 식어 버린 머리로, 나는 멍하니 그런 생각을 시작했다. 그렇지만.

넝마. 위협적인, 그런 낮은 목소리가 들려서 나는 앗, 하고 정신을 차린다. 응? 뭐지? 뭐라고? 넝마? 아니, 짐승이 되기는 어렵다고 생각한 참이긴 한데 하물며 무생물… 게다가 넝마라니. 뭐지? 초라하고 보잘 것 없다는, 그런 의미? 이리저리 떠돌아다니는 방랑자의 옷 같은 이미지? 그렇다기보다 지금, 애가 말한 거야? 나를, 넝마라고?

그런 통렬한 욕설을?

머꼬, 인마는. 대가리 돌았나? 인마.

그렇게 반복하는 말을 듣고 알았다. '넝마'가 아니라, '너 인마'였나. 사투리 억양에 말까지 빨라서 알아듣기 힘들었다, 욕이 아니라 그냥 호칭이었다. 잠깐, '대가리 돌았나?'는 명백히 욕이지?

다만 그것도 이 지역 방언이며 의미는 '머리가 작다'라는, 내머리 크기를 칭찬하는 말일지도 모른다고 생각하면 섣불리 화를낼 수 없다. 뭐든지 지레짐작하고, 무슨 말이라도 자신에 대한 공격이라고 받아들이고 있다가는 내가 살아가기 힘들어질 뿐이다. 말을 액면 그대로 받아들이지 않고, 그곳에 포함된 뉘앙스를 읽어 내야 한다…. 뉘앙스를 빼면 아까 들었던 평범한 '넝마'에도 악의가 담뿍 담겨 있다는 것이 나의 판단이지만.

모처럼 사람이 피해 줬는데, 머꼬, 니 진짜 돌았나? 내가 이리저리 생각하는 동안, 아까 전까지의 무시와 침묵이 거짓말처럼 유루가세 아미코는 나를 노려보는 채 청산유수로 그렇게 쏟아냈다.

…나도 그다지 말씨가 얌전한 편은 아니지만, 유루가세 아미코는 선이 가느다란 외견에는 어울리지 않을 정도로 거친 말씨였다.

아니, 뭐. 내가 익숙하지 않아서 실제 이상으로 거칠게 들리는 것뿐이고, 이 부근에서는 당연한 방언일 것이다. 하지만 익숙하지 않은 풍토나 문화에 갑자기 대응할 수 있을 정도로 나는 인생경험을 많이 쌓지 못했다.

가능하면 통역이 있었으면 싶을 정도다.

자기 자신에 대해서만 생각하며 살았던 나는 그런 부분에 금방 자각이 없어지지만, 전학생인 나는 이곳에서는 어디까지나 이방인이라는 걸 새삼 깨닫게 되었다. 거친 교육을 받는 느낌이었다.

일로와바라.

그렇게 손짓을 하더니, 내 대답을 기다리지도 않은 채로 유루가세 아미코는 계단을 올라가기 시작했다. 하교한다면 당연히 계단을 내려가야 할 텐데 올라간다는 것은, 요컨대 그녀는 나를 위해서 시간을 할애해 주려는 듯했다.

여기서 이대로 대화를 나누고 있다가는 머지않아 반 학생들과 마주치게 될 테니, 장소를 바꾼다는 것은 엉뚱한 발상은 아닐 것이다.

그러나 내가 그녀의 그 움직임을 어슬렁어슬렁 따라가느냐 마느냐가 되면, 그것은 일고의 여지가 있다. 여기서 왠지 모르게, 유루가세 아미코의 행동거지에서 위험한 기척을 느끼고 일부러 반대 방향으로 진행한다는 것도 그리 엉뚱하지는 않은, 선택해야 할 정상적인 발상이라는 기분도 든다.

적당히 말상대를 해 주었다면 그것을 성과로 생각하고 물러난다… 고 생각할 거라면 지금이 바로 그때라고 간주하는 것도, 그것대로 어른의 판단일 것이다.

어른의 판단이고, 올바른 행동이며, 숙녀에게 어울리는 최적의 해解다. 그래도 어른의 판단을 할 수 없고, 올바른 행동을 취할 수 없고, 숙녀에 어울리는 최적의 해를, 부탁받는다고 해도 선택할 수 없는 것이 오이쿠라 소다치라고 믿는 사람들의 기대를 배신하는 짓을, 이 국면의 나는 할 수 없었다.

알고 싶었기 때문이 아니다.

유루가세 아미코가 어째서 그렇게나 나를 피하려고 했는가. 그리고 어째서 그녀가 반에서 고립되어 있는가, 그 사정을 어떻게 해서든 알고 싶었기 때문이 아니다.

솔직히, 그렇게 깊이 관여하고 싶지 않다.

나는 나에 대해서만 생각하는 녀석이라서, 남을 생각하거나, 생각해 주거나 하는 마음의 빈틈은 1밀리미터도 없다. 있는 것은 기껏해야 싫어하는 남자를 싫어할 공간 정도다.

오해를 두려워하지 않고 본심을 말하면, 나는 유루가세 아미코의 개성 따위에는 티끌만큼도 흥미가 없다. 그럼에도 불구하고 내가 그녀의 등을 다시 쫓으려 하는 것은, 어쩌면 여기서, 아마도 '따라와'라는 의미의 말을 한 듯한 유루가세 아미코를 따라가지 않으면 어쩐지 무서워서 도망친 것 같은 기분이 들기 때문에, 였다.

설령 여기서 그녀에게 등을 돌리더라도 그것은 전혀 도망친 것이 되지 않을 것이고, 가령 그랬다고 해도 그것은 도피가 아니라 피난임을 머리로는 잘 알고 있으면서도, 나는 계단에 발을 얹었다.

아마도 피의 연못이란 건, 이런 식으로 가라앉아 가는 것이겠지.

009

생각해 보면, 사투리와 접하는 것이 생전 처음이어서 그것 때문에 당황한 나머지 도저히 정상이라고는 생각되지 않는 우행을 선택해 버렸는지도 모른다. 그런 좀스러운 자기변호도 가능하다.

중학교 때에 전학했던 곳은 그리 먼 지방이 아니었기 때문인지, 언어의 사소한(때로는 커다란) 차이에 당황한 적은 한 번도 없었다. 아니, 물론 엄밀히 말하면 내가 이렇게 일상적으로 사용하는 말도 방언의 체계에 포함된 말임에는 틀림없다.

이른바 '표준어'로 여겨지는 말도, 근본을 따져 보면 한 지방의 방언이라고 할 수 있을 것이다. '올바른 말씨' 같은 것은 소프

트한 공동환상인 것이다.

그리고 명심해야 할 것은, 이 공동체에서는 내 말씨 쪽이 소수파라는 점이다. 내가 보기에 유루가세 아미코의 말씨는(거기에 포함되어 있을 상당한 악의를 제외하더라도) 거친 듯하지만, 이 지역 사람인 그녀나 반 학생들이 보기에 내 말씨는 이 동네에 익숙해지지 않으려는 아니꼬운 언행으로밖에 받아들여지지 않는 그것이다.

내가 실소를 뒤집어썼던 자기소개를 봐도, 가령 그것을 혀가 꼬이지 않고 깔끔히 마칠 수 있었다고 해도 역시 비웃음을 샀을지도 모른다. 타지방 사람의 낯선 말씨를 육성으로 들을 수 있는 기회 같은 것은 십 대 시절에는 좀처럼 없을 테고.

거드름 피우는 전학생으로 여겨지는 것보다는 웃음거리가 되는 편이 그런 의미에서는 그나마 나을지도 모른다. 그런 '불행 중 다행'도, 이렇게 현재진행형으로 범하고 있는 나의 실패에 의해서 지금은 완전히 무위해져 버렸지만.

좋은 기회를 날려 버리는 데 천재구나.

이것도 역시 흔해 빠진 '전학생 중 이런 애 꼭 있다'이겠지만, 이렇게 유루가세 아미코의 뒤를 따라 계단을 올라가고 있으니 '신고식을 치르는 신입' 같은 분위기도 감돌기 시작한다.

그렇다면 반에서 고립되어 있는 것은 유루가세 아미코가 불량 학생이었기 때문일까? 그런 한순간의 대화로 다 알았다는 듯 말해서는 안 되겠지만, 이 애는 기가 세 보이고 그 이상으로 자아도 강해 보이니 그것은 상당히 현실적인 상상일지도 모른다.

그렇다면 나는 뜻밖에 '불량학생 그룹에 가입한다'라는 초이스를 해 버린 것이 되는데(그룹이 아니기는 해도), 그것을 자신이 거둔 성과라고 스스로를 칭찬해 줄 수 있을 것 같지는 않다. 오히려 질책하고 싶다.

이 실수의 프로 같으니!

모든 오의를 전수받으려는 생각이냐.

강한 입장에 선 불량학생들 틈에 들어가려 한다는 것은, 좋고 나쁜 것은 둘째 치고 훌륭한 처세술이긴 하다. 하지만 거의 적대상황이 되어 버린 뒤에 간신히 상대의 입장을 알게 되었다면 그런 것은 아무런 도움도 되지 않는다.

얻어맞는 걸까? 그건 싫은데.

폭력 자체도 싫지만, 등교 첫날에 문제를 일으킨다는 쪽이 싫었다. 사립학교보다는 그런 쪽의 규율은 느슨하겠지만 공립 고등학교에도 퇴학 같은 것은 있을 테고.

여기서는 센조가하라 히타기를 본받아서, 한 방 맞으면 그걸로 기절한 척을 해서 피해를 최소한으로 억제한다는 기예를 선보이며 넘어갈까…. 나에게 그런 연기력이 있다고는 생각되지 않지만.

죽은 척이라면 할 수 있을지 모른다. 죽어 있는 것이나 다를 바 없는 나니까.

적당히 그런 불안에 사로잡혀 있는 동안, 내가 끌려간 장소는 계단을 다 올라간 곳… 학교 옥상이었다.

나오에츠 고등학교의 학교 건물 옥상은 개방되어 있지 않았기 때문에 신선한 기분이었다. 그렇다고 해도 그곳에 펼쳐져 있는 것은 내가 상상할 만한 '학교 건물 옥상'과는 양상이 다른 풍경이었다.

당연히 인조잔디이겠지만 전체가 정원처럼 꾸며져 있었고, 그리고 옥상을 둘러싼 울타리는 도저히 타고 넘을 수 없을 정도로 높은 펜스였다.

일단 이 학교에서 투신자살을 하는 건 어려워 보였다. 낙하방지용 울타리라기보다는, 주는 인상으로는 어쩐지 동물원의 우리 안에 들어와 있는 느낌이었다.

사방뿐만 아니라, 하늘을 올려다보면 머리 위로도 촘촘한 그물이 펼쳐져 있고…. 이 학교 측은 십 대 아이는 하늘을 날 수 있다고 생각하고 있는 걸까?

아니, 아닌가.

이것은 옥상에서 공놀이를 할 수 있도록 설치한 시설이다. 어쩐지 아주 도회지의 학교라는 느낌이다.

다만, 보다시피 방과 후의 옥상은 아무도 없는 상태로, 모처럼의 데드 스페이스 활용도 유효하게 기능하고 있다고 말하기는 어려워 보였다. 전학생을 호출할 장소로 기능하는 것은 결코 상정하고 있지 않을 테지만.

그러고 있으려니 유루가세 아미코가 나에게 등을 돌린 채로, 니 무신 생각이고. 머할라꼬 인마. 내가 눈치 까기 쉽구로 피했고마, 와 찰가머리같이 따라오는기고? 엉? 이라고 강한 어조로 마구 쏟아 내서, 나는 솔직히 무슨 말을 하고 있는지 전혀 알아들을 수 없었다.

문화가 다른 옥상의 모습에 정신이 팔려 있었던 점도, 그리고 아직 익숙하지 못한 사투리란 점도 있었지만, 그 이전에 말이 너무 빨라서 잘 알아들을 수 없었던 것이다.

심술궂게 곡해하면, 유루가세 아미코도 나와 마찬가지로 지금 긴장상태라는 이야기인지도 모른다. 그녀의 목소리가 어색하게 높아진 것을 그런 식으로 받아들이면, '불량학생이 분위기 파악 못 하는 말괄량이 전학생을 손봐 주려 하고 있다'라는 스테레오 타입의 구도와 이 상황은 다르다는 이야기가 된다.

불량행위에 익숙하지 않다면.

그러면, 그렇다면 지금 내가 처해 있는 것이 어떠한 시추에이션이냐고 묻는다면, 그것은 생각해서 알 수 있는 것은 아니겠지만…. 다만, 생각만 하고 있어서는 결론이 나지 않는다.

그보다 묵묵히 생각에만 잠겨 있다가는 반항적이라고 여겨질 우려가 있다. 그럴지도 모른다, 그런 기분이 들었다, 라는 정도일 뿐이지 아직 유루가세 아미코가 성미 급하고 폭력적인 문제아가 아니라고 확정된 것은 아니다.

불량학생에게 아첨을 하다니, 도저히 내가 해낼 수 있을 만한 일이 아니지만, 그래도 닥친 일이니 최대한 노력해야 한다고 결의하고, 나는 유루가세 아미코에게, 뭔가 기분을 해칠 만한 짓을 했느냐는 의미의 말을 했다. 괜히 수다스럽게 말하면 열기가 담겨서 무슨 이야기를 늘어놓을지 모르는 나이므로, 최대한 간단하게.

그것에 대해 유루가세 아미코의 대답은, 웃기지 마라. 휘말리고 싶나, 이 멍청아, 라는 것이었다. 어조는 다소 페이스가 떨어졌지만, 어쨌든 말투가 난폭해서 제대로 들었다는 자신이 없다. '이 멍청아'? 보통 그런 욕설을 면전에서 듣는 일이 있나?

유루가세 아미코는 여전히 나에게 등을 돌리고 있는 상태이므로 엄밀히 말하면 얼굴을 마주하고서는 아니지만, 그 표정은 그 어조에서 100퍼센트의 투명도로 투시할 수 있었다.

분노한 표정이 눈앞에 떠오른다.

다만 등을 돌린 채로 대화하려고 하는 그 자세는, 자세라기보다는 폼을 잡고 있는 듯 보이는 것이, 어쩐지 그녀가 스스로에게 취해 있는 느낌이기도 했다. 자아도취.

나도 그랬으니까, 왠지 모르게 그런 생각이 든다.

생각해 보면 계단 부근에서 팔짱을 끼고 나를 기다리고 있었다는 것도 어쩐지 연출이 들어간, 연극 같은 느낌이다.

좋은 의미에서도 나쁜 의미에서도 특별한 '진짜'들이 이따금씩 보이는 말이 필요 없는 박력에는 미치지 못하지만, 그 조잡한 가짜 느낌이 또 다른 박력을 낳고 있기도 하다.

…다만 이미 몇 번이나 그녀를 잘못 본 내 감정 따윈 의지할 수 없다. '하우머치'라니, 애초에 좋아하는 닉네임도 아니었지만, 내 엉터리 감정안鑑定眼에는 지나친 평가다.

어쨌든 어떤 모양새가 되었더라도 염원하던 대화의 장이다.

사람과 사람의 데이터데이트다.

바라던 모습과는 전체적으로 다르지만, 유루가세 아미코와의 대화다. 이대로 랠리를 계속하자.

언어의 벽 따위, 표정과 보디랭귀지로 극복할 수 있을 것이다…가 아니라, 여전히 등을 바라보고 있는 나와는 달리, 그녀에게는 내가 전혀 보이지 않는데. 이쪽을 좀 봐! 라고 외치고 싶어진다.

그러자 머라꼬? 라면서 유루가세 아미코가 돌아보았다. 텔레파시? 아니, 그게 아니다. 외치고 싶어졌던 나는, 아무래도 외쳐 버렸던 모양이다.

충동에 휩쓸린 채로.

위험하다, 스스로를 컨트롤할 수 없게 되었다. 긴장상태를 견디지 못하고 영문을 모르게 되어 가고 있다. 내가 나의 컨트롤을 벗어나려 하고 있다.

최악의 경우, 저쪽이 폭력을 휘두르더라도 어디까지나 피해자라면 면피할 방법이 있겠지만, 쌍방과실은 고사하고 일방적인 가해자가 되어 버린다면 농담이 아니라 그대로 퇴학당할 수도 있다. 자칫하다간 경찰이 동원되는 사태가 될 수도….

하지만 일단 입 밖에 낸 말은 주워 담을 수 없고, 뒤를 돌아본 유루가세 아미코가 노려봤다는 이유로 미안합니다, 라고 사과하는 것은 더욱 어려웠다. 그래서 나는 미안안합니다, 라고 말했다. 사과하기 싫어하는 어린애 같은 소릴 해서 넘어가려고 했던 것인데… 아니, 무슨 짓을 하려고 했는지 나도 모르겠다. 아니나 다를까, 유루가세 아미코는 하앙? 하고 아주 수상쩍다는 얼굴을 했다. 얼굴을 가까이 들이밀면서, 더욱 위협하듯이.

이 부분도 연극을 하는 느낌이다.

그런 식으로 '연기'하는 것으로 스스로를 고무한다고 해도, 연기가 너무 과장되어 있다. 연극하는 티가 난다.

남 이야기는 할 수 없지만.

미안하다고도 말할 수 없지만.

전학생이 제일 먼저 말 걸어오는 거는… 이라며, 내쉬는 숨이 닿을 그 거리를 유지하면서 유루가세 아미코는 본론으로 들어갔다. 어째 받아들여야 하는기고? 만만하게 봤다는 거 아이가? 방언에 의한, 시비를 거는 듯한 말투의 의역은 역시 얼굴을 직접 보면서 들으니 어느 정도는 가능했다. 표정이란 중요하다─눈은 입 정도로 말을 한다. 내 눈은 입 정도는 아니지만 유루가세 아미코가 말하고자 하는 것─이라고 할까, 말하는 내용은 알았다.

만만하게 보고 있냐?

그렇게 따지고 든다면… 뭐, 본의 아니게도 만만하게 보았다고 말하게 될 것이다. 본의 아니게, 라기보다는 무의식적으로, 무의식적이라기보다는 무자각적이라고 말하는 편이 보다 잔혹한 진실에 슬금슬금 다가가겠지만.

학급 내에서 고립되어 있는 듯한 학생이 상대라면 이 동네 풍토에 익숙해지지 못한 전학생이라도 손쉽게, 그것도 우월한 입장에서 접근할 수 있다는, 손을 뻗을 수 있다는 마음이 나에게 없었는가 하면 그런 건 아주 차고 넘쳐 남아돌 정도로 많았으니까.

그런 얄팍한 계획을 갈파당한 것 같아서, 나는 심한 수치심을 느꼈다. 문제는, 내 경우에 그런 수치심은 아주 쉽게 분노 폭발로 직결되어 버린다는 점이다. 이렇게 비참하면서도 불쌍한 나를 그렇게 매섭게 몰아세우다니, 너에게는 사람의 마음이 없는 거냐! 라고 반론하고 싶어진다.

참으로 정신이 빈곤하다.

그것도 알고 있으므로(알고 있다고) 나는 온 힘과 온 마음을 다해, 모든 근육을 총동원해서 어떻게든 입을 다문다. 계속해서 방언으로 나를 위압하는 유루가세 아미코를 무시하듯이, 폭풍이 지나가기를 기다린다.

무시당하는 것에 화가 났기 때문에 생겨나 버린 이 상황인데, 이번에는 내가 무시하는 측이 되었으니 참으로 얄궂은 일이다.

다만 지금의 나에게 필요한 것은, 자제심이었다.

아니, 마음 없는 자제라고 말해야 할까.

완전히 말이 없어지는 것도 좋지 않을 테니 이따금씩 맞장구를 치면서, 하지만 마음속으로는 '어서 이 의미 없는 시간이 끝나면 좋겠다.'라고 생각하면서…. 입 밖에 내서 사과하는 것에는 커다란 저항을 느끼지만, 반성하고 있다는 기색을 어떻게든 표정으로 내비칠 정도의 연극은 나에게도 불가능한 일은 아니다.

알았으니까 이만 돌려보내 달라고.

그렇게, 넉살 좋게 언외言外로 드러내고 있는 것인데(이것은 알지 못하는 주제에), 그러나 그런 식으로 진저리를 내는 동안 어쩐지 분위기가 바뀌기 시작했다. 지금이라도 흘러넘칠 것 같은 자의식을 진압하는 데 애쓰느라 정작 중요한 유루가세 아미코의 말 쪽은 완전히 흘려듣고 있어서, 대체 어디쯤부터 그런 흐름이 되었는지는 수수께끼이지만, 어느새 그녀는 현재 우리 반의 리더는 스즈바야시珠洲林라는 여자애라든가, 캬쿠후지客藤는 착한 녀석이니까 친절히 대해 줄 것이라든가, 남자 중에서는 하시무라端村라는 녀석을 자기편으로 만들면 어지간한 일은 잘 풀려 나갈 것이라든가 하는 말을 나에게 거침없이 하기 시작했던 것이다.

게다가 듣고서도 한동안은 무슨 말을 하고 있는지 전혀 이해할 수가 없었는데, 아무래도 나는 유루가세 아미코로부터 우리 반에서 지내는 것에 대한 강의를 받고 있는 듯했다.

그 학급 내에서의 서열관계라고 할까 인간관계의 구성도, 생태계의 네트워크라고 할 것들에 대한 세세한 설명을 듣고 있는 것이다. 누가 어떠한 입장에 있으며 누가 어떠한 성격이고, 성립되어 있는 몇 개 그룹의 세력도라든가, 끝에 가서는 어느 아이와 어느 아이가 사귀고 있다든가 전 남친과 전 여친 관계라든가 하는, 솔직히 알고 싶지도 않은 그런 속된 이야기의 세부에 이르기까지, 난폭한 어조이지만 아주 정성껏 유루가세 아미코는 이야기하고 있는 것이었다.

40명에 이르는 반 학생의 프로필을, 그것도 서로를 관련지으면서 단숨에 이야기해 봤자 금방 파악할 수 없다. 나는 아직 반 학생들의 이름조차 제대로 모르는 것이다. 드문 성의 학생이라든가, 혹은 예전 친구와 같은 성의 학생을 간신히 인식하는 정도다.

이것도 역시 디스커뮤니케이션의 한 가지 예이겠지만, 그러나 내가 이해하고 못 하고에 대해서는 일단 제쳐 두고, 이래서는 마치 내가 유루가세 아미코에게 전학생으로서 상담을 받고 있는 것 같지 않은가. 아니, 그냥 그 자체다.

그녀의 말을 경청하며 꼼꼼히 메모하면, 앞으로의 한 달 남짓한 기간을 어떻게든 넘길 수 있을 것 같은 정보량이다. 그러기는 고사하고, 가령 내가 처세에 능통한 사람이고 누구와도 자연스럽게 친해질 수 있는 여자애였다고 해도, 한 달이라는 시간에 이 정도로 상세히 40명분의 개인정보를 파악하기는 불가능할 것이다. 누구와 누가 사귀고 있다든가 하는 스캔들 같은 에피소드는 알고 싶지도 않고.

다만 그것을 깨닫고도 좀처럼 가방에서 메모지를 꺼낼 생각이 들지 않는 것은, 어째서 유루가세 아미코가 나에게 그런 정보를 주려고 하는지를 도무지 이해할 수 없었기 때문이었다. 전학생으로서의 내 갑작스럽고 천박한 행동을 일방적으로 규탄당하는 시퀀스였을 텐데, 대체 무슨 사연으로 이런 시혜를 받고 있는 거지?

거친 태도와는 반대로, 실은 유루가세 아미코는 인정미 넘치고 다른 사람을 잘 챙겨 주는 좋은 녀석인가? 라고 받아들일 수 있을 정도로, 나는 순진한 인간은 아니었다. '사실은 좋은 녀석'의 존재 따위, 나는 인정하지 않는다.

그것보다는 오히려 유루가세 아미코는 나라는 골칫덩이를 다른 학생들에게 위임하려고, 떠넘기려 하고 있다고 생각하는 편이 나에게는 가장 자연스럽다.

전학생을 챙겨 주다니, 그런 짓을 귀찮아서 어떻게 하겠냐, 라는 마음의 반증이 유루가세 아미코의 이 교습이라고 한다면 순순히 받아들일 수 없는 것도 아니다.

단적으로 말하면 '저리 좀 가라'라는 이야기겠지만, 갈 곳을 가리키면서 도로지도를 건네준 데다, 자세하게 길 안내까지 해 주고 있으니… 뭐, 그냥 생각해도 나는 이곳을 착지점으로 삼아야 했다.

착지점이자, 반환점.

유루가세 아미코에게 고마워, 라고 감사의 뜻을 표하고, 이번에야말로 교실로 발길을 돌려서 스즈바야시 어쩌고 하는 애라든가 캬쿠후지 저쩌고 하는 애나 하시무라 모 군이라든가 하는 사람에게 말을 걸어야 한다. 시간이 꽤 흘렀지만, 혹시 누군가 한 명 정도는 교실에 남아 있을지도 모른다.

완전히 첫 단추를 잘못 채워 버렸지만, 지금이야말로 리셋 단추를 눌러야 할 때다. 다시 시작할 찬스다. 우후후, 내일은 누구와 친구가 될까?

그런 식으로 생각할 수 없는 여자, 오이쿠라 소다치.

올바른 선택은 할 수 없고, 그리고 정확한 결론을 다시 한 번 의심해 버린다. 나처럼 난감한 전학생을 다른 학생에게 떠넘기려고 하는 것은 이해할 수 있다.

같은 입장이었다면 나라도 그렇게 한다. 자기 일만으로도 벅

찬데 이방인을 일일이 친절하게 상대해 주고 있을 틈이 있겠는 가. 그런 마음은 가슴 아플 정도로 이해한다. 입시공부도 해야 하고, 고등학교 3학년은 바쁘니까.

하지만 '같은 입장이었다면 나라도 그렇게 한다'라고 했지만, 실제로 그렇게 할 수 있느냐 하면 아주 의심스럽다고 말할 수밖에 없다.

왜냐하면, 나였다면 위임할 수 있는 상대, 전학생을 떠넘겨도 괜찮을 만한 상대가 짚이지 않으니까. 사람의 가치를 감정하는 천박한 여자이면서도, 나는 같은 반 학생 중 누가 어떠한 성격 인가 하는 것은 전혀 알지 못했으니까.

조금이라도 알고 있었더라면 나는 그런 학급재판을 개정하지 않았을 것이다. 그 결과, 불쌍하게 추방당해서 이 시시쿠라사키 고등학교에까지 흘러들어 오지는 않았을 것이다.

그렇다. 착지점이 여기라면, 의문점은 거기다.

어째서 유루가세 아미코는 이렇게나 상세하게 반 학생들의 개 인정보를 파악하고 있지? 한 사람 한 사람의 개성을, 역학관계 와 이해관계를 아주 자세히 알고 있는 거지?

나는 그것이 이상해서 견딜 수 없다.

이상하다고 하기보다, 의심스럽다고 말하지 않을 수 없다. 전 학생과는 입장이 다르니까 같은 반 학생에 대해서 알고 있는 게 뭐가 이상하냐는 말을 들을지도 모르겠는데, 내가 미심쩍게 여 기는 것은 그 점이 아니다.

그런 유익한 정보를 가지고 있다면, 그 플랜은 스스로 실행하면 되는 것이 아닐까 하고 생각한 것이다.

학급 내의 세력구도를 그만큼 자세히 안다면 반에서 고립될 리가 없다. 다름 아닌 내가 그랬던 것처럼, 고립의 커다란 요인은 타인에 대한 무지이거나 무관심이다. 반대로 말하면, 타인을 알고 타인에게 관심을 가지고 있으면 좀처럼 고립되지는 않는다. 되고 싶어도 될 수 없는 것이다. 타인을 타인이라고 부르는 나의 선입관이라고 말할지도 모르겠는데, 고립된 상태에서 멀어진 주위 사람들의 퍼스널리티를 입수할 수단 같은 것이 있으리라고 생각하기 어렵다.

그렇다고 해서 유루가세 아미코가 임시방편의 거짓말을 하고 있다고도 생각하기 어렵다. 나를 쫓아 버리기 위해서 엉터리 정보를 줄줄 늘어놓고 있다는 것은, 상황을 설명할 이론으로서는 성립할지 몰라도… 글쎄, 그리 현실적이지 않다.

거짓말이라고 하기에는 진실에 가깝고, 이야기를 만들어 내는 능력이 너무 높다는 느낌이 든다. 40명분의 개인정보를 날조하다니, 아무리 그래도 상식을 벗어나 있을 것이다.

그것은 정말로, 특별한 인간이나 할 수 있는 일이다.

이렇게 가져온 정보의 정확성이 어느 정도인가는 검증이 필요하겠지만, 하지만 모든 것이 꾸며낸 이야기라고는 생각되지 않는다. 시끄럽네, 그러면 오이쿠라, 너는 대체 어떻게 생각하는 거야, 뭘 그리 어수선하게 모자란 머리로 생각하는 거야, 네가 하는 생각은 어차피 틀렸을 테니까 고마운 정보를 얌전히 받으라고, 바보야, 라는 아라라기의 목소리가 들려올 것만 같다.

…알고 있다, 아라라기는 그런 말은 하지 않는다.

다만 내가 정신을 똑바로 차리고 생각하기 위해서는, 내 머릿속에 있는 아라라기가 반대의견을 표명해 줘야만 했다. 아라라기에 대한 반발심은 나를 움직이는 원동력이다.

내 망상 속 아라라기의 목소리는, 근거리에서 소리치는 유루가세 아미코의 목소리보다도 상당히 깊고 불쾌하게, 아주 날카롭게 찌르듯이 울린다.

어떤 스트레스 상태이더라도, 이미지 속에서 아라라기를 날려버리면 어느 정도 후련해진다. 유루가세 아미코가 가해 오는 압박감 따윈 상대가 되지 않는다.

그렇다고는 해도 내 안의 아라라기는 내가 곤경으로부터 탈출하는 것을 도와주는 것은 아니다. 뭐, 유루가세 아미코가 나에게 폭력을 휘둘러 오지 않는 것만으로도 지금 상황은 최악이라 할 수는 없지만….

그래도 그녀는 대체 무엇을 꾸미고 있는 것일까 하는 의심은 불식할 수 없다. 내가 모두를 적시하고 있는 것처럼, 모두가 나를 적시하고 있으며 기회만 있으면 해를 끼치려고 꾸미고 있다고 생각하는 것은 인간불신을 넘어서 과대망상의 영역에 달해 있지만(나 같은 것을 함정에 빠뜨려서 뭐 하게? 누구에게 무슨 득이 있지?) 그래도 도무지 납득이 가지 않는다.

결과만을 본다면 유루가세 아미코 덕분에 나는 전혀 알지 못했던 우리 반 내부의 양상을 어느 정도 파악하게 된 것인데….
그러나 묵묵히 듣기만 했고, 간신히 끝난 그녀의 속사포 같은 토크에도 나는 끝내 감사 인사를 할 수 없었다.

무슨 생각이야, 너 나를 우습게 보는 거야? 라며 반대로 따지고 들지 않았던 것만으로도 나는 성실했다고 할 수 있을 것이다. 강요하는 듯한 호의에 순간적으로 반발을 느끼게 되어 있는 나의 멘탈은, 오히려 수상한 점을 발견할 수 있었던 덕분에 안정되어 있었는지도 모른다.

수상한 점.

심플하게 정리하면, 그런 정보는 현재 고립되어 있는 네가 쓰라고, 라고 말할 상황이다. 그러나 내가 감사 인사를 하지 않는 것이 마음에 들지 않았는지, 뭐야, 인마. 그 눈은, 이라고 위협해 왔다. 확실히, 나는 그녀에게 좋은 리액션을 보여 주지는 않았지만 눈매를 가지고 트집을 잡으면 곤란하다. 내 눈모양은 원래 이렇다. 불평은 부모한테 가서 하라고. 부모 같은 건 없지만.

감사를 표하지 않는 반항적인 나를 단념한 듯이, 유루가세 아미코는 간신히 내 얼굴에서 자신의 얼굴을 떼었다. 거의 뺨이 달라붙기 직전까지 와 있었기 때문에, 솔직히 안도했다.

나의 퍼스널리티 스페이스는 '손발이 닿지 않을 거리'이므로 다소 떨어져 있는 정도로는 아직 대인 스트레스가 완전히 소실되지 않지만, 누군가와 마주 보고 있는 것만으로도 압력을 느끼므로, 솔직한 마음을 말하자면 조금 전처럼 뒤를 돌아봐 준다면 아주 고맙겠다.

솔직한 마음 같은 건 말할 수 없지만(내가 아니더라도 '뒤를 돌아보고 있어 줘'라는 말을 할 수 있을 리 없겠지만), 그러나 유루가세 아미코는 절반만, 내 바람을 들어 주었다.

또다시 텔레파시인가(요컨대 내가 울컥해서 말을 해 버렸는가) 하고 초조해졌지만 그런 것이 아니라, 하고 싶은 말은 전부했으니까 이제 유루가세 아미코는 나를 옥상에 남겨 두고 발걸음을 돌려서 돌아가 버릴 생각인 듯했다.

아니, 아니. 잠깐 기다려. 이런 어중간한 곳에서 끝낼 셈이야? 라며 나는 그녀를 멈춰 세우려고 했지만, 유루가세 아미코를 어떻게 불러야 좋을지 곧바로 떠오르지 않아서(유루가세 씨? 씨를붙이면 겁먹고 있는 것 같나? 유루가세? 라고 그냥 부르면 친해보이나? 성씨 말고 그냥 이름으로 부를까? 그건 그것대로 친해보이나? 게다가 이런 정신 상태로 익숙하지 않은 이름을 부르면또 혀가 꼬일지도? 애초에 저 애의 이름은 정말로 유루가세 아미코가 맞는 걸까? 웅얼웅얼웅얼웅얼), 순순히 그녀의 퇴장을배웅할 수밖에 없었다.

오오, 이 얼마나 강한 무력감인가.

이렇게 되면, 나는 그냥 신나게 이야기만 들었고 그녀는 말하고 싶었던 것을 전부 말했으니, 분명 끝내기에 좋은 때였을지도모른다. 하지만 이쪽은 말하고 싶었던 것을 아무것도 말하지 못한 소화불량의 불완전연소일 뿐이었다. 떨떠름한 기분을 혼자끌어안게 되었다.

거친 수법에 강제로 잘 구슬려진 듯한 기분이다.

그러나 나에게 원래부터 하고 싶은 말이 있었는가 하면, 그렇지는 않다. 내가 유루가세 아미코에게 얽매이고 있던 이유는 그녀가 나를 무시했기 때문이다.

그 행동에 화가 났기 때문이다.

그녀에게 처음으로 말을 걸었다는 자신의 판단 미스를 인정하고 싶지 않아서, 죽을 각오로 집요하게 물고 늘어졌던 것뿐이다. 목적의식 따윈 없는 것이나 마찬가지였다. 굳이 말하자면 있었던 것은 목적의식이 아니라 피해자의식이다.

이렇게나 전력을 다해 노력하는 나를 무시하다니, 용서 못 해! 그런 자기중심적인 행동에 대해 유루가세 아미코는 좀처럼 하기 어려운 대응을 해 주었다고 할 수 있다.

점심식사를 함께해 주지도 않았고, 학교 안내를 해 주지도 않았지만, 그것을 보충하고도 남을 정도의 정보를 주었다. 심한 표현이지만, 설령 배경에 어떠한 사정이 있었다고 해도 이렇게 되면 더 이상 그녀에게는 볼일이 없다고 할 수 있다.

…정말로 심한 표현이네.

하지만 이것은 내가 말하는 게 아니라, 본인이 그렇게 말했다. 디딤대로서의 역할은 다해 줄 테니까, 더 이상 나한테 관여하지 마, 라고 그녀는 그렇게 주장해 보였던 것이다.

디딤대로 쓸 생각 같은 건 없었다, 라고는 말하지 않겠다. 반에 녹아들기 위한 최초의 스텝으로서, 말하자면 브리지로서 내가 그녀에게 말을 걸었던 것은 흔들림 없는 사실이다.

만약 계획대로 반에 녹아들었다고 해도, 딱히 거기서 유루가세 아미코를 잘라 버릴 생각은 없었다고 말해도, 신용해 주지는 않을 것이다. 그렇다기보다, 피해망상이 강한 나라면 분명히 그런 식으로 해석할 것이다.

나에게 말을 건 것은 우리 반 학생을 소개해 주기를 원했던 것뿐이었지? 라고. 그래, 알았어, 그러니까 이거면 됐지? 라고.

나에게 흥미가 있는 건 아니지?

…어깨를 축 늘어뜨리고 크게 한숨을 쉰다.

그대로, 몸을 버티고 서 있을 수 없어져서, 나는 옥상의 인조 잔디에 쪼그려 앉았다. 이른바 '체조앉기'다. 새로 맞춘 교복 스커트가 더러워져 버리지만 그걸 신경 쓰고 있을 수는 없었다.

뭐라고 할까…. 예를 들어서 이렇게…. 음식물쓰레기가 꽉 찬 비닐봉투가 있다고 하고…. 반투명하고, 내용물이 보이는 대형 쓰레기 봉투고…. 그 옆에 나, 오이쿠라 소다치가 서 있다고 하고…. '자, 어느 쪽에 말을 걸어 줄래?'라는 부탁을 받는다면, 모두가 망설이지 않고 음식물쓰레기 봉투 쪽을 선택할 정도로, 진짜에 진짜에 진짜로, 어찌할 수 없을 정도로 천박한 녀석이구나, 나는.

그 상황에서 나를 고르다니, 아라라기 정도의 괴짜가 아니면 불가능할 것이다. 하지만 그렇다고 해서 이런 나를, 나만은 버릴 수 없는 것이다.

타인이었다면 이런 녀석은 그야말로 맨 먼저 잘라 버리겠지만, 이것은 나다. 내가 나를 지키지 못하면 어떻게 하겠는가.

호불호의 문제가 아니다. 이 옥상이 펜스로 둘러싸여 있지 않더라도 투신자살 같은 것은 절대로 하지 않는다.

매도당해도, 약해지지 않는다.

쪼그려 앉았지만, 이런 건 금방 다시 일어설 수 있다. 스위치 하자. 유루가세 아미코에 대해서는 여하튼 이것으로 깔끔히 결판이 난 것으로 하자.

꺄아! 나도 꽤 하잖아!

전부 잘 해결됐어!

나 정도는 아니어도, 꽤나 성가신 성격의 소유주인 듯한 유루가세 아미코와 친교를 돈독히 하는 수고를 던 것이다. 오히려 이것은 전학생치고는 잘 풀리고 있다는 정도가 아니지 않아? 손해를 보고 더 큰 이득을 얻으라는 속담, 이런 걸 두고 하는 소리 아냐?

이득은 봤어도 인덕은 잃었다는 기분이 들지만, 이것도 생각하기에 따라서는 내가 유루가세 아미코를 그런 인덕 없는 녀석과 관계하지 않아도 되게 만들어 준 것이라고 볼 수 있으니 좋은 일을 한 것 같은 기분도 든다.

뭐야, 서로 좋은 일밖에 없는 좋은 일투성이잖아. 우후후, 좋은 일을 한 뒤에는 기분이 좋네… 라는 생각은 도저히 들지 않는 와중에도 어떻게든 정신을 바로잡은 나는, 몸 쪽도 바로잡았다.

아니나 다를까, 스커트에 주름이 가 버렸지만 내 미간에 새겨진 주름에 비하면 이런 건 미미한 정도일 것이다. 나에게 길든 것이라고 생각하자.

그러면, 상당히 늦어져 버렸는데, 일단 입수한 정보를 활용하기 위해 귀갓길에 접어들기 전에 교실로 돌아가 볼까…. 수다에

흥을 내고 있는 사이좋은 그룹 사이에 끼어 볼까나?

만일 남아 있다면 수험생이니까, 그냥 수다를 떠는 게 아니라 공부모임일까? …공부모임이라니, 아라라기 코요미 다음가는 오싹한 단어의 나열이지만, 만약 그렇다면 꾹 참고 소름이 돋는 것을 견디며 그 자리에 끼워 달라고 할 정도의 도량을 보이고 싶다.

공부는 잘 한다. 인간보다는.

계단을 내려가면서, 유루가세 아미코가 반 학생들의 개인정보를 유출시키면서까지 나를 거절한 것은, 나와 같은 마음이 있었기 때문이 아닐까 하는 것에 이제 와서 새삼스레 생각이 미쳤다. 그야말로 이제 와서 새삼스럽게.

방언이어서 내가 잘 알아들을 수 없었던 것뿐이지, 그녀는 처음부터 '피해 주었는데', '말려들고 싶으냐' 같은 말을 하고 있었다.

내가 했던 말은 자기변호를 위한 핑계에 지나지 않지만, 그녀의 경우에는 진심에서 나온 친절로, '나처럼 성가신 인간과 상관해서는 안 된다'라고 생각해서 무시하고 있었는지도 모른다.

반드시 있을 수 없는 일만도 아닌가.

그렇게는 말해도, 나도 인생에서 여러 번 고립된 적이 있었고, 그런 이유로 타자를 거절한 적이 전혀 없는 것도 아니다. 고립하는 것은 자기만으로 충분하다고 생각하고, 모든 타자를 거부하는 것은 자연스러운 인정이다. 친구를 위해서 친구를 그만둔다. 그런 드라마틱한 일이 내 인생에 있다고 해서 뭐가 나쁜

가?

그렇다면 자신의 고립에 말려들지 않도록 유루가세 아미코가 나를 위해 길을 제시해 주었다고 생각해도 나쁘지는 않을 것이다. 학급 내 사정을 잘 모르는 전학생이 무심코 말도 안 되는 그룹에 소속되는 바람에 그 이후로 올바른 청춘을 보내기 어려워진다는 것은 학원 드라마에서 흔히 보이는 전개다.

고립되는 것은 자기만으로 충분.

뭐, 그것도 역시 도취이지만···. 고독에 취해 있을 뿐이라고 스스로를 돌아보며 생각하지만, 그러나 뭘 그렇게 폼을 잡고 있는 거야, 부탁하지도 않았다고, 알았어, 알았어, 자존심을 지키기 위해서 마음대로 하셔, 라고까지는 생각하지 않는다.

그렇다면 갑자기 그녀의 고립의 이유가 신경 쓰이기 시작한다···는 것은 역시나 거짓말이다. 나는 음식물쓰레기 이하의 쓰레기라서, 타인의 사정 따윈 신경 쓰이지 않는다.

그런 생각도, 복도를 걸어서 교실 앞에 도달해 버리면 안개처럼 사라진다. 유루가세 아미코가 어떤 심각하고 희한한 사정을 갖고 있다고 해도, 나에게는 하잘것없고 하찮은 내 쪽이 훨씬 소중하고 훨씬 절실하며, 한없이 사랑스러웠다.

물론 그런 자기중심적인 여자에게 순풍만범順風滿帆한 플로차트 같은 것이 기다리고 있을 리가 없어서, 용기를 내어 문을 열었지만 교실 안에는 아무도 없었다. 텅~ 이라는 효과음이 들려오는 듯했다.

공부모임이 개최되어 있다면 나도 끼워 달라고 하자던 결의가 아주 편의주의적인, 부끄러운 망상이었던 것 같은 기분이 들어서 다시 무릎을 꿇게 될 것 같았지만, 그것은 참아 냈다. 인조잔디도 아닌 장소에서 무릎을 세게 찧었다간 무릎이 깨진다.

다만 이 예정조화 같은 헛수고에 의외로 대미지를 받은 나는, 곧바로 귀가할 생각이 들지 않아서 그대로 교실 안으로 들어갔다. 배정된 자리로 향하는 게 아니라, 교탁 옆에 선다.

아무도 없는 교실에서라면 나 같은 녀석이라도 제대로 자기소개를 할 수 있지 않을까 하는 생각으로 한 행동이었지만, 막상 교탁 옆에 서서 아무도 없는 교실을 바라본 순간, 바보 같다는 생각이 들었다. 방과 후의 아무도 없는 교실에서 자기소개를 다시 한다니, 제정신이 아니다. 직전에 정신을 차려서 정말 다행이다.

자기소개의 복습이라니, 너무나도 의미를 알 수 없는 행동이다. 예습이라면 모를까…. 다만 어쨌든 그 장소에 이렇게 다시 서 보는 것으로, 간신히 자신이 전학해 온 교실의 모습을 제대로 볼 수 있게 되었다는 기분이 들었다.

사람이 없으니까 구석구석까지 훤히 볼 수 있는 것은 당연한 일이지만, 역시 그때는 긴장해서 아무것도 보이지 않았구나, 하고 통감한다. 도중부터는 유루가세 아미코만 보고 있었고, 그 애에 대해서밖에 생각하지 않았다. 나머지는 아라라기를 싫어하고 있던 것 정도다. 아라라기 싫다, 아라라기 싫다, 아라라기 싫다.

시야의 비좁은 정도가 심상치 않다.

아니, 시야가 아니라 정신의 커패시티capacity인가. 다수를 상대하는 것에 정말 부적합하다. 용케 이런 멘탈로 나오에츠 고등학교에서는 명색이나마 반장 같은 것을 맡고 있었다. 하네카와 츠바사와는 커다란 차이다.

이 좁은 시야, 근시안적인 사고방식, 무슨 일이 있어도 다른 사람 위에 서야만 하는 녀석일 텐데. 아래에 서는 것조차 위에 선 사람에게 민폐일 정도다. 다른 사람의 위는 고사하고 같은 자리에 서는 것조차 꺼려진다.

나 같은 녀석은 정말, 어떻게 살아가는 것이 올바른 것일까. 도저히 올바른 루트가 있다고는 생각되지 않고, 있다고 해도 그런 루트를 걸을 수 없는 것이 나란 녀석이겠지…. 하지만 나 같은 녀석이란 그렇게 드물지도 않을 테지만.

다른 사람들은 어쩌고 있는 걸까.

같은 실패만 하고, 알고 있어도 올바른 행동을 할 수 없어서 계속 같은 고민을 품고 있는 다른 사람들은, 대체 어떤 식으로 살고 있는 걸까. 역시 같은 실패만 하고, 알고 있어도 올바른 행동을 할 수 없어서 계속 같은 고민을 품고 있는 걸까.

절대 사이좋게 지낼 수 있을 것 같지 않다.

응원을 보낼 기분도 들지 않는다. 지금도 어딘가의 교실에서, 아무도 없는 방과 후의 교실에서 홀로 여러 가지 생각에 잠겨 있을 여자에게 걸어 줄 말 따위, 나는 가지고 있지 않다.

뭘 그렇게 청춘을 보내고 있는 척을 하는 거야.

이젠 됐다, 집에 돌아가서 공부하자.

하코베 부부에게는, 즐겁게 다닐 수 있을 것 같은 좋은 느낌의 학교였다고 거짓말을 하자. 그 미션이 성공하면, 오늘 하루는 아주 잘 보낸 것으로 하자. 후한 자기채점으로 자신을 스포일하는 자상행위로, 나는 조금이나마 후련해질 수 있을 것이다.

내일부터 힘내자.

오늘은 컨디션이 안 좋았어. 오늘은 내가 나빴어.

내일도 나는 나쁘겠지만, 노력하는 것은 죄가 아니다. 그렇게 들려주며 교실에서 떠나가려고 하던 그때, 나는 문득 어떻게 되든 상관없는 어떤 사실을 깨달았다.

어떻게 되든 상관없는 어떤 사실이니까 어떻게 되든 상관없지만, 스스로 깨달아 버리면 그것이 세기의 대발견처럼 느껴지는 법이다. 이 발견을 계기로, 자신의 인생이 크게 변하지 않을까 하는 그런 착각에 사로잡힌다.

추리소설에 등장하는 탐정도 아닌데, 고작 하나의 발견을 축으로 코페르니쿠스적 전환이 일어나서 국면이 180도 크게 변화하며 단숨에 해결로 인도되다니, 내 인생에 일어날 리가 없는데. 그것도, 진정하고 생각해 보면 어떻게 되든 상관없기 이전에, 아주 사소한 깨달음이었다.

별것도 아니다, 책상의 수다.

수학을 좋아하는 나에게는 수를 세는 버릇이 있다. 자세히 말하면(나에 대해서 자세히 알고 싶지는 않겠지만), 규칙적으로 늘어서 있는 것을 보면 그 수를 세고 싶어진다.

세로줄의 수와 가로줄의 수를 세어서, 곱셈을 해서 총합을 낸다. 뭐, 어린애 같은 버릇이 사라지지 않은 것뿐이지만, 성격의 나쁨에 비하면 이것은 나쁜 버릇이라고 할 정도는 아닐 것이다.

그래서 왠지 모르게 무의식적으로, 교실에 늘어서 있는 책상의 수를 세어 보았는데, 아무래도 그 총합이 반 학생들의 숫자와 일치되지 않는 것이었다.

으으응?

아니, 별 상관없나?

내가 전학 왔으니까 숫자가 맞지 않는 것은 당연하고… 아니, 역시 그게 아니다. 원래부터 41명의 학급이고, 인원수가 소수고, 그곳에 내가 뻔뻔스럽게 전학 와서, 요컨대 이 학급의 현재 총 인원수는 42명이라고만 생각하고 있었는데, 하지만 책상은 7(세로) 곱하기 6(가로) 더하기 1(나머지)이므로 43…. 소수다.

아아, 소수는 지금은 아무 상관없다.

그런 게 아니라, 나오에츠 고등학교에서는 40명이 넘는 반 같은 건 없었으니까 잘 와 닿지 않는데, 총합 42명일 학급에 43개의 책상이 있다는 것은 어떻게 된 일일까?

…어쩐지 위화감이 들지만, 그러나 참으로 초라한 위화감이었다. 하네카와 츠바사 같은 특별한 인간이라면 더욱 굉장한, 생각지도 못할 만한 발견을, 이렇게 아무런 특징도 없는 학교의 아무런 특별함도 없는 교실에서도 해낼 것이 틀림없지만, 나 같은 일반인 이하는 이런 트집 잡기 같은 것밖에 할 수 없는 듯했다.

그래도 나는 고개를 갸웃거리며, 잘못 센 것일까 아니면 뭔가 착각을 하고 있는 걸까 하고 몇 번인가 검산을 반복했다. 그러는 동안, 나는 교탁에 셀로판테이프로 고정된 좌석표의 존재를 깨달았다.

아아, 있구나, 이런 게.

하긴, 선생님도 담임을 맡고 있는 반이라면 모를까, 담당 교과수업을 하는 반 학생들의 이름까지 일일이 전부 기억할 수는 없을 것이다—게다가 40명이 넘는 인원수라면 더욱 그렇다. 출생률이 낮은 요즘 시대치고는 많은 인원이지만, 그 이상으로 교직원의 숫자도 줄고 있는지도 모른다는 생각을 하게 만드는 반편성이다—이런 것이라도 없으면 수업 중에 학생을 지목하는 일도 쉽지 않을 것이다.

가만히 보니 그 좌석표에는 갓 전학 온 내 이름도, '오이쿠라' 라고 적혀 있었다. 일부러 새로 만들어 준 걸까? 이렇게 리스트에 적어 주면 나 같은 녀석도 반의 일원처럼 보이는 것이 신기했다.

그것이야 어쨌든 그 좌석표와 실제 자리를 대조해 본 결과, 나는 위화감의 답에 이르렀다. 아니, 그것은 답이라는 단어를 사용하는 것도 호들갑스럽게 느껴질 정도로 아무것도 아닌 일이었다.

요컨대 오늘, 이 교실의 학생이 한 명 결석했을 뿐이라는 이야기였다. 자기소개 때에는 긴장했었고, 그 이후에는 유루가세 아미코만 보고 있던 내가 깨닫지 못했을 뿐, 이 반에는 원래부터 42명의 학생이 있었던 것이다.

나는 43명째의 학생이었던 것이다.

의문은 간단히 풀렸지만, 이렇게 되면 사소한 부분까지 확실히 해 두고 싶어진다. 학교를 쉬었던 것은 누구일까?

성씨만 적혀 있는 좌석표로는 남녀구별조차 알기 어렵지만, 그러나 지금의 나에게는 유루가세 아미코에게 받은 반 학생의 개인정보가 있다. 흐릿한 기억을 그 단서로 보강하면 어디가 빈자리인지 어느 정도는 좁힐 수 있을 것이다.

누가 결석했는지 알고 싶다고 생각하는 이 마음은 평범한 탐구심인 것도 아니다. 어떤 일인가 하면, 오늘 결석한 듯한 그 아이는 요컨대 전학생인 내가 저지른 추태를 목격하지 않았다.

자기소개 중에 실수를 하거나 유루가세 아미코에게 계속 무시당하거나 했던, 영 좋지 않은 첫인상의 나를 직접적으로는 모른다. 그렇다면 그 무지를 이용해서 친구가 될 수 있지 않을까 하는, 글로 써 보면 거의 사기꾼 같은 발상이다.

이 마당에 이르러서도 아직 허세를 부리려 하는 자신의 천박함에는 정말 진절머리가 나지만, 어쨌든 나는 결석자의 이름을 찾아냈다.

그렇다, 범위를 좁히는 걸 넘어서 찾아냈던 것이다.

나의 기억력과 유루가세 아미코의 정보를 종합해서 일치하는 얼굴과 이름을 좌석표에서 순서대로 지워 나갔더니, 자리가 하나밖에 남지 않았다. 소거법으로 특정된 그 좌석에 적혀 있는 이름은 '하타모토旗本'였다.

다만 알 수 있는 것은 그 성뿐이었다.

남자인지 여자인지도 알 수 없다. 왜냐하면 유루가세 아미코가 준 개인정보 안에는 '하타모토'라는 학생의 정보는 일절 포함되지 않았으니까.

…어쩐지 작은 위화감에서 단숨에 사건이 해결되기는커녕, 오히려 전혀 알 수 없는, 사소한 수수께끼가 연쇄적으로 증식되어 가는 느낌이라 짜증이 나기 시작했다.

자기도 모르는 사이에 미로 속으로 잘못 발을 들여 버린 기분이다. 가벼운 기분으로 수수께끼 풀이 같은 걸 하는 게 아니었다.

물론 유루가세 아미코의 정보는 균등하지는 않았다. 정보량이 많은 이도 있었고 그렇지 않은 이도 있었다. 예를 들면 경향으로서 당연하다고 할까, 여자인 유루가세 아미코 발신이므로 남자보다 여자 쪽이 정보가 자세한 경향이 있었고, 눈에 띄거나 화려한 학생은 역시 그것만큼 에피소드가 많아진다. 하지만 그때는 나도 동요하고 있어서 제대로 카운트하지 않았지만, 이렇게 좌석 수와 명부 같은 것을 대조해 보니 명확했다.

유루가세 아미코가 전혀 언급하지 않은 학생이 딱 한 사람 있었다. 그것이 바로 '하타모토'라는 이름의 학생이었다.

이것은 어떻게 된 일이지?

그야 그리 대단한 일은 아닐 것이다.

혹은 아무래도 상관없는 일일 것이다. 이 밖에도 그런 정보 없는 학생이 몇 명 더 있었다면 그렇게 납득할 수도 있다.

하지만 한 사람만, 단 한 사람에 한해서만 전혀 언급이 없다는 것은 조금 기묘하다고 말하지 않을 수 없다. 실수가 아니라 일부러 그런 것처럼 느껴진다.

유루가세 아미코는 나에게 의도적으로 '하타모토'의 정보를 감추었다? 무엇을 위해서? 알려 주고 싶지 않았으니까? 왜? 나처럼 성가신 녀석에게 '하타모토'를 소개하고 싶지 않았다? 아니, 하지만 그 이야기를 하자면 다른 학생도….

…어쩐지 안 좋은 예감이 든다.

그렇다기보다, 안 좋은 느낌이 든다.

오늘 저지른 나의 대실패가 알려지지 않았다는 이유로 다음 타깃을 오늘의 결석자로 정할까 하는 계략을 꾸미고 있던 나였지만, 결석자에 관한 정보가 이름 외에 아무것도 없다는 점을 제외하더라도, 이 이상 미로의 깊은 곳에 발을 들이지 않기 위해서는 여기서 퇴각하는 편이 좋아 보인다고 생각했다.

어리석은 자의 생각은 시간 낭비일 뿐이란 속담이 있다.

실패의 기미밖에 없다.

평소 같으면 그런 예감을 무시하고 고집스럽게 폭주하는 나였지만, 그런 나를 제자리걸음 하게 만드는 위태로운 기척이 이 좌석표에서 강렬하게 느껴졌다. 그런 예감으로부터 도망치듯이 나는 종종걸음으로 교실을 뒤로했다. 하지만 이미 늦었다.

뒤쫓고 또 뒤쫓아도 따라잡을 수 없고, 도망치고 또 도망쳐도 달아날 수 없다. 그것이 나, 오이쿠라 소다치라는 인간이었다.

010

무엇에 패배했는지도 알 수 없는 수수께끼의 패배감과 함께 하교하는 것으로 오늘이라는 하루가 끝났더라면, 그래도 하코베가의 내 방에서 흐리멍덩하게 풀이 죽어 있는 정도로 끝났을지도 모른다. 하지만 무사고로 귀가하는 것조차, 오늘의 나에게는 불가능했다.

너는 하교도 제대로 할 줄 모르냐며, 이 정도까지 오면 과연 나라며 감탄해 버리겠지만, 그러나 이 불운은 나 한 사람의 책임이 아니라고 단언한다. 나는 여러 가지로 자벌적인 경향이 있지만, 남 탓으로 돌릴 수 있을 때에는 가차 없이 남 탓으로 돌리는 경향도, 마찬가지로 강하다. 쓰레기니까.

옥상에서 유루가세 아미코와 이야기를 하거나 교실에서 혼자 쓸데없이 시간을 소비하거나 하는 사이, 내가 교문을 통해 밖으로 나오려고 할 때에는 완전히 날이 저물어 있었는데, 그 타이밍에 딱 마주쳐 버렸다.

여자 삼인조였다.

유루가세 아미코에게 들은 정보에 의하면, 반의 리더적 존재인 스즈바야시 모 씨와 다른 두 명. 다른 두 명은 아무래도 그녀의 동아리 후배인 듯했다. 무슨 부인지는 알 수 없지만 운동복을 입고 있으므로 운동부. 동아리 활동을 마치고 돌아가는 중인 듯하다. 3학년이니까 어떤 동아리라고 해도 이 시기에는 이미

은퇴했을 테지만… 있지, 있어. 은퇴 후에도 빈번하게 동아리 활동에 얼굴을 비치는 선배.

같이 하교하는 모습을 보니 스즈바야시 모 씨는 후배들로부터 민폐로 여겨지고 있지는 않은 듯하다. 아니, 아니. 사모하고 있는 눈치라, 경하스럽기 그지없다.

후배에게 사랑받는다는 것은 어떤 느낌일까…. 스즈바야시…. 풀 네임은, 그렇지, 스즈바야시 리리珠洲林 リリ, 였던가?

이 만남이 교실에서의 만남이었다면 나는 용기를 내서 그녀에게 스스로 말을 건다는 행동에 나섰을지도 모르지만 타이밍이 완전히 어긋나 있었다.

시기가 영 안 좋다고 할 수 있을 정도다.

어쩐지 찝찝한 좌석표 때문에 나는 완전히 지쳐 버려서, 이런 기운 없는 상태로 누군가와 이야기를 하고 싶지는 않았다. 가능하다면 알아차리지 못한 척을 하고 그냥 지나치고 싶었다.

다행히 저쪽은 후배와 즐겁게 이야기를 하는 눈치이므로, 방해하면 미안하다는 배려가 핑계로 성립한다…고 생각했는데, 그러나 나보다 앞서가고 있던 스즈바야시 리리는 교문을 지나기 직전에 후배 두 사람과 함께 발을 멈추고 내 쪽을 향했다. 나의 동선을 막듯이, 막아서듯이. 으엑.

어딘지 모르게 의기양양해 보이기도 하는 그 표정을 보고, 나는 알아차린다. 아아, 이거 시비를 걸어오겠구나, 라고.

나는 시비를 건다고 할까, 누구를 막론하고 공격적으로 물고 늘어지던 시절도 있었으므로(완전히 갱생했다고는 말하기 어렵

다) 왠지 모르게 알 수 있다.

시비가 걸린다. 예상하지 못한 형태로 이루어지는 자기 반 학생과의 교류가, 오늘 마지막 이벤트로 준비되어 있었다는 것이다.

바라지도 않았던, 바라 마지않던 교류.

아니, 그러니까 단순한 우연이었고 스즈바야시 리리로서도 그 우연을 활용한 행동이었겠지만, 실제로, 시기가 영 안 좋다.

우와, 귀찮아…. 내가 들러붙어서 민폐를 끼쳤을 유루가세 아미코의 심정을 이해할 것 같은 기분이 들었다.

발버둥 치는 기미로, 깜빡한 물건이 있는 척을 하며 학교 건물 쪽으로 돌아간다는 연극을 해 보았지만… 잠깐, 전학생! 이라고 말을 걸어오면 더 이상 도망칠 수 없다.

귀가가 늦네. 쪼까 할 얘기가 있는데.

이쪽에는 없다고 말하며 옆을 지나가기에는 그녀의 두 후배가 길을 막아서고 있었다. 사전에 협의라도 한 것 같은 멋진 콤비네이션이다.

밀어내고 지나가려 하더라도 3대 1로는 승산이 없을 것이다. 하물며 저쪽은 운동복 차림의 체육 계열 학생이다.

정했다.

이제부터 조금이라도 아픈 일을 당하면, 이대로 나오에츠 고등학교로 가서 아라라기를 후려칠 거다. 그 녀석에게 화풀이를 할 거다.

그 계획을 구상하는 것만으로도 조금 마음이 가벼워졌다. 엷은 미소까지 떠올라 버렸다.

그 눈치가 아무래도 섬뜩하게 비쳤는지(그럴 만도 하다), 두 명의 후배는 나의 영문 모를 대담함에 당황한 듯했지만, 역시나 반의 리더적 존재인 스즈바야시 리리는 이맛살을 찌푸릴 뿐이지 눈 하나 깜짝하지 않았다.

리더란 말이지…. 그러고 보니 나도 자신을 그런 식으로 생각하던 시절이 있었던가…. 먼 옛날의 일 같지만.

아마도 그런 입장에 서지 않으면 다른 사람과 사귀는 데 있어, 안심할 수가 없었던 거겠지. 위에서 내려다보는 입장이 아니면, 누군가와 대등하게 사귄다는 것이 나에게는 불가능했다.

적합하지 않다는 것은 스스로도 처음부터 알고 있었는데…. 그렇게 말하자면, 스즈바야시 리리는 명백히 리더라는 느낌을 내고 있었다.

지금 이렇게 대치하고 있으니까 그렇게 생각하는 게 아니라, 반에서 자기소개를 할 때부터 나는 그녀에게서 독특한 분위기를 느끼고 있었다. 유루가세 아미코에게 강의를 받지 않아도, 스즈바야시 리리가 교실 내에서 좋은 포지션에 있는 학생이겠구나 하고 짐작은 하고 있었다.

그렇기에 친구가 되는 것은 어려워 보인다고도…. 하지만 이런 형태로 관계하게 될 줄 알았더라면 교실 안에서 어프로치해 둘 걸 그랬다고 나는 어쩔 수 없는 후회를 한다.

뭐, 좋다. 끝난 일이다.

차라리 기분 나쁜 소리를 해 줘. 기분을 나쁘게 만들어 줘. 그러면 나는 아라라기를 때리러 갈 수 있으니까. 자, 구실을 줘. 마음껏 나에게 시비를 걸라고. 뭐하면 계기를 주지.

그렇게 생각하고서 나는, 무슨 용무라도 있으신가요, 스즈바야시짱, 이라고 과도하게 거드름 피우는 느낌으로 그녀에게 말했다. 후배 두 사람이 쿠쿡 웃은 것은 외부인의 말투가 우스꽝스러웠기 때문일까, 아니면 이미 부활동의 잡담에서 전학생의 추태를 들었기 때문일까(이번에는 혀가 꼬이지 않았구나, 라고?).

다만 스즈바야시 리리 본인은 도발적인 호칭이 상당히 마음에 들지 않았는지, 웃음 한번 비치지 않았다. 반응하지 않는 것으로 내가 실수한 것으로 만들 셈인가?

그런 선배에 동조하듯이 후배 두 사람은 모두 황급히 웃음을 멈췄다. 어색한 침묵이 자리를 지배했다.

뭐, 후배 두 사람에게 전해졌는지 어떤지는 둘째 치고, 스즈바야시 리리는 전학생으로서 나의 허술함을 잘 알고 있으니 이제 와서 고상한 척하거나 폼을 잡아도 그런 것은 아무 소용도 없겠지.

그녀 안에서의 가격감정은 이미 끝난 것이나 마찬가지다.

그러나 그렇다면, 왜 이렇게 일부러 나에게 시비를 걸어오는 것인지 의문은 있었다. 후배 앞에서 멋진 모습을 보이려는 것일까?

나 같은 쓰레기에게 시비를 걸어 혼내 줘 봤자, 평판은 오히려 내려간다고 생각하는데…. 만약 후배에게 존경받고 싶다면, 오히려 옴짝달싹 못하게 된 실수투성이 전학생에게 자상하게 대해 주는 장면을 보이는 편이 좋지 않을까?

늘 그렇듯이 그런 자기본위의 생각을 하던 나였지만, 그러나 그런 말은 들을 것도 없이 잘 알고 있는지, 스즈바야시 리리가 여기서 말한 것은 '너를 생각해서 해 주는 말인데'라는 식의 이야기였다.

방언이 섞여서 확실치는 않지만, 아마도 그런 말을 했다고 생각한다. 익숙하지 않은 것은 알지만, 너무 법석을 떨지 않는 편이 좋을 거라고 봐, 우리 반은 그런 반이 아니니까, 라고.

너무 법석을 떨어? 오이쿠라 소다치가 법석을 떨다니, 최근 2년 정도는 없었는데…. 옆에서는 그런 식으로 보이는 걸까.

안에 품고 있는 질척질척한 것들은 밖에서 보면 의외로 알 수 없는 법이지…. 나의 실패도, 반 학생들이 보기에는 그냥 장난치는 것으로밖에 보이지 않을지도…. 그것은 그것대로 굴욕적이기도 하다.

이쪽은 진지하고, 한순간 한순간이 거의 목숨을 걸다시피 한 것인데, 그것이 장난으로 여겨지고 있다는 것은 정말 뜻밖이다.

다만 여기서 그것을 주장해 봤자 역효과일 것이다. 오히려 스즈바야시 리리가 그렇게 나에게, 반에서 예절 바르게 지내는 법을 알려 주겠다고 말한다면, 그럴싸한 얼굴 혹은 풀이 죽은 얼굴을 하고 묵묵히 경청하는 것이 현명한 행동이다.

다만 현명賢明은 고사하고 암우暗愚를 실천하며 살아가는 내가 대체 언제까지 참을 수 있을지는 알 수 없지만…. 얼른 그 이야기를 끝내 줬으면 좋겠다.

나를 집에 돌려보내 줘.

다만 그런 나의 바람과는 반대로 스즈바야시 리리는 의기양양하게 나불나불, 풍파를 일으키지 않았으면 좋겠다든가, 괜히 튀어 보여서 좋을 것 없다든가, 그리고 원래는 분위기가 좋은 반이니까 평범하게 지내면 곧 친해질 수 있을 거라든가, 그런 말을 알아듣기 쉽게 이야기해 주었다.

때와 장소가 달랐다면 고마운 충고였겠지만, 지금은 그저 나를 돌려보내 줬으면 하는 마음뿐이었다.

슬슬 혼미가 극에 달했다고 할까, 유루가세 아미코로부터는 반 학생의 프로필을, 스즈바야시 리리에게는 학급 내에서 지내는 법을 각각 듣게 되었지만, 하지만 단순히 기뻐하고 있을 수 없는 기분이다.

도저히 그 정보를 유효하게 활용할 수 있을 것 같지가 않다.

생각하지 않을 수 없다.

그것은 내 성격이 나쁘기 때문일까, 친절하게 대해 주는 것은 뒤에 딴생각이 있지 않을까 하고 짐작해 버리는, 내 후견인이 되어 준 하코베 부부에게조차도 뭔가 꿍꿍이가 있지 않을까 하는 의혹을 버리지 못하는 인간불신의 여자애가, 오늘 처음 만난 유루가세 아미코나 스즈바야시 리리를 간단히 신용할 수 있을 리가 없지 않은가.

다만 유루가세 아미코 쪽은 제쳐 두더라도, 스즈바야시 리리의 계획이라고 할까, 행간은 어느 정도 읽기 쉬웠다. 단순히 후배 앞에서, 전학생에 대개 괴롭히는 느낌의 친절함을 보이고서 우쭐해 있는 것은 아닌 듯했다.

그녀는 마음에 들지 않는 것이다.

나나 내 행동이 그렇다는 것이 아니라… 아니, 그것도 물론 어느 정도 포함되어 있겠지만, 아무래도 그녀가 반목하고 있는 것은 유루가세 아미코란 인물이다.

요컨대 내가 유루가세 아미코에게 집착하는 느낌인 것이 그녀에게는 불쾌한 듯하다. 말의 구석구석에서 그런 뉘앙스를 느낀다.

그런 애한테 아양을 떠는 것보다는 우리 쪽에 붙는 편이 이득이야, 라고 대놓고 말하지는 않았지만 그렇게 말하고 싶은 눈치다.

그렇다면 이것은 충고가 아니라 경고일 것이다.

아무래도 나의 인식 이상으로, 유루가세 아미코는 반에서 고립되어 있는 듯하다. 아니면 이 스즈바야시 리리가 솔선해서 그녀를 따돌리고 있는 것일까?

유루가세 아미코로부터 그런 이야기는 전혀 듣지 못했지만…. 뭐, 자신이 따돌림당하고 있는 현재 상황에 대한 상세한 이야기 따위, 처음 만나는 전학생을 상대로 하고 싶은 이야기는 아닐 것이다.

어쨌든 반 내부에서의 파벌 싸움이나 세력 간의 투쟁 따위, 지금은 내 손에 벅차다…. 유루가세 아미코와 스즈바야시 리리가 반목하고 있든 적대하고 있든, 그런 영역 의식은 나와는 상관없는 일이었다.

한마디 더 하자면, 상관하고 싶지 않다.

난 상관 안 하겠다는 방관자로 있고 싶다. 그러니까 여기서는 흠흠, 하고 스즈바야시 리리의 어드바이스에 진심으로 납득한 듯이 행동하는 것이 극히 올바른 판단이다.

완전히 의심을 끼워 넣을 여지가 없다, 나는 얼마나 경솔했던가 하고 반성하는 척을…. 하지만 이 리액션은 유루가세 아미코에게 시도했던(시도하고 실패했던) 것과 거의 마찬가지라고 할 수 있었다.

자신의 행동을 내내 돌아보면 뭐라 말할 수 없는 박쥐같은 느낌이라고 할까, 닭 머리 풍향계 같다고 할까, 이도 저도 아닌 싸구려 느낌이 장난 아니었다.

구제가 안 되는구나, 정말.

이렇게 구제불능인 녀석이 전학을 와 버린 그 교실의 모두에게는 진심으로 애도의 마음을 표하고 싶다. 설마 나에게 그런 동정을 받고 있다고는 생각하지 않을 스즈바야시 리리는, 마지막으로 '아시겠어요?'라고 물어 왔다. 아니, 방언을 멋대로 고자세로 의역했을 뿐이고, 실제 스즈바야시 리리는 '아시겠어요?'라는 말은 하지 않았지만.

실제로는 "알겠나?"라고 했다.

알겠다, 라고 대답했다.

깜빡 방언이 전염되어 버린 것뿐이지만, 이것이야말로 재미 삼아 장난친다고 받아들였는지, 스즈바야시 리리는 번뜩하고 나를 노려보았다.

노려보면 반사적으로 그대로 쏘아봐 주는 것이 나다. 우습다. 나는 모두와 사이좋게 지내고 싶었을 텐데, 어째서 이렇게 되어 버리는 걸까. 사실은 사이좋게 지내고 싶지 않기 때문일까?

그러나 스즈바야시 리리는 후배 앞이라는 점도 있어서겠지만, 물러설 때라는 것을 알고 있는지, 미안, 오래 기다리게 했네. 자, 가자, 라고 말하는 듯이 뒤에 있는 두 명을 재촉했다. 나에게는 작별인사도 하지 않았다.

눈길 한 번 주지 않는다는 것은 이런 걸 두고 하는 소리다.

그 동작에 의미도 없이 상처를 입었다. 저렇게나 자연스러운 동작으로 사람을 이렇게 상처 입히다니…. 언젠가 한 번 아라라기에게 해 주고 싶은 행동이다.

참고가 된다고 할까, 배울 점이 있다고 할까…. 적어도 늘어서 있는 매뉴얼보다는 훨씬 공부가 되었다.

저것이 반의 리더의, 마땅한 태도인가. 흉내 낼 수 있을 것 같지도 않고, 이렇게 되고 보니 어째서 그런 것이 되려고 했었는지도 알 수 없게 되기 시작한다.

다만 해방되고 보니 나는 그녀에게 사사로움 없는 조언을 받았다는 고마운 결과만이 남았다. 어쩐지 나의 어젠다agenda는 전부 의미를 이루지 않았는데, 유루가세 아미코나 스즈바야시 리리로부터 얻을 것들은 제대로 얻고 있다고 할까…. 득실로 말하면 이득을 보고 있지만, 그것이 자신의 의욕이나 노력과는 전혀 관계없이 성립하고 있다는 사실이 내 안에 응어리져서 견딜 수가 없다.

네가 온 힘을 다하는가 하지 않는가 따윈 너의 인생에 아무런 관계도 없어, 라는 운명의 자상한 목소리를 들은 듯한 기분이었다. 됐으니까 기분 좋아 보이는 얼굴을 하고, 바닥에 깔려 있는 레일 위를 얌전히 달려라, 라고 타이르는 말을 들은 듯한…. 그것의 어디가 나쁘냐고 묻는다면, 대답할 말을 가지고 있지는 않다.

모든 것이 잘 풀렸다.

실패하든 길에서 벗어나든 관계없이… 끝이 좋으면 전부 좋은 것.

아니, 내가 해야만 하는 일이 일단은 남아 있었다.

아무래도 반목하고 있는 듯한 유루가세 아미코와 스즈바야시 리리, 내일부터 어느 쪽 세력에 붙는가, 그것을 정해야만 한다.

답은 이미 정해져 있다고?

자타가 공인하는 고립소녀인 유루가세 아미코와 자타가 공인하는 리더적 존재인 스즈바야시 리리는 비교대상조차 되지 않는다. 당연히 후자의 동료로 들어가야 한다.

마지막에 기분을 상하게 만들었고, 그것을 제외해도 나를 결코 좋게 생각하지는 않을 스즈바야시 리리였지만, 그래도 그녀는 적대하는 유루가세 아미코의 고립상태를 유지하기 위해서라도 나를 자기 진영으로 끌어들이는 것에 그렇게까지 난색을 표하지 않을 것이다. 리더라면 그 정도의 정치적 판단은 할 수 있을 것이다.

다만 정치적 판단은 고사하고 옳고 그름의 판단조차 수상한 사람이 바로 나였다. 올바른 길이 명확하더라도 어째서인지 그것을 고르지 않거나, 분명히 잘못이라고 직감할 수 있는 길이라도 어째서인지 그것밖에 고르지 않거나 한다.

남이 시키는 대로 하고 싶지 않다는 이유만으로 무의미하게 반항하거나, 이득 보는 것에 '이득이니까'라는 이유로 저항하거나 한다. 이해득실로 움직이는 알기 쉬운 녀석으로 여겨지고 싶지 않다.

알기 쉬운 녀석이라며, 얕보이고 싶지 않다.

어린애 같은 청개구리 기질이라도 있는 것이겠지만, 하지만 이건 불운을 계속 겪어 온 나의, 몇 안 되는 자위책이기도 했다.

행동을 읽히는 것은 치명적이었으니까. 아니, 그렇다고 해서 난독 상태가 되어 보았더니, 단순히 상대하기 어려운 여자애가 완성되었을 뿐 무엇 하나 자신을 지키고 있지는 않았지만.

게다가 여기서 의표를 찌르며 유루가세 아미코에게 붙어 봤자, 당사자인 유루가세 아미코가 어쩌면 스즈바야시 리리 이상으로 거부할 것이 틀림없다.

그렇게 되면 반에서 고립되는 것은 나다.

그런 건 삼자대치도 되지 않는다. 최악의 경우에 '적의 적은 아군' 이론으로, 나를 적으로 삼고 서로 반목했을 유루가세 아미코와 스즈바야시 리리가 결탁할 가능성까지 있다.

말도 안 된다.

무엇을 이유로 반목하고 있는지는 알 수 없지만, 그 두 사람을 화해시킬 이유가 나에게 있을 리 없다. 그렇다면 내려야 할 결론은 역시 확실했다.

그러나 자신을 궁지로 몰아넣는 것이 취미 같은 라이프스타일을 계속 취하고 있는 내가 어떤 선택을 하는가는, 실제로 내일이 되어 보지 않으면 알 수 없었다.

아아, 진짜 정말로 싫어진다.

내일 같은 건 오지 않으면 좋겠다.

하지만 오늘도 상당히 싫었으니까 마찬가지인가. 그렇다면 와도 괜찮아, 아무런 대접도 할 수 없지만 말이야.

011

전학 이틀째.

하룻밤 동안 머리를 싸매고 끙끙거리다가, 마지막에는 꾀병을 부려서 쉴까 하는 곳까지 자신을 몰아붙이던 나였지만, 선량한 하코베 부부 앞에서 그런 꾀를 부릴 수 있을 리가 없었다.

즐거워 보이는 학교였다. 나는 그 학교라면 잘 다닐 수 있을 것 같다고 부부에게 거짓말을 한다는 미션만은 어떻게든 잘 되어 버렸으므로 뒤로 뺄 수 없었다.

덧붙이자면, 그것은 선량한 하코베 부부가 어린애의 빤히 보이는 거짓말에 속은 척해 주었을 뿐일지도 모른다. 하지만 그랬다고 해도 전학 이틀째부터 꾀병으로 방 안에 틀어박히다니, 그러면 나는 나오에츠 고등학교에 다닐 때와 아무런 차이도 없지 않은가.

누가 어떻게 여기더라도 이제 와서 새삼스럽지만, 내 안에 있는 이미지의 아라라기에게 '변하지 않는 녀석이구나'라고 여겨지는 것만은 참을 수 없었다.

그래서 나는 거의 오기가 나서 교복을 갈아입고, 시시쿠라사키 고등학교로 향하는 것이었다. 뭐, 교실에 도착하고 보면 어제 일이 전부 꿈이었을 가능성도 있다(있겠냐).

일단 되는 대로 부딪쳐 보는 거다.

내 안의 이미지가 아니라, 진짜 아라라기 코요미가 할 법한 행동이다. 정말로 그 녀석 정도로, 아무것도 생각하지 않고 행동할 수 있다면 얼마나 좋을까.

그리고 뭔가를 생각하고, 그래도 행동할 수 있다면.

그 남자가 아라라기 코요미가 아니었다면, 모범으로 삼고 싶을 정도의 삶의 모습이다. 하다못해 오늘 아침만은 그런 나로 있기로 할까.

하지만 다행이라고 말해야 할까, 아니면 불행 중 다행이라고 해야 할까, 교실에 도착한 내가 유루가세 아미코와 스즈바야시 리리 사이에 끼게 되는 일은 없었다.

두 사람으로부터 어느 쪽을 고를 거야! 라고 몰아붙여지며 양손에 꽃의 천칭상태가 되지 않고 넘어갔다… 라고 말하면 어쩐지 나 따위가 인기 만점인 것 같아서 죄송스럽지만, 그러나 이 천덕꾸러기가 냉엄한 선택에 몰리지 않을 수 있었던 것은, 이것 역시 내가 그 직전에 아슬아슬하게 명안을 떠올렸다든가 하는 것은 아니었다. 내가 뭘 하더라도, 뭘 실패하더라도 내 인생에는 관계없다. 내가 보기에 남의 일 같은 인생이다.

요컨대 환경이 변했다.

나는 변하지 않았지만 환경이 변했다.

환경, 더 말하자면 조건이다. 그래도 내가 곱게 포기하지 못하고 학교 견학을 하는 척을 하다가 예비종 소리에 아슬아슬하게 교실에 들어왔을 때, 스즈바야시 리리는 있었지만 유루가세 아미코는 없었던 것이다.

결석이다.

…결석?

아니아니아니아니, 농담이겠지.

어제 그렇게 쌩쌩해서는, 기운차게 나를 몰아붙이지 않았던가.

꾀병? 내가 하려다 말았던 그거?

하지만 유루가세 아미코가 왜 꾀병을?

전학 첫날부터 두 사람의 반 학생에게 시비가 걸리고 선택을 강요받았던 내가 쉰다면 또 모를까, 유루가세 아미코가 쉴 이유 따윈…. 집요한 나의 어프로치에서 벗어나려고?

그렇다면 쇼크지만, 그러나 그 일은 어제 방과 후의 옥상에서 결판이 났다고 할 정도는 아니어도 어쨌든 일단락은 났을 터이다.

그리고 이렇게 말하는 것은 뭐하지만, 유루가세 아미코에게 내가 그 정도의 위협이었다고는 생각하지 않는다. 자신이 교실에 오지 않기보다는 나를 교실에서 쫓아내는 플랜 쪽을 선택할 것이다. 뭐, 이 가정도 내가 그녀를 과도하고 난잡하게 이미지하고 있을 뿐인지도 모르지만.

어느 쪽이 됐든 나에게 제시되어 있던 선택지 중 한쪽은, 막상 그때가 오기 전에 물려 있던 것이다. 내가 아무리 자기가 보기에도 무슨 일을 저지를지 알 수 없는 크리에이터 기질의 여자애라도, 없는 선택지는 고르지 않는다. 고를 수 없다.

툭하면 사다리가 치워지는 일이 많고, 때로는 스스로 사다리를 걷어차 버리는 일이 많은 나지만, 역시나 처음부터 쓰러져 있는 사다리에는 올라가지 않는다. 이렇게 되면 스즈바야시 리리 파派에 속할 수밖에 없을 것이다. 보다 엄밀히 말하면 유루가세 아미코 이외의 파벌이라고 해야 할지도 모르지만.

생각도 하지 못했던 이 전개에 당혹스러워하면서도, 어쨌든 내가 내 자리에 앉자, 안녕, 전학생. 오늘은 얌전하네, 라는 목소리가 들렸다. 조금 빈정거림이 담긴, 그러나 적의라고 할 정도도 아닌 그 인사를 나에게 보내온 사람은 예상대로 스즈바야시 리리였다.

뭐라고 말해야 좋을지 알 수 없는, 그래서 갑자기 만들어 낸 어울리지도 않는 표정을, 나는 보인다. 새로운 나의 이틀째는 이런 느낌으로 시작했다.

012

그 이후로도 둘째 날은 첫째 날과는 모든 면에서 전혀 이질적인 전개를 보였다. 가장 알기 쉬운 점으로 말하면… 그렇다, 나라는 전학생을 반의 학생들이 '추어올린다'는 것이었다.

여하튼 믿을 수 없는 전개라서 따옴표를 붙여 말할 수밖에 없지만, 그러나 그것은 그야말로 '추어올린다'라고밖에 말할 수 없는 대접이었다.

내 자리에 연달아 들락날락, 모두가 순서대로 찾아와서는 내이전 학교에서의 이야기를 듣고 싶어 했다. 이전 학교에서의 이야기 같은 건 죽어도 하고 싶지 않아서, 떠올릴 수 있는 최대한의 거짓말을 줄줄이 늘어놓았지만(앞뒤가 전혀 맞지 않았다), 어쨌든 모두가 나에게 흥미진진이었다.

모두가 오이쿠라 소다치에 대해 깊이 알고 싶어 했다.

자신이 알려지는 것에 생리적인 거부감을 느끼는 나로서는 참으로 부담스러워서 도망치고 싶은 마음을 억누르는 것이 고작이었지만, 그러나 일반적으로 봐서 이것은 생각할 수 있는 한, 전학생에게 최고의 전개라고 할 수 있을 것이다.

남학생이나 여학생이나, 누가 나와 점심식사를 할까 하는 문제로 언쟁을 벌이는 상황인 것이다. 환각에서도 나오지 않을 법한 비현실적인 광경을 나는 목도하고 있다고 할 수 있었다.

이런 체험을 아라라기에게 보고했다가는 믿지 않기는커녕, 자칫 잘못하면 나는 의사에게 끌려가게 될 것이다. 왜 그 남자에게 새로운 생활에 대해 보고할 의무가 있는 것처럼 되어 있는가는 내가 보기에도 분명치 않지만, 어쨌든 그대로 고분고분히 지내기에는 조금 속이 쓰리는 취급이었다.

뭐야, 이건.

설마, 어제의 내 추태는 정말로 꿈이었던 걸까? 아니, 스즈바야시 리리가 아침에 나에게 했던 인사에 담겨 있던 시니컬한 느낌은, 어제는 어제대로 틀림없는 현실이었음을 고하고 있다.

다만 그 스즈바야시 리리도 그 이후의 대응은 아주 친절한 것이었다. 담임교사나 각 과목 담당교사의 특징을 알려 주었고, 결국 오늘 점심은 그녀의 그룹에 끼어서 먹게 되었다.

너무나도 반의 서열관계에서 톱 그룹이라는 느낌이라 부담스러움이 보통이 아니었지만, 그래도 그 시간이 즐겁지 않았다고 한다면 그것은 오늘 최대의 거짓말이 될 것이다.

나는 방심하면 고립되곤 해서 집단생활이 불가능하기 때문에 어딘가에 틀어박히는 여자이기는 하지만, 결코 외톨이를 좋아하는 여자는 아닌 것이다.

외톨이가 편하지만, 외톨이를 좋아하는 것이 아니다.

사람과, 그것도 모두와 친구가 되고 싶지만, 그래도 될 수 없는 녀석이다. 그래서 어떻게 행동하는 것이 옳은지 잘 알지 못하는 와중에서도 밀착취재 같은 그 시추에이션에 얼굴이 절로 미소를 짓게 되는 것을 멈추기는 어려웠다.

미소를 짓는 것도 서투른 주제에 뭘 히죽거리는 거야! 라며 뒤에서 발로 걷어차 주고 싶어진다. 그야말로 나오에츠 고등학교 시절의 내가 이런 미래의 나를 목격했다면 질투에 미쳐 버렸을 만한, 새로운 오이쿠라 소다치였다.

물론 상상도 하지 못한 전개의 소용돌이 속에서도 내 깊고 깊은 의심은 상상을 불허할 정도라, 의심을 완전히 말소할 수는 없었다. 이것은 신입을 지나치게 '추어올린다'라는 놀이가 아닐까, 곤혹스럽게 만들어서 당황하는 모습을 뒤편에서 웃음거리로 삼는 이니시에이션 같은 게 아닐까, 그런 식의 의혹을 가지지 않는 것은 불가능했다.

하지만 그런 진실감이 있는 의혹도, 방과 후가 될 무렵에는 상당히 엷어져 있었다는 것 역시 인정하지 않을 수 없다.

악의로서 조금 지나친 그런 마음을, 한두 그룹 정도의 인원이라면 어떨지 몰라도 반의 모두가 가지고 있다고 생각하는 것은 역시나 무리가 있다. 스즈바야시 리리가, 유루가세 아미코가 자리를 비운 사이에 나를 완전히 '이쪽 편'으로 끌어들이기 위해 환대하고 있나 하는 생각도 들었는데, 이런 식으로 반 학생들을 총동원할 수 있을 정도의 선도력(선동력이라고 해야 할까?)을 가지고 있다면 나 한 명 정도의 표가 어느 쪽으로 움직인다 하더라도 그녀에게는 별 문제가 아닐 것이다. 이런 번거로운 짓을 하지 않더라도, 나 정도 되는 녀석은 금방 함락시킬 수 있다. 그녀가 그 정도의 '특별한 인간'이었다면.

스즈바야시 리리를 포함해서 여기에 있는 사람은 모두, 내가 동경하는 '평범한 아이'다. 그 정도까지의 광기는 감추고 있지 않다.

그 정도까지는 아니다.

그렇다면 이 느닷없는 시추에이션은 대체 어떤 식으로 이해하는 것이 타당할까. 패럴렐월드에 길을 잃고 들어왔다고밖에 말할 수 없는 이 전개를, 어떻게 논리적으로 해석해야 좋을까.

그런 것을 생각하기보다, 시시콜콜한 것은 신경 쓰지 말고 그냥 즐기면 된다는 걸 머리로는 알고 있지만, 그럴 수 있다면 세상에 고생할 일도 없다.

요약하자면, 마음씨 고운 모두가 어제의 내 추태를 없었던 일로 해 주었다는 걸까. 없었던 일까지는 아니더라도 적당히 얼버무리는 정도로. 내가 오늘 아침에 교내 견학을 하는 척을 하고 있는 동안, 모두 모여 학급회의 같은 것을 열어서 '오이쿠라 소다치를 어떻게 대할까'라는 의제로 디스커션을 했는지도 모른다.

그 녀석, 조금 불쌍한 녀석 같으니까 다 같이 매너 있게, 사이좋게 지내 주자, 라고 누군가가 제안한 거 아닐까?

…황당무계한 사례로 들려고 했던 가설이었는데, 어쩐지 실제로 있을 법하다. '그 녀석, 조금 불쌍한 녀석 같으니까'라는 부분에 상당한 리얼리티를 느낀다.

아아, 그렇구나. 나는 인생도 사고방식도 불쌍하다.

학급의 동정을 한 몸에 받게 되어도 이상하지 않다. 부끄러운 마음을 감출 수 없지만, 그러나 그 결과로 좋은 추억이 생겼음을 부정해 봤자 소용없다는 것도 하나의 진실이다.

세세한 정리는 시간을 들여서 마무리하기로 하고, 그쯤에서 납득하고 나 역시 어제의 추태를 없었던 일로 하고서 오늘부터 다시 새로운 생활을 시작해야 할 것이다.

전학생의, 전학생다운 새로운 생활이다.

언제까지나 '추어올리기'를 계속하지는 않을 테니, 이 보너스 타임을 최대한 유효하게 활용한다는 방향으로 사고를 전환해야만 한다.

바라 마지않았던 리셋 찬스.

이것을 살리지 못하면, 나는 평생 불쌍한 상태로 살게 된다. 이 흐름을 살려서 어떻게든 반에 녹아드는 것이 내가 할 일이었다.

무슨 일이 있더라도 여기서 반 학생의 내방을 사절해서는 안 된다. 그리고 결석 중인 유루가세 아미코에 대해서 생각할 여유 같은 건 없다.

하물며 또 한 명의 결석자.

오늘도 학교에 나오지 않은 하타모토 아야카리旗本肖에 대한 것 따윈….

013

하느님이 주신 단 하루의 찬스라고 생각했는데, 그러나 다음 날도, 그다음 날도 나에 대한 대우는 그런 느낌이었다. 마음을 단단히 먹지 않으면, 자신이 귀엽고 성격 좋고 호감이 가는 여자아이니까 이런 환대를 받는 것이라는 착각을 해 버릴지도 모를 정도였다.

착각하지 마라. 나는 귀엽게 생겼을 뿐이다. 성격은 나쁘고 호감도는 제로다. 귀여운지 어떤지도 사실은 자신이 없다. 눈매가 나쁘다고 생각한다.

그런 식으로 비하에 비하를 반복하지 않으면 들떠 올라서 또 실수를 해 버릴 것만 같았다. 몇 번이고 수도 없이 반복해 온 실패를, 여기서도 되풀이해 버릴 것 같았다.

솔직히 하루만 더 그런 생활이 이어졌더라면, 그런 뜨뜻미지근한 생활에 빠져 버렸을지도 몰랐지만, 다음 날의 다음 날의, 그다음 날은 토요일이었다.

즉, 학교가 쉬는 날이다.

나오에즈 고등학교는 압박이 강한 사립학교였으므로 토요일에도 오전수업이 있었지만, 공립인 시시쿠라사키 고등학교는 평범하게 주 5일 수업이었다.

오랫동안 방에 틀어박혀 살던 몸으로서는 일주일에 이틀은 쉬는 날이 너무 많은 거 아닌가 하고 생각했지만, 나처럼 불안정한 여자애가 꿈결 같은 기분을 싹 씻어 내고 냉정하게 눈을 뜨기에는 그 정도의 시간이 필요했을 것이다.

어쩌면 주말에도 반 학생들에게 불려 나가게 되지 않을까 하는 엷은 기대를 하고 있었는데, 누구에게도 연락이 오지 않은 것으로 조금 '어라?' 하는 기분이 들었는지도 모른다.

정신을 차렸다. 변변치 못한 나 자신으로 돌아왔다.

그렇지 않더라도 목요일과 금요일도, 요컨대 사흘 연속으로 유루가세 아미코가 학교를 쉬었던 것을 의식 밖에 계속 두는 것은 아무리 꿈결처럼 둥실둥실한 기분이 되었더라도 상당히 난이도 높은 시도다.

아무리 리셋한 셈치고 기분을 일신했다고 해도 한 인간의 존재 자체를 리셋하고 없었던 것으로 하다니, 그런 것은 완전히 마법이 아닌가.

학급의 어느 누구도 유루가세 아미코를 화제에 올리지 않은 것도 신경 쓰인다. 아무리 고립되어 있다지만, 너무 지나치지 않나?

있을 때에 무시하는 것은… 뭐, 이해한다. 나도 당한 적이 있고, 그랬던 적이 없다고도 하지 않겠다.

하지만 없을 때까지 무시당한다는 것은 어쩐지…. 단순히 사이가 나쁘다든가 반목하고 있다든가, 미움받고 있다든가 하는 것하고는 상당히 다르다는 생각이 든다.

그렇다…. 그것은 마치, 터부 같은.

건드려서는 안 되는 존재 같은.

긁어 부스럼이라며 기피당하는 천덕꾸러기 취급 역시 나도 받은 적이 있는데, 아마도 가장 그것에 가까울 것이다. 다만 아직 정확하다고는 할 수 없다.

그것에 대해서는, 행위에 대해 켕겨 하는 느낌 같은 것이 학급 내에서 느껴지지 않는 것도 아니다. 모두는 아니어도, 반의 학생 대부분에게서 그런 느낌을 받는다.

사람의 안색을 살피는 습관이 들어 버린 나이지만, 그런 의미에서 반의 행동은 통일되어 있어도 의지는 별로 일치하지 않는다고도 할 수 있었다.

여러 가지 생각이 있었고, 그 결과로 반의 모두가 나를 잘 대해 주는 행동에 나선 듯 생각된다. 내가 상상했던 학급회의 같은 것은 아무래도 열리지 않은 듯하다고, 일요일 낮 무렵에 나는 결론 내릴 수 있었다(느려).

나 같은 것은 아무도 중요하게 생각하지 않는다. 평소대로다. 불쌍하니까 걱정해 주고 있는 것도 아니다.

아마도 나는 구실이 되어 있을 뿐이다.

다양한 의도가 있겠지만 가장 커다란 요소로 보자면 보상행위로서, 나는 지금 자상한 대우를 받고 있는 것이다.

유루가세 아미코 대신에 내가 우대받고 있다…는 것도 아니다. 그런 것이 아니라, 유루가세 아미코를 그런 식으로 무시하고 있는 죄악감을 해소하기 위해 나를 자상히 대하고 있다. 응, 이 뉘앙스다.

딱 이 느낌이다.

명백히 유루가세 아미코와 대립하는 스즈바야시 리리 쪽은 또 양상이 다른 것 같지만, 반 학생들의 대부분에게는 그런 마음이 있는 게 틀림없다고 생각되었다. 의식하고 있는가, 의식하지 못하고 있는가는 또 다른 문제이지만.

이것은 내 장기인 천박한 인간의 억측이 아니라, 다소의 오차는 있더라도 정곡을 꿰뚫고 있다. 수학에서 올바른 증명을 했을 때 같은 흔들림 없는 확신이 있다.

…하지만 그렇다면 어쨌다는 걸까?

그들과 그녀들이 내심 어떤 마음을 품고 있다고 해도, 그것이 나에 대한 잔혹한 악의가 아닌 한에야 괜찮다고 생각해야 한다.

자신의 속마음에 간섭당하고 싶지 않다면, 타인의 속마음에도 관여해서는 안 된다. 하물며 그 교실의 반 학생들과는 한 달 남짓한 짧은 만남이 될 예정이다.

그 멤버 중에서 평생의 친구를, 마음을 터놓을 친우를 꼭 선출해야만 하는 사정이 나에게 있는 것은 아니다. 남아 있는 나날을 아무 일도 없이 보낼 수 있다면 대만족이다. 청춘이라고 부르기에는 너무나 잿빛이겠지만… 뭐, 나는 이런 법이다.

그래서 나는 그 이상 비뚤어진 생각은 하지 않고, 아무런 행동도 하지 않고 주초의 월요일을 맞이했던 것이다… 가 아니라, 하핫, 그럴 리가 없지.

나는 오이쿠라 소다치. 누구라도 물고 늘어지는 여자.

행동을 하지 않을 수 없는, 불쌍한 아이.

자신의 행동의 결과로 얻은 것이 아니라면 행복조차도 거절한다. 나를 지금 '추어올리는' 반 학생들 속에서도 아주 약간은 순수한 호의나 배려, 자상함 같은 것이 있을지 모르는데도, 그런 것은 개의치 않고.

나는 도전한다. 뒤엎는다. 어리광 부리고 있으면 된다고, 귀여움을 받고 있기만 하면 된다고 확신하면서도 그 확신을 배신하고, 반역한다.

운명을 거스른다.

그도 그럴 것이, 이 행복은 내가 원하는 녀석하고 다른걸.

014

타깃의 재설정.

누구에게 이야기를 캐물을까.

이것은 신중함을 요하는 고생스런 공정으로 생각되었지만, 동시에 간단하기도 했다. 왜냐하면 나에게는 유루가세 아미코에게 받은 개인정보가 있다.

유루가세 아미코는 그것이 이런 형태로 이용되리라고는 전혀 예상하지 못했을 것이고, 또한 바라지도 않겠지만, 그러나 확산된 개인정보가 생각지도 못한 형태로 악용되는 것은 세상의 상식이다.

후보는 두 사람.

좋은 녀석이라고 평가받는 여학생인 캬쿠후지 노리카客藤乃理香, 의지가 되는 녀석이라고 보증받은 남학생, 하시무라 유헤이端村勇兵였다.

그 밖에도 아주 입이 가볍다는 말을 들은 키리키 에리타리桐木襟足나 협조성이 별로 없다는 말을 들은 오도리 마보토踊間帽人 쪽도 1차 예선을 통과하긴 했지만, 그래도 평가가 낮은 학생보다는 평가가 좋은 학생 쪽이 나처럼 악랄한 인간이 노릴 만한 목표였다.

스스로도 최악이라고는 생각하지만, 이제부터는 한 번의 실수도 용납되지 않는다. 그렇게 되면 사람의 선함을 파고드는 것 말고는 돌파구가 없었다.

늘 핑계만 대는 나도 이것에 관해서는 변명은 없다. 내 안의 쓰레기는 다 배출했다고 생각하고 있었는데, 무슨 소릴, 아직도 한참 남은, 무한히 가라앉는 바닥없는 늪이었다는 이야기다.

대체 얼마나 성격이 나쁜 건지, 어차피 잘되지 않을 이런 나쁜 계략을 꾸밀 때가 가장 생기가 넘치고 있으니, 정말 나는 어떻게 된 모양이다.

생기 넘치는 느낌이 이런 느낌이라면, 죽는 편이 좋다. 다만 지금은 '좋은' 것보다도 '나쁜' 것 쪽을 선택하자.

그러면 캬쿠후지 노리카와 하시무라 유헤이, 어느 쪽을 노려야 할까. 어느 쪽이나 비슷하다고나 할까, 그다음부터 어떻게 될지 알 수 없는 이상, 이것은 결국 여자와 남자 중 어느 쪽을 노려야 하느냐는 물음과 같다.

단순히 생각하면 여자끼리 이야기하는 것이 편하니 캬쿠후지 노리카를 골라야 한다고 생각하지만, 그러나 유루가세 아미코도 스즈바야시 리리도 하타모토 아야카리도, 내가 생각하는 핵심 인물이 전부 여자임을 생각하면 그 편향은 흐트러뜨리는 쪽이 좋지 않을까 하고 생각할 만한 밸런스 감각도 있다.

여자끼리니까 이야기가 빠르다든가, 말이 통하기 쉽다든가 하는 장점은 내 경우에는 없을 거라고 생각한다. 기본적으로 나는 여자에게 미움받는 타입의 여자다.

자각은 있다.

그렇다고 해도, 그렇다고 해서, 그러면 남자에게 호감을 사는 타입의 여자인가 하면 전혀 그렇지도 않지만, 그러나 지금 그 교실에 소용돌이치는 기묘한 분위기가 여자 측에 쏠려 있는 어떠한 것이라고 한다면, 여기서는 남자의 의견을 들어 보고 싶다는 것이 나의 본심이었다.

물론 남자도 무관계하지 않은 이상에야 객관적인 의견이란 것은 바랄 수도 없지만, 어쨌든 나는 이렇게 시야가 좁은 녀석이니까, 조금이라도 이 문제의 중심에서 떨어진 위치에서의 인식을 얻고 싶었다.

차라리 캬쿠후지 노리카와 하시무라 유헤이, 양쪽 모두에게 참고인 조사를 시도할까도 생각했지만, 그 이상적인 명안은 바로 기각되었다.

어떠한 명안이라도 실행할 수 없다면 폐기할 수밖에 없다. 내 멘탈리티로는 한 사람을 상대하는 것만으로도 한계다.

모든 관계자들로부터 모든 정보를 수집하고 대량의 증거를 모아서 종합적으로 판단한다는, 오이쿠라 소다치를 벗어난 능숙한 행동을 할 수 있는 나였다면 나오에츠 고등학교에서 추방당하지 않았으리라는 것을 절대 잊어서는 안 된다.

단신으로, 최소한의 움직임으로 비밀리에, 그러면서도 스피디하게—되도록 하루 이내에—결판을 내지 않으면 아마도 나는 의욕을 잃는다.

그러니까 타깃은 한 사람으로 좁힌다.

희생자는 한 명으로 족하다.

협력자조차 모집하지 않는다. 그야 이런 때엔 누군가에게 도움을 받는 편이 당연히 좋지만, 협력자와 사이좋게 지내는 것이 소름 끼칠 정도로 고생일 것 같다.

어느 쪽을 골라도 후회할 것 같은 선택이므로, 더 이상 끙끙거리며 고민하기보다 동전을 던져서 결정해도 괜찮겠다는 심정이었지만, 여기서 운에 의지하는 것은 바라는 바가 아니다(봐라, 나도 귀찮다).

그러므로 어디까지나 스스로 생각해서, 어디까지나 스스로 답을 냈다. 고민 끝에 내가 정한 타깃은 캬쿠후지 노리카였다.

남자보다 여자를 골랐다.

알고 있다. 이론상으로 여기서는 남자를 골라야 한다고. 그러는 편이 나중에 도움받을 일이 많고, 여기서 캬쿠후지 노리카에게 접근한다는 것은 최악의 경우에는 여자 전원을 적으로 돌릴 우려가 있다는 것도 알고 있다.

이런 수수하면서 시시콜콜한, 사전준비 같은 파트에서까지 어째서 나는 올바른 행동을 할 수 없는 걸까 하고 정말 자신에게 절망하지만, 한편으로 그렇게 정해 버리자 아주 마음이 편해진 것도 현실이었다.

남자와 이야기하다니, 부끄러우니까~ 라는 내숭 떠는 소리를 할 생각은 없다. 망설이지 않고 남자에게도 마구 덤벼들었던 역사를 나는 층층이 쌓아 왔다. 본의 아니게 한계 직전까지 귀여운 척을 하며 여자다움을 어필한 적도 있다.

하지만 역시 본질적으로 나는 남자가 무서웠다. 자세히 밝히고 싶은 일은 아니지만, '몸집이 크다', '완력이 강하다'라는 점에서 그 녀석들은 무섭다.

요컨대 집단이 두려운 것과 같은 이유다.

폭력을 휘둘러 오는 존재를 나는 두려워한다.

이것은 뭐, 진지하게 분석하면 내가 자라온 상황과 무관계하지는 않겠지만, 그러나 대부분의 여자는 남자에 대해 나와 같은 의견이 아닐까.

궁극적으로 말해, 이쪽의 의견이나 자세를 폭력으로 박살 낼 수 있는 수단을 가지고 있는 인간과 교섭할 때, 역시 어딘가 약해지는 것은―혹은 과도하게 강경한 자세가 되는 것은―피할 수 없을 것이다.

그러니까 나는 가능하다면 남자와 일대일로 마주하고 싶지 않다.

어쩔 수 없는 상황이라면 용기를 내겠지만, 그러나 그 밖에 선택지가 있다면 반드시 그쪽을 선택하게 해 주었으면 한다. 얻어 맞는 것은 싫다.

얻어맞으면 얻어맞을수록 싫어진다.

반대로 말하면, 나는 얻어맞을지도 모르는 것을 반 학생에게서 캐물으려 하고 있다는 이야기지만.

폭력을 사용하지 않는다고 말할 뿐, 나야말로 상당히 야만적인 생물이다. 평화적이라고는 말할 수 없더라도 그럭저럭 조화를 이루고 있는 공동체를, 이제부터 휘저어 놓으려 하고 있다.

머랭이라도 만들 생각일까, 자상한 캬쿠후지 노리카의 자상함을 파고들려 하고 있다. 나 같은 최악의 인간의 더러움을 알게 됨으로써, 그녀의 선량한 미래는 분명 망가지게 된다.

싫은 일이 있을 때마다 나를 떠올리는 인생이 된다. 그것을 미안하게 느낄 정도의 양심은 나에게도 있었지만, 내 행동은 나도 더 이상 멈출 수 없다.

월요일 이른 아침, 나는 학교 건물 입구 부근에서 캬쿠후지 노리카를 기다렸다가 그녀를 옥상으로 연행했다. 연행이라고 하면 어감이 강한 듯도 하지만… 뭐, 실제로 거의 불량배 같은 수법이라서, 연행이라고 말하지 않는다면 납치라든가 유괴라든가 하는 표현을 쓸 수밖에 없다.

정말이지 정의의 사자는 될 수 없다. 올바른 인간은 이런 때에 어떻게 하는 걸까. 다만 그런 억지스럽고 잘못된 수법을 취했기에 캬쿠후지 노리카와 일대일이 될 수 있었다는 것은 부정하기 힘든 사실이다.

그녀로서는 내가 그런 폭거를 저지른 것은 완전히 예상 밖의 사태였을 것이다. 그것은 그럴 것이다.

스스로 평가하자면 이런저런 실수를 저지르며 무엇 하나 잘 돌아가지 않는 느낌인 나의 전학 생활이기는 했지만, 그러나 히스테리를 일으키거나 누군가를 물리적으로 상처 입히지는 않았다. 인간으로서의 낮은 완성도는 드러내더라도, 위험한 인간이라는 측면을 계속 감추는 데는 간신히 성공하고 있다고도 할 수 있었다.

자기소개에서 혀가 꼬일 만한 둔한 아이로 여겨질지언정, 반 학생을 억지로 불러서 끌고 갈 만한, 그런 거친 행동을 하는 아이일 것이라고는 생각도 하지 못했을 것이 틀림없다.

이렇게 되면 유루가세 아미코를 통해 펜스로 둘러싸인 학교 옥상이라는 인적 드문 장소를 알게 된 것도 포함해서, 오늘이라는 날을 위해 나는 마치 가장 효율적인 행위로 지난주를 보냈다는 착각조차 든다. 하여튼 캬쿠후지 노리카의 입장에서는 그저 재난일 뿐이었겠지만.

뭐, 자상하고 친절하며 선량하고 성격 좋고, 그리고 조금 귀엽다는 점이 나 같은 재앙을 불러들이는 경우도 있다는 사실을, 하다못해 이 일을 통해 배우고 앞으로의 인생에 활용해 주었으면 한다. 나는 폭력적이기는 해도 최소한 너에게 그것을 휘두르지 않겠다고 맹세하겠다.

아라라기에게 맹세하겠다.

가령 바라던 결과를 얻을 수 없었다고 해도, 그래도 만약 캬쿠후지 노리카의 손가락 하나라도 건드리는 일이 있었다면 아라라기의 뺨에 쪽~ 하겠다고 맹세하겠다. 나로서는 땅바닥에 입을 맞추는 것보다도 굴욕적인 맹세다. 맹세하는 것만으로도 속이 메슥거린다. 캬쿠후지 노리카로서는 '누구야, 그건?' 하고 말할 상황이겠지만.

뭐, 그녀가 '영문을 모르겠다'라며 당황하는 동안에 캐묻는 것이 베스트였다.

다행히 갑자기 이빨을 드러낸 나의 표변豹變에—표범豹이라기보다는 말일지도 모른다. 마각馬脚을 드러냈다—캬쿠후지 노리카는 마치 작은 동물처럼 부들부들 떨 뿐, 나의 허세를 알아차린 기색은 없다.

그러나 나는 그런 부들부들 떠는 모습에 동정을 느끼거나 오히려 가학심을 자극받아 이성을 잃거나 하지는 않는다. 다만 끓어오르는, 주체할 수 없는 짜증을 억누르는 것만으로도 벅찼다.

아아, 그렇다. 그랬다.

좋은 가정에서 태어나서 좋은 것을 먹고 자라면 이런 느낌의 아이가 되는구나… 라고 조용히 생각한다. 가족이나 친구가 자상하게 대해 주면, 이런 느낌으로.

아아, 불쾌하네….

이 아이는 앞으로도 평생, 미간에 주름을 만들지는 않겠구나…. 거친 목소리를 내거나, 발끈해서 벽을 걷어차지 않겠구나.

좋겠다….

하나라도 좋으니까, 나한테도 주지 않으려나….

그만큼이나 잔뜩 가지고 있으니까 하나 정도는 괜찮잖아. 그렇지는 않아, 모두가 제각기 마음고생을 하며 나름대로 견디면서 살고 있다고.

그런가…?

내가 가장 비참한 인간이 아니었다면, 이 세상은 지옥보다도 끔찍한 장소라는 이야기가 되어 버리는 게 아닐까….

아니면 있는 걸까?

이렇게 평화로워 보이는 아이와 사이가 좋아지고, 이름으로 서로를 편히 부르면서 함께 놀러 가거나 공부를 도와주거나 하는 미래의 한 장면도…. 그것을 지금, 나는 스스로 없애 버리려고 검게 덧칠해 버리려 하고 있는 것일까?

그렇다면 그래도 좋다. 어차피 나이니까.

어째서 내가 이런 꼴을 당하는지 알 수 없다는 자세를 무너뜨리지 않는 캬쿠후지 노리카에게, 나는 바짝 다가섰다. 딱 지난주, 전학 첫날에 유루가세 아미코에게 당했던 것처럼.

이렇게 말하는 건 뭣하지만, 아마도 유루가세 아미코가 했던 것보다 몇 배의 박력이 있었다고 생각한다. 내 눈매는 아주 나쁘다. 가끔씩 거울을 보다가 소리를 지르며 놀랄 정도다.

솔직히 울게 만들면 어쩌나 하는 불안이 없는 것도 아니었지만(여기서 울렸다간 나는 인내력을 발휘할 수 없을 정도로 화를 냈을지도 모른다), 그러나 이 상황에서는 울어도 아무도 구해주러 오지 않는다는 것이 명백했기 때문인지, 캬쿠후지 노리카는 그 이상 나를 애먹이지 않았다.

그 모습에 안도한 것은 확실하지만… 그러나 역시 나오에츠 고등학교의 그 녀석들과는 다르다.

그 '특별한 인간'들과는 다르다.

애먹이지 않는다기보다, 반응이 없다. 가게 앞의 포렴 같은 것을 밀고 있는 기분이다.

내 쪽에서 손을 댈 생각은 없었지만, 울기는커녕 캬쿠후지 노리카가 격렬하게 저항을 보인다는 전개도 충분히 가능하다고 생각했다. 하지만 드문드문, 말하기 부담스러운 듯 보이기는 했지만 그녀는 내가 예상했던 것보다는 훨씬 싱겁게, 이야기를 시작했다.

어디까지나 위압적으로 압박당해서, 어쩔 수 없이 이야기한다는 입장은 무너뜨리지 않았다고 해도, 이야기하는 중에 캬쿠후지 노리카의 어조는 열기를 띠면서 점점 유창해지기까지 했다. 이방의 교실에서의 생활도 이미 통산 5일째라서, 독특한 방언을 알아듣는 것도 그렇게 어렵지는 않다.

그렇다고 해서 그녀를 불러 세워서 억지스런 방법으로 질문하고 있는 나의 죄가 한 등급 낮아지는 것은 아니라고 해도, 극히 평화적인 여자애인 캬쿠후지 노리카에게 교실의 현재 상황은 상당히 스트레스풀한 것이었음이 틀림없다. 그렇기에, 그 죄악감 때문에 전학생에게 과잉친절을 보이고 있다는 나의 추측은 역시 들어맞고 있었던 것이다.

그거 봐, 내가 뭐랬어! 내 생각대로야, 나 같은 아이가 순수한 마음으로 환대받을 리가 없는 거야!

…라면서 의기양양하고 있을 상황도 아니었다.

어쨌든 나는 죄책감으로부터 벗어나게 해 주려고 캬쿠후지 노리카에게 진술을 재촉한 것도 아니다. 그녀가 이야기하는 내용에는 예상대로인 부분도 있었고, 예상을 상회하는 부분도 있었다.

청취 내용 중에는 가능하면 듣고 싶지 않았던 부분도 있어서,

이런 아마추어 탐정 같은 행위에 나선 것을 금세 후회하는 모습이 나의 나다운 나다움이었다.

아아, 진짜, 정말이지….

나는 왜 이런 짓을 하고 있담?

캬쿠후지 노리카는 어째서 자신이 이런 꼴을 당하고 있는지 모르겠지만, 나도 역시 같은 기분이었다. 어째서 내가 이런 꼴을 당하고 있는 거지?

015

방과 후, 나는 유루가세 아미코를 만나러 갔다.

솔직히 이 부분이 제일 난관이라고 생각했다. 학교를 계속 쉬고 있다. 이번 월요일에도 역시나 교실에 모습을 보이지 않은 유루가세 아미코와 어떻게 면회할 것인가.

그 수단을 전혀 떠올릴 수 없었다.

갓 전학 온 나에게는 지리감각도 없고 지역 네트워크도 없다. 유루가세 아미코의 주소 같은 것을 알아낼 수 있을 리가 없었다.

옛날 같으면 학급 명부라든가 주소록을 참조하면 한 방에 알아낼 수 있겠지만, 요즘 시대에 개인정보 관리는 조직에서 가장 중요한 시큐리티 대상이었다. 어린애의 정보가 되면 더욱 그렇다.

유루가세 아미코가 유출해 준 반 학생들의 개인정보에는, 당연하지만 하타모토 아야카리의 정보와 마찬가지로 자신의 정보는 포함되어 있지 않았다. 그럼에도 불구하고 그녀는 반 학생에 대해서는 상세히 알려 주었지만, 그러고 보니 누가 어디에 살고 있다든가 하는 위치정보에 대해서는 전혀 언급하지 않았다.

그것은 아마도 배려해서 감췄다는 것이 아니라—남녀관계까지 전부 꿰고 있으면서도 주소만을 감추는 의미 따윈 없을 것이다—유루가세 아미코도 같은 반 학생이 어디에 살고 있는지는 잘 모른다는 것을 의미한다고 생각한다.

뭐, 요즘에 학생 간의 커뮤니케이션 따위야 휴대전화가 있으면 성립하고, 정확한 주소 같은 것을 모르는 편이 센스라고 생각하는지도 모른다. 요즘은 '어드레스'라고 말하면 사는 주소가 아니라 메일주소라는 의미가 가장 먼저 떠오르는 것이다.

요컨대 휴대전화를 가지고 있지 않은 나로서는 상황적으로 꼼짝할 수 없다. 이럴 줄 알았다면 하코베 부부의 후의를 받아들여서 내 휴대전화를 가질 걸 그랬다.

뭐, 설령 가지고 있었다고 해도 유루가세 아미코는 고사하고 다른 학생의 연락처를 입수했을 거라고 생각하긴 어렵지만….

참고로 캬쿠후지 노리카를 옥상으로 불러냈다는 사실은 그런 정보화 사회에서는 눈 깜짝할 사이 학급 내에 전파되어 버려서, 나의 인기 만점 시절은 덧없이 종언을 맞았다. 캬쿠후지 노리카가 일러바쳤다는 것이 아니라(오히려 씩씩하게도 그녀는 나를 감싸 준 느낌이기도 하다. 보복을 두려워했기 때문일지도 모르지만, 그 선량함에 나처럼 사악한 존재는 녹아 버릴 것 같았다. 좋아하게 되면 어떡하지) 나의 억지스런 연행이 목격되었던 모양이다. 일단 다른 사람의 눈에는 주의했지만….

외톨이의 고립상태.

그것을 쓸쓸하지 않다든가 슬프지 않다든가 하며 강한 체할 생각은 없지만, 그러나 그것은 그렇다 치고, 혼자 있는 쪽이 차분해지는 것도 사실이었다.

혼자서 고립되어, 뒤편에서 소곤소곤 험담을 듣는 쪽이 진짜 나라는 기분이 든다. 응, 원래 컨디션으로 돌아왔다는 느낌이다.

그러니까, 그것은 뭐, 어떻게 되든 상관없다.

인기인의 자리에서 끌어내려졌다는 것으로 생겨난, 이후로 어떻게 학급 생활을 헤쳐 나갈까 하는 현실적인 문제보다는, 역시 어떻게 유루가세 아미코와 접점을 가질까 하는 쪽이 중요했고, 난관이었다. …원래는.

하지만 아슬아슬하게 타이밍을 맞추고 있었다.

나의 악행이 학급 내에 완전히 알려지기 전에, 요컨대 캬쿠후지 노리카가 굳센 친구들에 의해 단단히 보호되기 전에, 뜻하지 않은 정보를, 나는 그녀에게서 얻는 데 성공하고 있었다.

옥상에서의 질문이 슬슬 최종단계에 들어갔을 무렵에, 그녀는 그리 중요한 것도 아니라는 듯이 유루가세 아미코는 학교에는 나오지 않고 있지만 학원에는 나가고 있다고, 그렇게 알려 준 것이었다.

아무래도 유루가세 아미코와 캬쿠후지 노리카는 같은 학원에 다니고 있는지, 자습실에서 책상 앞에 앉아 있는 그녀의 모습을 지난주에 보았다고 했다.

어머나, 세상에.

학교를 땡땡이치면서도 학원에는 출석하다니, 행동체계가 참 지리멸렬하네… 라고 생각하는 것은 학원이라는 장소를 잘 모르는 나의 가치관일 것이다.

학교에서 공부하는 것보다 학원에서 공부하는 편이 효율적이라는 생각은 요즘 고등학교에서는 당연한 생각인지도 모른다. 학교는 빠져도 괜찮지만 학원은 빠지면 안 된다고 생각하는 수험생의 존재는 그리 드물지 않을지도. 3학년인 이 시기라면 출석일수 계산도 거의 되었을 테고…. 나처럼 생각 없는 인간이 아니라, 그런 부분도 계산하고서 유루가세 아미코는 계속 결석하고 있다고 보는 편이 설득력 있다.

하지만, 학원이라….

나는 다닐 필요도 다닐 돈도 없었지만, 하지만 생각해 보면 공부만 하면 되고 주위의 같은 세대 아이들과 커뮤니케이션을 취할 필요가 없는 장소란 상당히 이상적이고 편안해 보이는 공간으로 여겨진다.

최고잖아.

캬쿠후지 노리카로서는 설마 내가 이 문제로 학교 밖에서도 움직일 거라고는 티끌만큼도 생각하지 않고 깜빡 흘린 정보이겠지만, 그러나 내가 보기에는 천금과도 같은 귀중한 정보였다.

물론 어디에 있는 무슨 이름의 학원인지는 나름대로 수고를 들여 가며 조사해야겠지만, 개인의 자택 주소를 조사하는 수고에 비하면 싸게 먹힐 것이다. 학원의 주소지라면 업무상 일반에 공개되어 있으니까.

시시쿠라사키 고등학교에 재적하는 수험생이 다닐 만한 학원이라면 상당히 좁힐 수 있을 것이다. 이렇게 되면 반에서 '추어 올리기' 기간이 막을 내린 것도, 학원을 특정하기 위한 자유시간이 늘었다고 보다 긍정적으로 해석할 수도 있게 된다.

반 학생들로부터의 정보 수집은 더 이상 불가능해도, 교사에게 지역 일대의 학원 사정을 듣는 것은 아직 가능했으니…. 방과 후가 될 무렵, 나는 유루가세 아미코가 달마다 수업료를 내고 있을 학원을 거의 짐작할 수 있게 되었다.

이러한 세세한, 열중할 수 있는, 그리고 어딘지 모르게 소득 없는 작업을 좋아하는구나, 나는. 장래에는 구멍을 팠다가 다시 메우는 업종에 종사하고 싶다.

다만 어차피 탁상공론이라고 할까, 땅 짚고 헤엄치기라고 할까, 방과 후가 되어서 실제로 목적지로 향한 나를 놀라게 만든 것은 그 학원의 스케일이었다.

크다! 라고 소리 내어 말해 버렸다.

이거, 학원이 아니라 학교 아냐?

믿기지 않는다. 나를 지방 출신의 시골뜨기라고 바보 취급하기 위해 만들어진 악의에 찬 무대배경 세트가 아닐까 하고 의심했지만, 그러나 주소도 맞았고 간판도 걸려 있었다.

도저히 납득할 수 없어서 주변을 어슬렁거려 본 결과, 아무래도 학원 운영 모체의 본사 빌딩을 겸하고 있기에 그렇게 거대했던 것 같지만, 그래도 대규모 학원임에는 틀림없었다.

큰일이네. 조금…이라고 할까, 상당한 계산착오다.

학원을 찾아가면 금방 유루가세 아미코와 만날 수 있다고 생각했는데, 이렇게 큰 학원이라고는 생각하지 못했다. 당연히 건물의 크기에 비례하는 숫자의 수많은 학원생이 있고, 그 안에서 단 한 사람의 여자애를, 그것도 딱 한 번 이야기를 나눴을 뿐이고 솔직히 말해서 제대로 얼굴을 기억하고 있다고도 말할 수 없는 여자애를 찾아낸다는 것은 상당한 난이도가 아닐까.

아마도 사복 차림일 테고, 머리모양을 바꾸기라도 했다간 그걸로 끝장이다. 애초에 유루가세 아미코가 다니는 학원이 이 학원이라는 100퍼센트의 확신은 없다. 백보 양보해서 내 추측이 정확했다고 해도, 오늘 그녀가 이곳에 왔다는 보증은 없다.

그렇게 생각하면 생각하는 만큼 헛수고라는 마음이 묵직하게 밀려와서 어쩐지 그냥 집으로 돌아가도 괜찮다는 기분이 들기 시작했지만, 나는 아슬아슬한 곳에서 스스로를 고무한다. 뭐, 만사는 생각하기 나름인 것 같다.

사람 수가 많다는 것은 섞여들기 쉽다는 이야기이기도 하다. 이것이 더 작은 학원이었다면 낯선 여자 고등학생 같은 건 금세 눈에 띌 것이다. 그렇게 생각하고 건물 안으로 들어가려고 했던 나였지만, 곧바로 기선을 제압당했다.

발목을 붙들린 기분이었다.

학원 입구에서 소지품 검사가 이루어지고 있었던 것이다. 금속탐지기 게이트가 설치되어 있어서, 그 안을 지나는 학원생은 경비원에게 가방의 내용물과 학원증 같은 것을 보이고 있었다.

그것뿐만이 아니라, 휴대전화나 휴대용 음악기기, 만화뿐만 아니라 소설책까지 투명비닐봉투에 넣어서 건네고 있었다. 공부와 관계없는 물건은 여기에서 로커에 맡기는 것이 규칙인 모양이었다. 가지고 들어가는 것이 허락되는 물건은 교과서나 참고서, 노트와 필기구, 그리고 사전이나 아날로그시계 정도인 듯했다. 디지털시계는 스마트워치일 가능성이 있으므로 반입 금지품 목인 것 같았다.

너무 엄격하잖아.

그렇게 나는 지방 출신 시골뜨기의 감성으로 숨을 삼킨다. X선 검사가 없을 뿐이지, 이건 거의 공항 수준이잖아.

어쩌면 안에는 세관이 있는 것이 아닐까, 하고 저도 모르게 발돋움을 해 버렸다. 다만 그런 수상한 거동을 보이고 있으면 경비원과 커뮤니케이션을 취하게 될지도 모르므로, 곧바로 자세를 고쳤다.

그러나 감탄하는 기분은 그렇게 간단히 수그러들지 않았다. 다른 문화를 접하는 듯한 느낌이 장난이 아니었다. 이렇게까지 보안설비를 갖춰야만 하는 뭔가가, 이 건물 안에 있는 걸까? 아르센 뤼팽의 예고장이라도 도착한 거라고 생각할 수밖에 없었다.

다만 이것은 당연하다고 하자면 당연한 설비일지도 모른다.

뤼팽의 표적이 될 만한 가치가 있는 보물은 없더라도, 부모님으로부터 맡고 있는 아이가 그 안에서 악착같이 공부를 하고 있으니까, 나처럼 수상한 사람을 문전에서 쫓아내는 것은 운영자 측으로서는 가장 중요한 사항일 것이다. 오히려 학교기관이 아니기 때문에, 자칫하면 학생의 인권문제가 될 수도 있을 법한 이런 게이트를 설치할 수 있는 것이다.

쳇. 어찌도 저렇게 올바르담?

너희들, 올바르다는 건 나의 적이라니까?

자신의 어수룩한 예측, 그리고 사회에서 소중히 여겨지는 수험생들에 대한 격렬한 분노를 느끼면서, 어딘가에 뒷문은 없을까 하고 나는 다른 출입구를 찾아보려고 했다. 조금 전에 건물의 규모에 치를 떨면서 돌아가려고 했으면서, 명백한 방해를 받게 되자 그것을 극복하고 싶어져 버리는 나였다.

이런 도전정신을 다른 형태로 활용할 수 있는 인생이라면 좋았을 텐데. 세상에 도움이 되고 싶네… 라면서 나는 직원용 출입구라든가 자재 반입구 등의 위치를 찾아서 다시 건물 주위를 어슬렁거렸지만, 그러나 결론부터 말하면 그런 배회를 할 필요는 없었다고 할 수 있다.

다른 출입구가 없는 것은 아니었지만 오히려 그쪽이 단단히 잠겨 있어서 어떻게도 할 수 없었고, 어찌 손을 쓸 수 없어서 건물 정면의 입구로 돌아온 나는 어라? 하고 깨달았던 것이다.

어라? 라기보다는 어이? 일까.

반복되고 있는 공항 같은 수하물 검사가 상당히 성의 없다고 할까, 대충이라고 할까, 하는 쪽이나 당하는 쪽이나 상당히 대강대강 하고 있음을 깨달았던 것이다.

경비원은 가방 안도 학원증도 흘끗 보기만 하고 학원생을 안으로 들여보내고 있다. 반입금지 규칙도, 아무래도 백 퍼센트 자발적 신고인 듯했다.

금속탐지기가 있으니까 휴대전화나 게임기 등의 전자기기는 맡길 수밖에 없다고 해도, 저래서는 만화 정도는 마음대로 가지고 들어갈 수 있을 것이다.

관리체제가 부패해 있다.

푹푹 썩었다.

아니, 설마 경비원이 학생들로부터 뇌물을 받고 있는 것은 아닐 것이다. 매일 반복되는 동안에 '어차피 수상한 사람 따윈 오지 않고, 공부하지 않는 놈은 뭐라고 해 봤자 공부를 안 하지'라고 포기해 버렸다는 것이 진상일까. 애초에 이렇게 호들갑스러운 보안설비는 학생의 보호자에 대한 어필이고, 실제로는 엄밀히 적용되는 룰은 아니라는 점도 있을 것이다.

어쩐지… 응, 실망이다.

제도가 아무리 잘 고려되고 잘 만들어져 있어도, 어차피 인간이 하는 일이니까 휴먼 에러는 피할 수 없다. 그리고 인간의 칠칠치 못함은 더욱 피할 수 없다.

태만함과 게으름.

올바름 이상으로, 나의 반생은 그런 것에 짓눌려 왔으니까 낙담하지 않을 수 없다. 하지만 유감스럽게도 이것은 나에게 좋은 기회였다.

좋은 부패다. 발효다.

유명무실화된 체크 기능 따윈 학원생이 아니라, 그러기는커녕 학원생인 유루가세 아미코에 대해서 좋지 않은 계획을 꾸미고 있는 나처럼 극악한 수상인물에게 돌파해 달라고 부탁하고 있는 것이나 마찬가지다. 수많은 세이프티 네트를 빠져나온 나에게, 그렇다면 저런 금속탐지 게이트는 웰컴 아치 같은 것이다.

큭큭큭.

쓰레기와 비슷한 천박한 웃음을 지으며, 나는 걷기 시작했다. 자, 경비원 여러분. 이제 내가 지나갈 때만 그때까지 옹이구멍 같던 그 눈이 갑자기 번쩍 뜨인 것처럼 두 손을 벌리고 스톱을 외치도록 해!

나는 자포자기하는 듯한 그런 분위기로 게이트에 들어섰다. 그러나 총 세 사람이 체크를 하고 있던 험상궂은 남성 경비원들은 갑자기 직업의식에 눈뜨거나 하지 않고, 눈은 옹이구멍인 채로, 그러기는커녕 거의 나를 시야에 넣지도 않았다. 아마도 가방 안에 곤봉이 들어가 있더라도 그냥 넘어가 주지 않았을까.

학원증 같은 건 가지고 있지도 않아서 그 대신 학생증을 보이며 지나갔는데(시시쿠라사키 고등학교 학생증으로는 역시나 위험하다고 생각해서, 어쩌다 보니 가지고 있던 나오에츠 고등학교의 학생증을 사용했다), 우연히 학원증과 비슷했는지, 아니면 역시 체크기능이 죽어 있는지, 네, 들어가세요, 공부 열심히 하세요, 라며 경비원 여러분은 기분 좋게 들여보내 주었다.

손윗사람에 대해 이런 소리를 해서는 안 된다는 것은 알고 있지만, 너나 열심히 해! 라고 말하지 않을 수 없는, 수상한 인물의 무사통과였다. 하지만 뭐, 범죄자란 의외로 이런 식으로 태어나 버리는 걸 수도 있겠다는 생각이 안 드는 것도 아니다.

적반하장 격의 발상이지만, 좀 더 이른 단계에 누군가가 나를 제대로 멈춰 주었다면 나는 이런 불법침입을 하지 않을 수 있었다. 같은 수법으로 학원 안에 숨어드는 수상한 인물이 어느 정도나 있을까 하고 생각하면서, 나는 재빨리 학원 안으로 걸어 들어갔다.

검사가 대충이었다는 점을 제외해도, 애초에 짐이 적은 나에게는 맡길 만한 것도 없어서 로커로 다가갈 필요는 없다. 이렇게 순조롭게 들어오긴 했지만, 그러나 사람 수가 많아서 유루가세 아미코가 어디에 있는지 알 수 없다는 문제 쪽은 해결의 실마리조차 잡을 수 없었다.

이 학교로 오인할 정도로 광대한 퍼실리티를 샅샅이 전부 뒤질 수밖에 없을까…. 혼자서 하는 일제수색 정도로 마음이 꺾이는 것도 없지만, 그 밖에 적절한 아이디어가 있다고도 할 수 없다. 부적절한 아이디어를 계속해서 실행할 수밖에 없다.

이런 때, 하네카와 츠바사나 센조가하라 히타기 같은 '특별한 인간'이라면, 그야 물론 자력으로도 사태를 타개할 수 있겠지만, 그렇지 않더라도, 길을 잃으면 길 가던 사람이 번쩍 나타나서 목적지까지 이끌어 주거나 하겠지, 라고 변변치 못한 상상을 아득바득 떠올린다.

그들과 그녀들은 인연이라든가 만남이라든가 유유상종으로, 세상을 헤쳐 나가는 요령을 가지고 있다. 평범하게 성격 나쁜 나에게 그런 것은 없다.

여기서, 예를 들어 이 학원에 다니고 있는 듯한 캬쿠후지 노리카가 등장해서 '이쪽이야! 어서!'라고 손을 끌어 주거나 하지는 않는다. 그런 극적인 전개는 없다. 인맥이나 커뮤니티, 인간관계, 그러한 것에 의지한 적은 있어도 도움을 받은 적은 없다.

집 안에서도 학교 안에서도, 그리고 낯선 학원 안에서도 나는 혼자다.

괜찮아. 한 사람의 힘을 보여 주마.

다시 한 번 나는, 그렇게 결의한다.

그리고 망상 속에서 캬쿠후지 노리코에 대해 떠올린 것으로 연쇄적으로 한 가지, 유효한 정보를 상기했다. 그렇다, 그녀가 유루가세 아미코를 발견한 것은 분명히 자습실이라고 했다.

각주구검도 아니고, 그때 자습실에 있었으니까, 라고 말했으니 오늘 이 시간에도 자습실에 있다고는 할 수 없지만 그래도 하나의 기준은 된다.

그냥 생각하면 그녀는 어딘가의 교실에서 학원 강사에게 수업을 받고 있다고 추측해야 하겠지만, 역시나 제정신을 유지한 상황에서 수업에 난입할 수도 없다. 한동안 자습실에서 공부하는 척을 하며 대기한다는 것은, 최선의 수는 아니라고 해도 나로서는 나쁘지 않은 작전이라고 생각되었다.

단순히, 학원에서 공부한다는 것이 어떠한 느낌인지 분위기를 체험해 보고 싶다는, 그런 호기심도 없는 것은 아니었다. 계단 옆에 있던 안내도를 보고 자습실의 위치를 확인하고서, 나는 이동을 개시한다.

이렇게 건물 안을 걷고 있으려니, 학원이라기보다 거의 전문학교 같은 구조다. 나오에츠 고등학교에서 떠날 때에 그런 진로도 생각한 적이 있었기 때문에, 나는 그런 감상을 품는다.

입구의 체크기능은 옹이구멍이라도, 내부에는 내부대로 다른 계통의 시큐리티가 작동하고 있는 것은 아닐까 하는 불안은 있었고(작동하지 않는다는 기대도 있었지만), 또한 학원생들이 보기에 내가 외부인인 것은 물론이고 침입자라는 것이 훤히 보인다는 네거티브한 감상에 사로잡히기도 했지만, 결국 누구에게도 붙들리지 않고 나는 자습실에 도착했다.

투명인간이 된 듯한 기분이다.

사람의 눈을 피해서 나쁜 짓을 하고 있다는, 켕기는 감각을 동반하는 고양감도 이렇게 되면 스르르 줄어들어 간다는 것이 본심이었다.

오히려 상대해 주지 않고 있다는 기분이 들기 시작한다. 무시당하고 있는 것 같다. 나 같은 것은 있으나 없으나 마찬가지구나, 라고 뼈저리게 깨닫게 되는 느낌이었다. 결단을 하고 행동을 하면서 어딘지 모르게 대모험을 하고 있다는 기분을 내고 있었는데 갑자기 냉수를 뒤집어쓰고난 듯한 기분이었다. 그것도 심장마비로 죽을지도 모를 아주 차가운 냉수다.

이러한, 공부만 하고 있으면 되는 장소라면 나에게도 편하지 않을까 하고 멋대로 생각하고 있었는데, 막상 발을 들이고 보니 역시 따분하다. 이래서는 가령 대학에 진학했다고 해도 같은 느낌을 맛보게 될 것이 틀림없다.

사실은 알고 있다(알고 있다).

나는 나를 포기하는 것이 너무 빠르다. 깔끔히 체념하는 척, 적절한 타이밍에 포기하는 척하면서, 받게 되는 대미지를 최소한으로 억제하려 하고 있다. 그 대미지 컨트롤 때문에 온몸이 상처투성이가 되어 있는 것도 깨닫고 있다. 깨닫고 있어도 어찌할 방도가 없다. 그런 삶의 방식은 비생산적이라는 것을 알고 있어도, 즐겁다고, 이거.

이때도 또다시, 이제 그만 집에 갈까 하는 생각이 나를 지배하려 하기 시작한다. 좋아, 한동안 이 자습실에서 대기할 생각이었지만, 자습실 문을 열고서 안을 보고, 그리고 유루가세 아미코를 발견하지 못하면 바로 돌아가자. 학원생 모두의 시선을 모을 만한 화려한 U턴을 해 보이자.

기행으로 사람의 관심을 끌자는 아이디어 일보직전 정도인 행동을 생각해 버리는 부분에서, 그렇게는 말해도 나의 멘탈은 상당히 한계에 가까운 긴장상태에 있었겠지만, 그것을 제대로 자각하는 것은 불가능했다. 만약 실제로 자습실의 문을 열었는데 안에 유루가세 아미코가 없다면, 빙글 하고 발레 같은 동작을 선보였을 것이다.

그때야말로 진짜 경비원이 불려 왔을지도 모르지만, 다만 그런 전개는 벌어지지 않았다.

요컨대, 있었다.

유루가세 아미코가 있었다.

그것도 열린 문 바로 근처에서 교복 차림으로 앉아 있었다. 얼버무릴 수도 없을 정도로 딱 눈이 맞아서, 서로 딱 굳어 버렸다.

아무래도 나의 바람이란 것은, 싫어지거나 싫어진 순간에 이루어지는 경향이 있는 듯하다. 그러니 아라라기와의 인연이 아무리 시간이 지나도 끊어지지 않을 만했던 것이다.

016

와, 우연이네, 나도 오늘부터 이 학원에 다니게 되었어, 이런 곳에서 너와 만나게 되다니 아주 기뻐, 유루가세 양이 그날부터 학교에 나오지 않아서 걱정했어. 하지만 건강해 보이니 정말 다행이야! 라고 호들갑스럽게 이런 느낌의 거짓말을 술술 늘어놓았지만, 전혀 상대해 주지 않았다. 악귀나찰 같은 표정으로 나를 노려본 유루가세 아미코는, 같이 공부를 하고 있었던 듯한 몇 명의 친구에게 두세 마디를 고한 뒤에 내 쪽으로 성큼성큼 걸어와서는, 내 멱살을 쥐고 자습실에서 끌어냈다.

그래도 주저리주저리 꼴사나운 해명을 반복하려고 하는 나였지만, 유루가세 아미코는 조금도 귀를 기울여 주지 않는다. 이렇게 되면 거짓말을 하고 있다는 떳떳치 못함을, 거짓말을 믿어주지 않는 것에 대한 불만이 넘어서기 시작하지만, 너무 저항을 하다가는 그대로 목이 졸릴지도 모르므로 나는 가만히 끌려가기로, 당하고 있기로 했다.

대체 무슨 일인가, 하고 간신히 나에게 스포트라이트가 비친 것처럼, 이제까지 나에게 신경도 쓰지 않았던 학원생들의 시선이 모였다. 아무 일도 없답니다, 라고 나는 우아하게 한 손을 흔들어 보였지만, 옆에서 보기에는 아마도 괴로워 발버둥 치는 느낌으로밖에 보이지 않았을 게 틀림없다.

정말 아무 보람도 없이, 나는 그대로 학원 바깥까지 끌려나왔다. 나를 내던지고 그녀는 도로 학원 안으로 돌아가나 싶었는데, 그러지 않고 유루가세 아미코는 나를 더욱 멀리까지 데리고 갈 심산인 듯했다.

나에게 옥상으로 강제 납치되었던 캬쿠후지 노리코가 이런 기분이었을까. 그렇다고 한다면 천벌이 떨어지는 것이 아무리 그래도 너무 빠르다는 기분도 드는데. 당일 중이라니, 캬쿠후지 노리코, 신에게 너무 사랑받는 거 아니야?

어디까지 데리고 가는 걸까, 혹시 뒷골목 같은 곳으로 끌고 들어가서 이번에야말로 두들겨 패려는 것은 아닐까? 하고 애초에 그런 전개를 전혀 예상하지 못했던 자신의 어리석음을 저주했지만, 그러나 유루가세 아미코가 최종적으로 나를 풀어 준 것은 24시간 운영하는 패스트푸드점 안이었다.

나에게는 그런 경험이나 문화가 없지만, 그야말로 고등학생이 수다를 떨기 위해 이용할 것 같은 가게다. 유루가세 아미코는 카운터에서 음료수를 적당히 주문한 뒤에 나를 자리에 앉히고,

자기는 내 옆에 앉았다.

4인용 테이블의, 옆에 붙어 앉기.

어쩐지 굉장히 친해 보이는 친구 사이 같은 모습인데, 그녀와 내가 제대로 이야기를 나누는 건 이번이 두 번째였고, 그리고 분위기는 그 밖에 비슷한 예를 찾아볼 수 없을 정도로 무시무시하게 험악했다.

자신의 영역을 거리낌 없이 침범당한 것 같아서 어지간히 속이 뒤틀렸던 걸까, 아니면 단순히 그만큼 말을 듣고도 아직 질리지 않은 나를 가만히 둘 수 없는 걸까. 그 양쪽 다일까.

뭐, 오늘의 내 등장은 싫어하는 녀석이 사전연락도 없이 갑자기 집에 찾아온 것이나 마찬가지일 테니, 유루가세 아미코가 화를 내는 것도 무리는 아닐 것이다. 그 정도 사실에 생각이 미치지 않았던 내가 아주 어리석은 것이다.

그러나 그렇다면 실제로 나는 어떤 리액션이 있을 것이라 기대했던 걸까. 갑자기 모습을 보여서 깜짝 놀라게 해 주겠다는 악의가 그곳에 없었다고는 도저히 말할 수 없을 것이다.

지금 얻어맞지 않고 넘어간 것만으로 감지덕지라고 해야 할 것이고, 물론 이제부터 얻어맞지 않는다는 보증도 없다. 지금 이 자리에서 새 교복에 음료수가 뿌려져도 불평할 수 없을 정도의 행동을, 나는 멋지게 해 보였으니까.

나는 그것에 대해서 진지하게 반성할 만한 인간은 전혀 아니었지만, 그러나 그 한편으로 자습실에서 발견한 유루가세 아미코가 친구들과 같이 열심히 공부하고 있었던 듯하다는 점에 대해서는 솔직히 다행이라고 안도할 정도의 감각은 가지고 있었다.

뭐야, 이 녀석. 혼자가 아니잖아.

학원에서 만든 친구일까, 아니면 다른 고등학교에 다니는 중학교 시절의 동급생일까. 반에서 고립되고 요 며칠간 계속 결석하고 있는 그녀이지만, 인간관계를 구축할 필요가 없이 공부만 하면 되는 학원은 결석하지 않는다는 이론은, 나 같은 타입의 여자아이에게는 아주 동조하기 쉬운 것이었다. 하지만 아무래도 이 상황은 그렇게 간단히 결론 내릴 수 있는 것은 아닌 듯하다.

뭐, 인간관계가 필요 없는 장소 따위가 있을 리 없나.

즐겁게 공부하고 있었지…. 유루가세 아미코는 그런 식으로 웃는 건가, 하고 멋대로 감정이입했던 자신이 부끄러워서 견딜수 없어서, 견딜 수 없고 배겨 낼 수가 없어서 지구에서 사라져버리고 싶었다.

유루가세 아미코는 지금 나에게 머리끝까지 화가 나 있겠지만, 나도 서서히 분노와도 비슷한 감정이 솟아나기 시작했다. 멋대로 착각하고, 멋대로 행동하고, 멋대로 화를 낸다. 정말 감당이 안 되는 여자애의 모습이었다.

그런 나의 감정이 말로 나오지 않고도 전해졌는지(아니면 또다시 깜빡 입 밖에 내 버린 걸까), 유루가세 아미코는, 대체 머꼬, 니, 라고 지당한 질문을 해 왔다. 위압적이기는 하지만 그 어조는 옥상에서 위협당했을 때보다는 어느 정도 온화해서… 뭐라고 할까, 기묘한 녀석에게 몹시 곤란을 겪고 있다고 하는 듯한, 그녀의 속사정이 들여다보였다.

뭐, 나는 내가 평범한 구제불능의 성격 나쁜 여자라는 것을 알고 있지만, 유루가세 아미코 쪽에서 보기에는 예상치 못한 행동을 계속하는 전학생이란 나름대로 정체를 알 수 없어서 미스테리어스하게 비치는지도 모른다.

수수께끼 같다고 할까, 기분 나쁘다고 할까. 만약 경솔히 관계해서는 안 되는 레벨의 '특별한 인간'으로 내가 보이고 있다고 한다면, 정말 실소할 일이며 그런 오해를 기쁘다고는 생각하지 않을 것이다. 그렇다고는 해도 이때의 내 일련의 행동은, 나 같은 녀석의 영역을 조금 일탈했다는 점도 부정하기 어려워서, 번민하고 있는 참이었다.

유루가세 아미코 입장에서 봐도 나와 이야기하는 것은 이것으로 두 번째이니, 미스테리어스하게 느낀다고 해도, 익조틱하게 느낀다고 해도, 어프로치 방법을 결정하지 못하고 헤매는 참인지도 모른다. 여기서 대응을 그르쳤다간 이후에 문화가 다른 듯한 정체불명의 전학생이 무슨 행동을 보일지 알 수 없으니, 말투가 조심스러워지는 것도 어쩔 수 없을 것이다.

예고 없이 찾아온 나에게 느끼는 불만이나 분노는 이루 말할 수 없는 듯하지만, 그러나 유루가세 아미코가 그다음에 말한 것은, 쫌 어떻노? 니, 요새는 반에서 잘 하고 있나? 인마, 라고 말하는 듯한, 나를 배려하는 대사였다.

다만, 나를 걱정해 주고 있는 듯하면서도, 또다시 성가신 동급생을 어쨌든 다른 반 친구들에게 떠넘겨 버리겠다는 생각이 느껴지지 않는 것도 아니다. 그런 속셈을 옆으로 치워 두고 순수하게 질문에만 대답한다면, 잘 하고 있었다, 라고 말하는 것이 정직한 대답이고, 그것에 한마디 더 하자면, 잘 하고 있었는데 오늘 내가 자기 손으로 망쳐 놓고 왔다, 라고 할 수 있다.

언제까지나 입을 다물고 있어 봤자 끝나지 않으므로, 나는 우선은 그런 사실을 부드럽게 전했다. 그리고 내가 그렇게 학원을 내방한 것은 학교를 쉬고 있는 너를 걱정해서라고 뻔뻔스럽게 밀고 나갔다.

거짓말은 아니지만 위선적이기는 하다.

그 뻔뻔스러움에 유루가세 아미코는 노골적으로 싫은 듯한 얼굴을 했지만, 그러나 병렬로 앉아서 막힘없이 늘어놓은 나의 상황설명을 머릿속에서 연결한 듯했다. 요컨대 내가 그녀를 '걱정'한 결과, 어떤 식으로 '망쳤나'를 아무래도 대강 추측한 듯했다.

똑똑하다고 할까, 어조나 태도의 난잡함에서 받는 이미지보다는 훨씬 예민한 감성의 소유주인 듯하다.

추측한 대로, 이미 캬쿠후지 노리카에게서 '반의 사정'을 들은 내가 보기에는 그것도 당연하겠다는 인상이기도 했지만, 어쨌든 유루가세 아미코는 벌레 씹은 얼굴을 했다.

자신이 제공한 개인정보를 그런 식으로 악용하다니 용서할 수 없다고 생각하는지도 모른다. 그 점을 나무라면 사죄하는 상황에 몰릴 우려가 있었으므로, 나는 얼버무리듯이 자진해서 마구 떠들어 댔다. 다소 혀가 꼬이더라도, 말이 막히더라도, 이제는 계속 밀고 나가자고 마음먹었다.

어디의 누가 어떻게 생각한들 내 알 바 아니다. 어차피 나는 최악이니까, 어떻게 오해받더라도 그것은 실물보다는 나은 허상이다.

하지만 곱게 포기할 줄 모르는 나는, 하다못해 대화의 첫머리만큼은 귀엽게 시작하려고 했다.

저기 말이죠.

017

유루가세 아미코는 원래 학급 내의 최고 권력자였다, 라고 말하면 조금 어폐가 있고 다분히 악의도 있다. 일부러 강한 말을 사용하는 경향이 있지만, 어쨌든 캬쿠후지 노리카는 연속 결석자에 대해 그런 시대착오적인 형용을 했다.

최고 권력자.

학급의 리더적 존재라는 의미로 해석하면 느낌이 딱 오는 표현이고, 또한 예전에 그런 입장이었기에 반 학생의 개인정보, 모두의 퍼스널리티를 그만큼이나 자세히 알고 있었다고 가정하면 막연히 느끼고 있던 부자연스러움도 사라진다.

다만 리더적 존재라고 한다면, 그 학급에는 그 밖에도 그렇게 불리고 있는(유루가세 아미코 자신이 표현했다) 학생도 있었을 것이다. 스즈바야시 리리다.

그리고 이것은 캬쿠후지 노리카를 찾아갈 것도 없이 내가 피부로 느낄 수 있었던 점인데, 유루가세 아미코와 스즈바야시 리리는 대립구도를 이루고 있었다.

한 반에 리더가 두 사람?

잘 굴러갈 것 같지 않은 트러블의 씨앗이라는 기분도 들지만, 그러나 캬쿠후지 노리카의 말에 의하면 양자는 각각 타입이 달라서 대립하고 있기는 해도, 그것이 표면화되는 일은 없었다고 한다. 뭐, 모든 것을 인상만으로 말해서는 안 되겠지만, 확실히 유루가세 아미코는 '리더'라는 느낌은 아니다.

좋게 말하면 큰언니 같은 성미고, 나쁘게 말하면 거칠다.

인망이 있는 실력자이기는 해도, 사람을 통솔하는 입장에 있지는 않다. 그런 실무적인 것을 '귀찮다'라고 생각하는 타입이라고 할까…. 반대로 스즈바야시 리리는 사람을 잘 챙겨 주는 것을 좋아하는 타입일 것이다. 은퇴하고 나서도 선배로서 동아리 활동에 얼굴을 내미는 모습이 보인 것은, 남을 잘 돌봐 주는 스즈바야시 리리의 그런 성격의 일환이라고 할 수 있을 것이다.

그렇다면 역할 분담은 제대로 되고 있었다고도 말할 수 있지만, 그러나 이 구도는 이 구도대로 결코 하자가 없다고는 할 수 없다. 특히 스즈바야시 리리 쪽에서 보면, 유루가세 아미코는 제멋대로 행동하고 있는 주제에 얌체같이 인망과 인기라는 실리만 챙기는 약삭빠른 녀석이 될지도 모른다. 굳이 말하자면 나도 그쪽 인간이니까, 진지한 인간이 자유분방한 인간에 대해 품는 질투 같은 것은 잘 이해할 수 있다.

알짜배기만 쏙 챙겨먹고 있다고밖에 생각되지 않는다. 분명 그렇게 단순한 문제는 아니겠지만, 그러나 그녀를 '최고 권력자'라고 표현한 캬쿠후지 노리카 같은 사람이 있는 것에서도 알 수 있듯이, 유루가세 아미코를 내심 호의적으로 생각하지 않는 같은 반 학생들도 그럭저럭 있었으리라 상상할 수 있다.

다만 그것뿐이라면 일본 전국 어느 교실에서나 일어나고 있을 평범한 권력투쟁이다. 위태로운 균형을 이루며 유지되는 공동체. 때로 흔들리기도 하지만, 그러나 그것은 밸런스를 잡는 방법이기도 할 것이고, 그리고 그런 경험은 사회에 나오고 나서 필요시되는 것이기도 하다. 요컨대 '다양한 인간이 있다'라는 이야기다.

단 한 명의 인간에게 권력이 집중되는 것보다는 두 사람이나 세 사람으로 분산되는 편이 리스크 헤지로 올바른 방법이다. 그러나 그 밸런스는 항쟁 일보직전이다. 계기가 있으면 붕괴되어 버린다. 2년 전에 내가 속했던 학급이 그랬던 것처럼.

캬쿠후지 노리카는 어느 쪽인가 하면 스즈바야시 리리 파인 듯하므로(그렇다기보다 온화하며 평화로운 그녀의 성격으로는 유루가세 아미코 같은 난폭한 느낌의 여학생과는 아무리 노력해도 사이가 나빠질 것이다. 본인은 그래도 중립이라고 생각하는 듯하지만) 그 발언 전부를 그대로 받아들일 수는 없으니 어느 정도 감안하며 생각할 필요는 있지만, 그녀의 이야기와 그리고 본인들, 유루가세 아미코와 스즈바야시 리리로부터 얻은 이야기를 각각 대조해 보면 내가 전학 오기 직전에 그 교실에서 일어난 것은 아무래도 이런 사건인 듯하다.

아니, 사건이라고 할 정도로 노골적인 뭔가가 있었던 것은 아닌 듯하지만…. 여기서 등장하는 인물이 하타모토 아야카리다.

유루가세 아미코가 결석을 계속하기 이전부터 학교에 나오지 않던 여자아이. 좌석표의 이름을 본 것뿐이고, 나는 그 아이의 얼굴도 모른다.

캬쿠후지 노리카도 그녀에 대해서는 그리 많이 이야기하지 않았다. 역시 중요한 부분이 되면 입이 무거워지는가 하고 생각했지만, 그런 게 아니라 하타모토 본인의 사람됨에 대해서는 원래부터 잘 모른다는 것이 진상인 듯하다.

아무래도 하타모토 아야카리는 집단생활에 서투른 고립 기미가 있는 학생이었던 모양이다. 어딘가에서 들어 본 듯한 이야기인데, 그것이 그야말로 앞으로의 사태의 복선이 되는 듯하다.

고립 기미, 라고 얼버무린 것은 표현을 부드럽게 하기 위해서가 아니라 그녀가 완전히 고립되어 있던 것은 아니기 때문이다. 학급 내에서 인간관계가 거의 없었던 하타모토였지만, 거의 유일한 예외로 유루가세 아미코와는 친밀한 사이였다고 한다.

소꿉친구라고 했던가.

…소꿉친구라는 단어, 나는 대대적으로 대혐오하지만, 어쨌든 사람을 접하는 것이 서툰 하타모토는 최고 권력자인 유루가세 아미코와 굵은 파이프라인이 있는 것으로 교실에서의 자리를 확보하고 있었다고 할 수 있다.

그것 역시 만사는 이야기하기 나름이며 상당한 위험을 품지 않을 수 없는, 일그러짐이 있는 관계성이라고도 생각되지만, 다만 반의 서열관계를 대범하게 무시한 우정을 부정할 정도로 나도 보수적이지는 않다.

아무 일도 없었다면 그것으로 괜찮았을 것이고, 무슨 일이 일어나더라도 제대로 대처했더라면 그것 때문에 일이 커지지는 않았을 것이다. 다만 일은 일어났고, 그리고 유루가세 아미코는 대처를 잘못해서 상황은 커지고 말았다.

캬쿠후지 노리코는 그 부분의 경위에 대해서는 어느 정도 자세하게 알려 주었지만, 그러나 듣고 있는 동안에(자기가 물어봐 놓고), 지긋지긋해지기 시작해서 도중부터는 흘려들었다. 요컨대 유루가세 아미코와 하타모토가 어느 날 크게 싸웠다는 것이다.

아니, 그 격렬함은 그야말로 대난투라고 말해야 할 수준이었지만, 그러나 그것은 그 말이 나타내는 정도로 쌍방향적인 것이 아니라 유루가세 아미코가 하타모토를 시종 일방적으로 매도했다는 것인 듯하다.

그 부분은, 아무리 소꿉친구라고 해도 역학관계는 역시 확연했던 것이다. 뭐, '대등한 친구관계' 같은 건 환상 중의 환상이다. 서로가 서로를 조금씩 깔보고 있을 때야말로, 가장 굳건한 우정이 구축될 수 있다는 말도 있다. 원래 친구관계 따위야 언제 붕괴해도 이상하지 않은 위태로움을 안고 있는 것이다.

나는 그렇게 생각한다.

캬쿠후지 노리카는 싸운 이유도 알려 주었지만 내가 보기에는 정말 바보 같고 사소한 것이어서 그 부분은 생략하기로 하고(조금만 언급한다면 약간 천박한 내용이었다), 어쨌든 그녀와 그녀의 우정은 거기서 파탄 나 버렸다.

풀어진 부분이 찢어지고, 수선되지 않았다.

이것이 '흔히 있는 일'로 끝나지 않았던 것은, 소동이 길게 이어지며 개인 간의 문제로 끝나지 않고 학급 전체로 파급되게 되었기 때문이다.

그리고 다음 날부터 하타모토 아야카리가 학교에 오지 않게 되었던 것이다. 일단 감기 때문이라고 말하기는 했지만, 그 원인이 전날 유루가세 아미코의 용서 없는 노호에 있음은 누구의 눈으로 봐도 명백했다.

친구를, 그것도 오랫동안 사귀어 온 친구를, 세상에나, 등교 거부로 몰아넣었다. 강한 입장에서 약한 입장의 사람을 밀쳐 버렸다. 그것은 반의 최고 권력자인 유루가세 아미코를 몰락시키기에는 충분한 사건이었다.

충분한가?

그렇게, 외부인인 나로서는 이상하게 생각되지 않는 것도 아니었다. 오히려 유루가세 아미코의 횡포에 말려들곤 했던 불복의 감정이, 이 일을 계기로 폭발했던 것이라고 보는 편이 조금 더 진실에 가까울 것 같다. 적어도 스즈바야시 리리나 그녀와 가까운 입장의 학생으로서는, 이것은 대항마를 떨어뜨리기 위한 절호의 기회가 틀림없었을 것이다.

그리하여 유루가세 아미코는 고립되었다.

고립 기미가 아니라, 전학생도 한눈에 알 수 있을 정도로 노골적일 정도의, 정말 진짜배기 고립이다.

학급의 인기인에서 바닥까지 굴러떨어졌다고 할까, 그 전락은 나도 경험해 봤던 것이었으므로 꼭 남의 이야기만도 아니다. 내 경우에는 몇 년에 걸쳐 방구석에 틀어박히는 정도까지 갔다. 다만 사정이 상당히 다르고, 유루가세 아미코로서는 나 같은 것과 똑같은 취급을 받고 싶지는 않겠지만. 그러나 그녀에게 그 이후의 학교생활이, 그때까지 지내던 생활과의 낙차가 견디기 힘든 고통이었음은 상상하기 어렵지 않다.

어슬렁어슬렁 다가왔던 무지한 나를 그런 식으로 내친 것은, 역시 말려들게 하지 않기 위해서였을 것이다. 그 부분을 보면 분명 난폭하기만 한 인간은 아니라고 생각된다.

하지만 다음 날부터 그녀도 학교를 쉬기 시작한 것은, 나를 구실로 삼은 것이 틀림없으니 그녀에게 감사하기도 어렵다. 고립되어 버렸으니 자신도 하타모토처럼 등교거부를 한다는 것은 옛 권력자, 옛 인기인으로서의 자존심이 허락하지 않았겠지만, 귀찮은 전학생으로부터 도망치기 위해서라는 이유라면 꾀병을 핑계로 삼는 것도 어쩔 수 없다고 할 수도 있다.

그런 건 어차피 자기 자신에 대한 핑계일 뿐이지만, 자신에 대한 핑계의 소중함은 내가 숙지하고 있는 부분이다.

같은 반 학생들이 그 뒤로 지나치다 싶을 정도로 나에게 친절하게 대해 주기 시작한 것은, 유루가세 아미코를 고립시켰고 또한 하타모토 아야카리처럼 등교거부로 몰아넣어 버렸다는 죄악감에 대한 보상행위였다고 본다면 그 핑계는 본인에게만 유효한 것일 테고…. 아니, 역시 본인에게조차 통하지 않는 속임수일까.

어쨌든 여기까지가, 밝은 학교생활을 꿈꾸던 내가 전학한 교실의 상황이었던 것인데, 이것을 보잘것없는 어린애들의 작은 다툼이라고 가볍게 이해하기에는 상당히 무거운 문제가 내포되어 있다.

유루가세 아미코와 하타모토의 역학관계, 그리고 학급 전체와 유루가세 아미코와의 다수 대 1이라는 구도. 거스를 수 없는 피아의 전력 차. 이것은 너무나도 완벽하게 학급폭력의 요건을 채우고 있다. 등교를 거부하는 학생이 두 명이나 생겨나는 정도에 이르면, 더욱 그렇다. 적당히 어물쩍 넘어갈 수 있는 범위를 일탈해 있어서, 그것도 역시 그들과 그녀들이 외부인인 나를 잘 대우해 주었던 다른 이유일지도 모른다.

나를 공동체 내부로 끌어들여서 '공범자'로 만들어 버리지 못하면, 외부인은 목격자로서 고발자가 될 우려가 있다. 그것이 어떤 일인지 모를 정도로 요즘 애들은 정보에 둔하지도 않을 것이다.

어린이는 어린이의 자각이 부족하지 않다.

이런 일이 될 것이라고는 생각하지 않았다… 라고 캬쿠후지 노리카는 말하고 있었지만, 글쎄, 그 부분은 수상하다. 아마도 같은 대사를, 옛날에 내가 속했던 반 학생들도 했을 것이 틀림없기 때문이다.

유루가세 아미코가 하타모토 아야카리를 고압적으로 대하고 있었던 것은 사실이고, 그런 그녀를 인과응보라는 듯 고립시켰을 때, 교실에 '꼴좋다'라는 의기양양한 악의가 만연하지 않았는가 하면, 그렇지는 않을 것이다. 내포되어 있던, 짓물러진 위태로움이 드러난 것일 뿐, 그것은 완전히 예측 못 한 사태는 아니다.

말하자면, 복선이 회수된 것뿐이다.

선배로서, 나는 그렇게 생각한다.

이것이 옛날이야기였다면, '모두가 각자 벌을 받았습니다. 잘됐네, 잘됐어'로 마무리되어도 좋을지 모르지만, 그러나 하타모토 아야카리나 유루가세 아미코는 물론이고 캬쿠후지 노리카나 스즈바야시 리리를 필두로 하는 같은 반 멤버들도 모두 옛날이야기의 등장인물이 아니라 장래가 있는 몸이었다.

피해자라는 생각에 반기를 들었다가 자신들이 가해자가 되어버린 지금의 그들과 그녀들은, 책망받을 것에, 벌을 받을 것에 겁쟁이처럼 두려워 떨고 있었고, 그리고 마음속 어딘가에서 그것을 바라고 있을지도 모른다.

그것은 허울 좋은 말이 아니라.

피해자인 쪽이 훨씬 편하다는 걸, 사실은 모두 알고 있으니까.

018

일련의, 나의 비열한 정찰행위에 대해서 유루가세 아미코가 과연 어떤 반응을 보일 것인가. 이것만큼은 이야기를 마쳐 보지 않으면 알 수 없었고, 한마디 더 하자면 무사히 이야기를 마칠 수 있을지도 미지수였다. 나중 일이야 죽이 되건 밥이 되건…이 아니라, 죽도 밥도 안 되더라도 일단 해 보자는 느낌이다. 그녀가 이야기 도중에 이맛살을 찌푸리면서 말없이 자리를 일어나는 것이 가장 있을 법한 일이었지만 결과부터 말하자면, 그녀는 내 이야기를 끝까지, 중간에 끼어들지 않고 들어 주었다.

그렇게 되면 내 쪽이 곤혹스럽다.

말없이 있으면, 말없이 책망받고 있는 듯한 기분이 드는 나다. 애초에 정리해서 이야기해 보면, 요컨대 유루가세 아미코가 계속 결석하는 것은 나 때문이 아니라는 책임회피를 하고 싶었던 것뿐이라고밖에 받아들여지지 않는다. 책임회피를 위해 캬쿠후지 노리카를 위협하고, 그뿐만 아니라 확인을 위해서 본인의 개인적인 영역까지 마구 침범할 정도로 뻔뻔스럽기까지 하다.

뭐가 '걱정하고 있었어'냐고.

내가 하고 있는 것은 나 자신 걱정뿐인데, 언제나.

그러니까 이 자리에서 유루가세 아미코에게 지저분한 매도를 듣더라도 나는 그것을 달게 받아들일 생각이었지만, 그녀는 그런 행동은 하지 않았다.

어쩌면 유루가세 아미코는 하타모토 아야카리에 대한 문제에 질려 버려서, 그래서 나에 대해 한 발짝 더 강하게 나오지 못하는지도 모른다. 생각하면 지난주에 옥상에서 나를 몰아붙였을 때도 그녀는 마무리가 어설펐다고 할 수 있다.

그 결과가 이리저리 쪼르르 돌아다니는 나의 탐문조사로 이어지고 있으니, 그녀로서는 정말 말도 안 된다는 심경일 것이다.

뭐, 인생이 잘 풀리지 않을 때는 의외로 그런 법이다. 인생이 한 번도 잘 풀린 적 없는 내가 하는 말이니 틀림없다.

패스트푸드점의 한 자리에서 그대로, 어색한 침묵이 기분이 싱숭생숭해질 정도로 계속되었지만, 내가 언제쯤 집에 돌아갈 수 있을까 하는 생각을 슬슬 시작할 타이밍에 유루가세 아미코 쪽이 그 정적을 깼다. 점마들, 와 저래 평범한 소리만 해 쌌노라고. 유루가세 아미코는 께느른하게 중얼거린 것이다.

저 녀석들? 그건 그녀를 고립시키고 몰락시킨 같은 반 학생들을 말하는 것일까? 라고 생각했는데 전혀 아니었다. 그녀는 아무래도 텔레비전에 나오는 코멘테이터를 싸잡아서 적의를 담아, 그렇게 부른 듯했다.

뭔가 세상 시끄럽게 만드는 사건이 있을 때마다 만날 똑같은 소리만 해 쌌코. 개성이란 게 없나? 텔레비 나와서 대놓고 지가 개성 없는 벨볼일 없는 놈이라 선전해 놓코 부끄럽지도 않나? 라고 매도하는 말이, 둑이 터진 듯이 멈추지 않았다.

내가 매도당하는 것보다는 어찌어찌 듣고 있을 수 있었지만, 그러나 남의 험담을 계속 듣는 것도 그리 유쾌한 일은 아니다. 나는 텔레비전을 별로 보지 않으니까 코멘테이터가 어떤 평범한 소리를 하고 있는지는 잘 모르고.

뭐야, 이거. 잡담이야?

유루가세 아미코는 뒤늦게나마 나와의 우정을 키워 나가려 하고 있는 건가? 여자끼리 친해지기 위한 수단으로는 신나게 제삼자의 험담을 하는 것이 유효하다는 조금 편견에 찬 언설이 있는데(어쨌든 내가 험담을 듣는 쪽이므로 그 진위를 판별할 수는 없다), 유루가세 아미코는 그것을 스스로 실천할 생각일까.

아니었다(후후, 알고 있었다고. 나하고 친구가 되고 싶어 하는 녀석 따윈 없다는 건. 알고 있단 말이야).

그녀는 요컨대 세상에 넘치는 '전형적인 의견' 같은 것에 불평을 하고 싶어서, 너무너무 하고 싶어서 견딜 수 없는 듯했다. 딱히 내가 코멘테이터의 편을 들 이유는 없지만, 굳이 말하자면 평범한 말을 하는 것은, 평범은 대개의 경우에 옳은 것이기 때문이 아닐까.

적어도 평범한 의견은 다수파의 의견이다. 다수결에 의한 정의는 가끔 잔혹하고, 언제나 잔혹하고, 언제까지나 잔혹하지만.

그런 나의 어정쩡한 반응에(어쨌든 상대가 하는 말에 반론하고 싶어지는 버릇이 있다. 그야 친구가 될 수 없을 만하다) 유루가세 아미코는 어깨 힘을 빼고 축 늘어뜨리더니, 일단 텔레비전 이야기 쪽은 끝냈다. 그리고, 뭐, 니가 시시콜콜하게 조사해 준 대로… 라며 본론 같은 것에 들어갔다.

내가 고립당한 건 내 잘못잉께, 걍 냅두믄 된다. 내한테 상관 말그레이. 전학생.

아무래도 그녀는 이 지역 사람 중에서도 방언이 강한 편인지, 말뜻의 대부분은 그 표정에서 추측할 수밖에 없었지만, 여기서 다시 한 번, 이번에야말로 유루가세 아미코는 나를 떨쳐 내려고 하는 듯했다.

빈정거림이 섞여 있고 그런 자신에게 취해 있다는 느낌도 있지만… 뭐, 몰락했다는 부분은 공통되어 있는 것이어도, 나와 다른 이 아이는 근본부터 악인인 것은 아닐 것이다.

유루가세 아미코는 악이 아니다.

같은 반 학생을 등교거부로 몰아넣은 이상, 사회적으로는 규탄받아 마땅한 악이 될 테니 그 점에서는 전혀 감싸 줄 방법이 없지만, '나쁘니까'라는 이유로 박해해도 된다면 '따돌림받는 측에도 문제가 있다'라는 핑계를 주게 되어 버린다.

문제아이기 때문에 학대해도 된다.

벌을 줄 생각이었다.

그것 참, 지도 편달에 진심으로 감사드립니다!

…라고나 할까. 나는 옛날 옛적에 그런 의분義憤도 사분私憤도 완전히 잃어버려서, 그리 화가 나지도 원망하지도 않지만. 그래서 유루가세 아미코가 말하고 싶은 바를 이해하면서도, 그것에 대해서 그다지 생각이 드는 부분이 없다.

실제로 나는 엄청난 문제아였고, 세상이란 그런 것이라고 생각하고 있다. 그래서 내가 싫은 것은, 그런 세상의 틀에서 크게 벗어나 있는 아라라기뿐이다.

나에게 있어 그 남자를 용서하는 것은 나의 전부를 잃는 것이다. 아라라기 코요미는 나의 전부다.

빼앗아 가지 마.

세상에서는 일반적으로, 약한 녀석과 강한 녀석과 나쁜 녀석과 수가 적은 녀석들이 무슨 짓을 해도 괜찮은 상대인 것과 마찬가지로, 나에게 아라라기 코요미는 무엇을 생각해도 되는 상대다. 그런 것을 생각하고 있으려니, 유루가세 아미코로부터 수상쩍다는 듯한 시선을 받았다.

만약 물어본다면 아라라기에 대해서 어떻게 소개할까 하고 당황했는데, 그녀가 나에게 물은 것은 만약 이 소동이 교무실에 전해지거나 텔레비전 뉴스에 거론되거나 하면 나는 어느 정도의 질책을 받게 될까, 였다.

그것은 뭐라고 말할 수 없다.

한 학급에 등교거부 학생이 두 명이나 생긴 이상, 교무실은 이미 문제를 파악하고 있지 않을까 생각한다. 그런데도 해결에 나서지 않는다는 것은 현재 상황을 묵인하고 있다는 뜻이다.

그런 일이 있는 줄은 몰랐다.

여차할 때는, 그렇게 말할 생각인가?

나 때와 마찬가지로.

문제가 발각되고 나서야 문제로서 거론하는 텔레비전 뉴스와 마찬가지로. 다만 가령 미디어가 해결에 나섰다고 해도 하타모토 아야카리를 등교거부로 몰아넣은 유루가세 아미코도 등교거부라는 상황에 몰려 있는 것을 보면, 그리 강경한 주장은 할 수 없겠다는 생각도 든다.

하지만 확실한 것은 알 수 없다.

한번 불이 붙으면 가해자가 목을 매는 상황까지 몰아넣지 않으면 직성이 풀리지 않는 것이 세상이라고 한다. 그리고 모두가 이구동성으로, 선량하고 평화로운, 캬쿠후지 노리카 같은 소리를 한다.

왜 이렇게 되었는지 모르겠다, 라고.

그럴 생각이 아니었다. 그러면 무슨 생각이었는데?

이놈이고 저놈이고 뻔뻔스럽게, 가해자와 똑같은 불평을 늘어놓는다. 보고 있기만 한 것뿐이라면 가해자와 똑같다고, 보지도 않은 녀석이 잘도 말한다.

그런 의미에서는, 나를 구실로 삼은 것은 둘째 치고 자신도 등교거부를 하며 하타모토 아야카리와 같은 아픔을 공유한 유루가세 아미코의 선택은 비교적 나은 선택이었다고 말할 수 있다. 책임으로부터 도망쳤다고 받아들여질 수 있다는 리스크도 있었지만, 그녀를 고립시킨 같은 반 학생들의 죄악감 쪽이 컸던 것으로 보인다.

내는 잘 모르겠다, 라고 유루가세 아미코는 이야기하는 동안 점점 뜨거워졌는지, 약간 기염을 토하듯이 말했다. 쪼까 소리친 거 가꼬 학교에 안 나오는 가스나 맘 같은 건. 반성의 빛이 보이지 않는 대사였지만, 이것은 내 반응이 시원찮은 것을 보고 일부러 도발적인 소리를 하는 거라고, 정말 정말 사람의 마음을 이해 못 하는 오이쿠라 소다치도 역시나 알 수 있었다. 무책임하게 결석하고 있다는 켕기는 마음도 있고, 그러니까 반론하며 강하게 나무라 주기를 바랐을지도 모르지만, 공교롭게도 그렇다면 상대를 잘못 골랐다고밖에 말할 방법이 없다.

나는 이 세상에서 가장 타인을 나무랄 자격이 없는 여자애니까, 그런 기대는 배신할 수밖에 없다. 그래서, 뭐, 학교란 곳은 원래부터 별로 오고 싶어지는 장소가 아니니까, 라고 마음이 담기지 않은 맞장구를 치는 것이 고작이었다.

태어났을 때부터 여자 고등학생이라는 듯한 얼굴을 하고 교복을 입고 있지만, 사실 나는 나오에츠 고등학교 시절부터 세어도, 정확히는 한 학기도 제대로 학교에 출석하지 않았다.

등교거부인 것에 대해서는, 유루가세 아미코와 하타모토 아야카리를 합쳐도 내 앞에서는 상대가 되지 않는다.

더블 스코어 정도가 아니다.

그런 내가 진급해서 3학년이 되고, 학교는 바뀌었다고 해도 일단 졸업이 눈에 보이는 상황인 것은 그저 나오에츠 고등학교 교무실의 고마운 배려가 있었기 때문이다. 그러니까 말하자면, 나는 학교를 결석하는 것에 대해서는 엑스퍼트다.

등교거부란 것은 큰 문제라는 듯 여기까지 이야기를 진행시켜 온 나이지만, 솔직히 그 정도로 큰 문제가 아니라는 마음도 없는 것은 아니다.

유루가세 아미코가 그랬던 것처럼, 공부야 학원에서도 할 수 있고, 내 경우에는 집에서 혼자 했었다. 하타모토 아야카리가 어떻게 지내고 있는지는 모르지만.

항간에서는 흔히 학교는 공부만을 하는 장소가 아니라고 이야기하지만, 그렇다면 공부만 하고 싶다면 그런 장소에는 절대 가지 않는 편이 낫다는 이야기가 된다.

뭐, 고등학교 정도는 나오도록 하라고 나를 타이른 하코베 부부가 상징적이지만, 세상은 그런 식으로는 돌아가지 않는다. 비뚤어진 이론을 말해 봤자 소용없다.

유루가세 아미코도 나의 그런 견식 얕은 어드바이스를 아무런 감정도 보이지 않고 듣고 있었다. 어째서일까, 나는 유루가세 아미코가 품고 있는 사정을 알게 되고 그때보다 그녀와의 거리를 좁혔을 텐데, 옥상에서 나누었던 대화 이상으로 지금은 대화가 맞물리지 않는 느낌이었다.

그것도 그럴 만한가.

나는 그녀가 해 주기 바랄 만한 말을 한마디도 해 줄 수 없다. 요구하고 있는 니즈에 요만큼도 응해 줄 수 없다. 그래도 끝까지 말해 줘야 했던 걸까?

획일적이고, 위선적이고, 평범했다고 해도.

그것이 거짓말이라는 걸 알고 있었다고 해도.

네 탓이 아니야, 라고.

019

마지막의 마지막, 떠나갈 때에 유루가세 아미코는 나에게 꺼져 들어갈 듯이 작은 목소리로 사죄의 말을 해 왔다. 그렇다, 작은 목소리여도 그것은 정말로 난폭한 '미안타'였다. 별로 내키지 않았던 걸까, 라고 생각했고, 실제로 마음이 내키지 않는 한마디이긴 했을 것이다.

하긴, 그녀 입장에서 보면 나는 그녀가 꾀를 부려 쉬는 것을 규탄하러 온 클레이머이지만, 그러나 스스로가 하타모토 아야카리로부터 맛봤던 마음을 연쇄적으로 내가 맛보게 만들었다는 부담도 있었는지 그런 식으로, 설령 말뿐이라고는 해도 사과하지 않으면 이야기가 마무리되지 않는다고 생각했는지도 모른다.

오호호, 신경 쓰지 마시어요, 용서할 일 따윈 아무것도 없답니다, 라며 여기서 물 흐르듯 그 화해장을 받아들일 기량이 나에게 있으면 좋았겠지만, 커패시티가 적은 나는 멍하니 어색한 미소를 짓는 것만으로도 버거웠다.

그리하여 최종적으로, 유루가세 아미코는 혀를 차고서 학원 방향으로 돌아갔다. 나의 침입에 의해 저지된 공부를 이제부터 마저 하려는 것일까.

상당히 좋은 대학을 목표로 하고 있는지도 모른다.

그렇다면 그런 의미에서도, 친구라든가 연애라든가 집단행동이라든가 연대책임 같은 것으로 너저분하고 귀찮은 고등학교 같은 곳에 가지 않고 공부에 매진한다는 것은 잘못된 선택은 아닐 것이다. 결국 '내가 조금 기분 나쁜 일을 겪고 있으니까'라는 이유로 그녀에게 등교를 재촉한다는 것도 이상한 이야기다.

어떠한 방향에서라도, 그녀가 나를 위해서 자신의 인생을 굽혀 줄 만한 사이는 아니니까. 그것은 하타모토 아야카리에 대해서도 같은 말을 할 수 있다.

이 상황은 그녀가 유루가세 아미코와 화해하고서 다시 학교에 다니기 시작하면 해결까지는 가지 않더라도 우선은 타개될 일이기는 하다. 하지만 나를 위해서는 고사하고 유루가세 아미코를 위해서조차, 하타모토 아야카리는 그런 일을 할 의무가 없다.

유루가세 아미코가 하타모토 아야카리에 대해서 어느 정도의 지배력으로 얼마나 독재적이었는가는 그저 상상할 수밖에 없지만, 그녀의 등교거부는 나나 유루가세 아미코의 일종의 토라진 느낌의 그것과는 달리, 절실하며 용기를 짜낸 항의 활동이라고 말할 수도 있는 행동이다. 그렇게 간단히 철회하지는 않을 것이다.

출석일수의 계산이 끝난 것은 하타모토 아야카리도 마찬가지일 테니 이대로 2학기 종업식, 그리고 졸업식 날까지 계속 결석할 공산이 크다.

그렇다면 캬쿠후지 노리카가 아무리 켕기는 기분을 품고 있더라도, 반 전체에 약간 싸늘한 기운이 느껴지는 어색함이 떠돌더라도, 그 교실은 이대로 아무런 변화 없이 계속 평범하게 있을 수 있을 것이다.

나도 오늘 하루 동안 촐랑거리며 이리저리 움직여 보았는데, 그 결과 뭔가 상을 받았는가 하면, 전혀 아무것도 없었다. 아니, 오히려 잃었다.

같은 반 학생들이 추어올려 주던 인기인 생활도, 혹시 있었을지도 모를 캬쿠후지 노리카와의 우정도 전부 잃었다. 이제부터 나를 기다리는 것은 누구와도 이야기하지 않고 하루를 보내는 쓸쓸한 청춘이다.

단순한 고립이 아니라, 학급 전체로부터 백안시당한다는 바늘

방석 같은 한 달을 보내게 된다. 아무 일도 하지 않는 편이 분명 좋았을 것이고, 분명 옳았을 것이다.

그렇다고 해서 여기에서 나까지 학교에 가지 않게 되어 버리면(어쨌든 등교거부의 엑스퍼트이니까 그것 자체에는 부담이 없지만), 아무리 그래도 한 학급에 세 명의 결석자는 큰일이라는 이유로 학교 측이 움직일지도 모른다.

'알지 못했습니다'가 통하지 않는 상황이 되면, 수험생의 연말이라는 델리케이트하기 짝이 없는 시기에 문제를 거론하지 않을 수가 없게 될 것이다. 그렇게 되면 학급 전원이 가해자라는 이 구도에 어떠한 결말이 찾아오게 될지, 생각하는 것만으로도 절망적인 기분이 된다.

물론 나는 잠깐 추어올려 준 정도의 인간관계밖에 없는 같은 반 학생의 장래를 생각해서 자기희생적으로 쓸쓸한 청춘을 보내려는 생각은 전혀 없지만, 그런 트러블의 소용돌이 속 인물이 되는 것은 사양하고 싶었다. 차라리 전부 엉망진창으로 만들어주겠다는 발생원 불명의 짜증에 기초한 파멸적인 사상도 있었지만, 그것은 상상 속의 아라라기를 두들겨 패는 것으로 발산할 수 있는 소망이었다.

괜찮아.

애초부터 즐거운 고등학교 생활을 보낼 수 있다고 생각하지 않았는걸.

친구가 많이 생긴다든가, 멋진 남자친구가 생긴다든가 하는 과대망상은 품지 않았다. 나의 마이너스 사고를 아득히 하회下廻

하는 실제상황이, 전학 오고 나서 일주일도 채 지나지 않은 기간이라는 예상 밖의 속도로 생겨 버렸지만, 그것도 괜찮을 것이다. 마음에 들지 않는 결론은 차라리 일찌감치 내 주는 편이 기대하지 않고 끝낼 수 있어서 좋다.

이렇게 되면, 오히려 얼마든지 나를 고립시켜도 된다는 심경이 되기 시작하는 것이 나다.

알았어, 알았다고. 여러분들.

그렇게까지 해서 나를 면학에 집중하게 만들어 주고 싶다면, 이 배신의 오이쿠라가 그 희망만큼은 응해 주지. 12월에 있는 기말시험에서, 천덕꾸러기인 주제에 예술 계열까지 포함한 전 과목 만점이라는 눈에 확 띄는 실력으로, 깜짝 놀라게 만들어 드리도록 하지요.

두 배의 패배감을 맛보도록 해라.

아니, 아니. 천덕꾸러기 주제에 의미도 없이 귀엽게 차려입고, 머리모양은 베리쇼트에 갈색으로 물들이고, 거기에 학년 제일의 성적을 거두어서 세 배의 굴욕을 선사해 주마.

그런 리듬으로, 의외의 효과라고 할까, 마치 부작용 같은 느낌으로 내가 끝내 열여덟 살의 겨울에 화풀이와도 비슷한 비뚤어진 멋 부리기에 자각할 듯한 징후를 얻은 것과 거의 때를 같이한 일이었다.

네가 멋을 부리게 놔둘 수 있겠느냐고 말하는 것처럼, 더 이상은 없을 거라고 생각했던 다음 전개가, 그리고 더욱 비참한 전개가 나를 기다리고 있었던 것이다. 입방체라도 11종류밖에 전개도가 없다는데, 결실을 맺은 적이 없네, 나의 결의.

020

깜짝 놀랄 만큼 비참한 사건이 잇따라 일어났지만, 비극의 히로인인 척할 생각은 나에게 없다. 자학에 취하는 버릇이 있는 것은 부정하지 않겠지만, 기껏해야 나 자신 따윈 비극의 조연이라고 받아들이고 있다. 나는 스스로의 인생에서조차 주역이 된 적이 한 번도 없다.

트러블메이커인 척하는 도취형 인간이 아니다. 비극의 히로인 따윈 캬쿠후지 노리카 같은 애한테 맡겨 두면 된다.

내 인생이 눈을 가리고 싶어지는 참극의 퍼레이드인 것은, 내가 특별한 인간이기 때문이 아니라 내가 쓸데없는 짓을 하기 때문이다.

쓸데없는 짓을 하니까 쓸데없는 일을 당한다.

묵묵히 가만히 참으며 자애에 가득 찬 친절한 사람이 도와주기를 기다리고 있으면 되는데, 나는 행동하지 않을 수 없다. 자신의 입장을 이러쿵저러쿵하지 않을 수 없다.

이때도 내가 쓸데없는 짓을 한 것이 사건의 발단이었다. 내가 맥없이, 실의 속에 고개를 숙이고 얌전히 하코베 가에 돌아갔더라면, 그 이후의 명장면에 깜빡 섞여 드는 센스 없는 짓을 저지르지는 않았을 것이다.

어쨌든 무관계한 조연이니까.

순서가 끝났는데 미처 퇴장하지 못한 배우 같은 것이므로, 이런 일로 불평을 듣게 되면 극작가도 곤란할 것이다.

학원을 찾아가고, 유루가세 아미코를 찾고, 그녀에게 끌려 나오고, 맞물리지 않는 대화를 주거니 받거니 하는 동안 날이 어두워져 버렸다.

저녁식사도 해야 하니, 실제로 나는 원래 얼른 돌아갔어야 했다. 그러나 이후의 고립이 내정되어 있던 나는, 이 상황에 이르러 무질서하게 머리를 굴린 끝에 외톨이 고등학교 생활을 엔조이하자고 결심했다.

그래서 귀갓길에 영업하고 있는 게임센터라는 시설에, 태어나서 처음으로 발을 들인 것이었다. …변화가다!

잘나가는 여자 고등학생은 이런 장소에서 스티커 사진 같은 것을 찍거나 하는 습성이 있다고 들은 적이 있다. 휴대전화나 스마트폰이 널리 퍼져 있으므로 사진 같은 건 개인적으로 마음껏 찍을 수 있을 텐데도 어째서인지 아직 쇠락하지 않은 촬영기기에는, 분명 범상치 않은 매력이 있을 거라고 예전부터 생각하고 있었던 것이다.

게임에 소비할 만한 돈은 없지만 고립의 기념으로 찰칵 하고 한 장, 사진을 찍는 정도는 해 봐도 괜찮지 않을까. 학원에 침입했을 때보다도 더욱 나쁜 짓을 하는 것 같은 두근거리는 기분을 맛보며, 나는 요란한 음악이 울려 퍼지는 게임센터 안으로 으랏! 하고 들어간 것이었다.

이른바 기분전환, 화풀이를 위한 딴짓이었지만, 처음엔 나에게 대모험인 이 코스 변경은 웬일로 정답이 아닐까 하고 생각했다.

처음 겪는 체험에 주뼛주뼛하던 기분이 휘날려 갔다. 어떻게 된 일인가 하면, 스티커 사진기라는 촬영기기에는 촬영대상의 눈매를 수정하는 기능이 있다고 매뉴얼에 명기되어 있었던 것이다.

눈매를 수정해?! 이 눈매를?!

저절로 입가가 벌어지려는 것을 멈출 수 없었다. 과감하게 인간성을 의심받을 만한 말을 하자면, 아라라기 이외의 모든 고민이 어떻게 되어도 상관없어졌다. 유루가세 아미코도 하타모토 아야카리도 머릿속에서 휙 사라졌다. 나라는 존재의 상징이라고도 할 수 있는 이 눈구멍의 형상을, 사진상에서라고는 해도 변경이 가능하다고 말하는 건가?

그렇구나, 이런 고상한 기능을 갖추고 있다면 누구나 아마추어 카메라맨처럼 변한 현대에서도 기기가 쇠락하지 않더라도 이상하지는 않다…. 십 몇 년 넘게 계속되던 나의 콤플렉스를 제거해 주겠다고 말하고 있으니까.

만약 두 눈이 활짝 뜨이고 반짝반짝 빛나고 있었다면, 나의 실패인생은 전혀 다른 것이 되어 있지 않을까 하는 망상이, 지금 실증되려 하고 있다. 그런 기쁨에 감동해서 몸을 떠는 나였다.

그러나 그런 기쁨도, 당연하게도 잠깐뿐이었다. 물론 문제가 된 것은 가격이 아니다. 그야 한 번에 500엔이라는, 그것만으로도 눈알이 튀어나오고, 그것만으로 눈매가 바뀌어 버릴 정도로 위법적이라고도 할 수 있는 고액과 직면하고 높아졌던 열기가 단숨에 식어 버렸지만, 그래도 나는 고민 끝에 아슬아슬하게 버텼다.

이번뿐이라고 결심하고 인생 처음으로 스스로에 대한 투자를, 요컨대 그냥 낭비를 자신에게 허락하기로 했다.

나는 변하는 거야.

아니, 사진을 수정해서 눈의 모양을 바꾼들 내 인생은 아무것도 변하지 않는다는 사실은 충분히 알고 있었지만, 지금의 나에게는 이러한 개혁이 필요하다고 생각했다.

그 직감이 맞았는지 틀렸는지는, 지금 와서는 억측의 영역을 넘지 않는 영원한 수수께끼다. 나는 결국 사진촬영 기계 안에 들어가지 않았으니까.

왜냐하면 가지고 있는 잔돈이 없어서, 나는 500엔 동전을 만들기 위해 동전교환기에서 천 엔 지폐를 헐어야만 했다.

어째서 자동판매기처럼 각각의 기기가 거스름돈을 내놓게 하지 않는 걸까, 하고 고개를 갸웃거리면서도 동전교환기가 설치되어 있는 장소로 이동한 나였지만(교환기까지 이동하는 정도는 가능하다), 행렬에 늘어서려고 하다가 당황하며 재빨리 물러서듯 기둥 뒤편에 몸을 숨기게 되었다.

너무나도 반사적인 액션이어서 어째서 숨는지 스스로도 알 수 없을 정도였지만, 그렇지만 머릿속의 사고를 따라잡고 보니, 그 이유는 일목요연했다. 동전교환기 앞에 만들어진 행렬 속에서 아는 얼굴을 발견했기 때문이었다.

변혁할 생각으로 뛰어든 게임센터에서 아는 얼굴과 만나다니, 어떻게 이런 우연이! 라는 것은 내 개인적인 감상이고, 현상으로 보면 이것은 학교 근처 놀이터에서 같은 학교 학생들이 만난 것뿐이다. 그렇다, 그곳에 있던 것은 시시쿠라사키 고등학교의 학생이었다.

좀 더 자세히 말하자면 반의 리더인 스즈바야시 리리와, 그녀가 중심인 그룹의, 남자를 포함한 몇 명이었다.

으음, 학교 밖에서 만나도 같은 반 학생은 의외로 알아차릴 수 있는 법이구나…. 그렇다고는 해도 유루가세 아미코도 그랬지만, 학교 밖에서도 모두 교복 차림이었다는 점이 컸는지도 모른다.

나오에츠 고등학교에도 시시쿠라사키 고등학교에도 귀속 의식이 아주 옅어서 나는 교복에 애착 같은 건 없지만, 평범한 고등학생에게 교복이란 일종의 아이덴티티 같은 것일지도 모른다.

뭐, 나와 마찬가지로 단순히 귀가 중에 들렀을 가능성도 있지만…. 그렇게 해석한다면 운동복 차림이 아닌 스즈바야시 리리는, 오늘은 동아리 활동을 마치고 온 것은 아닌가? 아니, 아무리 그래도 운동복 차림으로 게임센터에 들르지는 않을까….

뜻밖의 조우에 머릿속에서 어지럽게 사고가 소용돌이치는 나였지만, 그러나 상황이 이렇게 되면 이러고 있을 수는 없다.

한시라도 빨리 도망쳐야 한다.

정말이지, 내가 그렇게 기분이 고양되었다는 건, 당연히 그 후에 최악의 사건이 대기하고 있다는 전조겠지!

그런 식으로 내심 부끄러운 기분을 맛보고 있는 나였지만, 가만히 생각해 보면 여기서 도망쳐야만 할 이유는 하나도 없다.

마치 용서받지 못할 악행을 목격당한 듯한 기분이 들고 있는데, 나 같은 인간에게도 게임센터에 들어오는 정도의 인권은 보장되어 있다.

나는 즐거움을 느끼는 것을 법으로 규제받고 있지는 않다.

당당하게 행동하면 된다.

남녀가 섞인 그룹으로, 방과 후에 번화가에 놀러 올 만한 화려한 청춘을 보내는 같은 반 학생에게 켕기는 감정을 느끼지 않아도 된다. 태연한 얼굴을 하고 가볍게 눈인사라도 하고 지나치면 된다.

아니, 캬쿠후지 노리카를 협박한다는 폭거를 계기로 나의 '추어올리기' 타임은 완전히 끝나 버렸으니까, 저쪽은 나 같은 건 알아차리더라도 노골적으로 무시하지 않을…. 아니, 그렇다기보다 저쪽이야말로 학교 밖에서는 전학 온 지 얼마 안 되는 동급생 따윈, 가까이에서 수하*라도 하지 않으면 구별하지 못할지도 모른다.

다만 그것은 어디까지나 논리적인 이론이며, 위협을 당하더라도 그런 것에 따를 오이쿠라 소다치가 아니다. 방심하고 있던

※수하(誰何) : 야간이나 시야가 좋지 않을 때, 보초병이 '누구냐'라며 상대방을 검문하는 것.

타이밍의 갑작스런 조우에 '도망친다' 이외의 선택지 따위는 생각도 하지 못했다.

하지만 이때에 한해서 말하면, 나는 비논리적인 행동에 나서면 되었던 것이다. 그것이 적절했다. 척수반사적으로 떠오른 대로, 잽싸게 도망쳤으면 되었다.

그랬다면 듣지 않고 넘어갈 수 있었다.

전력달리기로 뛰기 시작했더라면, 나는 이후의 전개를 화려하게 회피하는 데 성공했을 것이다. 그러나 나는 순간적으로 도망치는 속도조차 굼떴다.

뛰었다가는 발소리로 들킬지도 모른다고 신경질적일 정도로 주의했기 때문이라고도 할 수 있지만, 귀가 따가울 정도의 요란한 음악소리가 울려 퍼지는 게임센터에서 그런 배려가 어느 정도의 의미가 있을까.

아니, 있었을지도 모른다.

그도 그럴 것이, 나는 스즈바야시 리리가 옆에 있는 반 학생을 부르는 목소리를 그렇게 큰 음악 속에서도 들어 버렸기 때문에.

…하타모토.

하타모토? 하타모토 아야카리?

021

스즈바야시 리리와는 교문 앞에서 한 번 마찰이 있었고 반의 리더 격 존재라는 점 때문에 인상도 강했다. 하지만 당연하게도 전학 생활 5영업일째인 나는, 그룹 전원의 얼굴과 이름을 완벽히 일치시키고 있는 것은 아니다.

그래서 집단 내에 끼어 있는 한 낯선 여자애에 대해서는, '뭐, 같은 반의 누군가겠지' 정도로 인식하고 있었는데, 다름 아닌 그녀야말로 우리 학급 최초의 등교거부 학생, 하타모토 아야카리인 듯했다.

게임센터에서 반 친구와 즐겁게 놀고 있는 그 모습은 등교거부아라는 이미지에서 크게 일탈해 있기는 했지만, 그 뒤로도 몇 번이나 스즈바야시 리리뿐만 아니라 다른 멤버들로부터도 이름이 불리고 있었으므로 일단 틀림없을 것이다.

아니, 됐다.

물론 상관없다.

병에 걸린 것도 아닌데 학교에 나가지 않는 등교거부아가 같은 반 학생과 즐겁게 놀고 있다니 참으로 불성실하다든가 하는, 형식적인 편견에 가득 찬 폭론을 늘어놓을 생각은 없다. 즐겁게 노는 것을 법으로 규제당하지 않은 사람은 나뿐만이 아니다. 나는 학교에 가지 않을 때에는 거의 방에 틀어박혀 있었지만 그것은 나의 성격 문제이고, 밝게 생활한다면 그보다 나은 것은 없다. 사회적으로 이레귤러적인 생활에 빠지는 프러스트레이션 frustration은 어떠한 방법으로든 해소해야만 할 것이다. 유루가세 아미코가 학원에서 공부하고 있는 것과 하타모토 아야카리가 게임센터에서 놀고 있는 것 사이에 본질적인 차이는 없다.

유루가세 아미코와 사이가 틀어진 하타모토 아야카리가, 그녀와 대립하는 다른 한 명의 보스인 스즈바야시 리리 그룹과 가까워져 있는 것도 딱히 변절로 받아들일 일은 아닐 것이다.

즐겁게 놀고 있으니 전혀 문제없다.

다만 하타모토 아야카리가 스즈바야시 리리와, 유루가세 아미코를 등교거부로 몰아넣은 것을, 마치 달성된 성과처럼 밝은 목소리로 이야기하고 있게 되면 양상이 조금 바뀐다. 그 일의 축배를 드는 것처럼 이렇게 번화가에 모여 있게 되면.

아아, 이거 참.

사실 유루가세 아미코가 자신과 마찬가지로 등교거부 상태가 되었다는 소식을 듣게 되면, 하타모토 아야카리도 '꼴좋다'라며 한 방 먹여 준 기분이 들지 않을까 하고 생각은 했었다. 거기서 죄책감을 느껴야만 한다고 과도한 윤리관을 강요하는 것은 잘못이다. 그것은 국가가 가져야 할 윤리관이고, 개인이 가지는 것은 불가능할 것이다. 하지만 한 번 생각해 보자, 모든 것이 의도적인 장치였다고 한다면 이야기는 달라진다.

아니, '모든 것'이라는 형용은 나 특유의 강한 억측이다. 어디까지가 우발적이고 어디까지가 의도적이었는가는, 이렇게 엿듣는 상황에서 알 수 있을 리 없다.

분명 유루가세 아미코와 하타모토 아야카리의 싸움은 오랫동안 쌓여 있던 앙금이 우발적으로 터졌다고 보는 편이 진상에 가까울 것이다. 다음 날 학교에 나오지 않은 것에도 명확한 범행의도가 있었는지 어떤지는 미묘한 라인이다.

하지만 그 두 가지 사건을 유루가세 아미코와 반목했던 스즈바야시 리리가 유효하게 활용하려고 선동했다면, 유루가세 아미코를 악역으로 꾸미고, 고립시키는 한편으로 결석 중인 하타모토 아야카리를 자기 진영으로 끌어들인다면? 하타모토 아야카리의 등교거부를 지속시키는 것으로 화해를 막고… 유루가세 아미코의 폭군 같은 모습을 눈에 띄게 만들어서 그녀의 고립을 확립한다?

혹은 스즈바야시 리리가 주도했던 것이 아니라, 사람을 대하는 데 서툴렀을 하타모토 아야카리 쪽에서 스즈바야시 리리에게 접근했다는 견해도 가능할 것이다. 이전부터 유루가세 아미코의 대우에 불만이 있던 하타모토 아야카리가, 유루가세 아미코의 호통을 들은 것을 계기로 끝내 혁명을 일으켰다?

물론 그 밖에 다른 가능성도 있다. 저 그룹 속에는 픽서[*] 같은 진짜 흑막이 있을지도 모르고, 극단적으로 말하면 그룹 밖의 캬쿠후지 노리카 정도 되는 아이가 그들과 그녀들 모두를 손바닥 위에 올려놓고 컨트롤하고 있다는 가설도, 논리를 억지스럽게 짜내면 성립되지 않는 것도 아닐 것이다.

확실한 진상 따위, 전학생이며 외부인인 나는 알 수 없고 가늠할 수 없다. 이렇게 엿듣는 내용만으로는 모든 것이 억측의 영역을 넘지 않는다.

※픽서(fixer) : 정치행정이나 기업의 의사결정 시에 정규절차를 거치지 않고 결정에 대해 영향을 끼치는 수단이나 인물을 가리킨다.

하지만 정도의 차이는 있다 하더라도 하타모토 아야카리가 스즈바야시 리리와 결탁해서 유루가세 아미코를 함정에 빠뜨렸다는 사실만은 흔들림 없었다.

들으면 들을수록, 흔들림 없었다.

그녀들의, 주위를 전혀 꺼리지 않는, 켕김의 조각도 없는 말투를 들으면 들을수록… 더 이상 듣고 싶지 않을 정도의, 듣기 괴로운 악의를 들으면 들을수록, 흔들림 없었다.

아아…, 정말이지.

왜 들어 버린 걸까, 이런 거.

이리저리 움직이다가 간신히 끝났다고 생각했는데, 진상 따윈 알고 싶지도 않았는데.

만족했다고는 할 수 없더라도 유루가세 아미코와 이야기를 나누는 것으로 마무리는 지었을 텐데… 어째서 나를, 이런 흐물흐물한 진흙탕 속으로 끌어들이려고 하지?

아니, 스즈바야시 리리도 하타모토 아야카리도 나를 끌어들이려고 하지는 않았다. 그녀들에게 나 같은 것은 어디까지나 조역이다. 비극의 조역인지 희극의 조역인지는 제쳐 두고라도. 둘이서 나를 어떻게 하려는 의도는 없다.

그러니까 끌어들이려는 것이 아니라, 나는 스스로 흐물흐물한 진흙탕에 뛰어든 것이다. 정말이지, 어울리지 않는 짓은 하는 게 아니다. 게임센터에 들어오거나 하니까 이렇게 눈뜨고 못 볼 꼴을…. 그러니까 여기서는 나답게 행동하자.

충동적으로, 히스테릭하게, 반동처럼.

오이쿠라 소다치의 스탠더드 스타일.

어리석은 나의, 조신한 개성.

특별하지 않은 나의, 평범한 행동.

나는 기둥 뒤에서 뛰어나왔다. 도망치는 것이 아니라, 반대로 그녀들의 그룹을 향해서, 전속력으로 뛰어들었다.

목표는 스즈바야시 리리였다.

그룹 전원을 공범자로 간주하면 누구라도 상관없었다고도 할 수 있지만, 하타모토 이외라면… 역시 옆에서 봐도 리더 격인 그녀를 타깃으로 하는 것이 여기서는 가장 목적에 맞는다.

뭐, 이렇게 말해도 분노에 휩쓸려서 주먹을 날린다는 이야기는 아니다. 본심을 말하자면 그러고 싶었을 정도로 나는 뜨겁게, 영문을 알 수 없게 되어 있었지만, 그러나 아슬아슬하게 이성을 유지하고 있었다고 말할 수 있다. 그렇다. 스즈바야시 리리가 신이 나서 이야기하며, 한 손으로 만지작거리고 있던 스마트폰을 노릴 정도의 이성을.

마치 제동능력을 상실한 폭주 기관차처럼 동전교환기 앞의 줄에 뛰어들어서, 우와앗! 하는 그들과 그녀들의 비명을 들으며, 나는 스즈바야시 리리의 손에서 목적하던 디지털 디바이스를 낚아채는 데 성공했다.

미션 컴플리트.

…가 아니다. 이것으로 간신히 스타트를 끊은 것이다. 발을 멈춰서는 안 된다. 다수 대 1인 구도다.

나는 톱 스피드를 유지한 채로 게임센터의 반대편 출구로 향했다. 톱 스피드라고 해도 등교거부아 출신에 전직 히키코모리의 순발력 따윈 빤하다.

지속력도 없고, 금방 힘이 바닥난다.

그들이 당황하고 있는 틈에 최대한 거리를 벌리고, 그리고 다음 목적을 이뤄야만 한다.

골목길로 나온 나는, 거의 본능적으로 근처 편의점의 뒤편으로 들어가서 그곳에 쪼그려 앉았다. 자판기 옆에 설치된 쓰레기통 뒤에 몸을 숨긴다.

자학적인 웃음이 흘러나온다. 이런 때에 의지가 되는 것이 뒷골목의 쓰레기통이라는 것이 정말로 나답다. 너무나도 진짜 쓰레기 같다.

하지만 너희들은 나 이상의 쓰레기야.

소리 내어 그렇게 중얼거리고, 나는 손에 든 스마트폰을 조작한다. 내 소유의 스마트폰은 없지만, 일반상식 범위 안에서의 조작방법은 알고 있다. 애초에 이런 디바이스는 설명서가 없어도 사용할 수 있게 만들어져 있다.

우선은 가장 먼저 비행기 모드를 켰다.

휴대전화 회사의 시큐리티로, 요즘은 원거리 조작으로 장소를 알아내거나 내부 데이터를 삭제할 수 있게 되어 있다고 한다. 하지만 전파를 끊어서 스탠드 얼론 상태로 만들어 버리면 그런 시큐리티는 의미가 없어진다.

그럴 것이다.

확신이 있는 것은 아니고, 애초에 이미 정신을 차리고 주변 수색에 들어갔을 스즈바야시 리리 일행에게 언제 발견되어도 이상하지 않으므로 느긋하게 있을 수는 없다. 경찰에 신고가 들어가지는 않을 것이라고 확신하고 있지만, 그러나 저쪽에는 머릿수가 많다. 나와는 달리 제대로 된 일제수색이 가능하다.

이미 사과해서 끝날 일이 아니게 되었다.

저질러 버린 이상, 끝장을 보는 수밖에 없다.

나는 비행기 모드를 설정한 스마트폰을 슬라이드해서 잠금을 해제하려고 했지만, 그러나 아니나 다를까, 패스워드 입력을 요구했다.

암, 그렇겠지.

네 자리의 숫자가 필요하겠지.

식은땀이 뺨을 타고 흘러내리는 것을 느낀다. 어쩌면 그것은 눈물일지도 모른다.

엿들은 나의 증언 내용에 증거능력이 있을 리 없다. 자신의 휴대전화를 가지고 있지 않은 나로서는 그들의 대화를 녹음한다든가, 찰칵 하고 사진을 몰래 찍는다든가 하는 요즘 탐정 같은 스킬을 발휘할 수 있을 리 없다.

하지만 그것은 내가 시대에 뒤떨어진 지방 출신 시골뜨기이기 때문이다. 도시 아이들에게 스마트폰은, 이미 신체의 일부 같은 물건일 것이다.

신체의, 그리고 뇌의 일부 같은 물건일 것이다.

어느 시점부터라고 해도, 스즈바야시 리리와 하타모토 아야카리가 손을 잡고 유루가세 아미코의 영락을 꾀했다고 한다면, 그것을 위한 연락 도구로 스마트폰을 활용하지 않았을 리가 없다.

메일이네 SNS네 SMS네 그룹채팅이네 어쩌네 하는… 증거 덩어리다.

인터넷이나 스마트폰의 등장에 의해 중고생의 인간관계가 복잡해졌다든가, 보이지 않게 되었다든가, 음습해졌다든가 하며 사회문제로 거론되고 있는 듯하지만, 한편으로 디지털기기의 사용은 100퍼센트 확실한 증거가 부득이하게 흔적으로서 남는다.

익명성 따윈 없는 것이나 마찬가지다.

누군가 한 사람의 스마트폰을 해석하는 데 성공하면, 나머지는 줄줄이 딸려 나오게 된다. 눈 깜짝하는 사이에 그룹 전체의 붕괴로 이어진다.

그것을 알고 있기에 휴대전화의 시큐리티는 기본적으로는 탄탄하다. 원격조작에 의한 가드도 그렇지만, 설정하기에 따라서는 틀린 패스워드를 여러 번 입력하면 초기화되는 기능도 있다고 들었다.

그렇지 않더라도, 1만 개의 숫자조합을 전부 시도해 볼 수 있는 시간이 있을 리 없다. 한 방에 맞출 정도로 스피디하게 나는 스즈바야시의 스마트폰의 잠금을 해제해야만 했다. 그러지 못하면 정말로 끝장이다.

나에게서 스마트폰을 되찾은 뒤라면, 요컨대 자신들의 안전이 확보된 뒤라면 스즈바야시 리리는 가차 없이 나를 경찰에 넘길

지도 모른다.

　이 일뿐만이 아니라 이것저것 떳떳치 못한 구석이 있는, 어떤 의미에서는 도망 중인 몸으로서 그것은 절대 피하고 싶은 사태였다.

　네 자리 숫자. 1만분의 1.

　불운과 불행의 권화이며, 설령 이것이 반반의 확률이라도 빗나갈 것이고, 그러기는커녕 설령 1만분의 9999의 확률이라고 해도 빗나갈 자신이 있었다. 하지만….

　그 자리에 요란한 소리가 울려 퍼진다. 나 같은 것을 비호해 주던 쓰레기통이 난폭하게 걷어차였다. 흩어지는 빈 깡통과 페트병이 내 몸에 툭툭 떨어진다.

　팔로 얼굴을 감싸고 그쪽을 보니, 귀신같은 표정으로 서 있는 남학생의 모습이 있었다. 그는 큰 소리로 동료를 부른다. 스즈바야시 리리나 하타모토 아야카리도 포함되어 모여든 전원이 순식간에 나를 둘러싸 버렸다.

　어쩐지 게임센터 안에서 발견했을 때보다 인원수가 늘어난 기분이 든다…. 전원을 집합시킨 것일까?

　친구들이 많아서 정말 다행이네.

　그들과 그녀들은 폭력을 휘두르지는 않았지만, 용서 없이 비웃는 말을 거리낌 없이 나에게 던져 왔다. 그런 것으로 내가 상처 입을 거라고 생각하는 걸까?

　상처 입지만 말이야.

　아무리 상처투성이라고 해도, 상처 입으면 아프다. 그렇기에 상처 입은 척을 하며, 불쌍한 척을 하며 약함을 무기로 삼는 녀석을, 용서할 수 없다.

나보다도 시시한 녀석을, 용서할 수 없다.

매도의 폭풍 속에 스즈바야시 리리가 한층 커다란 소리로, 뭐 하는 기고, 인마, 라고 유루가세 아미코보다도 난폭한 어조로 나에게 물었다.

간신히 대화가 될 것 같은 질문에 대해, 그러나 나는 너야말로 뭐 하는 거야, 라고 대답이 아닌 같은 질문을 던졌다.

대답이라면 동시에 보인 그녀의 스마트폰 화면으로 충분할 것이다. 잠금이 해제되고, 커뮤니케이션 어플리케이션을 기동시킨, 가볍게 해석을 마친 스마트폰 화면을 눈앞에 보여 주면.

모두가 침묵했다. 특히 하타모토는 얼굴이 창백해지며 침묵했다. 아무리 난폭하게 행동하고 압도적으로 우세한 체를 한들, 어차피 정상적으로 머리가 돌아가는 고교생들이다.

그것만으로 전부 알아차린 듯했다.

내가 스마트폰을 날치기했던 의도도, 자신들의 의도가 이것으로 끝장났다는 것도.

…엄밀히 말하면, 이 상황에서라도 그들과 그녀들에게는 역전의 수가 하나 있다. 둘러싼 이 상황에서 모두가 나를 두들겨 패며 억지로 휴대전화를 빼앗으면 된다. 간단한 일이다.

하지만 그것은 그것대로 또 다른 사건이 된다.

너희들에게 그럴 각오가 있다면 나의 패배다.

좋을 대로 해. 싫을 대로 해.

그런 식으로 무방비하게 낄낄 웃는 나를 마치 괴물이라도 보는 것 같은 눈으로 보면서, 스즈바야시 리리는 이를 악물더니, 머꼬 니, 유루가세 파가? 라고 분한 듯 소리친다.

유루가세 파? 뭐야, 그건⋯. 내가 고립된 유루가세 아미코를 위해서 움직일 만한, 그런 선량한 인간으로 보이는 걸까? 그렇다면 너희들도 사람 위에 설 자격은 없겠어. 머라꼬? 그람은 무슨 판데? 누구를 위해서 누구 영향을 받고 누구 생각에 근거해서 이따구 말도 안 되는 짓을 하는 기고! 새된 목소리로 집요하게 그렇게 물어봐서, 나는 지긋지긋한 마음으로 대충 대답했다.

아라라기 파야.

022

내가 스즈바야시 리리의 스마트폰 패스워드를 해제할 수 있었던 이유에 대해서 복잡한 설명은 필요 없다. 나는 유루가세 아미코로부터 스즈바야시 리리의 개인정보를 들었고, 그중에는 친절하게도 그녀의 생일도 포함되어 있어서, 나는 그것을 네 자리 숫자로 입력했던 것뿐이다.

패스워드를 생일이나 동일 숫자 나열로 설정하지 말라는 것은 무슨 일이 있을 때마다 신물 나게 듣는 주의사항인데, 그렇게 하는 사람이 끊이지 않기에 무슨 일이 있을 때마다 신물 나게 하는 주의사항인 것이다.

뭐, 아무렇게나 입력하는 것보다는 확률 높은 도박이었고, 생일이 아니었다면 그때는 다른 후보도 몇 가지 있기는 했지만, 위태로운 도박이었음은 틀림없다. 최악의 경우에 스마트폰을 어딘가에 감추고 허세를 부린다는 수단도 있었지만, 쉽게 발끈하는 성격의 내가 가장 어려워하는, 그런 조마조마한 교섭 없이 끝난 것에는 솔직히 가슴을 쓸어내렸다.

다만, 이것은 물론 내가 운이 좋았던 것은 아니다. 그 학원의 게이트를 예로 들 것도 없이 그 어떠한 강고한 보안시설도 관리하는 인간의 태만함이나 게으름에 의해 간단히 무너진다는, 그런 흔한 교훈이다.

스즈바야시 리리로서는, 설마 대립자인 유루가세 아미코가 자신의 생일을 기억하고 있었다는 사실은 상상 밖이었겠지만…. 같은 반 학생의 생일을 기억하고 있는지 여부는 리더의 자질과는 별 관계가 없으므로, 반성해야 할 것은 그 점이 아니다.

어쨌든 내가 궁지를 모면한, 트릭 밝히기는 대충 이런 느낌이다.

그래서 그 뒤로 어떻게 되었는가 하면, 나는 확실히 증거를 손에 넣고 나쁜 녀석들을 공개적으로 고발…해도 좋았겠지만, 비뚤어진 나는 그녀들에게 나보다도 제대로 된 녀석이 될 찬스를 주기로 했다. 그것은 내가 여러 사람들로부터 받았으면서도 한 번도 활용하지 못했던 찬스다. 그 애들이 그것을 살려 주기를 진심으로 바란다.

유루가세 아미코는 아마도 아직 이 근처의 학원 자습실에 있을 테니 지금 당장 만나러 가서, 어떤 거짓말을 해도 괜찮으니 화해하고 와. 그러면 이 스마트폰은 돌려줄게.

패배가 확정되었어도 어쨌든 리더로서, 어떡할 생각이냐, 라고 따지고 드는 스즈바야시 리리에게 나는 그렇게 말했다. 말도 안 되는 요구로 들렸는지도 모르지만, 그러나 상황을 돌아보면 이렇게 빼어나면서 후한 판결도 없을 것이다.

최악의 인간으로부터의 최고의 판결이다. 달게 받아들일 수밖에 없을 것이다.

그런 불성실함이 강렬하게 전해져 왔기 때문일까, 스즈바야시 리리와 하타모토 아야카리의 판단은 신속했다. 한 걸음 물러선 위치에 있던 다른 학생들은 아직 사태를 파악하지 못했는지, 아니면 당사자 의식이 없었기 때문인지 그런 두 사람 뒤를 잠자코 따를 뿐이었다.

유루가세 아미코와 스즈바야시 리리.

유루가세 아미코와 하타모토 아야카리.

대립하는 두 사람과 사이가 틀어진 두 사람.

각각의 사이에서, 과연 그 뒤에 어떤 대화가 어떤 프로세스로 이루어졌는지 흥미는 끊이지 않지만, 유감스럽게도 그것은 내가 관여할 수 있는 범위가 아니었다. 게다가 사실 그다지 흥미도 없었다. 타인에 대한 흥미 따위, 이미 옛날에 끊어졌다.

다음 날 유루가세 아미코도 하타모토 아야카리도, 두 사람 다 학교에 온 것을 보면 어차피 세상의 닳고 닳은 방식으로 그럭저럭 잘 풀린 모양이다. 뭐, 유루가세 아미코도 나 정도로 바보는 아닐 것이고, 무슨 말을 들었다고 해도 결코 같은 반 학생들의 주장을 곧이곧대로 받아들이지는 않았겠지만, 그 부분을 적당히 넘어가 주는 정도의 처세술은 있었을 것이다. 나 정도의 바보는 아닐 테니까.

어쨌든 이것으로 내가 전학한 교실에, 간신히 멤버가 전부 모인 것이다. 서열관계가 한 번 붕괴한 이상 분위기가 원래대로 돌아왔다고는 할 수 없을 것이고 이제부터 원래대로 돌아가는 일도, 뭐, 없겠지만 그 부분을 잘 얼버무리면서 살아가는 것 또한 청춘일 거라며 나는 타인의 일처럼 생각했다.

실제로 타인의 일이었다.

유루가세 아미코와 하타모토 아야카리가 어색하나마 다시 소꿉친구 관계가 되고, 스즈바야시 리리와 유루가세 아미코의 쌍두정치 체제도 절묘한 밸런스로 부활했지만, 그러나 나의 취급은 공중에 뜬 채였으니까.

그야 당연하지.

스마트폰은 돌려줬다고 해도 스즈바야시 리리 입장에서 나는 재앙신 같은 녀석이고, 나는 모르는 일이라고 끝까지 잡아떼긴 했지만 유루가세 아미코로서는 내가 학원 안으로 쳐들어온 직후에 갑자기 상황이 급변했으므로 나의 기분 나쁘기 짝이 없는 관여를 의심하는 것도 무리는 아니다.

어쩌면 교실 안에서 나는 모두가 경의를 표하는 존재가 되는 게 아닐까 하고 남몰래 기대하지 않은 것은 아니었지만, 경의를 표하기는커녕 완전히 경계하며 거리를 벌리고 있었다.

요컨대 나의 고립상태는 그 뒤에도 악화되었으면 되었지, 해소되는 일은 전혀 없었다는 이야기다. 그렇기에 사건의 관계자들로부터는, 저 녀석은 대체 뭐가 목적이었을까, 하고 보다 의혹 어린 눈초리를 받게 되었다.

나는 그냥 스티커 사진을 찍고 싶었던 것뿐이었는데….

소동이 벌어지지는 않았다고 해도, 역시나 더 이상 그 게임센터에는 가기 어려워졌고, 그 보잘것없는 소원도 이루어지기는커녕, 그럼으로 인해 더더욱 험악해지기만 하는 눈매가 내가 얻은 유일한 것이라고 말할 수 있을지도 모른다.

즉흥적인 착상이 입 밖에 나와 버린 것뿐이라고는 해도, 뭐, 아라라기 파로서는 타당한 결말이겠지만…. 아니, 그 남자라면 더욱 스마트하게 이야기를 정리했을까? 이쪽이 먼저 정색을 하며 태도를 바꾸었으니 망정이지, 저쪽이 먼저 태도를 바꾸었다면 그것으로 끝장났을 듯한 위태로움만은, 확실히 그 남자를 본받은 것이지만.

어쨌든 이런 일은 이번뿐이다.

이번에는 상대가 나쁜 계략을 꾸미고 있어서(있어 주어서) 도와주었던 것이다. 그렇지 않았더라면, 나는 기둥 뒤에서 뛰어나가지 않았을 것이다. 심리학적으로 인간은, 피해를 받거나 끔찍한 꼴을 당하는 사람을 보았을 때, '피해자에게도 문제가 있다'라든가 '저런 꼴을 당하고 있으니 큰 잘못을 저질렀겠지, 전생에서라든가'라는 식으로 머릿속에서 멋대로 앞뒤를 맞추며 상황을 받아들이려 한다는 모양인데, 이번은 우연히 녀석들이 쓰레기 같은 측면을 갖추고 있어서 다행이었다. 고립상태에 몰린 유루가세 아미코도 칭찬받을 인물은 아니었으니, 세상이 살 만하지 못한 곳이라 다행이었다.

물론 가장 버려야 할 쓰레기는 나지만.

아무것도 얻을 수 없고, 잃기만 하는 게 당연하다.

음, 아니…. 잠깐, 잠깐. 잃기만 했고 얻은 것이 눈빛의 악화이외에 아무것도 없었느냐면, 결코 그렇지는 않았다. 딱 한 가지, 부산물을, 나 같은 것이 획득한 것이 있었다.

새로운 생활이 시작되어도 전혀 친구를 만들지 않은 듯한 나를 보다 못해, 하코베 부부가 한사코 사양하는 나에게 억지로 스마트폰을 사 준 것이었다. 나의 고립은 나의 커뮤니케이션 스킬 부재에 기인하는 것이며 커뮤니케이션 툴의 부재는 상관없지만, 이것을 기쁘지 않다고 하면 거짓말이 된다.

스마트폰을 손에 넣고 보니, 나의 여자 고등학생 느낌도 약간이나마 증가한 듯도 했다. 그것만으로도 조금 두근두근하는 기분이 되어 버렸으니, 완고한 내 정신구조도 상당히 초라하다.

당연하지만, 패스워드는 네 자리의 랜덤 숫자로 했다.

SNS나 메일 어플리케이션 수신 박스는 고사하고 주소록조차거의 비어 있으므로 사실상 그런 보안은 필요 없지만…. 그렇게자학적으로 생각하면서 평소대로, 혼자서 터덜터덜, 앞으로 보름만 참으면, 앞으로 보름만 참으면, 앞으로 보름만 참으면 모든 것이 변한다고 스스로에게 들려주면서, 무거운 발걸음을 질질 끌듯이 학교로 향하고 있는데, 그 스마트폰에 설마 하던 착신이 있었다.

그렇다고 해도 화면에 표시된 것은 유일하게 등록되어 있는 전화번호, 즉 하코베 가의 집 전화번호였다.

놓고 온 물건이라도 있는 걸까? 그렇게 고개를 갸웃거리면서도 우선 받아 본다. 전화의 주인공은 하코베 부인이었다. 듣기로는 나와 지나치듯이 하코베 가의 인터폰을 누른 손님이 있었다고 한다.

나를 찾아왔다는 듯하다. 가슴이 두근, 한다.

그, 그건, 나와 같은 나이의 남자?

작은 몸집에 수학을 잘 할 것 같은?

부끄러울 정도로 힘차게, 나는 묻고 말았다. 하코베 부인은 곧바로 아니, 라고 부정했다.

그 내방자는 아무래도 이런 아침나절부터 술에 절어 있는 느낌의 중년 남성이었고, 그런 데다 제대로 혀가 돌지 않는 커다란 목소리로, 나의 아버지라고 자기를 소개했다고 한다.

네, 알겠습니다. 바로 돌아가겠습니다.

하지만 나는 그런 거, 전혀 신경 안 쓰니까.

제2화　스루가 본헤드

KA NBARU SU RUGA

001

오시노 오기라고 하는 후배가 대체 언제부터 있었는지, 잘 기억나지 않는다. 그가 전학 온 이래로 계속 같이 있었다는 기분도 들지만, 그러나 그렇게 사이가 좋아진 계기가 있었다는 생각은 들지 않는다. 흔히 말하듯 사이가 좋아진다는 것은 정신이 들고 보면 어느새 그렇게 되어 있는 법인지도 모른다. 아니, 나의 제일가는 팬이라고 자칭하는 그와의 만남은, 열심히 머리를 굴려 보면 흐릿하게는 기억나지만, 그러나 기억해 낼 때마다 그 흐릿한 기억은 조금씩, 혹은 전혀 다른 에피소드로 바뀌고 있는 듯했다.

전격적인 만남이었다는 느낌도 들고, 하네카와 선배 같은 사람을 통해서 어쩌다 보니 알게 된 듯한 기분도 들고, 메일을 주고받는 것에서부터 시작된 디지털 느낌의 관계였다는 말을 들어도 위화감이 없고, 농구부에 얽힌 뭔가가 있었던 것 같은 기억도 있다. 숙고를 반복하는 동안, 알게 된 것은 바로 어제였다는 것이 진상 같다고, 그런 확신도 가슴에 깃든다.

차라리 본인에게 따지는 게 좋을지도 모르지만, 새까만 눈동자로 새까맣게 웃는 그를 보고 있으면 의심하려는 기분도 이상하게 여기는 마음도 사라지므로, 적당적당 넘어가다가 오늘에 이른다.

뭐, 괜찮다. 중요한 것은 과거가 아니라 지금이니까.

오시노 오기라는 실재實在에, 뭔가 실해實害가 있는 것도 아니니까.

002

"저기, 아라라기 선배. 이런 말을 하고 싶지는 않았는데, 요즘 내 방 청소에 대한 정성이 줄어든 거 아니야? 참고 있어야 하나 망설였는데 말이지, 선배를 생각해서 일부러 쓴소리를 하자면, 한마디로 말해서 긴장이 풀렸다고. 할 거라면 좀 더 구석구석까지 신경 써서 해 줘야 하지 않겠어? 내 방 청소는 아라라기 선배가 자기 입으로 꺼낸 말이었잖아? 이렇게 어중간한 클리닝이라면 안 해 주는 것이나 마찬가지야."

존경하는 은인에게 순수한 충성심에서 드린 진언에 대해, 아라라기 선배가 뜻밖에도 화를 내 버려서, 이번 달 방 청소는 내가 직접 하게 되고 말았다.

고등학생 무렵에는 후배로부터의 허심탄회한 어드바이스를 받아들일 수 없을 정도로 도량이 좁은 사람은 아니었다고 생각하는데. 역시 이것이 어른이 된다고 말하는 것일지도 모른다.

아라라기 선배도 지금은 열아홉 살.

시기만 잘 타고 났더라면, 헛소리꾼*과 같은 나이다.

쓸쓸한 이야기이기도 하지만, 나도 겉멋으로 1년에 걸쳐 아라라기 선배가 내 방을 청소하는 모습을 옆에서 구경하고 있었던 것은 아니다. 열여덟 살의 칸바루 스루가는 혼자서도 방을 청소할 수 있는 고도의 스킬을 익혔음을 세상에 알려야 할 때가 온 것이라고 받아들이자.

세상에게, 라고 할까, 할아버지와 할머니에게, 라고 할까. 아라라기 선배와 싸운 것에 대해서 그 자상한 노부부에게 상당히 설교를 들었던 나다. 2단계 우회전처럼 단계적으로 혼났다. 설마 할아버지와 할머니가 손녀보다 손녀의 선배 편을 들 줄이야…. 상당히 쇼크였다.

뭐, 괜찮다.

내 방이 반짝거릴 정도로 깨끗해진 모습을 보면 할아버지도 할머니도 나를 다시 봐 주실 것이다. 그런 까닭에 나는 팔을 걷어붙이고, 고등학교 마지막 여름방학 첫날을 숙제가 아니라 청소에 소비하게 되었다.

처음에 '이번 달의 청소'라고 말했는데, 이런 일을 매일 하고 있다간 입시공부도 제대로 못 할 것이라 생각되므로, 오늘 하루 최대한 깨끗하게 치우고 그 상태를 내년까지 유지하자. 매일 조금씩 쌓아 나가는 것이 중요하다. 지금 쌓여 있는 것은 쓰레기지만. 아라라기 선배도 그렇게나 정돈된 내 방을 보면 분명 사과하자는 기분이 들겠지.

지금은 메일의 답신도 안 오고 있지만….

※헛소리꾼 : 니시오 이신의 소설 『헛소리 시리즈』 주인공의 별명.

그렇게까지 혼나지 않으면 스스로 청소할 생각이 들지 않는 나 자신의 칠칠치 못함에 대해서 역시나 반성하는 점도 없지는 않지만, 어쨌든 지금은 머리보다 몸을 움직이자.

오전 중에 어느 정도 성과를 내고, 그쯤에서 '지금 이런 느낌으로 노력하고 있다'라는 사진을 보내면 분명 답신이 있을 것이다.

사실은 아라라기 선배에게 무시당한다는 처음 겪는 경험에 울어 버릴 것 같은 속마음을 그런 식으로 달래면서, 나는 방이자 쓰레기의 집 같은 내 방에 손을 대⋯⋯기 전에 장갑을 꼈다.

맨손으로 만지면 다칠 만한 물건들뿐이다.

다시 보니, 무시무시한 참상이다.

원숭이가 날뛰고 난 뒤 같다.

아무것도 움직이지 않는데 '지저분⋯'이라는 효과음이 들린다. 바닥이 보이지 않는 것은 당연하다고 해도, 똑바로, 있어야 할 모습으로 세워져 있는 물체가 하나도 없다. 나는 체육 계열이라서 몸을 단련하고 있으니 그나마 낫지만, 이런 것은 본래 여자의 약한 힘으로 어떻게 되는 방의 참상이 아니라고⋯.

일단 70리터짜리 쓰레기봉투를 100장 준비했는데, 그것들이 나설 차례는 조금 더 나중이 될 것 같다⋯. 우선은 이 절묘한 밸런스로 쌓여 있는 수많은 물건들의 분류부터 시작해야겠다.

아라라기 선배에게도 평소부터 신물 나게 듣는 이야기인데, 내 방은 넓은 편이지만 그 면적을 까마득히 능가할 정도로 물건이 많구나⋯.

의미는 좀 다르지만 그야말로 장엄할 정도다.

이상하네, 오늘을 대비해서 수납함을 많이 구입해 두었는데, 그 수납함이 지금 상당한 공간을 잡아먹고 있다. …수납함을 수납할 수납함이 필요하겠어.

수납함은 둘째 치고, 그 주변에 있는 골판지 박스나 스티로폼 상자는 그냥 쓰레기구나…. 일단 옆방으로 전부 옮길까?

그렇게 생각했지만 옆방도 이미 쓰레기더미였다. 그렇다면 옆의 옆방은 어떤 상태일까 했는데, 그쪽은 이미 방이라고 부르기도 민망한 꼴이었다. 방화충동에 휩싸일 정도로 불필요한 물건으로 넘치고 있었다.

다만 막연히 보면 불필요한 물건이지만, 조심스럽게, 구성하는 요소를 하나씩 개별적으로 집어 들고 보면 '하지만 아직 쓸 수 있지 않을까'라든가 '이거, 살 때는 정말 갖고 싶었지'라든가 하는 나름대로의 필요성이 늘어나기 시작한다. 필요한 물건의 총합이 불필요의 덩어리가 되다니, 어떻게 된 이론일까.

이런 상태에서 오전만으로 성과가 나오겠냐. 여름방학을 전부 쏟아부어도 무리라는 기분이 들기 시작했다. 딱히 정리하지 않더라도 그리 곤란하지 않고, 공부는 학교나 도서관에서 하면 되고, 잘 곳이 없어지면 센조가하라 선배에게 재워 달라고 하면 되고…. 그렇게 이런저런 '정리하지 않아도 되는 이유'가 머릿속이 비좁게 도량발호跳梁跋扈한다.

청소 중에 크게 다치기라도 했다간 큰일이고, 청소 같은 걸 할 짬이 있다면 대학에서 농구부로 복귀하기 위해 트레이닝이라도 하는 편이 실질적으로 도움이 되지 않을까 하는 상당히 유효한 대의명분도 떠올랐다. 이 유혹이 상당히 강했지만 직전에서 멈춘 것은, 아라라기 선배와 화해할 계기를 원했기 때문이었다.

희망이다.

고집이라고 해도 좋을지 모르지만.

…다만 시간적인 제약을 생각하면 필요한 것과 필요 없는 것을 일일이 구별하고 있을 수 없으므로, 차라리 전부 버리겠다는 기개를 갖고 임하지 않으면 끝도 바닥도 보이지 않을 것이다.

모든 물체에 대한 소유권을 포기해야만 한다.

재활용이라든가, 남에게 넘긴다든가, 귀찮다, 귀찮아.

어쨌든 전부 버린다.

버린다버린다버린다버린다.

버린다의 백 제곱이다.

아깝다는 기분도 들지만, 뭐, 좋아.

가지고 싶어지면 또 사면 된다.

경제를 활성시켜라.

지금 버린다면 명백히 두 번 다시 손에 넣을 수 없는 뭔가도 어느 정도 있겠지만… 뭐, 쓰레기의 산에 묻혀 있는 상태라고 하면 아마도 수중에 없는 것이나 마찬가지일 것이다.

그래도 쓰레기의 구분은 해야만 하지만…. 이런 쪽의 쓰레기 구분은 그리 빡빡하지 않으니 그 점을 위안 삼아야 할까…. 환경적으로는 어떨지 조금 불안하지만.

그런 이유로, 나는 몸을 던지듯 쓰레기 버리기에 착수했다.

003

아니나 다를까, 라고 할까. 거의 태어나서 처음 단신으로 도전한 정리는, 강한 결단과는 반대로 지지부진했다. 손에 잡힌 물건은 전부 버린다고 하는 자포자기 식의, 그러나 어떤 의미에서는 한결같이 밀고 나가는 그 작전은 내 성격에는 잘 맞았지만, 그래도 번번이 손을 멈추게 되는 것은 피할 수 없었다.

버렸다간 정말로 생활에 지장이 생길 물건이 발굴되기도 하므로, 그런 때에는 아슬아슬한 판단을 요했다. 그 밖에도 무엇을 열기 위한 것인지 알 수 없는 열쇠라든가 어떤 기계의 부품 같은 일부, 애초에 필요와 불필요를 떠나서 그것이 무엇인지 잘 알 수 없는, 나 혼자서 처분해 버려도 괜찮을지 알 수 없는 물체가 발굴되는 경우도 있다. 평범한 돌과 화석을 구별해야만 하는 발굴학자가 된 심경이다. 그런 물체는 일단 옆으로 치워 두는데, 그랬더니 금세 물체로 가득해졌다. 작업을 계속하는 동안, 정리를 시작하기 전보다도 어질러진 인상으로 변해 갔다.

정신이 들고 보니 약간이나마 성과를 거두어야 했을 오전이 완전히 끝나 있었지만, 이런 상황은 사진을 찍어서 보냈다간 아라라기 선배가 걱정해서 달려올 레벨이다. 그것은 그것대로 목적이 달성되었다고 말할 수 없는 것도 아니지만, 역시나 너무 한심하다.

점심밥을 먹을 시간도 아껴 가며, 1제곱센티미터라도 많은 방 바닥 면적을 확보하기 위해, 나는 어쨌든 무턱대고 마구잡이로 청소를 계속했다. 그런데 또다시 판단하기 어려운, 산 기억이 없는 물건을 발견했다.

아니, 산 기억이 없지만 본 기억은 있었다.

그것은….

그것은 아무래도 미라의 왼손인 듯했다.

"…어라?"

나는 오늘 중 가장 크게 입을 쩍 벌렸다.

미라의 왼손? 손목부터 손끝까지의?

인간의… 아니, 원숭이의 왼손. 원숭이의 손.

어이, 잠깐, 이상하잖아!

'이것'이 이런 곳에 있을 리가 없다.

그도 그럴 것이 그 악마가.

악마 님, 누마치 로카가 수집한 레이니 데빌의 미라는 하나도 남김없이 그 어린 흡혈귀의 배 속에 들어갔을 테니까.

"어라라. 먹다 남긴 게 있었던 걸까요?"

"우왓, 깜짝이야!"

조심스럽게 그 미라의 왼손을 집어 드는 것과 동시에, 등 뒤에서 그런 목소리가 들려와서 나는 큰 비명을 지르며 살짝 집어 들던 왼손 미라를 내던져 버렸다.

뜻밖의 형태로 '재회'한 미라가 다시 쓰레기의 산에 섞여 사라져 버린 것도 큰 문제였지만, 그것보다 먼저, 나는 뒤를 돌아보며 목소리의 주인에게 대처해야만 했다.

"야, 잠깐! 이상하잖아! 어째서 네가 여기 있는 거야, 오기 군!"

"핫하~ 이상하다니, 이상한 이야기를 하시네요. 제가 있는 장소는 늘 당신 곁이에요, 스루가 선배."

나의 힐문에 평소대로—평소대로겠지?—표표하게 대응하는 오기 군. 오시노 오기 군. 내 서슬 퍼런 기세를 앞에 두고도, 게다가 쓰레기의 산을 앞에 두고도 전혀 움츠러들지 않는 담대함은 여자로 착각할 정도의 가녀린 체구에서는 생각할 수 없다.

그러고 보니 사복 차림은 처음 보네….

여름방학인데도 새까만 긴팔 옷인데, 덥다는 느낌은 전혀 없다. 오히려 시원하다고 할까, 서늘하게 느껴지기까지 했다.

양말까지 검은색이네, 이 애는.

"저는 당연히 스루가 선배가 부르셔서 왔죠. 방 정리를 할 거니까, 오기 군이 꼭 도와줬으면 한다고 칸바루 선배가 말씀하셔서 이렇게 달려온 거예요."

"그, 그랬던가…?"

분명히 나는 비참한 내 방을 혼자서 정리하려고 분발하고 있었을 텐데…. 하지만 뭐, 그런 빤한 거짓말을 오기 군이 할 이유가 있다고도 생각되지 않으니, 내가 기억하지 못할 뿐이고 분명 오기 군의 말대로겠지.

"그랬구나, 미안해. 마중 나가지 못해서. 그렇다기보다, 보다시피 이런 참상이라 한동안은 차도 못 내줄 것 같아."

"핫하~ 상관없어요, 저는 스루가 선배의 충실한 후배니까요.

오히려 이 참상으로부터 스루가 선배의 인간미를 느끼고, 더더욱 당신이 좋아졌을 정도예요."

생글생글 웃으며 오기 군은 그런 입에 발린 소리를 한다. 그렇게 말해 주는 것은 뭐, 기쁘지 않은 것은 아니지만, 어쩐지 좀처럼 그대로 받아들일 수 없는 수상함이 있지, 이 애는….

그렇기는 하지만, 거들어 달라고 불러 놓고 불평을 할 수도 없다.

"하지만 이 숫자는 역시나 문제가 있지 않을까요. 너무 어질러져 있는 거 아닌가요?"

"너무 어질러져 있다는 건 말이 좀 심하네. 너무 산개했다고 말해 줬으면 해."

"문장은 깔끔해졌지만, 그것보다는 방을 깔끔하게 쓰시라고요. 물건의 숫자는 콤플렉스를 드러낸다는 말도 있어요. 스스로에게 자신이 없으니 수많은 소유물로 텅 빈 마음을 채우려고 한다던가요."

"누구의 마음이 텅 비었다는 거야."

딴죽을 걸면서도 의외로 날카로운 지적이라고 느낀다. 이 후배는 이런 부분에서 방심할 수가 없다.

"애초에 방을 어지럽히고 있는 사람은 어지럽혀진 방을 좋아하는 사람이에요. 추억의 물건을 껴안는 것을 좋아하고, 자신의 인생의 기록을 모으는 것을 좋아하는 사람이죠."

"좋아한다고…."

"달리 표현하자면, 물건을 버리거나 정리하는 것을 자기 인생

의 무의미함을 드러내는 행위처럼 느끼기 때문에 몹시 고통스럽
다…는 얘기일까요? 소유물에 감정이입해서, 그것들의 무의미
와 그것들의 무가치를 인정하는 것이 자신의 무의미와 자신의
무가치를 인정하는 것과 같은 의미가 되어 버리는 거죠."

듣고 보니 나에게도 그런 경향이 있는지 모른다. 뭐든지 모아
두는 타입이다.

물건도, 스트레스도.

한계까지 쌓아 두고, 그리고 터뜨린다.

"진정하세요. 이런 건 그냥 일반론이에요. 절대 버릴 수 없는
물건도 있을 테고 말이죠. 예를 들면 이 스티커 사진집이라든
가. 동아리 후배와 만든 컬렉션인가요?"

"컬렉션이 아니야. 같이 찍자고 졸라서 찍어 주다 보니, 어느
새 그런 숫자가 되어 버린 거야…. 스티커 사진이란 건 한 번 찍
는 데 500엔 정도라 아주 싸니까, 금세 많아지더라고."

"핫하~ 그런가요, 아주 싼가요. 모 씨한테 들려주고 싶은 대
사네요."

"모 씨?"

"아뇨, 아뇨. 뭐, 그분은 눈을 의심할 수준의, 이름을 복자*로
하지 않으면 출판할 수 없지 않을까 싶은 레벨로 음습한 제1화
를 전개해 주셨으니까, 불초한 저 같은 녀석은 이제부터 온 힘
을 다한 코미디를 담당하고자 하고 있어요."

※복자(伏字) : 인쇄물에서 밝히기 어려운 부분을 일부러 비우거나 ○, × 등의 특수문자를 넣는 것.

그 사람의 문제에 대해서는 이 몸이 아닌 제가, 적지 않게 책임을 느끼고 있으니까요, 라고 오기 군은 영문 모를 소리를 하는 것이었다.

"그러면 저는 곧바로, 빨래라도 거들도록 할까요. 스루가 선배의 속옷을 세탁하게 해 주시다니, 분에 넘치는 영광이에요."

"너보고 세탁하게 할 리가 없잖아."

"어라라? 제 옷과 같이 세탁되는 것에 부담감을 느끼시나요? 사춘기이시네요."

"왜 네 옷도 빨려고 하는 거야. 여기서 묵고 갈 생각이냐? 얼른 집에 가."

가능하면 지금 당장.

…아니, 그게 아니라.

"거들어 줄 거라면 조금 전에, 네가 등 뒤에서 갑자기 말을 거는 것 때문에 쓰레기들 속으로 던져 버린 미라 찾기를 거들어 주지 않겠어?"

확실히, 오기 군은 원숭이의 미라를 둘러싼 에피소드를, 작년 것도 올해 것도 둘 다 알고 있을 테니, 그 부분의 설명은 생략해도 괜찮을 것이다. 알고 있는 거겠지? '먹다 남겼다'라고 말했으니.

솔직히 미라의 최종적인 처리에 대해서까지 이야기한 기억은 없지만, 어쨌든 알고 있다는 것을 보면 내가 이야기한 것이 틀림없다.

그렇지만 현실적으로는 '먹다 남긴다'는 상황은 생각하기 힘들다고 본다. 어쨌든 그 흡혈귀는 엄청나게 식욕이 왕성한 꼬맹이니까 못 보고 먹지 못하는 경우가 있으리라고는 생각되지 않는다.

그러면 착각인가?

큼직한 피겨 부품 같은 것을 미라라고 잘못 본 것일…. 미라의 피겨를 구입한 기억은 없지만, 그러나 나란 녀석은 뭘 사더라도 이상하지 않다.

그게 아니라면, 별로 생각하고 싶지 않지만 '간식'으로서 접시에 올려놓기 전에 했던 대청소 때에, 내가 한 것이 아니라 당연히 아라라기 선배가 했던 대청소 때에 어쩌다 섞여 들어갔다든가…?

그렇다면 부주의도 정도가 있는데 말이야.

"핫하~ 먹다 남은 게 아니라면 미련이 남은 게 아닐까요, 스루가 선배."

"미련이 남아?"

미련?

"물건 찾기를 거들면 되는 거죠? 상관없어요, 식은 죽 먹기죠. 핫하~ 폐촌에서 필드워크 하던 때가 떠오르네요."

내 방을 폐허는 고사하고 폐촌으로 비유하면서, 그렇지만 전혀 위축되지 않고 가벼운 몸놀림으로 방 깊숙이까지 들어가는 오기 군. 아직 방바닥은 거의 보이지 않고 동선도 확보되지 않았는데, 그런 것은 상관하지 않고 인정사정없이 이것저것을 밟아 흐트러뜨리면서 척척 방 안쪽으로 나아간다.

물건을 밟는 것에 망설임이 없다.

정리에 필요한 것은 저런 대담함이겠구나…. 나중에 버릴 물건이라는 것을 알더라도 방바닥이 아닌 장소란 좀처럼 밟기 힘든 법이다. 그렇게 생각하면 오기는 확실히 든든한 우군이었다.

"조심하라고, 오기 군. 날카로운 것이 있을지도 모르니까."

"괜찮아요. 제가 더 날카로우니까요."

그런 에스프리 넘치는 대답과 함께 앞길을 막는 수수께끼의 소파를 옆으로 밀어내고(끼긱끼긱 하는, 뭔가가 삐걱대는 불길한 소리가 났다), 그 이외에도 수많은 파괴를 반복하면서 방의 가장 구석까지 도달했다.

얌전해 보이는 얼굴을 하고 있으면서, 밟는 것은 고사하고 물체를 부수는 것에 주저함이 없는 후배네…. 실제로, 상당히 날카로운 파괴자다.

저런 식으로 이것저것 파괴하면 나중에 버릴 때는 오히려 마음이 편할 것 같다. 그런데 그는 전문가인 오시노 메메 씨의 조카일 텐데, 현장보존이 중시될 필드워크에는 그리 적성이 없는 게 아닐까…. 폐촌을 더욱 붕괴로 몰아넣을 듯한 위태로움이 느껴진다.

"어이쿠, 이건 뭐지?"

그렇게 발을 멈춘 오기 군이 그렇게 연기가 들어간 목소리를 냈다. 안 좋은 예감이 들었다. 선배를 놀릴 때의 신이 난 목소리였다.

"뭐야, 오기 군. 나는 내 BL소설을 누가 발견한 정도로는 당황하지 않는다고."

"BL소설이라면 여기까지 오는 동안에 이미 발견을 마쳤어요. 그것도 상당히 센 녀석을. 대체 뭔가요? 귀축 가르송 시리즈는. 『뼈까지 빨아먹어 버리겠다, 귀축 가르송』이라니, 그냥 마음대로 빨아 드시라고요. 아니, 그런 게 아니라."

오기 군이 퍽, 하고 단숨에 주변의 산을 걷어차 무너뜨렸다. 아무리 대상이 쓰레기의 산이라고 해도, 너무나 망설임 없는 킥이었다.

오히려 시원시원하게 느껴진다.

아라라기 선배가 정리해 줄 때도 그랬는데, 역시 남의 물건이기 때문에 저렇게 주저 없이 다룰 수 있는 거겠지…. 어쨌든, 그 킥에 의해 시야가 트였다.

드디어, 라고 할까. 지금까지 복도에서는 보이지 않았던, 쓰레기에 가려져 있던 맹장지*가 드러났던 것이다. 그리고.

그 장지문에 미라의 왼손이 박혀 있었다.

"어라라."

"어라라."

어라라, 로 끝날 이야기가 아니다.

앙금처럼 쌓인, 버리자고 결단한 쓰레기의 산이라면 짓밟든 파괴되든 궁극적으로는 순서의 문제이므로 상관없다고도 말할 수

※맹장지 : 방과 방, 혹은 방과 마루 사이에 끼우는 칸막이 문의 일종으로, 나무틀의 양면에 두꺼운 헝겊이나 종이를 바른 문.

있지만, 방 자체가 상하게 되면 역시나 나의 재량을 넘어선다.

이만큼 물건이 쌓이면서 다다미나 벽이 상당히 더러워졌을 것이라고 추측하고 있긴 했지만, 거기에 맹장지를 부숴 버리다니….

"아~아. 스루가 선배가 손목을 아무렇게나 던지는 바람에 훌륭한 일본화가 그려져 있는 멋진 맹장지가 부서져 버렸네요."

"나, 나 때문인 것처럼 말하지 마. 네가 등 뒤에서 갑자기 말을 거니까 그렇게 된 거잖아."

"어라, 후배 때문이라고 하시는 건가요? 당신은 농구공을 스틸당했을 때, '상대가 잘 해서 깜짝 놀랐으니까'라고 핑계를 대실 생각인가요?"

"윽…."

그 대답에 말이 막혔는데, 가만히 생각해 보면 하는 말이 이상하다. 그 문맥이라면 일부러 나를 놀라게 만들었다는 이야기가 되어 버리니…. 일부러 그런 것일지도 모르지만.

그럴지도 모른다고 할까, 정체를 알 수 없지, 이 애는.

어쨌든 오래간만에 본 맹장지 그림의 한복판이 파손되어 버린 것은 분명했다. 이 상황에서 중요한 것은 이곳에 있을 리 없는 원숭이의 손 미라일 테지만, 그러나 '집을 파괴해 버렸다'라는 현실적인 대사건 쪽이 마음속에서 많은 무게를 점하고 있었다.

이것이 흔히 말하는 '세상 어딘가에서 벌어지고 있는 전쟁보다, 자신의 충치 쪽이 중요하다'라는 이야기인가…. 응, 방을 더럽히고 있는 것에 대해서는 이미 포기한 구석도 있는 할아버지

할머니지만, 역시나 맹장지를 부수면 레벨이 다른 설교를 듣게 되겠지….

어린아이가 크레용으로 낙서를 한 것하고는 상황이 다르다.

"아주 비싸 보이는 맹장지네요. 혹시 국보급의, 역사적인 가치가 있는 물건 아닌가요? 제가 감정하기로는 한 세대 전이라면 시집올 때에 혼수품으로 가지고 올 레벨로 보이는데요."

"감정 실력을 발휘하고 있지 말라고. 하아…. 이걸 어쩐다."

"우선은 배라도 채울까요? 제가 사 온 밀기울 빵이 있어요."

"계획적 범행의 냄새를 풍기는 저칼로리 빵을 사 오지 말라고. 우선은, 이라고 말할 거라면 우선은 그 손을 뽑아서 이리로 가지고 와."

"네~ 알았습니다. 이제까지 스루가 선배의 말에 거스른 적 없는 제가, 오늘도 역시 당신의 명령에 따르기로 하죠."

행동만은 충실한 후배는 내가 시키는 대로 겁도 없이 미라를 척 하고 잡더니, 조심스러움이 전혀 느껴지지 않는 힘 있는 움직임으로 맹장지에 박혀 있던, 마치 맹장지에서 자라나 있는 듯한 손목을 잡아 뺐다.

그 동작으로 맹장지의 찢어진 부분이 더욱 벌어진 듯했지만 그건 어쩔 수 없겠지…. 그런데.

"어라라? 이건 또 뭘까요."

오기 군이 고개를 갸웃거렸다.

흐느적거리듯 고개를 기울였다. 있는 그대로 말하자면 그것은 어쩐지 오싹한 동작이었지만, 하지만 그것도 그럴 만하다고 생각했다.

왜냐하면.

맹장지 안쪽에서 뽑혀 나온 미라의 손이 꽉 쥐어져 있었기 때문이다. 조금 전에 봤을 때에는 활짝 펼쳐져 있던 손이, 맹장지 내부에 숨겨져 있었다고 보이는 한 통의 편지를 아주 꽉 쥐고 있었던 것이다.

004

뇌를 섞고 머리카락을 비축하라
얼굴을 걸고 목을 매라
콧구멍을 합해서 귀와 눈을 합쳐라
이를 늘려서 혀를 연결하라
뿔을 모으고 발톱을 쌓아라
고기를 주물주물 뼈를 묶어라
피부를 겹치고 혈관을 엮어라
팔짱을 끼고 다리를 집어넣어라
가슴을 한데 모으고 배를 점하라
허리를 쌓아 두고 뿔을 모아라
팔꿈치를 초대하라 무릎을 불러라
지문을 채취하라 목소리를 사냥하라
눈물을 퍼 올려라 발목을 다스려라

위장을 붙잡아라 내장을 파내라
심장을 묶고 폐를 정돈하라
목숨을 빼앗고 혼을 도려내라

005

어떤 인간을 볼 때에 일일이 그 인간의 내장을 떠올려 보거나
하지는 않는 것처럼, 맹장지에 '내부'가 있다는 것은 거의 상상
한 적이 없었다. 하물며 그 내부에 편지가 숨겨져 있으리라고는
전혀 생각한 적도 없었다.

편지를, 미라의 손이 움켜쥐다니.

어쩐지 벽장 속의 살인귀라든가 침대 아래의 도끼남자라든가,
과장스럽게 말하면 그런 무시무시함이 있다. 과장스럽게 말하자
면, 내 방의 맹장지가 이공간으로 연결되어 있었나, 하는 공포
가 있었다.

하물며 그 편지의 내용이 전혀 의미를 알 수 없는, 그렇지만
심상찮은 박력이 느껴지는 수수께끼의 문장이라고 한다면 더 말
할 나위도 없다.

만약.

만약 이 필적을 본 기억이 없었다면 그 자리에서 찢어 버리지
않았을까 싶을 정도로 섬뜩했다.

"필적을 본 기억이 있다? 호오, 흥미로운 말씀을 하시네요.

아, 혹시 스루가 선배 본인의 필적이라든가? 중학생 무렵일 때에 썼던 개인적인 '시' 같은 건가요? 그것이 어쩌다가 장지문의 틈새로 들어가 버렸다든가?"

"개인적인 시 같은 건 쓴 적 없다고…. 너는 나를 뭘로 보는 거야."

초 열혈 스포츠맨이었다고, 나는.

감성을 갈고닦을 짬 따윈 없었어.

…그렇다기보다, 이런 내용의 시를 쓰는 중학생이 있다면, 꽤 진지하게 걱정해 주는 편이 좋을 것이다.

"걱정스럽지 않은 중학생 같은 건 없지만요."

빈정거림 같다고 할까, 조금 풍자적인 소리를 하며 오기 군은 내 손안에서 문제의 편지를 스윽 빼 들었다. 그 결과, 나에게는 미라의 손목만이 남았다.

미라의 손목도, 이렇게 되니 정말로 피겨의 부품 같았다. 갑작스레 발견된 수수께끼 같은 편지에 비하면.

"수수께끼 같은… 이라기보다 수수께끼 그 자체일지도 모르겠네요."

"응? 무슨 의미야?"

"아뇨, 그게 말이죠. 사용된 종이는 상당히 오래된 것 같고, 잉크가 흐려진 정도를 봐도 나름대로 세월이 지났어요…. 손상된 정도로 봐도, 이 편지가 쓰인 것은 중학생 무렵은커녕 스루가 선배가 태어나기도 전이 아닐까 하고 예상돼요."

흐음.

전문가 같은 소릴 하네.

그 부분은, 아직 아마추어라고는 해도 오시노 메메의 조카다운 모습이 발휘된 것일까…. 나는 그냥 지저분한 종이라서 글씨를 읽기 힘들다는 생각밖에 하지 않았다.

읽기 힘든데도 고생하며 읽어 봤더니 엄청나게 소름 끼치는 내용이었기 때문에, 솔직히 뒤통수를 맞은 듯한 기분이었다.

다만… '그 사람'이 적을 것 같은 내용이기는 하다.

그것은 아무리 오기 군이 명탐정 같은 추리력의 소유자라고 해도 알 리 없는, 아마도 나밖에 알 수 없는 것이겠지만…. 응, '그 사람'이라면 이렇게 사람을 불쾌하게 만들려는 듯한 오싹한 시를 쓰더라도 이상하지는 않다.

그 시를 미라의 왼손이 맹장지 속에서 움켜쥐었다는 것도, 그렇게 되면 아주 의미심장하다. 오기 군은 조금 전에 '틈새로 들어갔다'라는 말을 했는데, 하지만 그렇다고 볼 수는 없을 것이다.

보통, 맹장지에 틈새 같은 것은 없다.

있었다면, 나라면 모를까, 아라라기 선배는 지금까지 청소해 오는 동안 알아차렸을 것이다. 이러쿵저러쿵해도 그 결벽증 기미가 있는 선배가 맹장지의 하자를 못 보고 넘어갈 리 없다.

"흠. 그렇게 되면 의도적으로 숨겼다고 봐야 할까요. 연인에게서 온 편지를 병풍 속에 집어넣고서 언제나 연인의 기척을 느끼던 공주님의 이야기 같은 거, 옛날이야기 같은 데서 종종 나오곤 하는데…. 그런 종류의 이야기일까요?"

"연애편지라면 풍류라도 있겠지만…. 지금까지 이런 저주의

편지가 들어 있는 맹장지가 한 장 설치된 방에서 생활했구나 하고 생각하면 조금 오싹해지네."

"존경하는 선배가 이렇게 정신없는 방에서 생활했구나 하고 생각하는 편이 후배로서는 오싹한 일이지만요. 지진이 나기라도 하면 어쩔 생각인가요."

그런 식으로 정면으로 걱정을 해 와도 뭐라 할 말이 없다.

인간미라느니 하는 말을 했으면서, 오싹해진다는 본심을 툭 던졌다. 하지만 그건 그렇다. 흔히 책을 좋아하는 사람이 '책에 깔려 죽을 수 있다면 더 바랄 것이 없다'라는 소리를 하는데, BL소설에 깔려 죽는다고 한다면 할아버지 할머니도 어떻게 슬퍼해야 좋을지 알 수 없으실 거다.

"그리고 스루가 선배, 일본식 맹장지를 세는 단위는 '료領'예요."

"'료'? 아니, 잡학에 대해서는 감탄하고 있지만 말이야, 오기 군. 그건 그냥 '장'이라고 세어도 되잖아."

"하지만 세트로 세는 물건이니까 가능하면 전통에는 따르고 싶어요. 스루가 선배는 '한 장 설치된 방'이라고 말씀하시는데, 안에 편지가 숨겨져 있는 맹장지가 이것 하나라고 단정할 수는 없잖아요? 다른 맹장지 안에도 또 다른 편지가 있을지도요."

세는 단위는 둘째 치고 지적 자체는 지극히 당연했다. 편지가 이것만이라고 단정할 이유는 전혀 없다.

장지문 안에는 숨길 방법이 없다고 치고…. 작은 벽장도 포함하면 내 방에는 크고 작은 것들을 합쳐서 여덟 장 정도의 맹장지가 있었다. 그중 대부분은 아직 쓰레기의 산에 가려져서 현재는 보이지 않지만…. 뭐, 보인다 한들 내부를 투시할 수 있는 것도 아니다.

그렇다고 해서 안에 편지가 있는지 없는지를 확인하기 위해 맹장지를 전부 부술 수 있을 리도 없고…. 기억을 더듬어 보면, 각각의 맹장지에는 상당히 값나갈 것 같은 풍류 있는 그림이 그려져 있을 것이다.

이번처럼 사고라면 모를까, 일부러 그것을 파손하는 것은 생각할 수 없다. 게다가 그런 식이면 한이 없다.

모든 맹장지를 검사하고, 설령 결과를 얻었든 얻지 못했든, 그다음에는 다른 방의 맹장지 속도 신경이 쓰이게 될 것이다. 일본식 가옥인 칸바루 가 전체의 맹장지 전부를 체크하고 있다가는 끝이 없다.

"네. 그냥 부순다고 해결될 일은 아니겠죠. 비파괴검사를 할 수 있다면 그것보다 나은 게 없겠지만, 표면에서 속을 들여다보는 정도로는 내용이 보일 것 같지도 않고요. 도움이 되지 못해서 죄송해요. 저에게 투시능력이 있으면 좋았을 텐데."

"아니, 그런 걸로 사과해도 말이지."

"아, 하지만 어쩌면 자각하지 못했을 뿐이지, 각성하고 있는지도 모르겠네요. 투시능력. 시험해 볼까요? 스루가 선배, 오늘의 브래지어는 핑크와 화이트의 스트라이프가 맞나요?"

"아니, 오늘은 터쿼이즈 블루의… 아니, 왜 교묘하게 선배의 속옷 색깔을 알아내려는 거야, 너는."

어디까지가 진심인지 알 수 없는 후배의 분위기에 어이없어 하며 내가 대답하자, "핫하~ 뭐, 다른 맹장지 속에 대해서는 일단 놔두고요."라면서 오기 군은 가볍게 웃었다.

"우선 이쪽의 편지에 대해서 조금 더 조사해 볼까요. 그렇게 하면 그것에 의해 보이기 시작하는 풍경도 있겠죠. 그래서 말인데요, 스루가 선배. 짚이는 게 있으시죠? 이 편지의 필적에 대해서."

"······."

뭐, 계속 감출 만한 것도 아니다. 묻는 투를 보면, 오기 군도 이미 눈치를 채고 있는 것 같기도 하고.

정말이지, 이 애는 무엇을 어디까지 파악하고 있을까. 맹장지를 세는 단위에 대한 것도 그렇고, 하네카와 선배처럼 뭐든지 알고 있는 것이 아닐까 하는 생각이 들기도 한다.

"저는 아무것도 몰라요. 당신이 알고 있는 거예요, 스루가 선배."

심연처럼 새까만 눈으로 그렇게 재촉해 와서 나는 떨떠름하게, 최대한 감정을 죽이고 대답하는 것이었다.

"칸바루 토오에. 옛 이름은 가엔 토오에. 그 편지를 쓴 사람은 내 어머니야."

006

옛 이름이라고 했는데, 그 사람이 정식으로 칸바루 가 장남과 호적에 올라가 있던 시기가 있는지 어떤지는 확실치 않다.

주위에서, 특히 칸바루 가에서 결혼을 반대하자 아버지와 어머니는 거의 야반도주하듯이 규슈의 오지로 망명했던 것이다. 그리고 두 사람은 망명지에서 교통사고로 세상을 떠나고, 남겨진 외동딸인 나는 그 후 칸바루 가에 맡겨진다는 흐름이다.

그 부분에 대해, 나는 칸바루 일족의 일방적인 정보밖에 듣지 못했으므로 어떻게 이해해야 좋을지를 아직 완전히 정리하지 못한 구석도 있다. 얼마 전에 만난 그 사기꾼도 어디까지 진실을 말했는지, 수상함을 넘어 의심스럽다.

사기꾼이고 말이야.

그러므로 되도록 의견을 갖지 않으려 하고 있다. 확실한 것은 어머니, 즉 가엔 토오에는 칸바루 일족으로부터 옛날이나 지금이나, 생전에도 사후에도 용서받지 못하고 계속 미움받고 있다는 점이다.

"핫하~ 뭐, 그렇겠죠. 일족의 후계자인 아들을 유혹해서 엄격한 가족제도에서 데리고 나간 끝에, 도피처에서 동반자살처럼 길동무로 데려갔으면 원한이 골수까지 미치더라도 무리도 아니에요."

'유혹'이라든가 '동반자살'이라든가 '길동무'라든가, 상당히 편향된 견해를 보여 주는 오기 군이었지만, 그 정도로 기탄없이 말해 주면 오히려 속이 시원하다. 괜히 배려하느라 깊이 언급하기를 피하며 조심스러운 말투로 이야기하는 것보다는 훨씬 낫다.

"응? 그렇다는 얘기는 현재의 후계자는 스루가 선배인가요? 그렇다면 언젠가 제가 데릴사위로 칸바루 가에 들어가면, 제가 그 중책을 맡게 된다는 가능성도 있….."

"없어."

두 글자로, 단적으로 부정했다.

너무 깊이 들어갔어, 오기 군.

그런 소린 하지 마.

"흠. 하지만 그렇게 되면 이야기가 또 이상해지네요. 스루가 선배의 어머님이 쓰신 거라면, 맹장지 안이라는 포지셔닝은 둘째 치고, 칸바루 가 안에 그분이 쓴 편지가 있어도 이상하지는 않다고 한순간 납득할 뻔했는데… 그런 사정이 있었다면 어머님은 칸바루 가에 출입금지였겠죠."

"출입금지라니…. 부음성 출연금지처럼 말하지 마."

마니아가 좋아할 만한 딴죽을 걸면서 나는 손안에 있는 손을, 내 손안에 있는 원숭이의 손을 빙글빙글 돌린다.

이 미라도 그 사람, 가엔 토오에가 물려준 것이다.

분명 처리했을 미라하고 이렇게 다시 마주하게 된 것에는 경악할 따름이지만, 한편 이것이 가엔 토오에의 유산이라고 생각하면 왠지 모르게 그리 별일도 아니라는 듯 생각된다.

오기 군은 수상히 여기고 있지만, 출입금지였던 집의 내부에 그 여자가 쓴 편지가 있더라도 나에게는 강한 위화감으로 느껴지지는 않는다. 그 손이, 맹장지에 숨겨져 있던 편지를 쥐고 있던 것도….

"흐음. 틴에이저인 딸이 어머니에게 느끼는 애착이란 남자인 저로서는 좀처럼 알 수 없는 영역이지만요. 헤아릴 수가 없네요. 센조가하라 선배나 하네카와 선배에 대해서도 공통적으로 할 수 있는 말이지만요."

"…아까 전에 네가 혼수품이라고 말했는데 말이지, 관계가 아직 최악으로 치닫지 않았을 무렵, 어머니가 칸바루 가에 보낸 맹장지 일식—式이었을 가능성은 없는 것도 아닐지 모르겠네."

"아하, 그렇군요. 그렇다면 그것대로 그 맹장지를 마냥 계속 쓰겠는가 하는 의문이 생겨나지만…. 하지만 뭐, 물건에는 죄가 없으니까요."

어머니에게도 죄는 없다고 생각한다고, 여기서 그렇게 잘라 말하기 곤란한 상황이다. 물건에 죄가 없는 것은 말할 것도 없지만, 너무 비싸서 부수기도 버리기도 어려웠다는 '정리'에 관한 사정이 있었을지도 모른다.

그것을 딸인 내가 부숴 버린 것이지만….

"교묘하게 감춰진 편지라는 부분만 픽업해 보면 에드가 앨런 포의 『도둑맞은 편지』 같지만요…. 하지만 편지 내용의 난해함으로 보면, 『황금충』 쪽에 가까울까요?"

어쩐지 마니악한 소리를 하고 있다.

나도 고등학생치고는 책을 꽤 읽는 편이라고 자부하고 있지만, 미스터리 방면으로는 조금 약해서 무슨 소릴 하고 있는지 모르겠다. 에드가 앨런 포의 이름 정도는 들은 적이 있지만. 일본의 추리작가인 에도가와 란포의 펜네임의 유래가 된 작가였던 가?

"펜네임의 유래 정도가 아니라 추리소설이라는 장르를 창설한 사람이 에드가 앨런 포라고요. 이분이 없었으면 현대 미스터리 계열은 없어요."

"흐음…."

그런 소리를 해도 말이지….

어쨌든 오기 군은 편지의 문장이 암호 같다고 말하고 있는 걸까? 읽어 보지는 않았지만 『황금충』은 그런 소설이었을 것이다.

그렇지만 나의 어머니가 암호문을 맹장지 안에 숨겨 둔 이유를 잘 모르겠다. 그 이야기를 하기 시작하면 내가 그 사람에 대해 알 수 있는 것은 하나도 없지만.

"아뇨, 하지만 분명 어떠한 의미가 있을 거예요. 그 사람은 의미 없는 짓은 하지 않아요."

"왜 네가 내 어머니에 대해 이야기하는 거야. 이거, 딴죽 거는 정도로 넘어가도 괜찮은 거겠지?"

"우선 이, 크라프트지처럼 갈색으로 변한 편지지에 적혀 있는 내용을 실천해 보는 건 어떨까요? 스루가 선배, 잠깐 가슴을 한데 모아 주세요."

"알았어. 가슴이지. 이렇게? 아니, 그럴 리가 없잖아."

선배가 한 박자 늦은 딴죽을 걸게 만들지 마.

많은 문장 중에서 어째서 그 한 문장을 고른 거야. 새침한 얼굴을 하고서 은근히 밝히는 구석이 있네, 이 후배.

내 후배답다고 하자면 내 후배답다고 할 수도 있지만.

"뭐하다면 계속해서 배를 보여 주셔도 괜찮은데요."

"여자의 복근에 흥미를 표하지 마."

게다가 원문으로는 '보여라'가 아니라 '점하라'였을 것이다.

그렇다고 해서 '뇌를 섞고'라든가 '이를 늘려서'를 끌어와도 리액션하기 난처한데…. '목숨을 빼앗고 혼을 도려내라'에 이르면, 정말 영문을 모르겠다.

역시 그냥 무서운 문장을 나열하고 있을 뿐이라는 생각밖에 들지 않는다…. 인체의 각 부분을 언급하며, 망라하듯이 끔찍한 묘사를 하고 있다고밖에….

"아뇨, 망라하고 있지는 않아요. 언급되지 않은 부위도 있고요. 이 부품을 전부 수집해서 조립하더라도, 인체는 만들어지지 않아요. 눈에 띄는 부분은 전체적으로 적혀 있지만, 빠진 곳은 나름대로 많아요."

"응. 뭐, 그건 그런 것 같지만…."

응?

부품? 수집?

어딘가에서 들었던 것 같은 이야기인데…. 그렇게 나는 손으로 눈길을 떨어뜨렸다.

미라. 미라의 왼손. 원숭이의 일부. 한 개의 부품.

수집가. 컬렉터. 누마치 로카.

"……."

"어라? 어라어라? 어라어라어라어라? 왜 그러시나요, 스루가 선배. 입을 꼭 다물고. 뭔가 떠오르셨다면 저에게 상담해 주세요. 저는 상담을 받는 걸 아주 좋아해요."

"아니…. 오기 군. 조금 전에 그, 추리소설 이야기 말인데."

"네. 『황금충』 말인가요?"

"그 소설에 등장하는 암호문은 뭘 드러내는 암호였어? 추리소설이니까 역시 범인의 이름인가?"

"아뇨, 그렇지 않아요. 『황금충』은 모험소설이기도 하니까, 드러내고 있는 것은 캡틴 키드가 숨긴 보물의 위치예요. 응? 요컨대, 어쩌면 이 편지는 어머님이 어딘가에 남긴 숨겨진 재산의 행방을 나타낸 것일지도 모른다고, 그런 식으로 생각하신 건가요?"

오기 군의 질문에 나는 그 사람의 딸로서, 과연 어떤 식으로 대답해야 좋을지 금방은 알 수 없었다. 확실히 재산이라고 하면 재산이고, 보물이라고 하면 보물일 것이다.

가엔 토오에가 남긴 유산이다.

다만 유산은 유산이라도, 부負의 유산.

어떤 소원이라도 딱 세 가지 이루어 주는.

만일 그 편지에 적혀 있는 것이, 아직까지 발견되지 않은 원숭이의 미라…의 나머지 부분을 가리키는 암호문이라고 한다면.

007

"하아아…. '원숭이의 손'이라고 하면 제이콥스이지만요. 포에게는 공포소설의 대가라는 일면도 있으니, 그 부분을 링크시켜 생각해 봐도 좋을지도 모르겠네요."

나의 가설을 듣고도, 오기 군은 위기감 없이 그런 소리를 했다. 추리소설의 창설자에다 모험소설가의 측면도 있고, 공포소설의 대가이고…. 어쩐지 말도 안 될 정도로 다재다능한 소설가구나, 에드가 앨런 포.

다만 많은 것들이 정의되어 장르가 갈라지기 이전이라서 자유로운 집필이 가능했다는 점이 어느 정도 작용했을지도 모른다. SF다, 판타지다, 라이트노벨이다, 하며 현대에는 영지전쟁도 격렬하니까 장르를 이리저리 옮겨 다니기는 꽤 어려울 것이다.

어떤 소설이라도 다양한 독서법이 허락되고 있다… 라는 주장도, 이런 시대가 되면 조금 공허하다.

그런 와중에도 암호를 읽는 법 정도는 부디 한 가지였으면 하는 바람이었지만, 그러나 내가 직감한 대로라면 그런 소리를 하고 있을 수는 없다.

억지스런 해석이라고 일언지하에 부정해 주기를 바랐을 정도였는데, 그러나 예스맨인 오기 군은 "하긴 미라의 손이 쥐고 있었으니까요. 이것을 미라의 위치를 가리키는 암호문으로 보는 것도 그리 부자연스럽지는 않을지도 모르겠네요."라며 간단히 찬성의 한 표를 던지는 듯했다.

충실한 후배에게 이런 소리는 하고 싶지 않았는데, 이 녀석은 나를 글러 먹게 만들고 있구나…. 제대로 스스로를 다스려야만 해….

"그렇게 말해도, 직접적으로 이 문면을 독해하면 된다는 것은 아니겠죠. 역시 모든 부위가 망라되어 있지 않고, 미라의 뇌나 살은 없으니까요."

흠.

부족하고, 너무 많다….

다만 그런 눈으로 보면 '모아라' '쌓아 둬라' '퍼 올려라' 등등의, 컬렉션을 재촉하는 말이 여기저기 보이는 것은 틀림없는 사실이다.

중요한 것은 오히려 그쪽인가?

"일단 만일을 위해서 복습해 둘까요. 스루가 선배가 로리 노예인 흡혈귀에게 먹게 한 원숭이 미라의 부위는, 대체 어느 정도 분량이었나요?"

"어디 보자…."

우선 이 왼쪽 손목도 포함해 생각해서… 아니, 그 시점에서 누마치 녀석이 모았던 부위는 절반 남짓한 정도였다. 게다가 사기꾼이 감추고 있던 머리의 미라.

대부분을 누마치 한 사람이 컬렉트했다고 생각하면, 과연 악마 님이라고 해야 할까, 상당한 분량이기는 하지만, 그래도 원숭이 전부에는 미치지 않는 건가.

소재불명인 미라의 부위는 전국 방방곡곡에 흩어져 있다. 무책임하게, 무방비하게.

"지금도 어딘가에서 누군가의 어리숙한 소원을 이루어 주고 있을지도 모른다… 인가요. 행복해지고 싶다고 생각하는 뻔뻔스러운 소원을."

오기 군은 어딘지 모르게 즐거운 듯 말한다. 불성실하기는 하지만 다만 예전에 뻔뻔스러운 부탁을 했던 몸으로서는 그에게 설교를 할 자격은 없다.

내가 그런 부끄러움을 품고서 입을 꾹 다물고 있자,

"뭐, 그렇다면 이 내용에는 거의 의미가 없다는 것이 되네요."

라고 오기 군은 말을 이었다.

응? 뭐? 의미가 없어?

내가 미심쩍은 눈을 향하자, "그도 그럴 것이, 어떤 의도로 장지문 안에 숨겼는가는 둘째 치고."라고 오기 군은 말을 이어 나갔다.

"상당히 오래된, 스루가 선배가 태어나기 전에 적힌 듯한 암호문이라는 점은 확실해요. 모든 부위가 그때의 장소에 그대로 모여 있다고는 생각하기 어렵겠죠."

그 말대로다.

예를 들어 요 수년 사이 누마치에 의해 수집된 부위는 이미 그곳에 적혀 있는 장소에는 존재하지 않는 것이니…. 보물찾기에는 반드시 따라오는, 이른바 '보물은 이미 발견되었다'라는 리스크다.

쓰여진 지 아마도 20년 가까이 지난 암호문의 시대성을 생각하면, 미라는 그 뒤에 다시 각지로 흩어져 버렸다고 생각하는 것이 자연스럽다. 오기 군이 말한 대로 모든 부위가 그 장소에 그대로 모여 있으리라 생각하기는 어렵다.

다만, 그것과 마찬가지로 모든 부위가 흩어져 버렸다고도 생각하기 어렵다. 적혀 있는 장소에 어떤 부위가 남아 있을 가능성을 부정할 재료가, 지금은 없다.

'거의 의미가 없다'는 지나친 말이다.

"어라, 어라. 혹시 스루가 선배, 암호문을 해독해서 미라의 수집에 나설까 하는 생각을 하기 시작하셨나요? 그건 좋지 않네요, 안 좋네요. 누마치 씨를 뒤따라 컬렉터가 될 생각은 없다고 요전에 말씀하셨잖아요."

"말하긴 했는데… 너한테 한 건지 어땠는지는 미묘한걸."

뭐, 알고 있는 걸 보면 말한 걸까.

이때라는 듯이 오기 군은 다시 선배를 타이르는 듯한 소리를 했다.

"스루가 선배에게는 달리 할 일이 잔뜩 있잖아요. 방 정리에 입시공부. 대학에서 농구로 복귀하기 위한 트레이닝이 가장 중요하려나요? 그런데도 여름방학이라면서 곤충채집도 아닌 미라 채집에 나서려 하다니, 어리석기 짝이 없어요."

"어, 어리석기 짝이 없어?"

"더할 나위 없이 어리석어요. …바보네요."

공부가 싫어서 현실도피를 위해 방 청소를 시작한 수험생의 이야기는 흔히 듣곤 하는데요, 방 정리가 싫어서 여행을 떠나려 하는 수험생의 이야기라니, 제 견식이 부족해서인지 들어 본 적이 없어요. 그렇게 오기 군은 다그치듯이 말했다.

한 대 때려 주고 싶을 정도로 짜증 나는 후배였지만, 어쨌든 지당하신 말씀이었다. 나에게는 그런 행동을 할 짬이 없다. 후배를 패 버릴 짬도 없다.

악마 님으로서의 누마치의 행위를 계승할 생각 같은 건 없다. 하물며 어머니인 가엔 토오에의 뒤처리를 하는 것이 딸로서의 역할이라고, 그렇게 마음먹을 정도로 미라에 애착이 있는 것도 아니다.

물론 잊어버릴 수는 없고 잊을 생각도 없지만, 그러나 그것들을 전부 끝난 일이라 생각하고 나는 장래로 나아가자고 결의했던 것이다. 과거의 유산을, 부의 유산을 돌아보고 있을 수는 없다.

…다만 실제로 그 비전이 손이 닿는 장소에 떠올랐을 경우에 완벽하게 무시할 수 있을 정도로 딱 잘라 버리지도, 깨끗이 정리해 버리지도 않았다는 것도 겉치레 없는 본심이었다.

"아니, 아니. 뭐, 어떤가요. 이런 건 그냥 찢어 버리자고요. 이런 것이야말로 당신의 콤플렉스잖아요. 이런 아이템들을 쌓아 두니까 나쁜 기운이 모여서 저 같은 어둠이 생겨나 버리는 거라고요."

"저 같은 어둠?"

"아무것도 아니에요."

아무것도 아닌 모양이다.

"자, 정리를 계속하죠, 다망하기 이를 데 없는 스루가 선배. 뭐, 전국 여기저기에 뻔뻔스런 소원을 빈 누군가가 원숭이의 손에 의해 불행의 밑바닥으로 떨어졌다고 해도, 그런 건 스루가 선배가 알 바 아니니까요. 뭔가 불똥이 튀어서 소원을 빌었던 사람뿐만 아니라 그 주위에 있는 아무런 잘못도 없는 사람까지 무차별로 피해를 입더라도, 스루가 선배가 관여할 일은 전혀 아니에요. 스루가 선배가 마음만 먹는다면 사전에 비극을 막을 수 있었을지도 모른다고 해서, 어째서 그런 대의멸친*적인 선행을 일일이 해야만 하냐고요. 괜찮아요, 설령 그런 자기 본위를 아라라기 선배가 아무리 경멸한다고 해도, 저만은 당신의 편이에요."

"…대의멸친이라."

쓴웃음을 금할 수 없다.

멸친滅親.

부모를 돌보지 않는다.

의외로 그것은 정곡을 찌르는 말일지도 모른다.

008

뭐, 눈앞에 암호가 있으니까, 그것에 도전해 보는 것 정도는 해 봐도 별일 없을 거야. 그렇게 생각한 나는 어머니가 남긴 그 편지에 대해 한 번 생각해 보기로 했다.

※대의멸친(大義滅親) : 큰 도리를 지키기 위해 부모형제도 돌보지 않음.

그대로 누구에게도 발견되지 않고 후세로 물려져 갈 공산이 가장 컸을 한 통의 편지가 기적적인 확률에 의해 기적적인 타이밍으로 빛을 보았으니, 이걸 그냥 찢어서 버린다는 건 분위기 파악을 못 하는 행동이다. 그러므로 암호를 읽어 보자.

"에~ 생각하는 건가요? 의외네, 의외. 세상 어딘가에서 누군가가 자업자득으로 인생이 뒤틀려 버리는 것보다도 스루가 선배가 방을 깨끗하고 쾌적하게 만드는 것이 훨씬 중요한데."

여전히 오기 군은 그렇게 물고 늘어졌지만, 맘대로 하라지. 그렇다기보다 가장 큰 기적은 이 후배 앞에서 모든 일들이 일어났다는 점이라는 생각도 들었다.

이 아이가 없었더라면 우연히 발견한 수수께끼의 미라도 못 본 셈 치고 넘어가는 것으로 끝나 버렸겠지….

선동당한 기분이 든다, 이름에 부채 선 자를 쓰는 오기扇인 만큼.

"그러면, 허리를 곧게 펴고가 아니라 허리를 모아서…가 아니라 차분히 앉아서 생각해 볼까요? 앉아도 되나요?"

"음? 응, 상관없어. 그 주변에 알아서 공간을 만들어 준다면야."

"아뇨, 스루가 선배의 무릎 위에 앉아도 되느냐는 의미인데요."

"아주 상관있어."

그런가요~ 라면서 의외로 진심으로 아쉬운 듯 어깨를 축 늘어뜨려 보이고서, 오기 군은 발로 그 주변의 물건을 거리낌 없이 걷어차 앉을 장소를 만들었다.

나도 그것을 따라 한다. 나는 발이 아니라 손을 썼지만.

"역시, 물건을 더 줄이는 쪽이 좋겠어요. 스루가 선배가 이렇게 어지럽혀 놓아서 이 편지의 발견이 늦어졌다고 해도 과언은 아니겠죠."

"제아무리 정리에 능숙한 사람이라고 해도 맹장지 안에 있는 편지는 발견할 수 없다고 생각하는데 말이야…. 아니, 콤플렉스의 반증이라고 할 수도 있겠지만 아무래도 나는 근본적으로 정념이 강한지, 물건을 잘 못 버리겠다고."

"그 강한 정념이 있었기에 센조가하라 선배의 중학교 시절 커뮤니티 안에서 유일하게 그 선배와 인연을 이어 올 수 있었다고도 할 수 있으니, 그것도 장단점이 있네요. 물건을 버리는 게 아니라 공간을 만든다고, 그렇게 생각해야겠네요."

"공간을 만든다…. 지당한 말이네."

"네. 공간제작자가 되는 거예요."

"뭐, 뭐 하는 사람이더라, 그건?"

이치리즈카 코노미* 씨예요, 라고 마니악한 지식을 선보이면서 오기 군은 노출된 다다미 방바닥에 정좌했다.

예의범절만은 바르네….

말이 없는 중에도 은근무례*하다니, 정말 굉장한 성격이다.

다시 한 번 감탄하면서 나는 다리를 포개듯 기울여 앉았다. 다

※이치리즈카 코노미(一里塚木の實) : 니시오 이신의 소설 「헛소리 시리즈」의 등장인물. 공간제작자라 불린다.
※은근무례(慇懃無禮) : 지나치게 겸손하고 정중하게 대하여 오히려 무례함.

리가 저리는 것이 싫어서가 아니라, 정좌할 수 있을 만한 공간 확보에 실패했기 때문이다.

그 결과 다리를 포개어 앉는다고 해도 결코 편하지는 않았고, 퍼즐의 빈 공간을 맞추듯이 앉게 되었다. 뭔가 스트레칭이라도 하고 있는 기분이다.

"그건 그렇고 암호를 해독하는 방법은 몇 가지 종류가 있는데요, 이 경우엔 어떤 접근법이 적절할까요. 스루가 선배는 어떻게 생각하시나요?"

"어떻게 생각하냐고 물어도 말이지⋯."

추리소설의 소양이 없어서 아무런 말도 할 수 없었다. 암호의 해독방법에 몇 가지 종류가 있다는 것 자체도 잘 모른다.

그런 것이 체계화되어 있는 건가?

"뭐, 조금 전에도 말했지만, 이런 건 적혀 있는 문면을 그대로 실행할 수도 없겠지⋯."

명령형으로 적힌 문장이지만, 이런 명령은 따를 수 있을 리가 없다. 대부분의 행위가, 실행하는 순간 대량살인사건의 범인이 되어 버린다.

"아뇨, 하지만 실행할 수 있는 명령문도 있어요, 스루가 선배. 예를 들면 이걸 보세요. 가슴을 모아라, 라는 부분."

"알겠어. 가슴을 모으는 거지? 이렇게 말인가. 아니, 그러니까 이건 조금 전에도 했잖아!"

"설마 두 번이나 해 줄 거라고는 생각 못 했거든요⋯. 서비스 정신이 왕성하시네요. 이왕이면 '피부를 맞대서' 해 주셨으면 좋앗을지도 모르겠어요. 저도 욕심이 참 없네요."

표표하게 그런 소리를 하면서(표표하게 터무니없는 소리를 하고 있다), 오기 군은 편지를 얼굴 가까이 가져와서는 1센티미터 이하의 거리에서 빤히 응시했다. 그렇게 가까우면 글자를 읽을 수 없지 않나 하는 생각을 했지만, 어쩌면 글자를 보고 있는 게 아닐지도 모른다. 종이의 재질이나 필압을 보고 있는 건가?

"재질은 갱지 같네요. 시대를 생각하면 특수한 건 아니에요. 주변을 굴러다니던 종이에, 그 주변에 있는 볼펜으로 적었다는 느낌이에요. 봉투에도 넣지 않고 대충 성의 없이 접어서 맹장지 안에 밀어 넣어 두었다는 것이, 어쩐지 난폭하게 느껴지기까지 하네요."

프로파일링이라는 걸까? 그런 분석 같은 것을 말하는 오기 군. 뭐, 성의 없고 난폭하다는 것은 나의 어머니, 가엔 토오에의 성격을 상당히 잘 짚어 내고 있다고 할 수 있다.

"하지만 맹장지 안에 편지를 감추는 작업은 난폭하게 할 수 있다고 생각되지 않는데 말이야…. 상당히 치밀한 작업이 되는 거 아냐?"

"으음, 글쎄요. 아무리 정성스런 손길로 작업한다고 해도, 세월이 지난 맹장지를 분해하고 다시 원래대로 조립한다는 행위 자체가 모독적이며 난폭하다고 말하지 않을 수 없는데 말이죠."

"흠. 그런 건가. 어쨌든 그 맹장지를 부숴 버린 우리가 난폭을 논해 봤자 소용없지."

"무슨 소리세요, 부순 건 스루가 선배가 혼자 한 일이잖아요.

끌어들이지 마세요."

충성심이 넘치는 것에 비해, 딱 부러지게 선을 긋는 후배였다. 아니, 확실히 내가 던지기는 했는데, 너도 조금은 책임을 느끼라고.

"뭐, 어쨌든 맹장지에 관한 것은 이제 됐잖아요. 그것보다 암호에 대해서 생각해 보죠."

얼버무리듯이 오기 군은 편지에서 간신히 눈을 떼고 내 쪽으로 내밀었다. 손에 들고 있던 미라와 교환하는 모습으로, 나는 그것을 받아 들었다.

으음.

이렇게 해독할 생각으로 다시 실물을 보니, 암호라든가 문장의 뜻 같은 것 이전에 종이가 너덜너덜하고 글자가 흐려져서 읽기부터가 어렵네…. 말 그대로 난폭하게 다루면 찢어져 버릴 것 같아서 만질 때도 조심조심 하게 되고.

우선 지금 알고 있는 것을 정리하면… 인체 각 부위의 명칭을 나열하고 있고, 하지만 망라하고 있지는 않다…. 명령문으로 되어 있는 내용은 여러 갈래로 나뉘어 있지만 기본적으로는 수집을 촉구하고 있다… 정도일까?

그렇다는 전제로 읽고 있지만, 그렇게 따지면 반드시 미라의 부위가 있는 곳을 가리키는 암호라는 보증도 아직은 없다.

"스루가 선배, 읽으면서 들으셔도 괜찮으니 한 번 들어 주세요. 저는 한 가지 가설을 생각했어요."

"응? 뭐야, 말해 봐."

"나열하고 있긴 해도 망라한 것은 아니다. 이건 혹시 뺄셈이 아닐까요?"

"뺄셈? 그거 곤란하게 됐네. 나는 이과 계열은 서툴거든."

"뺄셈을 이과계라고 말하기 시작하면, 다른 공부들은 할 수도 없을 텐데 말이죠."

쓴웃음을 짓는 오기 군. 뭐, 이건 분위기를 누그러뜨리기 위한 농담이다.

가끔씩은 이쪽에서도 장난을 쳐 봐야지.

"그래서, 뺄셈이라는 건 무슨 의미야?"

"그게, 요컨대 적혀 있는 부위가 중요한 것이 아니라, 적혀 있지 않은 부위가 중요한 게 아닐까 하는 가설이에요. 이를테면 십이지를 열거한 내용 중에서 축丑만 빠져 있다면, 다른 열한 마리가 아니라 '축'에 의미가 있다고 짐작할 수 있겠죠? 그런 거예요."

흠. 과연, 적혀 있는 것이 아니라 적혀 있지 않은 것이 키포인트가 된다는 생각인가. 나에게는 없는 발상이지만, 그럴싸하다.

"그럼, 스루가 선배. 읽으면서라도 괜찮으니 제 쪽으로 엉덩이를 향해 주시겠어요? 제가 그걸 바라볼게요."

"알았어, 엉덩이를 향하면 되는 거지?"

"그리고 엉덩이로 제 이름을 써 주세요."

"알았어, 이대로 엉덩이로 너의 이름을… 쓸 리가 없잖아!"

뭐야, 이건. 야생동물의 구애행동이냐!

"말도 안 되는 짓에도 정도가 있지! 선배에게 바라는 한 타이밍 늦은 딴죽 레벨이 너무 높잖아! 뭐가 '읽으면서라도 괜찮으니까'냐고!"

"아뇨, 스루가 선배가 첫 번째를 잘 넘기셔서 제가 제2탄을 생각할 수밖에 없었잖아요. 잘못한 건 둘 다 마찬가지예요. …뭐, 엉덩이는 관계없어 보이네요."

"선배에게 암표범의 자세를 취하게 만들어 놓고 내놓은 결론이 그거냐? 내 엉덩이를 바라본 이상, 좀 더 건설적인 소릴 하라고."

"전망대라도 세우고 싶을 정도로 아름다운 광경이었지만요. 하지만 둔부는 허리에 포함되어 있다고 말할 수 없는 것도 아니고…. 그런 식으로 보면, 일단 넓은 의미에서 모든 부위가 망라되어 있다고 말할 수 없는 것도 아닐지 몰라요."

"그런가…. 나의 엉덩이를 어떤 눈으로 보고 있었는가는 둘째 치고, 그렇게 되면 빠진 부위부터 생각하는 것도 어렵겠네."

나는 머리를 끌어안고 싶은 기분이 되었다.

성가시고 되바라진 후배와 성가시고 심술궂은 어머니의 암호를 동시에 상대하다니, 역시 나에게는 벅찬 일이다. 애초에 나는 머리가 좋은 편이 아니다. 나오에츠 고등학교에도 상당히 고생하며 다니고 있다.

그야말로 하네카와 선배였다면 이런 것은 한순간에 풀어 버릴지도 모르겠네. 센조가하라 선배였다면 애초에 상대하지 않았을지도 모른다. 하고 싶은 말이 있다면 제대로 말해, 라고 하면서.

아라라기 선배였다면….

"아라라기 선배였다면 어떡할까 하는 것은 알 수 없지만, 거유 선배였다면 한순간에 풀어 버릴 거라는 생각은 제 프라이드를 건드리네요. 저에 대한 도발이라고 받아들였어요."

오기 군은 그런 소리를 했다.

응.

그러고 보니 오기 군은 하네카와 선배에게 라이벌 의식을 품고 있었던가. 다소 지나친 구석도 있어서 타이르고 싶기도 하지만, 그러나 그 하네카와 선배에게 적개심을 품는다는 것은 나는 좀처럼 할 수 없는 엄청난 일이라고 생각하므로 주의를 주기 어렵다.

"저도 마음만 먹으면 이런 암호문은 한순간에 풀 수 있어요. 그렇게 하면 흥이 깨지니까 수순을 밟으며 젠체하고 있을 뿐이지, 쇼트커트할 수 없는 게 아니라고요."

"헤에. 뭐, 그렇다면 그렇게 해 주면 고맙겠는데 말이야…. 그쇼트커트라는 것을."

반신반의하며 나는 물었다.

어차피 평소처럼 적당한 소리를 하고 있을 뿐이라고 생각하면서도, 하지만 정체를 알 수 없는 이 후배라면 그런 비기를 알고있다고 해도 이상할 것 없다는 묘한 기대감도 있었다. 오늘은 무슨 일을 저질러 주려나?

"혹시나 정말로 정답을 맞힐 수 있다면 너의 이름을 엉덩이로 써 줄 수도 있어."

"실제로 그런 것을 보면 아마 스스로도 놀랄 정도로 기겁하게 될 거라고 생각하니 사양할게요. 굉장하네, 오기 군, 이라고 칭찬 한마디만 해 주신다면 그걸로 저의 작은 허영심은 충분히 채워진다고요."

흐음.

꽤나 겸허한 소리를 한다. 뒤집어 말하면 그만큼 자신감이 있다는 건지도 모른다. 반신반의에서 십중팔구 정도의 기분이 되기 시작했다. 그래도 일말의 불안은 씻을 수 없지만.

"그러면."

그렇게 오기 군은 어흠, 하고 과장스럽게 일부러 기침을 하고, 그런 뒤에 내가 조금 전에 넘겨준 원숭이 미라의 왼쪽 손목을 자신의 왼손으로 악수하듯이 쥐고서, 그것을 드높이, 천장으로 들어 올렸다.

"원숭이의 손이여! 부디 이 암호문을 풀어 주…."

"굉장하네, 오기 군!"

한마디 칭찬을 해 주며 후려쳤다.

톱클래스 운동선수의 완력으로 봐주지 않고 온 힘을 다해 후려쳤다. 다행히도 오기 군은 등 뒤의 쓰레기 산이 쿠션 역할을 해서 상처가 나지는 않은 듯했다.

방을 어지럽혀 둬서 나쁠 건 없구나…. 아니, 상처가 나지 않았다고 해서 무사한지 어떤지는 알 수 없다. 그렇게 후려쳤는데, 괴상한 일일지도 모른다. 괴이한 일일지도.

어, 어떤 거야? 지, 지금의 소원은 수리된 건가? 안 된 건가?

도중이었으니… 캔슬되었다고 믿고 싶은 참인데….

"아야야~ 무슨 짓을 하는 건가요, 스루가 선배. 죽는 줄 알았잖아요."

그런 불만을 줄줄 늘어놓으면서도 얻어맞은 대미지는 없다는 듯 가볍게 일어서는 오기 군. 어째서 웃는 얼굴을 하고 있는 거냐. 초M이냐?

"오, 오기 군. 지금, 너, 자신이 무슨 짓을 했는지 알고 있는 거야?"

"당연하죠. 저는 자각증상의 덩어리예요. 무엇을 빌어도 이루어 주는 편리한 매직 아이템, '원숭이의 손'에 진심으로 이루어 주기를 바라는 소원을 빈 거예요. 자아, 어떻게 되려나."

"자각증상의 덩어리라기보다는 파멸원망의 덩어리잖아…."

매번 하는 이야기지만, 참으로 무서운 후배다.

나는 오기 군이 얻어맞을 때에 떨어뜨린 미라의 왼손을 주워 들었다. 지금으로선 눈에 띄는 변화는 없는 듯하다.

어디 보자…. 전문가 오시노 메메의 이야기에 따르면 이 원숭이의 손, 악마의 손은 '어떤 소원이라도 이루어 준다'고 선전되고 있는데, 실제로는 인간의 네거티브한 소원에만 반응하는 아이템이었을 것이다.

긍정적인 소원의 뒤편에 있는 어두운 소망 쪽을 들어준다고 하는…. 말하자면 겉과 속이 다른 표리일체表裏一體의 악마.

…그런 교활한 성질의 아이템이긴 한데, 그렇다면 이 경우에 그것은 아주 굉장한 정보라고 해야 할까.

겉과 속이 있기는 고사하고 아무것도 생각하지 않는 텅 빈 동굴 같은 오기 군의 소원은, 설령 도중까지는 유효했다고 해도 악마에게는 이뤄 줄 방법이 없는 것이 아닐까? 진심으로 이루어 주길 바라는 소원이라는 소릴 했는데, 이 후배한테 마음이 있는지 어떤지도 수상하고….

하지만 이것도 꽤나 희망적 관측이다.

전문지식이 없는 내가 멋대로 하는 망상이다.

어둡지는 않아도 시커멓기는 한 후배의 소원은, 이루어지더라도 이상하지 않다.

"우, 우선은 어때? 오기 군. 암호의 답이 머릿속에서 번쩍 떠올랐어?"

"아뇨, 유감스럽게도 아무런 변화도 없어요. 전혀 짐작이 가지 않아요. 여전히 덤불 속이에요. 아니, 어둠 속일까요."

그런가. 그렇다면 조금 전의 소원은 무효였다고 봐도 좋을지 모른다. 다만, 내가 소원을 빌었을 때도 그 직후에 반응이 있었던 건 아니니까 말이지…. 그 부분은 쉽게 판단할 수 없다.

의식이 닫히고, 잠들어 있는 밤이 위험하다. 그때야말로 이면의 나 자신이 등장한다.

오시노 오기를 뒤집는단 말이지….

"핫하~ 다름 아닌 제가 소원 하나를 망쳐 버린 걸까요."

"망쳐 버린 건 인생일지도 모른다고…. 록rock한 후배구나."

과연 어떨까.

이건 아라라기 선배에게 상담하는 편이 좋은 안건일까…. 이것을 계기로 아라라기 선배와 화해를 시도하는 것도 한 가지 방법이라는 느낌도 들지만, 하지만 나에게도 역시 후배로서의 고집이 있다.

곤란한 일이 있을 때에 언제나 아라라기 선배에게 도움만 얻고 있다가는 아무리 시간이 지나도 성장할 수 없다. 사람은 사람을 구할 수 없다.

혼자서 알아서 살아날 뿐이다.

"핫하. 삼촌의 명대사네요. 그러면 저도 혼자서 알아서 살아나겠다고 생각할 테니, 스루가 선배는 부디 저 같은 건 내버려 두시고 스스로의 행복만을 추구해 주세요."

"어째 말 한마디 한마디에 가시가 있구나, 너는…. 이 국면에서 너를 버릴 수 있을 리가 없잖아. 이건 어쩔 수가 없다고."

"우와, 어쩌면 이렇게 자상하실까."

감탄하듯이 팔을 벌리는 오기 군.

간단히 덫에 걸려들었군, 이 선배, 라고 말하는 듯한 보디랭귀지로도 보이지만…. 자상하다기보다는 쉬운 건가?

어쨌든 말장난하고 있을 상황은 아니다.

혼자서 알아서 살아날 뿐이라는 말에는, 확실히 일정한 진실이 포함되어 있을지도 모른다. 하지만 그렇다고 해서 후배가 혼자서 멋대로 파멸하는 상황을 묵인할 수는 없을 것이다.

다행히 오기 군의 천려*하기 짝이 없는 소원이 만일 악마에게

※천려(淺慮) : 생각이 얕음.

수락되었다고 해도, 나는 해결책을 알고 있다. 그것은 전문가에게 배운 교섭술이며, 이 일에 응용할 수도 있을 것이다.

악마의 소원실현화에 대한 대책은, 표리를 합쳐서 두 가지. 소원이 절대로 이루어지지 않는다는 것을 논리적으로 증명하든가, 혹은 악마가 소원을 이루어 주기 전에 이쪽에서 알아서 소원을 자력으로 이루어 버리든가다.

요는, 악마를 계약불이행으로 몰아넣는 것이다.

이 경우, 채용해야 할 것은 후자의 해결책.

즉, 악마가 암호를 풀어 버리기 전에 나와 오기 군이 자력으로 해독해 버리면 계약에 따라 악마에게 오기 군의 육체를 빼앗기는 일은 없다.

챌린지하는 정도라면 괜찮겠거니 하는 가벼운 마음으로 도전했는데, 갑작스레 위기감이 증대했다…. 설마 그냥 방을 정리하던 중에 이런 일을 당할 줄이야.

아라라기 선배도 아마 작년에는 이런 느낌이었겠구나, 하고 생각했다. 이것이 최고학년의 책임이라는 것일지도 모른다.

"음."

그런데 거기서 오기 군이 무언가를 떠올린 듯한 소리를 냈다.

"스루가 선배, 죄송하지만 잠시 저걸 좀 봐 주시겠어요?"

쓰레기 산에 파묻힌 채로, 오기 군은 발끝으로 가리켰다. 그건 정중한 말투와는 정반대로, 선배를 상대로 취해도 될 만한 태도가 아니었지만, 어쨌든 가리킨 방향을 보았더니 그곳에는 미라를 주웠을 때에 일단 다다미 위에 놓아두었던 그 갱지가 있었다.

단순한 2분의 1 확률로 뒤집혀 있는 그 종이에 뭔가 문제라도 있는 걸까? 조금 전에 샅샅이 검사해 봤을 텐데.

"아뇨. 뒤집어진 상태로 보다가 깨달은 것이 있어서요. 발로 집어서 주시겠어요?"

"왜 발로…?"

하지만 의미가 있는 요구일지도 몰랐으므로 나는 암호문을 찢지 않을 정도로 살며시, 발의 엄지와 검지로 집어서(크레인 게임 같았다) 오기 군 쪽으로 향했다.

오기 군도 발로 그것을 받아 들었다.

뭐냐고, 이 행위.

"웃차."

예상대로 별다른 의미는 없었는지(나하고 젓가락 전달이 아닌 발가락 전달 놀이를 하고 싶었을 뿐인 것 같다. 이상한 욕망도 다 있다), 오기 군은 그것을 평범하게 손으로 집어 들고서 다시 꼼꼼히 살펴보았다.

다만, 이번에는 뒷면으로…. "흠."

"왜 그래? 뒷면에 다른 메시지가 적혀 있다든가 한 거야?"

"아뇨, 그런 가능성도 있을까 싶어서 체크해 봤는데, 예상이 빗나갔네요. 하지만 청소에서도 암호해독에서도 손발을 움직이는 건 중요하죠. 뒷면에서 비춰 보기 위해서 용지를 빳빳하게 편 것으로 인해, 겉면의 가장자리에 구겨져서 못 보고 넘어갔던 메시지가 있다는 것을 깨달았어요."

"구겨져서?"

그런 말을 듣고 오기 군의 손 쪽을 들여다보고, 나도 깨달았다⋯. 오랫동안 접혀 있어서 생긴 금이 아니라, 조금 전에 미라의 왼손이 맹장지 안에서 편지를 난폭하게 움켜쥘 때에 생긴 주름.

그것을 지금 잡아당겨서, 읽기 어려웠던 필적을 읽을 수 있게 되었던 것이다. 이걸 못 보고 넘어가다니 내가 보기에도 참으로 어리석었지만, 그러나 종이를 찢어 버리는 게 아닐까 하는 불안도 있어서 접힌 부분이나 주름을 억지로 펴려는 생각은 하지 않았던 것이다.

뒷면에서 쉽게 보기 위해서라면 편지가 찢어질 수 있다는 것도 두려워하지 않은 오기 군의 행동이 새로운 필적의 발견으로 이어진 것을 보면, 확실히 무슨 일이든 움직이는 것은 중요한 듯하다.

다만 지금까지 보지 못하고 있었던 이유는 구겨져서 주름이 잡혀 있었던 것과 글자가 흐려져 있었기 때문이라는 점 외에도 한 가지가 더 있었다.

지금까지 본 다른 문장들과는 달리, 그 한 문장만은 모든 글자가 카타카나로 쓰여 있었기 때문이다. 이런 식으로.

니고리나키시카쿠오요메ニゴリナキシカクヲヨメ⋯.

⋯탁하지 않은 사각을 읽어라濁りなき死角を讀め?

009

"한 문장만이 전부 카타카나로 적혀 있다는 점을 포함해도, 한 문장만 떨어진 곳에 적혀 있다는 점을 생각해도, 이 한 문장은 특별히 취급해야 할 문장이겠네요…. 사각死角·시카쿠의 같은 발음으로는 사각四角이나 자격資格, 자객刺客이 있고…. 읽어라讀め·요메? 이것도 같은 발음으로는 읊어라, 신부, 밤눈…."

맨 앞부분은 '탁하지 않은'밖에 적용할 수 있는 게 없지만요. 그렇게 오기 군은 해독하기 위한 힌트를 발견한 것에 기분이 좋아 보였다.

네가 처한 궁지는 이 정도의 새로운 발견으로는 절대 헤어날 수 없다고 생각하는데 말이야…. 정말 속도 편하지.

뭐, 그만큼 냉정하다고도 말할 수 있다.

나는 독단적으로 '탁하지 않은 사각을 읽어라'라고 해석했지만, 확실히 다른 한자일 패턴도 생각할 수 있을까….

다만 어쨌든 특별 취급의 한 문장임은 틀림없다. 형식은 다른 문장과 똑같이 명령문처럼 되어 있어도 문장 안에 신체 부위가 들어 있지 않으며, 맨 뒷부분이 '읽어라'여도 '읊어라'여도 '신부'여도 '밤눈'이어도 컬렉션적인 의미는 없다('신부'나 '밤눈'의 경우에는 명령문조차 아니다).

"명령문…이라기보다, 문제문일지도 모르겠네요."

"문제문?"

"네. 뭐, 가능성을 살펴보긴 했지만 직감적으로는 스루가 선배가 말씀하신 대로 이건 '탁하지 않은 사각을 읽어라'라고 변환해야겠네요. 요컨대 탁하지 않은 사각을 읽는다면 암호문의 답이 도출된다는 거죠."

시원스럽게 말하는 걸 보면 마치 예전부터 그런 개념이 있는 것 같은데, '탁하지 않은 사각'이란 건 뭐냐고. 애초에 '사각死角'이라고 하면 읽는다기보다는, 보거나 찌르거나 하는 거 아냐?

이것이 문제문이라고 해도 영문을 모르겠다.

오히려 암호와는 관계없는 문장이 아닐까 하는 생각까지 들었다. 아무리 그래도 전부 카타카나로 되어 있으면, 딸인 내가 보더라도 어머니의 필적인지 아닌지 확실히 판정하기가 어렵다.

구조가 너무 심플해서 개개인의 버릇이 잘 드러나지 않는다.

못 보고 지나치기까지 했다.

주변에 있던 종이에 휘갈겨 쓴 암호라면, 적당히 집어든 그 종이에 전혀 관계없는 문장이 적혀 있었다고 해도 그리 이상하지는 않고….

뭐, 그렇다고 해서 간신히 출현한 단서다운 단서를 무시할 수는 없을까…. 오기 군을 후려치기 위해 반사적으로 일어서 있었던 나는, 여기서 간신히 의식을 전환하듯이 다시 자리에 앉았다.

오기 군도 정좌 자세로 돌아갔다.

자세라고 할까, 이미 완전히 보여 주기 위한 정좌를 하고 있구나, 얘는.

"사각이라는 건 '보이지 않는 장소'라는 의미일까? 요컨대 아까 고찰했던, 이 나열들 속에 적혀 있지 않은 부위에 주목해야 한다는 추리가, 역시 정답에 가까웠다는 얘기가 되나?"

기각까지는 아니었어도 일단 보류해 두었는데, 조금 더 그 가설을 깊이 파고드는 것이 좋을지도 모르겠다.

"그런가요…. 그러면 다시 한 번 검증해 보죠. 스루가 선배, 엉덩이."

"단적으로 말하지 마. 단적으로 지시하지 마. 수술 중인 집도의가 간호사에게 메스를 달라고 할 때처럼 엉덩이라고 말하지 마. 이 상황에서 장단을 맞춰 줄 수 있겠냐."

조금 전까지와는 상황이 다른 것이다. 오기 군이 원숭이의 손에 소원을 빌어 버린 지금은, 장난치고 있을 상황이 아니다. 오기 군이 생글생글 웃고 있어서 진지한 느낌이 없을 뿐이지, 이제 우리는 "암호를 못 풀겠어요."라는 말로는 끝낼 수 없는 상황에 몰려 있는 것이다.

"뭐, 어머님도 딸의 힙이 열쇠가 될 만한 암호를 작성하지는 않으시려나요."

그렇게 오기 군은 수수께끼의 논리로 나의 둔부를 포기한 듯했다. 뭘 놓고 봐도 참 요령부득한 후배다.

그런 이야기를 하자면 딸이 이렇게 곤란해질 만한 상황을 어머니가 만들겠느냐는 이야기를 할 수 있겠지만, 그러나 그 부분은 딱히, 제아무리 가엔 토오에라 하더라도 이런 상황이 되는 것을 상정할 방법이 없겠지만. 그 사람도 예언자는 아니니까.

"제가 보기에는, 가엔 일족은 예언자 같은 존재이지만요."

"뭐?"

"아뇨, 아뇨. 아무것도 아니에요."

"그런가? 너는 이따금 나보다도 내 어머니에 대해서 잘 알고 있는 듯이 말하던데….."

"저는 아무것도 몰라요. 당신이 알고 있는 거예요, 스루가 선배."

특히, 하고.

오기 군은 나에게 갱지를 돌려주었다. 이번에 나는 미라의 손목을 물물교환하듯 건네지는 않았다. 너무 위험하다. 사정을 이해한 지금에 와서도, 이 아이는 이번에는 나의 엉덩이에 대해 뭔가 소원을 빌 위험이 있다.

"특히… 가엔 토오에 정도 되는 큰 인물이 평범한 교통사고로 돌아가셨다는 아주 이상한 사건에 대한 진상 역시, 상상을 초월한다고요."

"…그건."

그건, 이라고 입을 열긴 했지만 나에게 그 뒤를 이을 말이 있었던 것은 아니다. 나의 어머니가 큰 인물이었다고 해도, 괴이한 인물이었다고 해도, 불사신인 흡혈귀인 것도 아니니 교통사고를 당하면 죽을 것이다.

그것은 그냥 그것뿐일 이야기다.

아니라는 이야기일까?

"글쎄요, 어떨까요. 죽는 방법으로서는 너무나 부적절하다는 기분도 드는데…. 뭐, 저로서는 그런 가엔 토오에의 마음을 사로잡은 아버님을 본받고 싶네요. 스루가 선배의 마음을 저당 잡고 싶은 저로서는"

"저, 저당 잡고 싶어?"

사로잡고 싶은 게 아니라?

원숭이의 미라는 아니겠지만… 그거, 내 몸을 가로채려고 하는 거 아니야?

나는 새삼 이 수수께끼의 후배에 대한 거리감에 혼란스러워하며, 손에 들고 있는 암호문을 다시 한 번 머리부터 순서대로 읽어 보았다.

탁하지 않은 사각….

탁함이 없다는 것은 바꿔 말하면 '맑다'든가 '깨끗하다'라든가 하는 의미가 되나…? 하지만 컬렉션을 한다고 할 때 '모은다'거나 '합한다'거나 '붙인다'거나 하면 순수함과는 거리가 멀어진다.

문제문과 문제의 구성요소가 모순되고 있다…. 하지만 암호문이니까 모순된다면 그것이 힌트가 되기도 하겠지.

"탁함… 탁하다. 탁한 술일까요?"

그렇게 오기 군이 웬일로 진지한 어조로 말했다.

"그러면 시험 삼아 둘이서 탁주라도 마셔 볼까요?"

"웬일로 진지한 투로 말한다고 속을 줄 알았냐? 왜 내가 너하고 술판을 벌여야 하는데. 시원스레 알코올을 요구하지 마, 비행소년이냐?"

그렇다고 해도, '탁주'는 아니라고 해도 사각 이외라면 탁한 것은 많이 있을 것 같다. 맑고 탁함을, 즉 '청탁淸濁을 모두 받아들인다*'라는 속담은 이상한 현상에 대한 이해방법으로서는 적절할 테고, 아라라기 선배는 그런 식으로 많은 괴이 현상에 어프로치해 왔다.

이를테면… 관용구로서 '탁하지 않은 눈'이라는 표현이 있었던가?

"탁한 안구, 라는 것도 있죠. 그 왜, 시체의 눈알은 희끄무레하게 불투명하고 탁하잖아요."

"……."

새카만 눈으로 그런 오싹한 소리를 해도 말이지….

너의 존재가 불투명하다고.

좀 더 명랑해질 수 없는 거냐.

"초등학교에서 과학실험을 할 때, 시험관 속에서 하얗게 흐려지는 액체를 만들거나 했죠…. 뭐였더라, 그거?"

"하얗게 흐려진다…. 별로 관계는 없어 보이는데. 다만 탁주는 아니지만, 탁한 것이라면 기본적으로 액체라든가 반액체라는 인상이 있네."

"네, 어쨌든 삼수변의 한자니까요. 다만 문서를 물에 적시면 되는가 하면 그렇지도 않겠죠."

"응, 그건 나도 아니라고 생각해."

혹시 찬스가 몇 번이나 있다면 시험해 봐도 괜찮을지 모르지

※선한 자든 악한 자든 오는 이는 전부 받아들이는 큰 도량을 가리키는 말.

만, 암호문을 물에 적셨는데 아무 일도 일어나지 않았을 경우에는 절대 되돌릴 수 없다는 게 문제다. 오블라투보다 잘 녹을지도 모른다.

"…흐려지거나 애매해지거나 망양해지지 말고, 보이지 않는 것을 읽으라는 정신적인 이야기를 하고 있는 것뿐일까요?"

그렇다고 한다면 성격이 비뚤어진 저는 평생 풀 수 없는 암호인데 말이죠. 라며 전혀 낙담하는 기색 없이, 오히려 자신이 처한 곤경을 즐거워하듯 말하는 오기 군.

역시 초M인 거 아냐?

다만, 만일 그 추리가 옳다면 나도 인간으로서 탁하지 않다고는 말할 수 없다. 한때는 괴이와, 즉 악마와 왼팔이 섞여 있었을 정도다.

"조금 전에 '니고리나키ニゴリナキ'는 '탁하지 않은', 요컨대 탁함이 없다는 의미로밖에 독해할 수 없다고 단정했었는데, 다만 조어造語도 범위 안에 넣는다면 새로운 해석도 가능할지 모르겠네요. '니고리나키ー탁한 울음濁り泣き'이라는 식으로 말이죠."

탁하다고 하면 일단 액체라는 시점에서 나온 발상이겠지만, 오기 군의 그 시점은 새로운 것이었다. 그런 어휘는 없겠지만, 어쨌든 눈물은 성분으로서는 여러 가지가 섞여 있으니, 말하자면 '탁한' 상태임은 틀림없다.

"조어로 생각해 보면 다른 패턴도 없는 건 아니겠네. 니고리나키… '탁한 울음소리濁り鳴き'… '탁한 나무濁りな木'?"

"'탁한 나무'라니, 실제 어딘가의 미아소녀가 혀가 꼬인 것 같은 말이네요."

"'탁한 기분濁りな氣'… '탁한 시기濁りな期'. '탁한 기록濁りな記'…."

그렇게 하나하나 조합하고 있으려니 어쩐지 엉뚱한 광맥을 파고 있는 기분이 들기 시작했다. 조합한 단어일 수 있다는 착상은 꽤 괜찮아 보였는데.

으음.

아무래도, 생각이 너무 많다.

내가 생각하는 데 적합하지 않은 바보임을 고려해도, 그렇게까지 이 문서를 깊이 읽는 것은 오독이 아닐까?

영문을 알 수 없는 사람이기는 했지만, 기본적으로 나의 어머니는 나의 어머니인 만큼 심모숙려深謀熟慮하는 사람은 아니었다. 참을성이 없는, 말하자면 행동파다.

애초에 그런 복잡한 암호 따윌 생각할 만한 사람이 아니다. 단계를 밟아 가며 조금씩 해독해 가는 문제보다… 뭐랄까, 대나무를 쪼개듯이 간단한 구조를 좋아할 것 같다.

좋아할…… 것 같다.

우리에게는 이미 놀이가 아니게 되었지만, 그 사람에게는 놀이다. 시큐리티로서 이런 암호문을 설정할 리가 없다.

이것이 가령 미라가 있는 곳을 가리키는 암호문이었다고 해도, 이런 암호문을 남긴 시점에서 그 사람에게 미라가 있는 곳을 숨길 생각은 없었다고도 생각할 수 있다.

맹장지의 안쪽이라는, 보통은 절대 발견되지 않을 만한 장소에 메시지를 집어넣는다는 이해할 수 없는 상식을 벗어난 행위도, 어머니 특유의 유희였다고 해석하면 순순히 납득이 가기도 했다.

소름 끼치고 무서운 내용의 암호문도, 내포된 비인간적 암흑이라기보다 단순한 악취미적인 호기심의 산물이며, 그 자체는 무서워할 만한 성질의 것은 아닐지도 모른다. 진지하게 받아들일 필요는 없다.

한마디 더 보태자면, 반 장난.

물론 그렇기에 위험함도 있다. '아름다우니까'라는 취미적인 이유로 도검을 컬렉션했다고 해도 도검은 사람을 죽이기 위한 도구이며, 사람을 죽일 수 있는 도구라는 사실이 변하는 것도 아니다.

그렇다고는 해도 이것이 시큐리티가 아니라 악취미적이고 악질적인 장난이며, 그리고 한 타이밍 늦은 딴죽처럼 고약한 심술이라고 한다면…. 조금 더 다른 시점에서.

그야말로 탁함 없는 맑은 눈으로, 이 암호문을 해독해야 할지도 모른다.

그렇다.

차라리 어머니와 딸이 수수께끼를 가지고 노는 듯한 기분으로….

내가 희망찬 새로운 입각점을 발견했다고, 적어도 그런 기분이 들었던 바로 그때, 찬물을 끼얹은 것처럼 오기 군의 주머니에서 진동음이 울렸다.

"어이쿠, 잠시 실례하겠습니다."

그렇게 말하며 재빨리 스트랩에 손가락을 걸어 휴대전화를 꺼내는 오기 군.

"메일이 아니라 전화네요. 어라어라, 아라라기 선배네요."

"──!"

"중요한 이야기를 하고 있는 참이니 끊을게요. 중요한 용건이라면 분명히 메일을 보내 오겠죠."

"아, 아니, 받아도 괜찮아. 사양할 필요는 없어."

나는 냉정한 척을 하면서 통화를 촉구했다.

내가 보낸 착신도 메일도 계속 무시했던 아라라기 선배와의, 뜻밖에 생겨난 접점에 저도 모르게 달라붙어 버린 모양새다. 뭐, 아무리 그래도 바꿔 달라고 할 수는 없지만.

"하아. 하지만 미라나 암호문에 대한 일 같은 건 아직 감추는 편이 낫겠죠?"

"응, 그렇겠지. 최종적으로는 상담하게 된다고 해도 아슬아슬할 때까지는 혼자 힘으로 해결하고 싶어. …극히 철저히 아무래도 상관없는 일이긴 한데 말이야, 아라라기 선배의 분위기가 어떤지 가볍게 떠봐 주면 고맙겠어."

"알겠습니다."

나의 알쏭달쏭한 부탁에 대해서는 아무것도 묻지 않고서 그렇게 대답하고, 오기 군은 일어선 채로 통화 버튼을 눌렀다.

"여보세요. 네, 오시노 오기예요. 네, 지금 칸바루 선배 댁을 찾아뵙고 있는 중인데… 아뇨, 아무 일도 없어요. 방 정리를 도와주고 있지는 않아요."

괴이에 대한 문제뿐만 아니라, 사건의 발단인 방 정리에 대해서도 그렇게 분위기를 파악한 발언을 해 주는 오기 군이었다.

그런 배려는 할 수 있는 애구나.

"가슴을 모아 보이거나 엉덩이를 향하거나 해서 유혹한다 싶었는데 아주 매서운 주먹을 날려 오셔서 말이죠…. 핫하~ 그분 정말로 변태네요."

쓸데없는 소리 하지 마!

아라라기 선배가 걱정해서 달려오면 어쩌려고 그래!

"네. 그 하네카와 선배에 관한 일인가요? 그 거유가 뭔가 어떻게 되었나요? 네, 네…."

통화하면서 오기 군은 쓰레기를 타고 넘으며 복도로 나간다. 뭐야, 내 앞에서 하기 어려운 이야기인가? 그 하네카와 선배에 관한 일? 그래서 맨 처음에는 나가려고 하지 않았던 건가?

어쨌든, 오기 군은 방에서 나가 버렸다. 내 방인데도 덩그러니 남겨진 듯한 기분이 든다.

저런 건방진 후배라도, 없어지면 쓸쓸한 법이구나…. 그렇게 그 쓸쓸함을(그리고 건방진 후배가 아라라기 선배에게 쓸데없는 소리를 하고 있지 않을까 하는 불안을) 불식하기 위해, 나는 새삼스럽게 암호문과 마주하고 가설 짜내기를 시도한다.

그렇지…. 문제문으로서의 '니고리나키시카쿠오요메'라는 문장이 카타카나로 적혀 있었던 것은, 다른 문장과 비교해서 독립성을 높이기 위함이라고 이해하고 있고, 아마 그 생각 자체는 틀리지 않았을 것이다. 하지만 독립성을 높이기 위한 수단이 카타카나로 쓴다는 방법만 있는 것은 아니지.

동그라미를 친다든가 밑줄을 그어서 강조한다든가 하는 식의, 그것이 특별히 봐야 할 문장임을 나타내는 수단은 얼마든지 있다. 그런데 '카타카나로 적는다'는 방법을 취한 것에는 어떠한 이유가 있는 것이 아닐까?

문제문을 카타카나로 쓴 이유…. 카타카나로 적어야만 했던 이유? 그것 때문에 '탁한 울음소리'라든가 '자객을 밤눈'이라든가 하는 다양한 해석의 여지가 생겨나면서 문제문의 폭이 넓어지고 말았는데, 그것을 무릅쓰고라도 카타카나로 적을 필연성이 있었다고 한다면….

흐음.

이 어프로치는 내가 보기에도 그리 나쁘지 않은 가능성이라고 생각한다. 오기 군이 돌아오면 이야기해 봐야겠다고 생각하는데, 이쪽을 향해 다가오는 발소리가 들려왔다.

어라? 예상보다 꽤 빨리 돌아오네…. 복잡한 이야기라서 자리를 뜬 줄로만 알았는데?

그렇게 생각하며 얼굴을 들었더니, 아직도 어질러진 상태인 내 방에 들어온 사람은 오기 군이 아니었다.

당연하다는 듯이 내방해 온 사람은.

헐렁헐렁한 운동복을 입은, 자벌적으로 상하게 만든 듯한 갈색 머리카락의, 한쪽 다리에 깁스를 한 소녀였다.

010

"…악취미를 뛰어넘어서, 부조리하네요. 그런 짓은 그만두실 수 없을까요. 어머니."

나는 둘 곳 없는 감정을, 그래도 정리정돈하듯 달래면서 최대한 억양 없이 그렇게 말했다.

"그렇다기보다, 낮에 나오는 건 처음 아닌가요?"

"훗."

갈색 머리의 소녀는 시니컬하게 입술을 구부렸다.

그 웃음은 그야말로 내가 아는 그 소녀, 중학교 시절의 구면인 누마치 로카의 그것이었지만, 그러나 이어지는 말투는 확실히 달랐다. 온 힘을 다해 발돋움하느라 지친 기색이 느껴지기까지 했던 그 노성老成한 악마보다, 훨씬 연륜이 쌓인 악마다움이었다.

"조금은 놀라 주지 않으면 재미없는데…. 어떻게 알았어? 우정이라는 거? 아니면 친자의 정?"

어느 쪽도 아니다.

누마치와 나 사이에 우정이 있었는지 어떤지는 분명치 않고, 어머니와 나 사이에 친자의 정이 있었는가 어떤가는 더욱 분명치 않다. 그 녀석이 내 앞에 나타날 리 없다고 확신할 수 있는 이유는, 그 녀석에게는 미련따윈 없을 터이기 때문이다.

나와는 다르게….

"꿈속에서만으로는 만족하지 못하고 결국 현실에도 침식해 온 건가요? 어머니. 그렇다면 저는 슬슬 병원에 다녀야만 할 것 같은데요."

"안심하라고, 스루가. 이건 네가 이상한 게 아니야. 하물며 나는 유령인 것도 아니야. 뭐, 네가 곤란에 처했을 때만 등장하는 요정 같은 것이라고 생각하면 돼."

요정이라니.

아주 팬시한 소리를 하네….

그것을 누마치의 얼굴로 말하고 있으니 견딜 수가 없다.

배덕감이라고 해야 하나? 조금 이상한 기분이 든다.

"하지만 지금은 딱히 곤란하진 않은데요."

아니, 곤란하긴 한가?

방은 전혀 정리되지 않았고, 아라라기 선배와 화해할 전망도 보이지 않고, 나를 잘 따르는 후배는 감당이 안 되고, 그리고 암호문은 풀리지 않고….

입시공부도, 재활도, 곤란하다고 하자면 곤란하다.

이렇게 보니, 인생에 순조로운 일 따윈 아무것도 없다는 기분이 들기까지 한다.

"순조로운 인생이라는 생각 자체를, 나는 잘 이해할 수 없지만 말이야. 인생이라는 건 '얼마나 잘 풀리지 않는가'가 아닐까? 리스크 관리와 대미지 컨트롤…. 뺄셈이지."

뺄셈.

감점법으로만 평가되는 것이 인생이라면, 확실히 순풍에 돛

단 듯하다는 개념을 적용하기는 어렵겠지만.

"백점만점으로 살고 있는 인간 따윈 없다는 얘기일 뿐이지만 말이야…. 크크크. 이과계 과목은 서투르냐?"

"잘 못 해요…. 그 이야기를 하자면 공부 자체를 잘 못 해요. 국어도… 암호문 같은 건 싫어요."

나는 퉁명스럽게 말했다.

어떻게 봐야 할까, 이것은 어머니에 대해 퉁명스럽게 행동하는 전형적인 반항기의 딸이라기보다, 어머니 앞에서 폼을 잡으려 하는 전형적인 사춘기의 딸의 모습이겠구나.

"어머니, 왜 이런 암호를 남긴 건가요?"

"올바른 질문은 '왜 나한테 이런 미라를 남긴 건가요', 가 아니었냐?"

누마치 로카처럼 웃으면서 운동복 차림의 소녀는, 소녀 모습의 어머니는 내 손에서 미라의 손을 낚아챘다. 그렇게 되고 보니, 단순한 인상의 문제겠지만 어머니의 손안이야말로 그 미라가 있어야 할 장소처럼 보였다.

컬렉터인 누마치 로카의 손이야말로.

소유자인 가엔 토오에의 손이야말로.

악마가 자리 잡은 곳인 것처럼.

"뭣하다면 이런 물건을 유품으로 남겨서 완전 민폐다, 정도는 말해도 괜찮은데?"

"그런 소리까지는 하지 않겠지만요…."

그 미라에 의해 입은 손해의 책임을 전부 어머니에게 떠넘기려고 할 정도로 나는 몰염치하지 않다.

게다가 오해를 두려워하지 않고, 반성의 빛 없이 내 멋대로 말하자면, 그 미라의 존재가 있었기에 센조가하라 선배나 아라라기 선배와의 인연이 생겨났다고도 할 수 있으니까.

"하지만 어머니가 선의로 그것을 저에게 남겨 줬다고 호의적으로 받아들이는 건 불가능하고…. 그리고 가령 그랬다고 해도, 미라의 다른 부위들을 모으겠다는 생각은 안 해요."

그런 부조리한 모습으로 나타나더라도 수집에 손을 댈 생각은 없어요. 암호문에 몰두하면서도 그렇게 약간 변명 같은 소리를 하는 나였다.

히죽거리면서 그것을 조소하듯이─수집가 본인처럼─어머니는,

"딱히 '이 아이'의 의지를 계승할 필요 따윈 없어. 내 부負의 유산을 처분할 필요도 없고…. 그 편지도 딱히 네 앞으로 썼던 건 아니야."

라고 말했다.

"추측한 대로, 그건 내가 네 아버지에게 맹장지째로 보낸 러브레터 같은 거야."

"…러브레터라니."

연애편지를 병풍에 감춘다는 에피소드를 오기 군이 알려 줬었는데, 맹장지를 러브레터로 보내다니, 고저스함을 넘어서 거의 호방함이 느껴지기까지 하는 에피소드네.

"어쨌든 소녀시절의 내가 쓴 러브레터니까 말이야. 문장도 나

도 모르게 스타일리시하게 써 버렸고 말이지."

"…일부러 어려운 한자를 쓰고 싶어 하는 중학생 같네요."

시니컬하게 그렇게 말해 보았지만, "그러니까 소녀시절이었다고 했잖아. 스타일리시한."이라며 어머니는 개의치 않는 반응이었다.

"나는 가엔 가를 버리고 싶었고, 그 오빠는 칸바루 가를 버리고 싶어 했어. 그런 점에서 우리들은 의기투합해 버렸던 거지. 내가 보낸 맹장지를, 출처를 감추고 비밀리에 사용해 주었다는 것은, 칸바루 가에 대해 조금이나마 앙갚음을 하고 싶었던 걸까."

별안간 부모님의 첫 만남에 대한 에피소드를 듣게 되어서 뭐라 말할 수 없는 기분이 되었다. 겸연쩍다고 할까, 들어서는 안 되는 비밀을 들어 버린 듯한 기분이 든다.

그렇다기보다, 오빠라고 불렀던 거야?

우리 어머니가 설마 여동생 캐릭터였어?

"그리하여, 그 뒤에 우리는 실제로 가문을 버린 거지…."

"……."

모든 것을 버리고 단둘이 되었다.

아니, 그 뒤에 두 사람 사이에서 내가 태어났다.

"공교롭게도 둔한 오빠였기 때문에 편지를 알아차리지는 못했고, 그러는 동안 나도 출입금지를 당했기 때문에 맹장지를 회수할 수도 없게 되고 말았어. 그것뿐인 이야기야. 역할을 다하지 못한 보물지도라고."

싹이 트지 못한 에피소드, 회수되지 않은 복선 같은 거야. 그렇게 어머니는 정리하듯이 말했다.

거기서 비로소 나는, 그녀가 나의 옛 라이벌의 모습으로 나타난 것은 단순한 장난이라고 해도, 다른 인간의 모습을 빌린 이유는 칸바루 가에 원래 모습으로 나타날 수는 없기 때문일지도 모른다는 것에 생각이 미쳤다.

그것은 그것대로 결계인 걸까?

반대로 말하면 그런 결계를 신분을 위장하면서까지 넘어와서 나에게 하고 싶은 말이 있었다는 것일까.

"…역시 어머니는 나에게 미라를 수집하게 만들고 싶은 거 아닌가요?"

"끈질기네. 안 해도 된다니까, 그런 짓은…. 뭣하면 그런 편지, 내가 찢어 버릴 수도 있어. 이런 일은 잘 없지만, 내가 책임을 지고 말이야. 다만 너는 자신이 처한 역경의 댄저러스함을 조금 더 알아야만 하려나."

그렇게 말하며 가엔 토오에는 어깨를 움츠렸다.

"댄저러스함? …그건 잘 알고 있어요. 오기 군이 바보같이 소원을 빌어 버렸으니까요. 정말이지, 경거망동에도 정도가 있지…. 그 애를 지키기 위해서 저는 어떻게든 이 암호를 풀어야만 해요."

예전에 아라라기 선배가, 경거망동에도 정도가 있던 나를 지켜 주었던 것처럼….

"그런 이야기를 하고 있는 게 아니야…. 무리도 아닌 일이기는 한데, 하지만 그 도련님의 인식도 아직 물러 터졌어."

아주 딱 부러지게 그렇게 말했다.

저런 악의의 덩어리 같은, 파멸사고의 권화 같은 소년의 인식을 물러 터졌다고 단언할 수 있는 사람은 아무리 세상이 넓다 한들 우리 어머니 정도밖에 없겠지, 하며 이상한 부분에서 감탄해 버렸다.

도련님이라니.

"흩어진 미라가, 일본 각지에 점재하는 나의 미라가 대체 어느 정도의 불행을 야기하는 물건인지 이해하지 못하고 있어."

나의 미라라니.

강렬한 소유권 주장이었지만, 하지만 그래서는 가엔 토오에 자신이 미라라는 것처럼 들리는데.

"아니, 오기 군은 그 정도는 알고 있어요. 괴롭히는 것처럼 친절하게, 거침없이 설명해 줬어요. 자기가 소원을 빈 자업자득인 사람뿐만 아니라 그 주위까지 말려들게 하는 비극이—"

"그 비극은, 다시 연쇄해."

그렇게 가엔 토오에는 내 말을 끊고서 말했다.

"왜냐하면 미라는 소원과 불행을 먹이로 삼아, 마치 암세포처럼 증식하니까."

암세포라기보다, 원망願望이지만 말이야… 라면서 어머니는 누마치 로카처럼 어깨를 축 늘어뜨렸다.

"즈… 증식? 앗…."

아연실색하다 나는 갱지를 손에서 떨어뜨렸다. 그뿐만 아니라, 저도 모르게 그 자리에서 일어나 버렸다.

생각지도 못했다.

하지만 지적을 받고 보니, 어째서 그런 간단한 것에 생각이 미치지 않았는지 신기할 정도였다. 그렇다.

내가 미라에 소원을 빌었을 때, 그 소원에 응해서 미라는 '성장'했다. 말하자면 시체인 미라가 '성장'한다는 것은 기묘한 이야기지만, 어쨌든 당초에 손목까지밖에 없었던 미라는, 첫 번째 소원을 이룬 것에 의해 팔꿈치까지 '자라나' 있었다.

만약 두 번째 소원을 이뤘다면 분명 어깨까지 자라났을 것이고… 세 번째 소원을 이뤘다면 그다음까지 '자라나' 있을 것이다.

'성장'… '재생'?

마치 암세포처럼…. 마치 불사신의 흡혈귀처럼?

어…. 그렇다는 건, 어떻게 된다는 거지?

산산조각이 난 미라의 부위가… 세상의 어딘가에서 나처럼 어리석은 자의 소원을 이뤘다고 하면…. 본인과 주위를 불행하게 만드는 것만으로는 만족하지 않고…. '3배 이상'까지 쭉쭉 재생하나?

그렇다면 세 번째 소원을 이루고, 비극은 거기에서 끝나는 것이 아니라, 그 뒤에는 3배의 효력으로 3배의 인간을 불행하게 만드나?

3배의 다음은 9배? 9배의 다음은, 81배? 81배의 다음은…. 더이상은 이과계열 과목이 서툰 뇌로는 처리할 수 없는 제곱이다.

그런 과정 속에서 갱지 이상으로 연약한 미라가 또다시 산산조각이 나서 뿔뿔이 흩어지기라도 했다간, 불행이 만연하는 속도는 마치 병원균처럼… 어라?

어라, 이상한데?

그런 게 가능한가?

그 사기꾼이 가지고 있던 미라의 머리 부위 처리에 성공한 것으로, 미라에 관한 문제는 어느 정도는 해결한 듯한 기분이었는데…. 그런 거라면 전혀 해결이 안 됐잖아.

어째서 처분했을 왼손이 다시 내 방에서 발견되었는가 하는 커다란 의문도, 그것으로 일단 설명이 된다. 무한히 재생하고 무한히 증식하니까, 왼손이 몇 개 있더라도 원리적으로는 모순되지 않는다.

물론 어째서 최근에 퇴적된 쓰레기의 산속에 내가 알지도 못하는 두 번째 왼손의 미라가 묻혀 있었는가 하는 의문이 남지만, 적어도 숫자의 문제는 해결된다.

하지만 그 해결은 새로운 문제의 불씨다.

그 이론이라면 머리도 재생될지 모른다. 플라나리아는 뇌마저 너끈히 재생된다는 잡학을 들은 적이 있다. 하물며 괴이 현상이라면.

"크크크, 너무 협박이 과했나? 뭐, 믿을 수 있는 전문가가 옛날부터 움직이고 있으니까 어지간한 일은 일어나지 않을 것이라는 응원의 한마디를 일단 덧붙여 둘게."

동요하는 내 모습을 재미있어하듯이 말한다. 적어도 당사자로서 책임을 느끼는 것처럼 보이지는 않는다.

전문가… 오시노 메메나 카이키 데이슈일까.

확실히 카이키 데이슈는 미라의 일부분을 소유하고 있었다. 그 머리 부분에 대해서는 나와 마찬가지로 본인에게 직접 받은 것이라고 생각하고 있었는데, 사기꾼이 그 외의 부분을 더 가지고 있지 말라는 법은 없다는 건가.

거짓말밖에 안 하잖아, 사기꾼.

"다만 전문가에게도 발견되지 않은 미회수 부위가 있다는 것 역시 사실이야. 그건 아마도 더 이상 누구에게도 발견될 일 없는 부위겠지만, 만약 발견할 수 있다고 한다면 너 같은 녀석뿐일 거다."

그 말은 두 가지 의미로 받아들여졌다.

가엔 토오에의 딸이기에 그녀의 유산을 찾을 수 있다는 의미와, 나처럼 어리석은 자만이 무심코 발견하고, 무심코 소원을 빌어 버릴 것이라는 의미.

후자의 의미라고 한다면 그런 것은 아무런 응원도 되지 못한다. 전문가에게는 보이지 않고, 어리석은 자에게만 발견되는 미라의 부위라니.

상상할 수 있는 최악의 미래의 최악스러움에 나는 말을 잃었지만, 어머니는 그런 딸에게 전혀 위축되는 기색이 없다. 그런 부負의 유산을 남긴 소용돌이 속의 인물, 장본인으로서 뭔가 주장할 것은 없는가 하고 생각했지만— 뭐, 없겠지.

죽은 자는 말이 없다.

틀림없이, 이런 인물이라면 그런 네거티브하고 소극적이며,

그런 데다 울보인 미라를 조금도 필요로 하지 않을 것이라고, 막연하게 그런 감상을 품었다.

"어이쿠, 슬슬 암흑의 도련님이 돌아오는 건가. 그러면 나는 이쯤에서 실례하마."

"네?"

벌써 돌아가는 거예요? 라는 기분이 드는 나는, 역시 근본적으로 외로움을 많이 타는 듯하다. 누가 상대일지라도—그것이 변변찮은 어머니일지라도—저도 모르게 매달리고 싶어진다.

"그 도련님과 마주치게 되는 것은 내 세계관적으로 위험하다고. 쌍소멸을 해 버릴지도 몰라."

"쌍소멸?"

오기 군을 반물질처럼 말하고 있네…. 아니, 암흑물질인가?

"어쨌든 너는 누구의 의지도, 누구의 유지도 이을 의무 따윈 없고, 아무도 너에게 그런 것을 바라지 않아. 나는 그 말을 하러 온 거야. 너는 나도, 이 여자애도, 하물며 아라라기 코요미 군도 아니니까. 뭔가를 하려고 할 때마다 일일이 나를 구실로 삼는 것은 못 참겠다는 클레임이라고. 할 거면 자기 의지로 해. 노력할 거면 자신의 의미로 노력해."

"자신의 의미로…."

노력해.

이번에 처음으로, 어머니에게서 격려를 받은 기분이 들었다.

"노력하는 스루가짱, 간바루 스루가짱이잖아?"

"어, 어째서 그 닉네임을!"

내가 중학교 시절에 스스로 지은 닉네임을!

"엄마는 딸을 자~알 보고 있다고요~ 큭큭큭. 내가 보기에는 이것도 탁한 닉네임이지만 말이야."

"탁하다…?"

노력하는 것조차도 불순물로 간주하다니, 소문대로의 천재 기질이다. 강렬함을 아득히 넘어선, 가열恷烈한 캐릭터다.

그렇다면 부모와 자식 사이더라도 나하고는 전혀 다른 인간이다. …그렇다.

칸바루 스루가와 가엔 토오에는 다른 사람인 것이다.

이제 와서야 그런 사실을 깨달았다.

이제 와서지만 새삼스럽게.

"뭐, 탁하든 더럽든, 그것이 너라면 그걸로 된 거야. 하지만 그것이 단순한 물이어서는 좋지 않지."

"단순한… 물."

"약이 될 수 없다면 독이 되어라. 그렇지 않으면 너는 그냥 물이다…. 아아, 맞다. 그러니까 혹시 또 만날 일이 있다면 카이키 군에게도 전해 줘. 언제까지나 내 등을 쫓으며 헤매고 있어서는 안 된다고. 걱정하지 않아도, 저세상에서 남편하고 러브러브하게 잘 지내고 있다고 말이야."

전하기 힘들겠네!

아니, 전할 수 있겠냐고!

011

"죄송해요. 오래 기다리셨죠? 아라라기 선배의 이야기가 길어져서 말이에요. 거유 선배가 해외에서 처한 곤경을 생각하면 무리도 아니지만요. 하지만 야단났네, 이번만큼은 여차할 때엔 저도 미력하게나마 협력해야 할 것 같네요. 어라, 스루가 선배, 어떻게 된 건가요? 묘하게 개운한 표정을 짓고 계시는데요."

휴대전화를 손안에서 돌리면서 표표하게 돌아온 오기 군에게 그런 소리를 듣고, 그렇게나 개운한 표정을 하고 있는 건가? 하고 생각하면서, 나는 자신의 뺨에 손을 대며 "아니, 아무것도 아니야."라고 대답했다.

"잠깐 백일몽을 꾼 것뿐이야. 그리고… 그리운 얼굴을 둘 정도."

"호오?"

오기 군은 신기하다는 듯한 얼굴을 했다.

다만 자신과는 관계없는 일이라고 결론을 내렸는지, 곧바로,

"그럼, 암호문에 대한 고찰을 계속해 볼까요, 스루가 선배."

라고 말했다.

"…전화 통화는 잘 끝났어? 아라라기 선배는 뭐래?"

"아아, 안심하세요. 스루가 선배가 불안해 할 정도로 화가 나지는 않으셨으니까요. 최근 연락이 뜸했던 것은 늘 그렇듯이 트러블에 휘말렸기 때문인 모양이에요. 아라라기 선배가 트러블에 휘말렸다기보다, 하네카와 선배가 트러블에 얽힌 거지만요."

생각했던 것보다 아라라기 선배가 화나지 않았다는 것은 뛰어오르고 싶을 정도로 반가운 정보였지만, 하지만 이때 내가 확인하고 싶었던 것은 그 부분이 아니라, 바로 그 '하네카와 선배가 트러블에 휘말렸다'라는 점이었다.

그 사람이라면 어지간한 일은 없을 것이라 생각하면서도, 하지만 해외에서 곤경에 처했다고 한다면 역시 흘려들을 수 없다.

"아뇨, 아직 참견할 필요는 없어요. 상황을 지켜본다고 해야 할까요. 아라라기 선배도 어려운 판단을 강요당하는 국면이에요. 거유 선배의 경우에 난처한 점은, 섣불리 도우러 갔다가는 방해하게 될지도 모른다는 점이죠."

"……."

어쩐지 스케일이 다른 이야기를 하고 있네.

아니, 이쪽의 이야기도 상당한 규모가 되었지만 말이지…. 어쨌든 미라가 전국 방방곡곡에 무한 증식할 가능성을 시사해 온 것이다.

"뭐, 커다란 가슴은 흔들리거나 튀거나 무겁다거나 해서 의외로 본인은 거추장스럽게 여기고 있다는 이야기일까요."

그렇게 오기 군은 정리하듯이 말하고는(정리가 되지 않았다),

"그 암호문 말인데요, 어리석은 아라라기 선배와 이야기하는 동안에 문득 떠오른 가설이 있는데…."

그렇게 이야기를 꺼내기 시작했다.

하지만 나는 그것을 "아, 가설은 이제 됐어, 오기 군."이라며 가로막았다.

"이미 풀렸으니까. 결론이 나왔어."

"네?"

암흑의 도련님의 얼빠진 얼굴은 꽤나 볼 만했다. 허무의 화신의 허점을 찌른 듯한 상황이니 내가 한 것치고는 꽤 잘 한 편일 것이다.

012

그렇다고 해도 실제로는 그렇게 으스댈 일도 아니다. 도중까지는 오기 군과 함께 생각했던 것이고, 게다가 백일몽에 나타난 그 사람이 내 준 노골적인 힌트가 없었다면 나 같은 멍청이가 도달할 리 없었던 해답이니까.

이러쿵저러쿵하고 있지만, 본인으로서는 그런 유희심의 산물에 지나지 않는 암호에 마냥 매달리고 있는 나를 보다 못해 등장했다는 것이 백일몽의 의외의 진상일지도 모른다고 생각한다.

하지만 어쨌든 여기서는 건방진 후배에게 선배로서의 위엄을 어떻게든 보여 주고 싶은 참이었기에, 나는 전부 스스로 생각한 듯한 카리스마 가득한 몸짓을 하며,

"우선, 내가 생각했던 것은…."

이라고 자신의 공적을 강조했다.

오히려 옹졸하게 비쳤을지도 모르지만, 오기 군은 생글생글 웃으며 철저히 청중 역할만을 해 주었다. 미스터리 팬으로서는

수수께끼 풀이를 담당하는 탐정 역할은 물론이고, 놀라는 것을 담당하는 왓슨 역할도 싫어하지 않는지도 모른다.

"신체의 부위가 나열되면서도 망라되어 있지는 않다는 점에 대해서야. 너는 이것을, 빠진 부위에 의미가 있는 것이 아닐까 하는 해석을 했었지?"

"했었죠. 그다지 소득 있는 추리는 아니었지만요."

"그랬지. 보는 시각에 따라서는 망라되어 있다고 말할 수 없는 것도 아니지 않나, 하는 타협점에 도달했는데, 다만 이 부분은 반대로 볼 수도 있지 않을까 하고 나는 생각했어."

"반대로 본다?"

"요컨대 열을 이루는 문장 속에서 중요한 것은 한 글자나 두 글자 정도뿐이고, 나머지 문장은 전부 페이크가 아닐까 하고. 망라되어 있지 않은 것은, 원래는 필요 없는 페이크니까 어느 정도 수를 채우면 그것으로 충분히 역할을 한다는 거지."

너무 많아져서 번잡해지는 것도 뭣하니 말이야. 그렇게 말을 끊고서 내가 슬쩍 오기 군의 반응을 살피자,

"아아, 그렇군요. 그 패턴인가요."

라면서 오기 군은 간단히 고개를 끄덕였다.

흔한 패턴이었나….

스스로 발견했다고 생각했는데.

"어떻게 이럴 수가…. '나무를 숨기려면 숲속에'라고 하는, 이 암호를 표현하는 새로운 관용구도 생각해 두었는데…."

"그 속담도 이미 있는데요. 미스터리계에서는 관용적인 표현

은 고사하고 상투적인 표현이지만요."

"진짜냐…. 으~음, 이런 기분을 정확히 표현할 관용구가 있으면 좋겠는데…."

"아, 그거라면 '바퀴의 재발명*'이 있네요."

있는 거냐.

청중 쪽이 이러니저러니 하며 조예 깊음을 보여 주는 수수께끼 풀이 장면이라니, 그야말로 신기축新機軸이 아닐까…. 그런 것을 살짝 풀이 죽어 가며 생각하고 있는데, 오기 군 쪽에서 "하지만 문제는 암호문 속의 어떤 문장이 작성자가 의도한 중요한 문장인지를 특정하기 어렵다는 점이잖아요?"라며 그다음을 재촉했다.

똑똑한 청중이자 똑똑한 후배다.

"그걸 특정하기 위한 문제문이잖아? '니고리나키시카쿠오요메'야."

"호오. 그러면 맨 마지막의 '요메'는 역시 '읽어라'라는 뜻이 되겠네요."

"응. 나도 그렇게 생각해. 다만 '니고리나키시카쿠'는 한 번 꼬여 있어."

"꼬여 있다?"

그렇게 말하면서, 오기 군은 갱지를 다시 읽었다.

※바퀴의 재발명(reinventing the wheel) : 널리 알려진 기술이나 해결법을 모르고, 동일한 것을 하나부터 다시 만드는 행위.

그렇다고 해도 어디까지나 흘려 읽는 정도였다. 청중 역할로서, 여기서 깜빡 진상을 알아차려 버리지 않도록 배려하고 있는지도 모른다.

"하지만 문제문을 받았다 해서, 딱히 어떤 문장이 눈에 띄는 것도 아니지만요. 다만, 스루가 선배의 말대로라면 그건 틀렸다는 얘기죠?"

어쩐지 자연스럽게 허들을 올려놓은 듯한 느낌이 든다…. 분위기를 띄워 주고 있는 것인지도 모르지만 이쪽은 그런 것에 익숙하지 못하니 너무 부추기지 말았으면 좋겠다.

긴장의 정도가 코트 안에 섰을 때와는 전혀 다르네.

"순서대로 설명하자면, 문제문이 전부 카타카나로 적혀 있다는 점이 신경이 쓰였어. 네가 전화하러 나간 동안에 생각을 좀 해 봤는데 말이야, 문제문이라고 강조하고 싶었다면 그 밖에도 얼마든지 수단이 있어. 극단적으로 말하면, 첫머리에 '문제'라고 적고서 사각형으로 둘러싸 두면 그걸로 충분했을 거야."

"그렇군요, 사각형. 그렇다면 문제문의 '시카쿠'란 부분은 사각死角이 아니라…."

"아, 아니, 그게 아니야. 지금 것은 우연히 발음이 맞아 버린 거야."

극단적인 예를 들다가 혼란스럽게 만들어 버렸다.

일처리가 서툰 것만 눈에 띄게 되겠는걸…. 똑똑한 후배에게, 선배의 멋진 모습을 보여 줄 셈이었는데, 이 이상 쓸데없는 실수를 보이기 전에 재빨리 마무리하는 편이 무난하겠다는 생각이 들기 시작했다.

"요컨대 스루가 선배는 문제문을 카타카나로 쓴 필연성이, 이 암호문에 있는 게 아닐까 하고 추측하신 건가요?"

"응. 어쩌면 우연히 섞여 있던, 다른 사람이 적은 무관계한 문장이 아닐까 하는 생각도 했지만…."

"카타카나는 구조가 심플하니까, 친딸이어도 필적 감정에 자신이 없다는 얘긴가요?"

"그런 거야."

원하는 타이밍에 적절한 질문을 해 주네. 혹시 한참 전에 진상을 알아차려서 나를 배려해 주고 있는 것이 아닐까 하는 생각마저 들었다.

"하지만 그런 게 아니라, 카타카나의 심플한 구조가 열쇠였던 거야. 구조가 심플하니까 문제문을 쓰는데 카나타가가 선택된 거지."

"흠…? 아직 저처럼 몽매한 사람은 감이 안 잡히는데요…. 무슨 의미인가요? 반대로 말하면, 구조가 복잡해지니까 한자와 카타카나를 섞어서 쓰면 안 되었다는 의미가 되는데요…."

확실히 흐릴 탁濁자 같은 한자는 보통은 손으로 쓰려고 하지 않죠, 하고 오기 군은 말했다.

"디지털 기기의 보급으로 인간의 손 글씨 스킬은 현저히 떨어졌고요. 뭐, 본문 중에 복사뼈 과踝 같은 한자가 적혀 있는 것을 보면, 설마 흐릴 탁자를 쓸 수 없었을 리도 없겠지만…. 하지만 탁濁이라는 한자, 총 획수가 몇 획인지도 금방 알 수 없을 정도고 말이죠….”

“그거야.”

“네?”

너무 똑똑한 후배의 너무 똑똑한 행동을, 한심한 선배는 하다 못해 도망치지 않고 붙들고서, 말했다.

“클로즈업해야 할 것은, 획수야.”

“획수…. ‘탁’자에 대해 말하자면 그건 16획인데요?”

금방 알 수 없다고 말해 놓고서, 시원스레 그렇게 말하는 오기 군이었다. 그 멋진 모습에 내 쪽이 청중의 리액션을 취할 뻔했지만, 다만 다행히도 ‘탁’자의 획수는 중요하지 않았다.

그런 게 아니라.

“내가 말하고 있는 건 카타카나의 획수야.”

“카타카나의 획수…? 그건, 어디 보자, 별로 깊이 생각한 적도 없는데요?”

이건 정말이겠지.

앞서 말한 대로 구조가 너무 심플하니까 카타카나의 획수 같은 것은, 총 획수 같은 것은 보통은 의식하지 않는다. 다만 글자인 이상, 획수는 예외 없이 존재한다.

“뭐, 대부분의 카타카나는 1획이나 2획으로 쓸 수 있지 않나요?”

“응, 대부분의 카타카나는 그렇지. 다만 3획짜리 카타카나도 있고, 그리고 일본어 46음 중에 단 두 개뿐이지만 4획짜리 카타카나도 있어.”

"허어, 4획짜리도 있나요…. 그런데, 어라?"

거기에서 오기 군은 팟 하고 얼굴을 들었다.

이 리액션이 연기라면 이미 그는 진짜 배우라고 할 수 있을 것이다. 그것에 호응하듯 나도 과장스럽게 대답했다.

"그래, 4획. 시카쿠四劃의 카타카나야."

013

엄밀히 말하면, 획수가 4획인 카타카나는 두 개가 아니다. 탁음을 포함하면 그 수는 상당수 늘어난다. 카타카나의 カ가 가ガ가 되거나 スㅈ가 즈ズ가 되거나, 2획 글자가 탁점이 붙어 4획이 되기 때문이다.

다만, 그것은 이 상황에서는 생각하지 않아도 된다.

왜냐하면 문제문에서 시사되는 것은 **'탁함 없는 4획'**이기 때문이다. 탁음이나 반탁음은 처음부터 배제할 수 있다.

"핫하~ 다른 사람도 아닌 제가 탁하다는 단어에 액체나 반액체라는 이미지에 묶여 버리고 말았네요. 글자도 역시 탁해지는 건가요. 액체나 반액체가 아니라, 탁음이나 반탁음…."

"참고로 말하면, 반탁음인 카타카나 중에 4획짜리는 없지만 말이야."

"하~ 그런가요? 참고까지 말씀해 주시는군요. 이야~ 정말 감탄했어요. 용케 이런 걸 떠올리셨네요. 역시 스루가 선배는 발상이 다르네요."

어디까지 진심으로 말하는 건지 알 수 없지만, 그 칭찬은 있는 그대로 받아들여 두자. 구면인 라이벌로 분하고 나타난 어머니의 힌트가 있었다고는 해도, 그 힌트, 좀 알기 어려웠고.

열심히 한다는 뜻의 '간바루がんばる'를 이용한 '열심인 스루가짱', 즉 '간바루 스루가짱'이 '탁한 닉네임'이라고 말한들, 그것이 '카'가 '가'로 변화한 것을 가리키고 있다고 단박에 알 수 있을 정도의 이심전심을 딸에게 기대해도 곤란하다.

"하지만 스루가 선배, 문제문의 한자변환에 대해서는 이해할 수 있는데요. 그게 뭐 어쨌는데, 하는 기분도 부정할 수는 없지 않나요? 4획짜리 카타카나를 읽으라고 해도…. 히라가나면 안 되는 건가요?"

히라가나도 구조는 심플하지만요, 라면서 오기 군은 그다음을 재촉하듯 말했다.

"똑같이 심플하기는 해도 히라가나는 카타카나보다는 복잡한 모양이지. 실제로 4획짜리 글자가 탁음과 반탁음을 제외하고 4개가 있어."

"4개."

"그래, 4개야. '키き'하고 '타た'하고 '나な'하고 '호ほ'의 4개…. 이래서는 문제문이 성립되지 않는다고."

"잘 모르겠네요. 4개든 2개든, 그 정도는 오차 아니냐고 하지는 않겠지만 별 차이 없다고 생각해도 어쩔 수 없지 않나요…."

"하지만 '키' '타' '나' '호'로는 단어로서 의미를 이루지 않잖아? 읽으라고 해도 읽을 수가 없지."

"하긴 읽을 수 없지요. '키' '타' '나' '이'였다면 '더럽다'는 뜻이니까 스루가 선배의 방을 가리키겠지만요."

심한 소리를 한 뒤에 오기 군은 "그런데요."라며 말을 이었다.

"그런데 카타카나 쪽의 탁하지 않은 4획은 뭔가요?"

"네ネ하고 호ホ 자야."

"'네'하고 '호'? '네호'? 그렇다면 그 두 개도 역시 의미를 이루지 않는데…. 그런 단어는 없으니까… 아니."

거기서 오기 군은 깨달았다. 혹은 여기서 깨달은 척을 했다.

그렇다.

문제문은 딱히 순서를 오십음도 순으로 지정하고 있지 않다. 그러니까 순서조합은 가능하다. '키' '타' '나' '호'로는 어떻게 조합해 봐도 단어가 성립하지 않지만, '네'와 '호'라면….

"'호' '네'…. 뼈라는 뜻의 호네骨."

그렇게.

그렇게 낮게 중얼거리고서 오기 군은 갱지의 한복판에 눈길을 떨어뜨렸다.

그렇다, 몸의 부위를 섞어서 나열한 문장 속에서 '뼈'에 대해 언급하는 문장도 확실히 있었다. 파묻히듯이, 그러나 숲속의 나무처럼 자연스럽게, 하지만 확실히 적혀 있었다.

"'뼈를 묶어라'."

오기 군은 그 문장을 낭독했다.

"많은 문장 중에서 출제자에게는 이 문장만이 중요했다…. 그것을 '니고리나키시카쿠오요메'라는 카타카나 문제문에서 두드러지게 만들었던 거군요. '탁함 없는 4획을 읽어라'라는 말은 '뼈의 문장을 읽어라'라는 뜻이었다는 이야기인가요."

"그, 글쎄다."

이야기를 끝마치고 났더니, 자신이 없어져서 주뼛거리면서 오기 군에게 실제로는 어떻게 생각하는지, 지시를 바라게 된다. 농구부의 에이스라느니 나오에츠 고교의 스타라고 떠받들어지고 있지만, 역시 기본적으로 나는 2인자 타입이구나….

"이견은 없어요. 그렇다기보다 그것 외의 해석은 없다고 생각해요. 제가 이것저것 준비한 그 외의 가설은 여기서 정식으로 모두 포기하도록 하죠. 제가 알아 뵙지 못했네요, 스루가 선배. 당신은 좀 더 어리석을 거라고 생각했어요."

마지막 한마디는 상당히 쓸데없었지만, 어쨌든 그런 말을 들으니 일단 안심이었다. 그 밖의 가설이라는 것도 들어 보고 싶지 않은 건 아니지만. 전화를 하며 짬짬이 하고 있었다는 추리가 사실은 나와 대동소이했기 때문에 취소한 거 아닐까 하는 의심도 없는 것은 아니었지만, 여기서는 후배의 칭찬을 기분 좋게 받기로 하자.

"핫하~ 사모하는 선배가 생각만큼 어리석지 않아서 저도 일단 안심이에요. 그러면 암호 해독은 다음 스텝으로 넘어가야겠네요. 제2단계라고 해야 할까요. 이것으로 페이크 문장이 치워

졌으니, 주시해야 할 문장의 의미를 생각해 보죠. '뼈를 묶어라' 인가요…. 설마 실제로 그럴 수도 없고."

남은 문장이 '가슴을 모아라'였으면 좋았을 텐데요, 라고 진심으로 분하다는 듯 말하는 오기 군이었지만, 그런 문장이 남았다면 고약한 농담도 이만한 게 없다.

이만한 게 없고… 그리고 다음 스텝으로 나아갈 필요는 없다. 제2단계고 뭐고, 우리는 이미 골인한 것이나 마찬가지다.

"오기 군. 주위의 문장을 제외하고 읽으면, 이 문장에서 '뼈'라는 건 꼭 생물의 구성요소라고 읽지 않아도 되는 게 아닐까?"

나는 그쪽을 가리켰다. 원래 암호문이 숨겨져 있던 맹장지를. 구멍이 뚫려서 속이 노출된 맹장지.

일상적으로 사용하고 있다면 보통은 의식할 일 따위 없겠지만, 인간에게 내장이 있듯이 맹장지에는 내부라는 것이 있고.

얇은 직방체 형태를 지탱하는, 목재로 된 '뼈'대가 있다.

014

가엔 토오에가 남긴 메시지는 경사스럽게도 완전히 해독되어서 이것으로 끝…은 나지 않았다. 물론 여기서부터가 큰일이었고, 중노동이었다.

육체노동이었다.

우선, 우리는 맹장지를 해체하기 위한 작업 공간을 만들어야만 했기에, 강제적으로 방 정리를 재개할 수밖에 없었다.

애초에 오늘 원래 할 일이라고는 해도, 맹장지 한 장분 플러스 알파의 바닥 면적을 만드는 것은 만만한 일이 아니었다. 서면 다다미 반 장, 누우면 한 장이라는 말이 있는데, 실제로 맹장지 한 장 정도의 면적을 만드는 것도 아주 고생이었다.

인생은 고생이다.

그리고 도구를 사용해서 정성스럽게(가능하면 나중에 재생할 수 있도록) 맹장지를 분해하며 내부의 목재를 추려 낸다. 그리고 옆으로 죽 늘어놓았다.

늘어놓았다. 그렇다기보다, 묶음을 만들었다.

뼈를 다발 지었다. 대나무 발처럼.

그야말로 망라한다. 몇 번의 시행착오가 필요했지만, 작업을 하는 동안에 지도가 완성되었다. 각각의 목재를 가로로 촘촘히 늘어놓아서 한 장의 판처럼 만들어, 그것을 캔버스처럼 보니 육필로 그린 지도가 나타났다.

목재를 하나씩 보면 수수께끼의 검은 선 몇 개가 그어져 있을 뿐이지만, 그것들을 연결해 보면 그림이 된다는, 말하자면 각재에 의한 입체적인 직소 퍼즐. 퍼즐 같은 암호를 풀자, 마지막에는 진짜 퍼즐에 도전하게 된 것이다. 이 지도 역시 암호로 처리되어 있었다면 제아무리 나라도 단념했을지도 모르지만, 다행히도 그 지도는 지극히 평범한 지도 같았다.

이곳에서 그리 멀지 않은 곳을 가리키고 있다. 이 장소에, 미라의 다른 부위가 있다고 봐도 되는 걸까?

이거야 원….

맹장지 속에 암호문을 숨겨 놓는 장난은 깊은 의미가 없다고 생각했지만, 이 맹장지 자체에 의미가 있었다는 건가…. 그 암호문은 말하자면 취급설명서, 매뉴얼이었다.

2단 구조, 3단 구조의 '보물지도'였고, 그런 것치고는 출발점으로 돌아온 듯한 결말이지만… 뭐, 그 암호문을 풀지 못하는 한에야, 맹장지를 분해해서 골조를 모아 붙여 뭔가 적혀 있지는 않은지 확인하려는 발상은 도저히 나오지 않겠지.

"핫하~ 그러면 이것으로 끝…일까요?"

좋은 두뇌체조였어요. 라고 오기 군은 말했다.

정신이 들고 보니 어느새 완전히 날이 저물어 있었다. 결국 오후는 전부 수수께끼 풀이를 위해 써 버린 느낌이다. 산산이 해체한 맹장지가, 방을 정리해서 만들어 낸 공간을 완전히 메워 버렸기 때문에, 인상으로 봐서는 정리를 시작하기 전보다 어질러진 채로 오늘을 마치게 된 것이다…. 솔직히 지금까지 뭘 한 걸까, 하는 허무함도 있다.

"어쨌든 정리는 내일로 미뤄도 되겠죠. 정리하기 전보다 어지럽혀진 것처럼 느껴지는 건 대청소의 통과의례예요. 저도 계속해서 도와드릴 테니, 너무 그렇게 낙심하지 마세요. 여하튼 암호만이라도 끝을 냈으니 잘됐잖아요."

"아니."

나는 위로의 말에 그렇게 고개를 저었다.

"오히려 지금부터가 큰일이고, 중노동이야. 육체노동일지도."

"네? 무슨 말씀인가요?"

"그것도 그럴 것이, 내일은 얼른 이 지도에 적혀 있는 장소에 가 봐야만 하잖아. 가서 미라의 부위를 일부라도 회수해야지. 너도 말했잖아, 부주의한 누군가가 부주의하게 사용하기 전에 미라를 처분해야만 한다고 말이야."

"말하긴 했지만요…. 스루가 선배야말로 어디까지나 암호를 푸는 것뿐이라고 말씀하셨으니까요. 그래서 그 점에 대해서는 내일 또 다른 선동이 필요한 게 아닐까 생각했는데."

내일, 선동할 생각이었냐. 부채 선扇자의 오기인 만큼.

정말이지, 하나부터 열까지 남의 불행을 재미있어 하는구나, 이 후배는.

"무슨 변덕인가요? 제가 아라라기 선배와 이야기하는 동안에 심경에 임팩트 있는 사건이라도 있었나요? 백일몽을 꾸었다고 말씀하셨는데요…."

어떤 걸까.

확실히 그 사람이 상황의 중대함 같은 것을 가르쳐 줘서 어설픈 인식을 통감한 것은 있지만…. 그것은 그뿐이라면 별 관계없다는 느낌도 들었다.

그 백일몽 덕분에 암호를 푼 것은 틀림없는 사실이고, 오히려 그 사람은—그 두 사람은—미라의 부위 같은 것은 찾지 않아도 된다고 말했다.

누마치 로카의 의지를 잇지 않아도 된다고 말했다.

가엔 토오에의 유지를 잇지 않아도 된다고 말했다.

그렇다면 이것은… 나의 의지다.

"방 정리는 어쩔 건가요! 이렇게 눈뜨고 볼 수 없는 참상의 자기 방을, 당신은 그냥 방치하려고 하시려는 건가요! 어떻게 그럴 수가!"

어째서인지 갑자기 연설 같은 말투로 나를 힐문하는 오기 군. 정말이지, 끔찍이도 즐거워해 주네.

아아, 알겠다.

이 아이의 이런 태도가 누군가를 닮았다고 생각하고 있었는데, 그렇구나…. 나하고 닮았구나.

작년의 칸바루 스루가를 쏙 빼닮았다.

"아라라기 선배에게 사과하고, 울면서 사정해서 화해하고 정리해야겠어. 나는 다른 할 일이 생겼으니까. 나는 마음의 정리를 해야겠어. 스트레스도, 소원도, 쌓아 두는 건 이제 끝이야."

"……."

"아라라기 선배처럼 되고 싶다고 생각했어. 그 사람처럼 남에게 자상한 사람이 되고 싶다고, 사람을 구하는 사람이 되고 싶다고 생각했어. 하지만 그건 역시 잘못됐어. 아무리 동경하더라도 나는 아라라기 코요미가 아니야. 누마치 로카도, 가엔 토오에도, 하물며 센조가하라 히타기도 아니야. 나는 내가 되어야 해. 아라라기 선배가 눈이 닿고 손이 닿는 누군가를 위해서 언제나 싸우는 어리석은 자라면, 나는 얼굴도 모르는 누군가를 위해, 어딘가에서 어리석게 실패할 만한 감당 안 되는 누군가를 위해서 언제나 싸우는 어리석은 자가 되겠어."

그렇게 해서 나는, 아라라기 코요미를 뛰어넘는다.

나에게 바람직한, 칸바루 스루가가 되자.

015

다음 날, 오기 군과 둘이서 지도에 적혀 있던 장소에 도착하고, 그야말로 일대 스펙터클이라고 말해야 할 포호빙하*의 모험 활극을 펼친 끝에, 어떻게든 목적하던 미라를 확보하는 데 성공했다.

유감스럽게도, 부주의하고 불성실한 자에게 선수를 빼앗기지는 않았지만, 거기에 있던 미라의 부위는 생각보다 작은 일부분이었다. 오십음으로 말하자면 그중 두 음 정도의 한 조각이었다.

공은 많이 들고 보람은 적다는 말까지는 하지 않겠지만, 다만 앞으로 남은 고생들을 생각하니 넌더리가 나기도 했다. 차라리 때려치우고 싶어지기도 하지만, 후배를 상대로 그렇게나 기염을 토했으니, 그 부분은 꾹 참자.

뭐, 시작이란 다 이런 법이다.

이것을 계기로, 조금씩 끈기 있게, 악마의 모든 부위를 모아

※포호빙하(暴虎馮河) : 맨손으로 호랑이를 때려잡고 큰 강을 배 없이 건넌다. 용기는 있으나 무모하기 짝이 없는 행위를 이르는 말.

나가도록 하자. '미개봉'인 맹장지도 아직 내 방에, 일곱 장이나 있으니까.

　나의 고등학교 생활 마지막 여름방학은, 아무래도 지금까지 겪었던 것 중에 가장 긴 여름이 될 듯했다.

　몸이 몇 개 있어도 부족하겠는걸.

제3화 츠키히 언두

ARARAGI TSUKIHI

001

아라라기 츠키히, 시데노도리에 대한 관찰 보고.

2761—기록자·오노노키 요츠기.

요컨대 나. 나라구용~ 예~이, 피스피스.

영구한 괴이, 시데노도리가 현세에 임시로 갖춘 모습인 아라라기 츠키히 관찰을 시작한 이래로 대략 반년이 지나려 하고 있는데, 현재로서는 대상에 눈에 띄는 변화나 활동은 보이지 않는다.

대상은 당연하다는 듯 한결같이 아라라기 츠키히로 있으며, 어디까지나 아라라기 츠키히일 뿐이다. 굳이 말하면 두발의 형태를 빈번하게 전환하고 있는 듯한데, 그곳에서 깊은 의미를 찾아내려 하는 것은 설령 머리카락에 대한 이야기라 할지라도 불모ᴍᴏ한 이야기일 것이다.

그렇다기보다, 확실히 말해서 그녀의 생태에는 그 대부분에 이렇다 할 의미가 없는 듯하다. 충동적으로 움직이고, 그 자리의 분위기에 따라 제멋대로 날뛰고, 일관되게 싫어하는 일은 하지 않는다는 아주 생물다운, 생물적인 본능에 따라 살아가고 있는 듯하다.

괴이인데.

요괴이고, 괴물이고, 불사신인데.

대상은, 생물처럼, 생물이다.

그런 것이며 그런 것이라고 머리로는 이해하고 있어도, 이래 저래 납득이 가지 않는 기분이 든다. 이 녀석은 보통 인간이 아 닐까 하는 생각조차 든다.

그것은 바꿔 말하면, 적어도 전문가의 조수인 내 눈을 속일 수 있는 수준의 의태擬態를 하고 있다는 뜻이므로, 역시 시데노도리 는 얕볼 수 없다.

가엔 씨가 키타시라헤비 신사에 얽힌 사안이 종결된 이후로도 아라라기 가에 잠입시켰던 나를 그대로 계속 머무르게 하고 있 는 이유도, 그렇다면 이해가 가는 것이었다. 아라라기 코요미를 감시하는 김에 그 여동생에게도 주의를 기울이라는 말은 들었는 데, 아마 실제 비중은 이미 무해인정을 받은 아라라기 코요미가 아니라 그 여동생에 대한 위기관리 의식 쪽이 높다고 정확히 봐 야 할 것이다. 그 정도의 속뜻을 읽지 못한다면 식신으로 일할 수 없다.

돌아보면, 이 마을이 몇 번이나 처했던 위기도 아라라기 츠키 히가 발단이라는 견해도 불가능한 것은 아니다.

이 마을에 무슨 일이 있을 때에는, 반드시라고 해도 좋을 정도 로 아라라기 츠키히가 얽혀 있다. 소용돌이의 중심에는 그녀가 있다.

불길의 중심에는 시데노도리가 춤추고 있다.

시데노도리 자체에는 악의는 고사하고 의도도 없지만, 불사신 의 괴이라는 존재가 중추 부근에 있으면 문제가 생기는 것이 당연하다. 영향도 있거니와 악영향도 있을 것이다.

아라라기 코요미가 그런 식으로 자란 것은 말할 것도 없이 가족에 대한 콤플렉스가 컸기 때문이지만, 그중에서도 막내 여동생에게 받은 영향은 절대적이지 않았을까 하고 추측할 수 있다.

이것은 좋고 싫고의 문제가 아니다.

선악의 차이를 아득히 초월하고 있다.

옳고 그름을 논하는 것과는 하늘과 땅 정도의 거리가 있다.

그런 존재가, 사리에 맞지 않을 만큼 터무니없는 그런 비실재의 실재가, 하필이면 스스로 정의를 표방하고 있다는 것은 내 입장에서 보기에는 실소를 금할 수 없다. 감시 담당 역할도 잊고 저도 모르게 '어이, 어이!' 하고 딴죽을 걸고 싶어지기도 한다.

외람되지만 관리센터에 아뢸 수 있다면 이 역할은 나에게는 맞지 않는 것이 아닐까 하는 생각마저 들지만, 그러나 가엔 씨가 이 책정을, 이 배치를 적재적소라고 생각하는 것이 전혀 이치에 맞지 않는다고는 할 수 없다.

시데노도리라는 불사조를 감시하는 것은 마찬가지로 불사신의 괴이여야 할 테니까. 인간으로 의태하는 괴이를 관리하는 것은, 인간으로부터 만들어진 옛 인간의 괴이여야 할 테니까.

그리고 무엇보다.

감시 대상이 화염의 두 날개로 주위를 불살라 버리기 위해 날갯짓하려고 하는 그 순간에 위축되지 않고 용서 없이 그 눈부신 비상을 말살할 수 있는, 그런 꺼림칙하고 인정머리 없는 괴물이 아니면 불사조의 감시는 맡을 수 없을 것이다.

002

귀신 같은 오빠(줄여서 귀신 오빠)는 로리콘이라 나에게 자상하다. 오늘도 아침부터 임무 중인 나에게 몰래 컵 아이스크림을 갖다 주었다. 음, 상관없다. 어쩌면 내가 동녀 모습을 한 괴이라서 자상한 것이 아니라 시체의 괴이라서 자상한 것인지도 모르지만, 뭐, 개인적으로는 네크로필리아보다는 로리콘 쪽이 낫다.

시체 주제에 아이스크림 같은 것을 먹느냐고 물어본다면, 그 답은 예스와 노의 양쪽 모두였다. 특별히 냉동보존적인 의미로 시체의 본능이 냉동식품을 원한다고 말하는 것은 아니다. 올 여름은 무더워서, 귀신 같은 오빠가 그것을 염려해서 끊임없이 아이스크림을 갖다주고 있다는 점도 있지만, 그 녀석은 뭔가를 착각하고 있다.

나에게 식욕이 있는가 하면, 아마도 없다.

다만, '먹고 자기' 같은 '인간인 척'은 나처럼 사람 형태를 한 괴이에게는 아주 중요한 일이라고.

사람 흉내를 내지 않으면 사람의 형태를 잃어버린다.

그리고 역시 단맛은 스트레스 해소가 된다는 점은 있다. 스트레스라는 것도, 스트레스 해소라는 것도, 까놓고 말하면 역시 '인간인 척'일 뿐이지만, 언제 끝날지도 모르는 잠입수사를 계속

하는 몸으로서 적당한 릴랙스는 오히려 의무 같은 것이었다. 그런 이유로, 나는 관찰 대상인 아라라기 츠키히의 방 침대 위에서 기분 좋게 아이스크림을 먹고 있었다.

참고로 내가 아라라기 가에 기거하게 된 것은 올해 2월부터로, 그 무렵에 아라라기 츠키히는 한 살 터울의 언니인 아라라기 카렌과 같은 방이었지만 4월에 아라라기 카렌이 고등학교에 진학하면서 방을 혼자 쓰게 되었다.

아라라기 츠키히는 어찌 됐든 간에, 아라라기 카렌의 야생의 감각 같은 것에는 몇 번인가 정체를 간파당할 뻔해서(그 언니는 아무래도 여동생의 정체도 어렴풋이 눈치채고 있는 구석이 있다), 스파이적인 존재인 나에게 아라라기 카렌의 독립은 무척이나 고마운 일이었다(그녀는 나의 관찰 대상은 아니지만, 일단 신경이 쓰여서 그녀가 혼자 쓰는 방에 가 보았더니, 뭔가 샌드백을 매달아 놓은 권투선수 같은 방에 살고 있었다. …격투가이면서).

뭐, 아라라기 카렌은 나의 본래의 소유자, 언니인 카케누이 요즈루와 캐릭터가 겹치는 부분도 있어서 나로서는 열등의식을 불식하기 어려운 점도 있었고, 그렇기에 4월에 그녀가 독립해서 나간 것은(사실상 그때 츠가노키니 중학교의 파이어 시스터즈는 해산한 것이다) 내 업무를 어느 정도 용이하게 만들었다.

예전 같았으면 아무리 마음씨 고운 로리콘에게 이런 식으로 아이스크림을 받았다고 한들, 태평스럽게 그 뚜껑을 핥고 있지는 않았으니… 하고.

언젠가 미국으로 건너가서, 일본에서 철수한 그리운 하겐다즈의 아이스크림 콘을 먹고 싶다고, 시체 나름대로 꿈을 꾸고 있던 타이밍에 아라라기 츠키히가 방에 돌아왔다.

"꺄, 꺄아! 왠지 모르게 마음이 내키지 않아서 등교하던 중에 U턴해서 집에 와 보니, 내 봉제인형이 아이스크림을 먹고 있어?!"

깜짝 놀라면서도 상황을 알기 쉽게 말로 설명해 주는 아라라기 츠키히였는데, 너무 자유분방하다.

마음이 내키지 않아서 돌아오다니, 어떻게 된 학교생활이냐. 하지만 이건 완전히 프로페셔널인 나의 방심이었다. 아라라기 츠키히가 그런 퍼스널리티를 가지고 있다는 것은, 이미 지금까지의 경과관찰로 잘 알고 있었을 텐데.

그렇지만 당황하지 않는다. 나도 겉멋으로 경험을 쌓은 것이 아니다.

눈 깜짝할 사이에 시체…가 아니라 봉제인형인 척을 하며, 아이스크림 컵을 던져 버리고 털썩 하고 침대 위에 쓰러지는 나.

자아, 잘못 본 거라고 생각해라.

봉제인형이 움직였다(아이스크림을 먹고 있었다)는 이야기 같은 걸 다른 사람에게 했다간, 꿈 많은 사춘기 소녀로 여길걸? 최근의 헤어스타일인, 그 어깨에 늘어뜨려진 두 갈래의 땋은 머리가 또 다른 맛을 풍기기 시작한다니까?

"아, 아니, 무리라니까, 이제 와서 인형인 척해 봤자. 지금 완전히 움직였잖아. 할짝할짝하며 아이스크림 뚜껑을 핥았잖아.

맛을 즐겼잖아. 뺨에 아이스크림 묻어 있고, 아이스크림 컵이
굴러다니고 있고, 손에는 여전히 스푼을 들고 있고. 아니, 그건
됐고, 아이스크림을 침대 위로 던지지 마. 이불에 크림이 묻어
버리잖아."

추궁하듯이 그렇게 말하면서 척척 다가오는 아라라기 츠키히
였지만, 완전히 무시한다. 나는 봉제인형이니까 들리지 않고 말
하지도 않아.

어깨를 잡고 흔들어도, 다리를 잡고 거꾸로 뒤집어도 아무런
리액션도 보여 주지 않는다. 생체반응을 보여 주지 않는다.

"오, 오빠가 애정을 쏟는 동안에 인형에 혼이 들어갔다든가⋯?
피노키오처럼?"

그렇게 말하면서 찰싹찰싹 하고 난잡하게 뺨을 때리기 시작하
는 아라라기 츠키히에게, 한순간 살의를 쏟고 싶어졌지만 나는
참았다. 네가 애정을 쏟아! 라고 말하고 싶다.

뭐, 나의 필살기인 예외 쪽이 많은 규칙, '언리미티드 룰 북'
은 피노키오의 코가 길어지는 것과 다소 비슷하지 않은 것도 아
니지만.

"어~이, 반응하라고. 다 들켰어. 언제까지 봉제인형인 척 같
은 걸 할 셈이야! 정체를 숨기고 가족 안에 들어와서 식객으로
지내다니, 최악이야!"

네가 지금 하고 있는 짓이 그거다.

⋯라고 귀신 오빠에게 딴죽을 걸듯이 딴죽 걸고 싶은 충동에
휩싸였지만, 그렇게 깔끔한 신소리에 넘어가 반응해 줄 수도 없

다.

물론 이 상황을 타파하는 것만 생각한다면 방법은 간단하다. '언리미티드 룰 북'을 아라라기 츠키히의 정수리에 꽂아 넣고 도망치면 된다. 나는 그럴 수 있다.

그럴 수 있기 때문에, 나는 여기에 있다.

그것은 전문가 오시노 메메도, 사기꾼 카이키 데이슈도, 폭력 음양사 카케누이 요즈루도, 그뿐만 아니라 그들의 관리자인 가엔 이즈코도 할 수 없는 일이다. …괴물인 나밖에 할 수 없다.

정도의 차이는 있지만 아라라기 코요미의, 말하자면 어린애처럼 티 없이 맑은 일편단심 같은 것에 얽매여 버린 그들에게는 그의 여동생을 퇴치하는 것이 사실상 불가능해져 버렸지만, 시체인형인 나는 그런 감정이나 동정과는 거리가 멀다.

반 흡혈귀인 오빠와 달리, 절대 무해인정 받을 수 없는 아라라기 츠키히에게 조금이라도 불온한 기미가 보인다면 즉각 대처한다. 그것이 나에게 부과된 업무이니까.

오노노키 요츠기는 그것을 위한 도구다.

귀신 오빠도 그저 로리콘이기 때문이 아니라, 어쩌면 그 사실을 어딘가 눈치채고 있기 때문에 나에게 아이스크림이라는 팁을 건네고 있는 것일지도 모르지만, 그런 뇌물은 나에게는 아주 무의미한 것이다.

꿀맛 같은 상황이라고 밖에 생각하지 않는다. 이중의 의미로.

업무에 사사로운 정은 끼워 넣지 않고, 사이에 끼이지도 않는다.

이런 녀석이야 언제라도 때려죽일 수 있다.

…다만 그 '언제라도'는 지금이 아니다.

그렇다기보다, 엄청 큰일 났다.

여기서 아라라기 츠키히에게 정체를 '간파'당했다는 것은, 내가 프로로서 제대로 일을 하지 못했다는 이야기가 된다.

업무로서 시데노도리를 처리하는 것이 아니라, 자신의 실패를 은폐하기 위해 감시 대상을 말살한다고 하는, 프로로서 있을 수 없는 행위를 저지른다는 이야기가 된다.

전문가에게 비웃음당한다.

사기꾼에게 경멸당한다.

폭력음양사에게 살해당한다(이미 죽었는데도).

그리고 가엔 씨에게는… 덜덜덜덜.

그런 이유로, 나는 이 국면에서 철저히 봉제인형인 척을 할 수밖에 없는 것이었다. 움직이는 시체이면서도 죽은 척을 하고 있는 것이므로, 어쩐지 이것은 이것대로 아이덴티티의 붕괴라는 느낌도 든다. 이런 정도의 낮은 장난으로, 아무리 그래도 '어둠'은 생겨나지 않겠지만….

"으~음…?"

무슨 짓을 해도 내가 반응하지 않는 것을 보고(동공검사까지 해 댔지만… 뭐, 눈이 죽어 있는 나에게는 소용없는 짓이다), 미심쩍어 하면서도 아라라기 츠키히는 결국 나를 침대에 내려놓았다.

"으~음? 으~음. 으~음, 으~음…."

고개를 갸웃거리면서 풀이 죽은 채로 방을 나서는 아라라기 츠키히. 납득한 것은 아닌 듯하지만, 마음에 일단락은 지었다는 정도일까?

아직 경솔한 판단은 금물이지만, 일단 나는 가슴을 쓸어내렸다. 정말이지, 하나하나 행동을 읽을 수 없는 중학교 3학년이다.

학교 정도는 순순히 가라고.

그런 식으로 딴죽을 걸면서, '하지만 U턴이란 건 즐겁지 않아?'라든가, 그런 느낌의 대답이 돌아올 것이라는 것은 상상하기 어렵지 않아서 시체이면서도 풀이 죽는다.

저 피닉스, 파이어 시스터즈가 해산되어서 솔로 활동을 하는 것처럼 된 뒤로 더더욱 자유도를 연마하기 시작했다고 할까, 행동의 불가독성에 박차를 가하고 있군.

정보의 갱신이 필요하다.

리스크 평가를 올리자.

이번에는 회피할 수 있었던 것 같지만, 좀 더 교묘하게 정체를 숨기기 위한 대책을 세워 두는 편이 좋을지도…. 그런 식으로 회색 뇌세포로(리얼하게 회색일지도 모른다) 이런저런 생각에 잠기는 나였지만, 이건 시기상조였다.

아직 그렇게 위기감을 느낄 만한 단계는 아니라는 의미에서의 시기상조가 아니라, 아직 지금의 위기에서 빠져나가지 못했다는 의미에서 시기상조였다.

아라라기 츠키히가 얼마 안 있어 방으로 돌아온 것이었다. 그녀는 어째서인지 손에 철제 보울을 들고 있었다. 밀가루나 달걀 같은 것을 뒤섞는 그거다.

어째서 그런 물건을? 이라고 생각하기가 무섭게, 아라라기 츠키히는 그 보울의 내용물을 나에게 끼얹었다. 봉제인형인 척을 하고 있는 입장상, 피할 수가 없었다.

그렇지만 피했어야만 했을 것이다.

코를 찌르는 냄새로 알 수 있다.

피부에 흐르는 끈적끈적한 느낌으로 알 수 있다.

말도 안 돼, 이 자식, 나에게 보울 가득히 담은 샐러드유를 끼얹었겠다.

"찰칵찰칵착화~"

수수께끼의 콧노래를 흥얼거리며 성냥을 꺼내 드는 여자 중학생. 왜 여자 중학생 교복 스커트에 그런 물건이 들어 있는 거냐. 부엌에서 가져왔다면 모를까, 평소에 쓰고 있는 것처럼 자연스럽게 꺼내 들다니.

아니, 그렇다기보다, 진짜 큰일 났다.

이 녀석, 적확한 판단을 하고 있다.

나는 시체라서 실질적인 의미의 '감각'은 없다. 얻어맞든 걷어차이든 동공을 이리저리 하든 무반응을 관철할 수 있다.

죽어 있는 나의 죽은 척을 간파할 수 있는 자는 없다─그런 의미에서는 전문가조차 속여 넘길 수 있는 것이 바로 나다. 시체의 츠쿠모가미─다만 불태워지는 것만은 위험하다.

어쨌든 시체다. 불태워지면 정화되고, 성불하게 되어 버릴지도 모른다. 왜 그런, 거의 유일하다고도 할 수 있는 나에 대한 대응을 자연스럽게 취하려 하는 거지, 이 아마추어는.

자기 방에 있는 인형이 살아 있는지 어떤지를 확인하려고 불을 놓으려는 인간이 있을 수 있는 건가?

괴이라도 안 할 거라고, 이런 짓은.

"10, 9, 8, 7….."

카운트 개시.

무시무시한 표정을 하고 있고.

불을 보니 흥이 나 버렸다는 점도 있을지 모르지만… 야, 그건 연쇄방화범 같은 심경이라니까?

실제로, 샐러드유를 온몸에 처바른 나에게 불을 붙이기라도 한다면, 내가 불타오르는 것은 물론이거니와, 이 아라라기 가가 전소되어 버릴 정도의 피해가 발생할 것이다. 최악의 경우에, 이웃집까지 번질 것이다.

대화재잖아.

히엔마 오시치*잖아.

시데노도리는 그런 괴이가 아니라니까?

다만, 내가 반년 가까이 관찰해 온 바로는 아라라기 츠키히는 그런 계산을 하지 못할 정도로 바보는 아닐 것이다. 성냥불도 카운트다운도, 어디까지나 허세 같은 것이다. 내가 그 협박에 굴복해서 움직이는 것을—문자 그대로 '움직이는' 것을—기

※히엔마 오시치(飛縁魔お七) : 히엔마는 일본의 요괴로, 보살 같은 외모에 야차 같은 심성을 지닌 여자 요괴이다. 오시치는 에도의 대 화재로 집을 잃고 피신한 절에서 만났던 소년을 만나고 싶은 마음에 집에 다시 불을 질렀다가 붙잡혀 사형당했던 소녀, 오시치를 가리킨다.

다리고 있을 뿐이다.

아무리 막 나가는 요즘 젊은이라도 자기 집을 불태우려고 하지는 않을 것이다…. 그러니까 여기서는 어디까지나 끝까지 봉제인형인 척하는 것이 올바른 선택일 것이다.

괜찮다, 평범한 인간이라면 이 공포스런 교섭술에 평정을 유지할 수 없겠지만 나는 인간이 아니고, 그리고 괴이 중에서도 무감정에 무감동한….

"6, 5…."

…다만, 평정을 유지하기에 어쩔 수 없이 알아 버리는, 속임수나 허세가 아닌 진정한 공포라는 것도 있는데, 지금의 아라라기 츠키히는 그것에 가득 차 있었다.

야, 진짜냐?

설마 이 녀석, 봉제인형을 공양하는 느낌으로 나에게 불을 붙이려고 하는 거 아닌가? 그것은 그것대로 저주받은 인형에 대해서는 올바른 대처이긴 한데…. 아니, 괜찮을 거다.

본인도 분명 잘못 본 것이라고 생각하고 있을 테고, 잘못 본 것이기를 바라고 있을 것이다.

이런 건, 같은 반 안에 초능력자가 있어서 자기 마음속을 읽고 있는 게 아닐까 하고 불안해 하던 중학생이 '네가 마음을 읽고 있다는 것 따위 다 간파했어!'라고 염원하며 허세를 부리는 것과 같은 수준의 엄포다. 당연히 마지막 1초가 되면 황급히 성냥불을 끌 것이다.

"4… 구후, 구후후."

잠깐만?

하지만 이 녀석, 막상 그때에 어떻게 성냥불을 끌 생각이지? 보울에 찰랑찰랑할 정도로 가득 채운 샐러드유를 준비해 온 것에 비해, 불을 끌 때를 위한 물은 준비되어 있지 않은데…. 설마 불꽃놀이를 할 때의 주의사항을 읽은 적이 없는 건가?

그리고, 왜 웃고 있는 거야.

왜 그런 식으로 웃는 거야.

"ㅋ… 우케케케."

이미 웃음이 히로인의 것이 아니라고.

이거 글러 먹었네, 아무리 봐도 이 녀석, 불을 끌 수단을 가지고 있지 않아. 나중 생각을 너무 안 하잖아. 무슨 이런 치킨 레이스가 다 있어.

아니, 잠깐만을 잠깐만?

성냥을 주머니에서 꺼낸 그녀이지만, 스커트 안에 성냥만 들어 있다고만은 할 수 없다. 성냥의 작은 불씨를 끌 정도의 물이라면 스포이트 같은 작은 용기에 넣어서 교복 어딘가에 숨기고 있는 건 아닐까?

그런가, 당연히 그렇겠지.

하마터면 걸려들 뻔했다.

과연 영원히 사는 시데노도리, 그리고 파이어 시스터즈의 참모 담당이었을 만하다. 약아빠졌다.

하지만 상대가 나빴구나, 시데노도리.

나도 100년간 사용된 시체의 츠쿠모가미.

그런 인간미 있는 홍정이 통할 상대가 아니….

"2… 앗, 뜨거!"

그런 식으로 내가 그녀의 책략을 간파했을 타이밍에, 아라라기 츠키히는 짧아져서 손가락을 태운 성냥개비를 집어던졌다.

카운트다운이 끝나기를 기다리지 않고.

성냥개비는 불이 붙으면 시간이 흐르며 타들어 가 짧아진다는 상식을, 요즘 여자 중학생은 몰랐던 것 같다. 실제로 그녀가 교복 안에 어떠한 소화수단을 갖추고 있었는지 어떤지는 해명되지 않은 채로 상황은 끝났다.

그런 것이 발동하기를 기다릴 여유는 없었다. 성냥불은 엉뚱한 방향으로 던져졌지만, 기름이란 것은 휘발성이며 모세관 현상을 일으키는 물질로, 이 경우에 그 불씨가 카펫 위에 떨어지더라도 끝장이었다.

작은 불씨가 큰 불로 변화한다.

나는 이불 위에 뒤집어져 있던, 아직 내용물이 남아 있는 아이스크림 컵을 잽싸게 주워 들고서 침대의 스프링을 이용해서 점프했다.

잠자리채로 공중의 잠자리를 잡는 듯한 요령으로, 아이스크림 컵으로 성냥을 받아 낸다. 반쯤 녹아 있던 아이스크림은, 노리던 대로 불을 꺼뜨렸다.

콘이 아니어서 다행이다.

물론, 아까우므로 불을 끈 뒤에 진화한 성냥개비째로 안에 든 아이스크림은 맛있게 먹었다. 그리고 착지.

스커트가 펄럭 나풀거려서, 내가 보기에도 멋진 느낌의 착지였다…고 생각했는데, 기름 범벅이 되어 있던 것은 발밑도 마찬가지라, 쿠당탕 하고 그 자리에서 넘어지고 말았다.

"여, 역시! 역시 봉제인형이 움직였어! 내 눈에 문제는 없었어! 뭐야, 이거! 엄청 무서워! 꺄아아아아!"

그런 나의 추태를 보고, 아라라기 츠키히는 공포의 비명을 질렀다. 모두 다 함께, 하나, 둘.

아니, 네 쪽이 무섭다고.

003

"에엑?! 그럼 오노노키짱은 다른 차원에서 마물을 퇴치하러 이 세계로 찾아온 정의의 마법소녀고, 차원의 벽을 빠져나가기 위해 혼밖에 없는 존재가 되었기 때문에 이 세계에서 싸우기 위해서는 빙의체가 필요해서 나의 인형 님에게 빙의했다는 거야~!?"

예상대로, 아라라기 츠키히는 나의 그런 설명을 그대로 받아들여 주었다.

생각 끝에 짜낸 궁여지책이었다.

나는 가엔 씨로부터 아라라기 츠키히나 그 가족에게(귀신 오빠를 제외하고) 정체를 들키지 말라는 지시를 들었는데, 그것은 즉 내가 전문가의 조수이며 괴이임을 노출시키지 말라는 의미이므로 정체를 착각하게 만들고 있으면 아슬아슬하게 세이프겠지? 라는 해석이다.

안면 세이프* 정도의 해석이지만.

그렇다고 해서, 여기서 내가 다른 요괴의 이름을 댔다가는 정말로 '어둠'이 습격할지도 모르기 때문에 마법소녀를 자칭하기로 했다.

귀신 오빠가 사랑하는 애니메이션 〈프리큐어〉 시리즈와 좀 더 비슷하게 하려고 했는데, 어쨌든 기본 소양이 없어서 다른 차원이라든가 빙의체라든가 하는 상당히 성의 없는 설정이 되어 버렸지만, 아라라기 츠키히를 매료시키는 데는 그것으로 충분했던 듯하다. 아까까지는 괴물을 보는 듯한 눈으로 나를 보던 주제에 (그런 눈으로 보고 싶은 건 이쪽이었다. 뭐, 괴물을 보는 눈으로 괴물을 보는 것은 올바른 일이지만. 피차간에), 지금은 거의 두 눈을 반짝반짝 빛내면서 내 이야기를 들으려 하고 있다.

'마법소녀'도 그렇지만, 아무래도 그 앞에 '정의의'라는 단어를 붙였던 것에 제대로 꽂힌 것 같다. 파이어 시스터즈를 해산한 뒤로도 그녀는 정의의 뜻을 잃지 않았던 것이다.

민폐스럽게도. 민폐인 주제에.

"그, 그래서, 그래서? 퇴치하러 왔다는 마물이란 건 어떤 녀석이야?"

"그게 저기… 한마디로는 말할 수가 없는데."

※안면 세이프 : 피구의 변형 룰 중 하나로, 공이 얼굴에 맞았을 경우 맞은 것으로 치지 않는 것.

아직 거기까지 설정을 짜 놓지 않았다.

아주 가슴 설레는, 그런 활기찬 목소리에 응할 수 있을 정도의 창조력은 나에게 없다.

"괜찮아, 괜찮아. 한마디로 말할 수 없다면 백 마디로 말해! 츠키히는 태어나서 처음으로, 누군가의 이야기를 진지하게 들을 게!"

지금 이때까지 다른 사람의 이야기를 진지하게 들은 적이 없었던 거냐…. 대체 어떤 15년이었던 거냐고. 이 녀석을 계속 방치해 온 가족 쪽에 문제가 있다는 느낌이 들었다.

"…주위를 말려들게 하는 무의식의 악의 같은 존재야. 그 마물이 있는 것만으로도 빨려들어 오듯이 재앙이 일어나. 이 마을이 재난에 휘말리기 전에 결판을 내야만 해."

"하~ 나쁜 녀석도 있구나~"

감탄해 준 것 같으니, 그 모델이 눈앞에 있는 중학교 3학년이라는 사실은 비밀로 해 두자.

그러면, 어쨌든 위기는 모면한 것 같으니 이제부터 가게 문을 닫기로 하자. 너무 허풍을 늘어놓다가 주워 담을 수 없게 되어도 곤란하다. 복선의 회수는 귀신 오빠의 전매특허다.

"그러면 나는 이제부터 싸우러 다녀올게. 안심해, 임무가 완료되면 나의 혼은 자동적으로 원래 차원으로 소환돼. 이 시체… 가 아니라 인형은, 원래대로 너의 방에 돌려줄 거야."

감시 임무를 포기할 수는 없으므로 일단 그런 식으로 이야기의 앞뒤는 맞춰 놓는다. 이거 참, 생각지도 못한 액시던트였지만, 이것으로 최악의 사태는 회피한 거다.

그렇다고는 해도, 아직 긴장을 풀지 않고서 나는 시리어스한 오라를 유지한 채로 방의 창문을 통해서 나가려 했다. 특별 서비스로 마법소녀로서 하늘을 나는(것처럼 보이는 그냥 점프이지만) 모습을 아라라기 츠키히에게 보여 주려고 생각한 것이다.

"그러면 나의 승리를 빌고 있어. 이 세계와, 네가 사랑하는 사람들을 위해서."

헤어질 때에는 이런 느낌의 대사를 하면 될까, 하는 정도의 어렴풋한 지식으로 '싸우는 마법소녀' 같은 연기를 하며 나는 무릎을 굽혔다.

"'언리미티드…'."

"기다리시어요!"

기술 명을 입 밖에 내려는 찰나에, 수수께끼의 말투와 함께 오금을 찍혀서 휘청거렸다.

진심이냐, 이 자식.

'언리미티드 룰 북'이 어떤 기술인지는 모르더라도, 이제부터 날아오르려 하는 녀석의 무릎에 타격을 가하는 것이 얼마나 위험한 짓인가 정도는 생각하면 금방 알 수 있지 않나?

다행히 아슬아슬하게 신체비대화를 발동하기 직전이어서 큰일이 나지는 않았지만, 아라라기 가의 2층이 사라져 버려도 이상하지 않을 뻔했다.

"무, 무슨 일인가? 츠키히 양."

싸우는 마법소녀의 캐릭터 부여가 애매해서, 이쪽의 말투도 이상해져 버렸다. 안 그래도 오락가락하는 나의 캐릭터성이, 드디어 뭔가 영문을 모를 것이 되어 버렸지만, 다만 그것보다도 정체불명의 여중생이 같은 방에 있다는 것 때문에 딱 좋은 정도로 상대화되어 있다는 생각도 들었다.

"훗훗후, 그런 이야기를 듣고서 가만히 있을 수 있는 츠키히라고 생각하셨나!"

가만히 좀 있어라.

시체이자 인형인 나의 말투는 억양 없는 국어책 읽기 어조라 발진을 방해받은 것에 대한 나의 분노는 전혀 전해지지 않은 듯했고, 오히려 아라라기 츠키히는 자신의 가슴을 쿵 하고 두드리고 턱을 치켜들며 의기양양한 표정을 지었다.

"그런 무서운 마물이 이 세계에 있다면 내버려 둘 수 있을 리 없잖아! 마물 퇴치! 내가 거들어 줄게!"

"어…?"

"함께 싸우자!"

"어? 어…?"

뭐지, 이 전개는?

이 이야기, 더 이어지는 거야?

쇼트 에피소드 아니었어?

뭐, 어때. 언젠가처럼, 좋아하는 책에 대해서 이야기하고 끝내자고.

"…아니 되오, 이쪽 세계의 주민에게 폐를 끼칠 수는 없소이다."

생각지도 못했던 전개에 가벼운 공황상태에 빠져서, 나의 말투는 다른 세계에서 온 마법소녀라기보다는 떠돌이 낭인처럼 되어 버렸지만, 아라라기 츠키히는 그런 것은 전혀 신경 쓰지 않았다.

다른 사람의 이야기를 진지하게 들은 적이 없다고 하는 그녀는, 오늘도 역시 다른 사람의 이야기를 진지하게 듣지 않는 듯하다. …사람이 아니라 괴이지만.

아니, 정의의 마법소녀이지만.

"내가 혼자서 해야만 할 업무이기에…."

"혼자라고 하지 마! 내가 사는 세계의 일이니까, 내가 지켜야만 해! 폐를 끼친다니, 그럴 리가 없어!"

너무 깊이 들어간 것일지도 모르지만, 그 말을 듣기로는 마치 세계의 소유권이 자신에게 있는 듯한 말투였다.

"내 인형에 빙의된 것도 뭔가의 인연인걸, 사양하지 않아도 돼, 오노노키쨩! 이미 늦었어, 난 그럴 기분이 되어 버렸으니까! 싫다고 말해도, 계속 못살게 구는 것처럼 힘이 되어 줄게!"

이 세계에도 정의의 사자가 있다는 것을, 너에게 알려 줄게!

그렇게 아라라기 츠키히는, 미리 준비해 둔 것처럼 멋진 대사를 했다.

"다만 나는 정의 그 자체이지만! 에헤헤!"

정의 그 자체인 것도 아니야.

재앙 그 자체라고.

이 세계에도, 그리고 나에게도…. 그렇게 말하고 싶어지는 것을 꾹 참고, 나는 생각한다. 프로페셔널인 전문가로서, 혹은 아라라기 가의 신참으로서, 그리고 갓 시작한 마법소녀로서 생각했다.

자, 그러면, 의욕에 가득 찬 아라라기 츠키히를 과연 어떻게 할 것인가. 아마 이 답은, 그녀의 친오빠조차 가지고 있지 않을 것이다.

004

뭐, 귀신 오빠를 아라라기 츠키히의 친오빠라고 불러도 되는지 어떤지는 전문가들 사이에서도 판단이 갈리고 있는데, 이대로라면 내가 실형을 면할 수 없으므로(이 말을 하고 싶었다) 어쨌든 임시방편의 거짓말을 진실로 만들 필요가 있었다.

방심했다고 생각하지는 않는다고 말했는데, 역시 나는 방심하고 있었던 거겠지. 샐러드유 범벅이 되어 보니, 긴장이 풀어졌다고 말할 수밖에 없다. 『바보 이야기』라는 제목이라서 '조금 바보 같은 여자애들의 난리법석!' 같은 코미디라고 생각했는데, 처음부터 끝까지 진짜 위험천만한 여자밖에 안 나오고 있잖아.

이제 와서 새삼스럽지만, 귀신 오빠는 그런 가운데서 용케 지내고 있었구나. 다만 전화위복이라고 해야 할까, 그것으로 기억이 났다. 위험천만한 여자라고 하면 아라라기 츠키히 가까이에 있는 녀석 중에 아직 한 명, 등장하지 않은 녀석이 있었다.

그 녀석에게 협력을 구하자.

"그런 이유로 맞아 죽고 싶지 않으면 나에게 협력해라, 센고쿠 나데코."

"히, 히에에에!?"

1분 뒤, 나는 아라라기 가에 있는 아라라기 츠키히의 방을 벗어나 센고쿠 가에 있는 센고쿠 나데코의 방에 있었다(이웃집).

부주의하게 활짝 열려 있던 창문으로 불쑥 등장한 정의의 마법소녀의 도래에, 라이팅 데스크 앞에 앉아서 뭔가를 열심히 쓰고 있던 듯한 센고쿠 나데코는, 의자에서 벌러덩 넘어져서 엉덩방아를 찧었다.

동작 하나하나가 강렬하네….

하지만 예전과는 달리, 머리를 짧게 자르고 실내복으로 청바지를 입고 있던 센고쿠 나데코가 넘어지는 모습은, 예전 정도로 보호본능을 부채질하는 것은 아니었다. 본인에게는 기쁜 일일 것이다.

가만히 보니, 하고 있던 작업은 뭔가를 쓰는 것이 아니라 그림 그리기라고 할까, 라이팅 데스크 위에 있던 것은 만화의 원고용지였다.

아아, 그랬던가.

만화가 지망이었던가.

잘 하고 못 하고는 한 페이지를 본 것만으로는 뭐라 말할 수 없지만, 뭐랄까, 옛날 느낌 풀풀 나는 소녀만화네…. 솔직히 내 취향에는 맞지 않는다.

그 뒤로 아라라기 츠키히는 다시 학교로 갔다. 그렇다기보다, 내가 재촉해서 가게 만들었다. 마물 퇴치는 어차피 밤이니까 정의를 자칭할 것이라면 제대로 학교에는 가야 한다는 논리를 구사해서 완곡하게 뿌리친 것인데, 그 부분은 의외로 간단히 설득할 수 있었는지 "알았어! 그러면 방과 후에 봐!"라면서 그녀는 정말 기운차게 통학로를 향해 나아가는 것이었다.

아무것도 해결되지 않았지만, 그 녀석으로부터 일시적으로 떨어질 수 있었던 것만으로도 가슴을 쓸어내리게 되는 기분이었다. 커뮤니케이션을 취하는 만큼 소모되는 기분이 드는 여자애였다.

그건 그렇고, 앞으로의 가상전개로 가장 바람직한 것은 '네가 학교에 간 사이에 뜻밖에 저쪽에서 습격해 온 마물을 쓰러뜨렸어'라고 주장하며 유야무야 본래의 인형으로 돌아간다는 것인데, 이래서는 아마도 그 녀석은 납득하지 않을 것이다.

알고 있다.

이 경우에, 그 녀석은 정의 같은 것은 어떻게 되든 상관없는 것이다.

'인형이 움직여서 마물과 싸운다'라는, 애니메이션 같은 비현실을 마음껏 즐기고 싶을 뿐이다. 확실히 요즘에는 판타지도 붐이지만, 내가 적당히 날조해 낸 설정이 그렇게 호평을 얻을 것이라는 것은 예상 밖이었다.

자신이 최고의 비현실적 존재임을 알게 된다면 그 녀석은 어떤 얼굴을 할지…. 물론, 그것을 알지 못하게 하는 것도 나의 직무 범위 내에 있다.

그러므로 '자신이 모르는 곳에서 모든 것이 결판났다'라는 전개는 아라라기 츠키히에게 도저히 받아들일 수 없는 내용인 것이다. 그것은 좋지 않다.

어디까지나, 내가 자각 없이 흩뿌려 버린 복선의 회수에 참가는 할 수 없더라도, 하다못해 확실히 목격하지 않고서는 물러서지 않을 것이다. 그러므로 나는 정의의 마법소녀로서 마물을 그녀의 눈앞에서 퇴치할 필요가 있다.

…어째서 '마'법소녀가 '마'물을 퇴치하는 거냐, 내분이냐? 라고 스스로 생각한 설정에 약간의 모순을 느끼면서도 그 부분은 이제 와서 물러설 수 없다고 보고, 그렇게 되면 그 '마물'을 연기해 줄 협력자가 필요했다.

마물 역할로 가장 먼저 머리에 떠오른 것은 구 키스샷이었다. 괴이살해자, 키스샷 아세로라오리온 하트언더블레이드. 현세에서의 이름은, 오시노 시노부.

금발의 유녀다.

그 녀석 자신은 이미 마물로는 보이지 않지만, 그 녀석의 물질 구현화 능력이 있다면 빈껍데기 몬스터 한 마리 정도는 만들어 낼 수 있을 것이다.

문제는 나와 그 녀석은 전통적으로 사이가 좋지 않다는 점인데, 그 흡혈귀는 이러쿵저러쿵해도 성격이 좋으므로 친구인 척을 하면 라이벌로부터의 부탁 하나 정도는 들어주지 않을까 하는 추측이 성립했다.

다만, 한순간 생각하고, 그 녀석에게 협력을 요청하는 것은 그만두기로 했다. 그 흡혈귀는 둘째 치고 그 녀석과 일심동체인 귀신 같은 오빠에게 사정이 전해지는 것은 위험하다.

그 로리콘은 시스콘이기도 하므로, 이번 일을 통해서 내가 여동생을 감시하고 있던 것이 줄줄이 들통 나서 확정적이 되면 조금 위험해진다. 시스콘으로서 여동생을 지키려 할 테고, 로리콘으로서 나에게 끔찍한 짓을 할지도 모른다.

그렇게 생각하면, 구 키스샷뿐만 아니라 귀신 오빠 주위의 인맥은 대부분 아웃이었다. 차라리 전문가로서의 업무에 동석하게 해서 그것을 마물 퇴치라고 속일까 하는 생각도 했지만, 얼마 전에 신이 재림한 것에 의해 지금 이 마을은 몹시 안정되어서, 괴이 현상이 일어나기 상당히 어려워진 상태였다. 어찌 해볼 수 없을 정도로 평범한 일상이다.

그런 의미에서는 평화 그 자체다. 아라라기 츠키히에 관한 일만이, 거의 유일한 걱정거리다.

그래서 마물 역할이 없다.

그냥 입장을 바꿔서, 저기에 바보에게는 보이지 않는 몬스터가 있다고 말하며 일인극을 펼쳐 볼까 하는 생각도 했지만, 그런 상황에서 뽑힌 것이 바로 센고쿠 나데코였다.

아라라기 츠키히의 소꿉친구이며, 예전에는 뱀에게 물리고 뱀에 휘감겼던 소녀. 요컨대 괴이경험자이므로 그런 쪽의 이야기가 빠르다.

게다가 그녀는 관계자 중에서 아라라기 코요미와 인연이 끊어진, 몇 안 되는 여자였다. 이렇게 되면 이번 사안에 초대하는 게스트로서는 안성맞춤이라 할 수 있다.

자기 사정만으로 그렇게 결정하자마자, 나는 이번에야말로 '언리미티드 룰 북'으로 단숨에 뛰어서 센고쿠 가를 방문했던 것이다.

참고로 센고쿠 나데코와 아라라기 츠키히는 동갑내기, 즉 센고쿠 나데코도 역시 현재 학적상으로는 중학교 3학년이지만, 그녀는 현재 등교거부 중인 몸이라(이 사실은 아라라기 츠키히 관찰의 부산물로서 확인이 되어 있다) 언제나 집에 있을 거라고 예상할 수 있었다.

다만, 그녀의 입장에서는 창문으로 날아 들어온 정의의 마법소녀는 전혀 예상 밖의 침입자였는지, 의자에서 떨어져서 한동안 혼란상태였다.

하지만 역시 비정상적인 상황에 대한 면역이라고 할까, 내성은 있는지,

"아, 아니, 너는 절대 마법소녀 같은 건 아니지? 어떠한 괴이지?"

라고 겁을 내면서도 딴죽을 걸어왔다.

"아, 기름의 요괴 같은 건가?"

으윽.

말랐으니까 이제 괜찮을까 싶어서 입고 있던 옷 그대로 왔는데, 샐러드유 냄새는 남아 있는 건가…. 말랐다기보다는 옷에 배인 것뿐일지도 모른다.

"저, 정의의 어쩌고 하는 소개를 했는데… 그렇다면 츠키히 쪽 관계자?"

의외로 날카롭게 간파했다

그렇다기보다, 그녀의 입장에서 보면 이런 돌발적인, 경험한 적 없는 재해의 원인 후보는 뭐가 어쨌든 그 자유분방한 소꿉친구 외에는 생각할 수 없는 건지도 모른다.

후보라기보다는 체포라는 느낌이니 말이지, 그 녀석('후보候補'와 '체포逮捕'의 한자가 비슷한 느낌이라 말해 본 것뿐이다).

도중에 서로 간의 교류가 두절된 시기가 있었다고는 해도, 겉멋으로 아라라기 츠키히와 초등학교 시절부터 알아 오던 사이는 아닌 것이다. 나로서는 설명할 수고가 줄어들어서 고마울 따름이다.

여차하면 완력을 동원해서라도 협력을 강요하려고 생각했는데, 아라라기 츠키히에 대한 공통인식은 '적의 적은 아군' 이론으로, 우리 사이에 잠깐 동안의 인연을 성립시켜 줄 것이다.

나는 안이하게 그렇게 생각하고 있었는데,

"아~ 츠키히짱답네…."

그렇게, 사정을 들은 센고쿠 나데코는 그다지 놀라지도 않고 고개를 끄덕였다.

어라? 리액션이 약하다.

온도차가 있다.

문제의식을 공유할 수 없다는 느낌.

내가 창문으로 날아 들어온다는 화려한 등장을 하는 바람에 감각이 마비된 것일까.

물론, 나도 모든 것을 숨김없이 이야기한 건 아니다. 센고쿠 나데코가 파악하고 있지 않은, 시데노도리에 대한 이런저런 사실은 숨기고 있다. 프로로서.

프로로서의 은폐공작.

어디까지나, 내가 아라라기 가에 잠입해 있는 것은 아라라기 코요미와 오시노 시노부의 감시를 하기 위함이며 그 이외의 목적은 결단코 없다고 주장하고, 그렇지만 여동생인 아라라기 츠키히에게 정체를 들킬 것 같아서 난처하니까 도와주길 바란다고 요청한 것이었다.

역시나 흡혈귀 비슷한 존재인 그 두 사람의 이름이 나왔을 때에는 그녀도 조금 복잡한 얼굴을 했지만, 그래도 이쪽이 기대했던 정도의 대미지는 없는 듯했다(약하게 만들어서 심리적으로 우위에 서려고 한 작전이 실패했다는 의미다).

생각했던 것보다 깔끔히 털어 버린 걸까?

그렇다면 그것은 아라라기 츠키히 덕도 있을 것이다. 센고쿠 나데코가 산에서 마을로 내려온 이후, 발 빠르게 그녀의 방을 찾아온 아라라기 츠키히다.

얼마나 자주 오갔는지, 가만히 보니 방에는 아라라기 츠키히 전용 방석이 있을 정도다. 병문안을 오면서까지 정말 뻔뻔한 녀석이네.

"좋아, 알았어. 거들어 줄게."

위기감을 공유할 수 없다면 교섭에 난항을 겪지 않을까 하고 예상했지만, 그러나 센고쿠 나데코는 의외로 간단히 그렇게 받아들여 주었다.

애초에 내가 아라라기 가에 머무르게 된 계기의 간접 원인은 센고쿠 나데코가 귀신 오빠를 산꼭대기에서 계속 못살게 굴었던 것에도 있으므로, 그 부분의 책임을 추궁해서 설득을 시도해 본다는 고식적인 계획을 꾸미고 있었던 만큼, 조금 김이 샌 느낌이다.

나의 그런 낙담이 표정으로 드러났는지(시체이니까 무표정이지만),

"어쨌든 츠키히짱을 위해서니깐."

그렇게 센고쿠 나데코는 수줍어하며 말했다. 귀엽구먼, 거 참.

무의미하게 귀여울 뿐이라는 점이 그녀에게 역으로 콤플렉스가 되어 있었다는 게 작년 여러 사건들의 발단이었다고 하는데, 뭐, 이 눈치라면 이해가 안 되는 것도 아니다. 겉모습에만 정신이 팔려서 전혀 이야기가 머리에 들어오지 않으니 말이야.

무슨 말을 해도 '귀여워'가 그것을 이겨 버린다.

나는 괴물이니까 '귀여워'라는 감상을, 그 밖의 이미지와 분리해서 생각할 수 있지만 인간이라면 그런 부분이 뒤섞여 버릴 것 같으니 말이야. 그 결과, 아무도 이 여자애의 본질을 꿰뚫어 보지 못했다는 건가.

지금도 츠키히짱을 위해서라고 말하면서도, 속으로는 무슨 생각을 하고 있는지 알 수 없다. 만화에 도움이 되는 취재가 되겠다는 생각 같은 걸 하는 게 아닐까.

뭐, 그 정도의 기개는 인간으로서 잃어버리지 말았으면 한다. 적어도 '귀여움' 이외의 모든 것을 빼앗겼던 시절의 그녀에 비하면 좋은 경향이다.

좋은 경향이라고, 나는 판단한다.

마찬가지로 '인간에서 괴이가 된 그룹'이라고는 해도, 완전히 불가역의 괴이인 내가 보면 아라라기 코요미나 센고쿠 나데코 같은 생환자는 무심코 응원하고 싶어진다.

죽일 때는 죽이겠지만 말이야.

센고쿠 나데코도 감시는 하고 있지 않지만, '겸사겸사' 정도로는 동향을 살피는 경계 대상임은 틀림없다.

"하지만 나, 뭘 하면 되는 거야? 나, 이제는 뱀 신 님 같은 건 아닌데…. 뭔가 나에게 츠키히짱을 도울 수 있는 게 있는 거야?"

도울 수 있는 게 있는 거야, 라는 건가.

오시노 오빠가 들었더라면, 뭔가 한마디 받아쳐 줬을 것 같은 바지런함이다…. 그 부분은 정말로 이빨이 빠졌다는 느낌이네.

자기 이빨이 아니라 뱀의 이빨이, 라는 뜻이지만.

다만, 단기간이라고는 해도 신의 자리에 앉아 있었다는 경험이, 옥신각신하는 일 없이 내 부탁을 이렇게나 간단히 받아들여 주는 뒷받침인가 하고 생각하면, 세상일은 참 알다가도 모르겠다.

"그런 거랑, 나는 요즘에 집에서 거의 밖으로 나가지 않아서, 너무 오랫동안 외출하면 햇빛에 쓰러지고 말지도…."

든든한 말을 해 준 것치고는 허약하구먼.

그렇다기보다, 상당히 본격적으로 방구석에 틀어박혀 있었던 모양이다. 나의 관찰 대상은 주로 아라라기 츠키히라서 센고쿠 나데코의 염세적인 태도에 대해서는 곁눈으로밖에 보지 않았는데, 그것은 그것대로 사회적으로는 심각한 문제가 아닐까?

"…슬슬 학교에 가도 괜찮지 않을까? 걱정하지 않아도, 아무도 너에 대해서는 신경 쓰지 않는다니까."

어울리지도 않게 나로서는 상대(인간)을 염려하는 말을 해 보았지만, 뜻밖에 심한 대사가 되어 버렸다. 익숙하지 않은 짓은 하는 게 아니다.

"응. 반에서도 말이지, 지금은 나름대로 정리가 된 것 같아. 츠키히짱으로부터 들었어."

센고쿠 나데코는 답이 되지 않는 말을 했다. 어리석게도 파악하지 못했는데, 아라라기 츠키히 녀석, 그런 조사를 하고 있었나. 다른 학교의 내부사정을 조사하다니, 좀 어려워 보이는데….

"하지만 그게… 난, 지금, 할 일이 있으니까. 이게 나한테는 필요한 것이라고 생각하니까."

그렇게 말하며 겨우 일어서는 센고쿠 나데코. 넘어져 있던 의자를 바로 세우고, 라이팅 데스크에 손을 올린다. 만화 원고용지가 놓인 라이팅 데스크에.

할 일이라는 건, 만화를 그리는 걸 말하는 걸까?

흐음.

그것이 학교를 쉬면서 할 일이냐는 기분도 들지만—이 생활이 이대로 이어진다면 아마도, 이 여자애는 고등학교에는 진학할 수 없을 것이다―하지만 뭐, 그렇게 해서는 안 되는 일이라는 것도, 극히 상식적인 '타인의 충고'일 뿐이겠지.

그렇다기보다, 쪼그려 앉아 있는 내가, 이렇게 아래쪽에서 올려다보면서 말해서 그런지도 모르겠지만, 일어선 센고쿠 나데코를 보고서 '어라?' 하는 생각에 휩싸인다.

이 녀석, 키가 자랐나?

그야말로 만화풍으로 말하면, 배경과 원근감이 맞지 않는다…. 신사에서 신으로 있었을 무렵에는 뭐랄까, 좀 더, 몸집이 작다고 할까, 쪼그맣다는 이미지가 있었는데… 아아, 그런가.

성장기라는 건가.

살아 있으니까 성장하는구나, 이 녀석.

그렇구나.

그렇다고 해도 조금 급격한 변화 같다는 생각도 든다. '귀엽다'의 속박에서 풀려난 것이, 그때까지 억제되고 있던 센고쿠 나데코의 성장을 촉진했다는 면도, 어쩌면 있을지도 모른다…라고, 나는 냉정한 마음으로 분석했다.

아라라기 카렌이라고는 하지 않아도, 귀신 오빠 정도의 키라면 곧 따라잡을지도 모르겠네.

히키코모리 생활이 오히려 센고쿠 나데코를 건강하게 키우고 있다고 한다면, 그것도 상당히 얄궂은 일이지만…. 그러면 역시 무리해서 학교에 갈 필요는 없을 것이다.

나는 다닌 적이 없지만, 이런저런 이야기를 들어 보면 그렇게 불합리한 스트레스 공간도 그리 없고 말이지.

그런 것치고는 규칙 있게 구획을 나눠 놓은 것 같아서… 아, 맞다. 그것과 꼭 닮았다.

닭을 대량으로 키우는 오두막 같은 거.

그야 그중에서 이상해지는 녀석이 나올 만도 하다는 이야기다. 싫어하면서까지 다닐 만한 곳은 아니다.

"물론 츠키히짱을 돕는 것도 내가 하고 싶은 일 중 하나야. 나는 뭘 하면 돼?"

"아, 응…. 확실히 네 안에는 이제 뱀 신은 없지만."

그렇게, 나는 복안을 설명한다.

이 녀석은 별로 머리가 좋지 않으니까 알기 쉽게 간단히 설명해 줘야 해, 라고 나는 친절히 생각했다.

"하지만, 아직 다른 괴이가 네 안에 상주하고 있잖아?"

"응? 그랬던가?"

멀뚱하게 고개를 갸웃거리는 센고쿠 나데코.

잊고 있나? 아니, 자각이 없는 건가.

그렇다면 카이키 오빠는 상당히 일솜씨가 좋았던 거겠지. 과연 사기꾼이다.

"민달팽이."

"에?"

"'민달팽이 두부'. 나메쿠지 토후. 뱀 신을 네 안에서 쫓아내기 위해, 카이키 데이슈가 사용한 괴이야. 그걸 재이용하도록 할게."

005

엄밀히 말하면 민달팽이 두부의 **본체 같은 것**은 오래전에 센고쿠 나데코에게서 빠져나와 있다. 그렇게 강력한 괴이도, 지속성 있는 괴이도 아니다.

뺀들뺀들한 삶의 방식을 익히기 위해, 사기꾼이 중학생에게 고식적인 요법으로 시술한 가짜 괴이로, 그 유래 자체도 아주 애매모호한 존재다.

산에서 내려온 센고쿠 나데코가 퇴원할 즈음에는, 이미 그 대부분이 그녀의 체내에서 디톡스되어 있었을 것이다. 하지만 그 잔재는 틀림없이 남아 있을 것이다.

잔재.

좀 더 알기 쉽게 말하자면, '잔상'이다.

마찬가지로 사기꾼으로부터 '카코이히바치囲い火蜂'라는 괴이에 걸린 경험을 가진 아라라기 카렌이 아직도 정신에 벌을 짊어지고 있는 상황과 비슷한 것으로, 필연적인 후유증이라고 할 수 있다.

그런 의미에서는 아라라기 카렌에게 협력을 청한다는 방법도 없는 것은 아니었지만, 그 언니는 불사신인 오빠와 불사신인 여동생 사이에 끼어 있으면서 인간적인 일상생활을 유지하고 있다는 상당한 곡예를 하고 있는 녀석이므로 괴이에 관련된 부탁을 하는 건 어렵다.

그 기적적인 기적을 언제까지나 체현하고 있었으면 한다.

애초에 아라라기 츠키히에게 내 정체가 들켰다고 아라라기 카렌에게 내 정체를 밝히고 있어서는, 뭐가 뭔지 알 수 없게 된다. 이후의 잠입수사에 지장이 생긴다.

내가 원상 복귀를 하기 위해서는 역시 센고쿠 나데코의 힘을 빌릴 수밖에 없는 것이다.

"괴이체험이라고 할까…. 신으로 지내던 생활에서 재활하는 데는 나름대로 필요한 것이었겠지만, 역시 이제는 필요 없잖아? 그러니까 그 괴이의 잔상을 나에게 줘. 민달팽이를 몬스터였다고 치고 아라라기 츠키히의 눈앞에서 퇴치하려고 하니까. 배우로서는 충분해."

민달팽이 두부는 불사신의 괴이가 아니므로 내 전문분야 밖이지만, 뭐, 그 찌꺼기 정도라면 어떻게든 돼…. 그렇게 반강제로 밀어붙이는 말은 도저히 할 수 없지만, 원래대로라면 그런 잔재 청소도 전문가로서 돈을 받을 수 있는 업무다. 카이키 오빠의 뒤처리라는 의미에서는 원래부터 이렇게 될 운명이었는지도 모른다.

그런 의미에서는 언젠가 아라라기 카렌에게 박혀 있는 벌침도, 내가 뒤처리를 해도 될지 모른다. 지금 떠올랐는데, 그 여자애의 경우는 그 침이 오히려 괴이의 아나필락시스 쇼크를 막고 있다는 것도 있을지 모른다. 그렇다면 괜히 옆에서 참견하며 손을 대지 않는 편이 나을까….

"아, 알았다…. 그, 그렇구나. 카이키 씨가."

그렇게 말하며 센고쿠 나데코는 복잡한 표정을 보였다.

자신 안에, 어디까지나 잔재라고는 해도 그런 괴이가 남아 있는 것을 무섭다고 느끼는 건가 했는데, 그런 것도 아닌지,

"카이키 씨는 잘 지내?"

라고 얼빠진 질문을 해 왔다.

얼이 빠졌다고 할지, 정신이 빠졌다고 할지.

역시 이빨이 빠졌다고 할지.

어느 정도나 알고 있는 걸까, 사기꾼에게 속고 있다는 걸. 다만 알면서 속아 주고 있는지도 모른다고 생각하면, 무조건 그 태도를 부정할 수도 없다.

나는 "현재 잘 살고 있어."라고 거짓말을 했다.

불건강하고 불길한 그 남자가 잘 지내고 있는 모습 같은 건 아직까지 본 적이 없다. 굳이 말하자면, 현찰로 살고 있어, 라고 해야 할지도.

"어떻게 꺼내는 거야? 그런 건 확실히… 의식 같은 게 필요한 거지? 학교 수영복으로 갈아입으면 되는 건가?"

뭘 어떡해야 그런 착각을 할 수 있는 건지 신기할 정도였지만, 일단은 괴이경험자다운 소리를 하는 센고쿠 나데코였다. 생각해 보면 고작 반년 사이에 두 번이나 괴이를 쫓아내는 주술을 받았으니, 이 아이의 인생도 파란만장하다.

"그런 쪽 수순은 생략하자…. 시간이 그리 많은 것도 아니니까."

"새, 생략할 수 있는 거야?"

"나는 오시노 오빠하고는 다르니까, 절차에는 그리 얽매이지 않

아. 말이 잘 통하는 녀석이라고. 그저 결과만을 원하는 타입…."

그 억지스런 방식은 같은 전문가라도 폭력음양사 카케누이 요즈루의 방식이지만, 그렇게까지 자세히 이야기하는 시간이야말로 아깝다. 섣불리 그 부분을 언급했다가 언니나 내가 불사신의 괴이를 전문으로 하는 전문가라는 사실을 들키게 되면, 이야기가 복잡해지기 시작할 수도 있다.

불가사의하게도 센고쿠 나데코는 아직 아라라기 츠키히에게 강한 우정을 느끼고 있는 듯하니, 여차할 때에는 그녀를 죽이기 위해 내가 아라라기 가에 잠입했음이 드러나면 예상 이상으로 성가신 상황이 될 것이다.

그러므로 그 부분에 대해서는 입을 다문 채, 나는 센고쿠 나데코의 옆에 섰다. 그리고 라이팅 데스크의 선반에 있던, 깨끗한 원고용지 한 장을 꺼내 들었다.

"그렇다고는 해도, 최소한의 수속은 필요하니까…. 너, 여기에 그림을 조금 그려 줄래?"

"응? 그림이라니…."

"그림을 그리는 게 특기지? 그렇다면 여기에 민달팽이 그림 하나를 그려 줘. 민달팽이는 매끈하게 생겼으니 간단하지?"

"아, 아니, 꽤 어려운데? 매끈하니까 어려운데?"

내가 던진 말에 센고쿠 나데코는 약간 당황한 듯했다. 원시적인 생물인 만큼 오히려 그리기 어렵다고 이야기하는 듯하다.

"게다가 왜 여기에 민달팽이를 주인공으로 하는 만화를 그려야만 하는 거야? 너무 신선한 생각인데…."

"만화까지는 그리지 않아도 돼. 캐릭터 디자인이면 족해."

"캐릭터 디자인…."

"못 하겠다면 내가 그려도 괜찮긴 한데, 대상자인 네가 그리는 쪽이 효과적이거든. 그런 수속을 거쳐서 너의 몸 안에 잔존한 나메쿠지 토후, 민달팽이 두부를 이쪽의 원고용지에 베낀다는 거야."

"…뱀 신 님의 괴이를, 종이부적에 봉인했던 것 같은 거야?"

"그것하고 비슷하다…고 해야 할까."

그것은 그것대로 또 다른 기법이지만, 아마추어가 이해한 것으로서는 합격점이라 할 수 있을 것이다. 그 뱀 신에 관한 근본적인 경위는 약간 터부시되는 부분도 있어서, 설명하려면 조금 복잡해진다.

"알았어. 그럼 오노노키짱, 잠깐만 기다려. 금방 그릴게."

그렇게 말하고 센고쿠 나데코는 의자에 앉고, 연필을 쥐었다. 밑그림부터 그릴 셈이냐. 그렇게 퀄리티에 얽매이지 말고, 그냥 적당히 그리면 그것으로 충분한데….

하지만 뭐, 분명 크리에이터를 상대로 '대충 해 줘'는 해서는 안 될 말일 거라고 생각하고, 나는 그녀 옆에 멈춰 서서 그림이 완성되기를 기다렸다.

기합을 넣어서 그림을 그린다고 딱히 나쁠 것도 없다…고는 해도, 타인이 창작활동을 하는 모습을 가만히 보면서 기다린다는 것은 몹시 지루한 일이다.

침묵의 어색한 분위기도 있다.

이 녀석, 어쩐지 옛날에 비해서 앳된 구석이 많이 사라진 느낌이었는데(겉모습이 아니라 알맹이가), 혹시 나를 업무 중에 실수를 저지른 멍청이라고 깔보고 있는 것은 아니겠지? 라는 의심도 솟아나기 시작한다. 자신의 실수를 없던 일로 만들기 위해 아마추어에게 부탁하는 녀석이라고 여기고 있다면, 그것은 정말 뜻밖이다.

나는 프로페셔널로서 실수 없는 완벽한 은폐공작을 하고 싶은 것뿐이다. 뭐, 이 여자애를 상대로 그런 억측을 하는 무의미함도, 아주 잘 알고 있지만.

그러므로 쓸데없는 생각을 하지 않아도 되도록, 그다지 흥미 없는 질문을 던지며 시간을 때우기로 했다.

"너, 스푼펜 같은 걸 사용하면서 마치 만화가라도 된 듯한 기분을 내고 있는데, 혹시 이미 출판사의 상 같은 것에 응모한 거야? 빠른 사람은 십 대 시절부터 담당이 붙는다고 하던데."

"응? 아, 이거, 그냥 사인펜이라도 괜찮은 모양이야. 프로 중에서도 '대체 언제까지 잉크같이 낡아 빠진 것을 써야만 하는 거야'라고 말하는 사람이 꽤 많으니까."

엉뚱한 대답이 돌아왔다.

그림에 너무 집중해서 이야기가 제대로 들리지 않았는지도 모른다. 다른 사람의 이야기를 듣지 않는 중학생은 아라라기 츠키히뿐만이 아닌가?

"디지털이 되어 버리면 그런 건 관계없다고 생각하지만…. 하지만 좋은 기계를 사려고 마음먹으면, 어쩔 수 없이 초기투자가 늘어나 버려서… 어, 질문이 뭐였지?"

"투고 같은 건 하고 있느냐는 얘기. 요즘에는 출판사를 거치지 않고 발표하는 사람도 늘고 있다고 하던데…. 그쪽이야?"

"아하, 아니야. 전혀, 그런 영역은 아냐."

아냐?

"출판사에 투고해 본 적도 있지만, 지금으로서는 효과가 나지 않는다는 느낌. 인터넷 커뮤니티에 익명으로 발표해 본 적도 있지만, 그다지 반응이 좋지는 않다고 할까…."

"흐음."

시원스레 말하고 있는데, 출판사 쪽은 그렇다 쳐도 인터넷에도 투고했다는 것은 커뮤니케이션 능력이 극히 낮았을 이 여자애로서는 커다란 진보라는 기분도 들었다.

"컴퓨터를 갖고 있구나. 초기투자가 큰일이라고 말했으면서."

"아, 그런 게 아니라, 요즘 인터넷은 게임기로도 할 수 있으니까. 오히려 스펙은 일반적인 컴퓨터보다 게임기 쪽이 높을지도 모를 정도고…. 다만 본격적으로 디지털화하려고 생각하면 상당히…."

"……?"

조금 따라가기 힘들어지기 시작했다.

다행히 민달팽이 그림도 슬슬 완성될 것 같으니, 나는 자신이 꺼냈던 화제를 "뭐, 세상은 그렇게 만만하지 않다는 얘기네."라며 자신의 책임으로 마무리하기로 했다.

"응, 그렇지."

그렇게 말하며 센고쿠 나데코는 스푼펜을 내려놓고, 스크린톤에 손을 뻗었다. 야, 톤까지 붙일 셈이냐?

내버려 뒀다가는 배경까지 그릴 것 같다고 염려하는 것을 상관하지 않고, 커터로 61번 톤을 깎으면서,

"나는 말이야."

그렇게.

"세상이 만만하지 않은 것이, 아주 기뻐."

예전에 설탕조림처럼 달달한 응석받이였던 스위트한 소녀는, 그런 말을 했다.

006

정의의 마법소녀와 민달팽이 몬스터와의 결전의 땅으로는, 친숙한 시로헤비 공원을 선정했다. 별다른 이유는 아니고, 그 밖에 적당한 장소를 내가 몰랐던 것이다.

인적이 드물고 개방된 공간이라는 의미에서는 키타시라헤비 신사도 있었지만, 그곳의 신은 귀신 오빠와 아주 친밀한 사이라 나의 동향이 보고되어 버릴지도 모른다는 리스크가 있다.

정말이지, 신인(신신新神?)은 융통성이 없어서 곤란하다. 이런저런 것들에 좀 더 유연하게 대응하지 않으면 마을이라는 일개 커뮤니티는 유지할 수 없을 거라고 충고를 드리고 싶다.

뭐, 놀이기구도 적은 밤의 공원, 그 광장이라는 것은 무대로

서 더할 나위 없다. 필요 없다고는 생각하지만, 일단은 결계를 쳐서 방해가 들어오지 않도록 해 두자.

무대에 결계를 설치하는 작업을 보란 듯 보여 주면, 아라라기 츠키히의 호기심도 어느 정도는 채워질 것이다.

그 아라라기 츠키히 말인데, 정의의 마법소녀를 서포트하는 것을 뭘 어떻게 착각했는지, 검은 하카마의 궁도복 같은 옷을 입고 왔다.

확실히 평소에도 일본 전통복장밖에 걸치지 않는 녀석이었지만(일본 전통복장 애호도가 높아서 다도부에 들어갔다는 별종이다), 하지만 하카마라니… 싸우는 미소녀를 이미지한 걸까?

그런 모습으로 밤거리를 방황하고 있다가는, 미소녀가 아니라 수상한 인물일 뿐이지만.

다만, 본인에게 물어보니, 활이 아니라 나기나타*의 도복인 듯하다. 학교의 나기나타 부에서 빌려 왔다고 한다.

과연 사립학교, 레어한 동아리 활동이 있다.

하지만 문제는 그녀가 도복뿐만이 아니라 나기나타까지 빌려 왔다는 점이었다. 그것도, 어떻게 봐도 동아리 활동에서 사용하는 대나무제 모의 나기나타가 아니라, 제대로 된 날이 달려 있는 진짜 나기나타였다.

"오노노키짱, 이걸로 서포트 준비는 완벽해! 내 몸은 내가 지킬 거니까, 오노노키짱은 부디 나 같은 건 신경 쓰지 말고 마음

※나기나타 : 긴 자루와 완만하게 휘어진 칼날이 특징인 일본의 전통적인 장병무기.

껏 싸워!"

샐러드유를 가지고 있는 것만으로도 그렇게나 위험해 보였던 아라라기 츠키히가, 도검류 최강이라고 소문이 자자한 나기나타를 손에 들고 있는 모습은 백전연마인 나조차도 잠시 말을 잃게 만드는 것이 있었다.

신경 쓰인다고.

자기 몸은 자기가 지킨다는 소릴 하고 있는데, 나는 너를 상대로 자기 몸을 지키고 싶다고.

나의 부주의에서 생겨난 이번의 사안이지만, 생각하기에 따라서는 아라라기 츠키히와 직접적인 커뮤니케이션을 취할 절호의 기회, 즉 그녀의 심연으로 들어갈 수 있는 뜻밖의 찬스이기도 했다. 그렇지만 솔직히, 더 이상 이 녀석과 깊이 관계하고 싶지 않다는 마음이 들기 시작했다.

정말이지, 나도 성격적으로 큰 문제가 있는 편이지만(자각은 있다), 어쩐지 가엔 씨가 스파이 활동을 명령할 만도 하다. 이렇게 지긋지긋한 기분과 업무를 완전히 분리시킬 수 있는 캐릭터가 아니면 아라라기 츠키히의 밀착감시 같은 일이 가능할 리가 없을 것이다.

"…부탁한 물건, 가져왔어?"

그렇다고 해서 딱 잘라 구분하고 있다고 해도 그 점에 무관심해질 수 있을 정도로 나도 죽어 있는 것은 아니다. 싫은 일은 얼른 끝내자며, 그녀의 장비에 대해서는 그 이상 언급하지 않고 시로헤비 공원에 도착하자마자 잽싸게 이야기를 진행하기로 했다.

"가져왔어~ 부엌에서~ 재고도 있었으니까, 내 것하고 오노 노키짱 것하고, 두 개네~ 하지만 소금 같은 걸 대체 어디에 쓰는 거야?"

이상하다는 듯이 물으면서, 아라라기 츠키히는 품에서 포켓사이즈의 식용 소금을 두 개 꺼냈다. 내가 날조한 설정 때문에 이 상황을 해외 판타지라고 이해하고 있는 듯한 아라라기 츠키히는, 일본 전통복장을 하고 있는 것치고는, 소금이 불제祓除에 늘 붙어 다니는 아이템이라는 것은 생각도 하지 못한 듯하다.

"내 조사에 의하면, 몬스터는 이 공원 어딘가에 숨어 있는 모양이야. 하지만 몬스터는 소금에 반응하니까 눈에 띄는 곳에 뿌려 줄 수 있을까?"

그렇지 않더라도, 민달팽이니까.

소금에는 반응한다.

밤의 공원에서 이쪽저쪽에 소금을 뿌려 대는 나기나타를 든 여자 중학생 같은 건, 이미 거동 수상자조차 아니지만, 그녀에게 어떻게든 '참가하고 있는 느낌'을 갖게 만들기 위해서, 이것은 필요한 수속이다.

아무리 답답하더라도, 센고쿠 나데코에게서 민달팽이 두부를 끌어냈을 때처럼, 수순을 생략할 수는 없다. 뭐, 최근의 엔터테인먼트라면 이 '참가하고 있는 느낌'이란 것이 상당히 중요하다고 들었으므로, 앞으로 전문가의 일도 이런 식으로 연출을 중요시하는 방향으로 진화해 갈지도 모른다.

못 따라가겠다고.

"그러면 나는 저 그네 쪽부터 돌 테니까, 네 녀석… 너는 모래밭 쪽부터 시험해 봐."

"알겠습니다~ 아하하, 모래밭에 소금을 흩뿌리다니, 어쩐지 스모 선수 같네~"

흥이 났는지 그런 말을 하면서, 고분고분하게 미끄럼틀과 같이 설치되어 있는 모래밭 쪽을 향하는 아라라기 츠키히.

특별한 이유도 없이, 여기서 '아니, 내가 그네 쪽부터 돌래!'라며 반발할지도 모르는, 어쨌든 리액션을 예상할 수 없는 녀석이므로 동작 하나하나에 가슴을 쓸어내리게 된다.

그건 그렇고, 왜 아라라기 츠키히를 모래밭으로 보냈는가 하면, 내가 낮 동안에 그 모래밭에 센고쿠 나데코가 그린 민달팽이 일러스트를 묻어 놓았기 때문이다.

조금 서두르는 전개이기는 하지만, 얼른 그녀가 '이차원異次元의 몬스터'를 발견해 줘야 한다.

나기나타를 쥐고 있든 샐러드유를 품고 있든, 역시 아마추어를 괴이퇴치에 참가시킬 생각은 없지만, 하지만 결계를 펴는 장면을 보고 자신이 뿌린 소금으로 몬스터가 모래 속에서 등장하는 모습을 목격한다면, 그것으로 '참가하고 있는 기분'은 충분할 것이다. 나머지는 내가(아라라기 츠키히가 쓸데없는 짓을 하기 전에), 민달팽이가 두부를 날려 버리면 된다.

그 후, 정의의 마법소녀의 혼은 원래의 차원으로 돌아가고, 아라라기 츠키히의 곁에는 원래대로 돌아온 말없는 봉제인형 하나가 남게 된다는 것이다.

즉흥적으로 만든 것치고는 그냥저냥 봐 줄 만한 스토리라고.

나는 그네 쪽부터 돌겠다고 말하기는 했지만, 그네에 소금을 뿌려 봤자 아까울 뿐이므로(고약한 장난이라고 여겨질지도 모른다), 나는 몰래 아라라기 츠키히의 뒤를 밟았다.

말은 그렇게 했지만, 정말로 순순히 모래밭에 소금을 뿌릴지 어떨지 불안은 남는다. 그 녀석의 경우에는, 극단적으로 말하면 어째서인지 문득 결심하고는 뚜껑을 열고 소금을 전부 삼켜 버린다는 기행에 나설 가능성도 있다.

실제로, 보고 있으려니 아라라기 츠키히는 뚜껑을 열지는 않았지만, 소금통을 일단 손바닥 위에서 흔든다는 기묘한 움직임을 보였다. 무슨 생각일까 하고 수상쩍게 생각했는데, 아무래도 '스모 선수 같다'를 실천하고 싶었던 것뿐인지 힘차게 한 줌의 소금을 모래밭에 뿌렸다.

이거야 원, 한때는 정말 어떻게 되는 건가 싶었는데, 아무래도 일은 잘 수습될 것 같다. 나의 부주의의 뒤처리는 이것으로 큰 고비를 넘겼다.

모래밭에 숨긴 센고쿠 나데코의 그림―최종적으로는 배경 그리기를 마친 센고쿠 나데코가 칸 나누기를 시작해서, 거의 억지로 빼앗았다―이 소금과 화학반응이 아닌 괴물반응을 일으켜서 극적으로 모래먼지를 일으키며 등장한 민달팽이를, 곧바로 내가 퇴치하면 짝짝짝으로 끝이다.

…그것으로 긴장이 풀어졌다고 말하는 것은 아니지만, 나는

이때 문득, 센고쿠 나데코가 했던 말의 의미에 간신히 생각이 이르렀다.

나는, 세상이 만만하지 않은 것이 너무 기뻐.

그 대사를 들었을 때는 그냥 허세 같은 것이라고 생각했다. 어쩌면 이 아이는 얌전한 얼굴을 하고서 엄청난 초M 변태인 게 아닐까 하고 약간 부담감을 느꼈다.

하지만, 물론 그러한 강한 척이나 기호가 전혀 없는 것도 아니겠지만, 그러나 그 발언의 근간에 있던 것은 그것들과는 전혀 별개의 이데올로기였으리라는 것을 이제 와서야 깨달았다.

그건, 그렇다.

사는 보람, 이라는 녀석이겠지.

즐겁지 않으면 노력 같은 건 할 수 없다는 말이 있는데, 맞바람이라고 하는 적당한 저항이 있기에 비행기는 하늘을 날 수 있는 것이며, 무엇이든지 생각대로 돌아가는 어리광을 받아 주는 인생이면 자신이 살아 있는 건지, 아니면 꿈을 꾸고 있는 것뿐인지 영문을 알 수 없게 되어 버린다.

아무리 복 받은 인생을 보내더라도, 부자의 자식으로 태어나더라도, 재기 넘치는 두뇌나 육체를 가지고 있었다고 해도, 그래도 인간이 모두 평등하게 어떠한 불만이나 불안을 품으면서 투덜투덜 살아가는 것은 단순히 욕심이 많아서가 아니라 그러한 불만이나 불안이 없으면 살아 있다는 실감이 나지 않기 때문일지도 모른다.

그러니까⋯ 사는 보람을 추구한다.

인생에 적당한 난이도를 추구한다.

"……."

어쨌든.

뭐, 이런 그럴싸한 말을 한들 오래전부터 죽어 있는 몸으로서는 전혀 이해할 수 없는 감정이지만 말이야.

사는 보람이라든가 사는 모습 같은 말을 들어도, 난해한 책이라도 읽은 기분이다. 말만을 반복해 봐도 전혀 마음에 들어오지 않는다. 마음도 없고.

…아라라기 츠키히는 어떨까?

그 녀석은 자각이 없다고는 해도 불사신의 괴물이고 영원의 불사조이며, 사람에서 사람으로 바꿔 타고 사람에서 사람으로 갈아타며, 아마도 인류가 멸망할 때까지 인류 곁에 바싹 붙어살게 되는, 그런 항구성恒久性을 지닌 유일한 괴이다. 피닉스다.

일단, 나는 살아 있던 시절이 있다.

그 시절의 일은 뇌 내에 전혀 남아 있지 않다고는 해도, 인간으로서 생존했던 시절이 있다. 그러므로 죽는다는 것이 어떤 일이며, 산다는 것이 어떤 일인지 실감할 수 있다.

삶이 덧없고, 죽음이 아무 일도 아니라는 것을 알고 있다.

귀신 오빠도 알고 있다.

구 키스샷도 생사의 차이를 알고 있다.

하지만 불사조는 어떨까?

사는 것이 보통이고, 사는 것 외에는 아무것도 아닌 녀석이란, 자신이 살아 있는지 죽어 있는지 알 수 있는 법일까?

영원의 생명 따윈 원하지 않는다, 나는 설령 한정된 목숨이라고 해도 인간으로서의 인생을 마치고 싶다… 라는 것은 히로익한 자기도취이지만(아마 귀신 오빠가 비슷한 소리를 했었다), 그런 대사는 실제로 영원한 생명을 가진 녀석에게는 어떤 식으로 울릴까?

얼마나 잔혹하게.

얼마나 모멸적으로… 울려 퍼질까.

"꺄아아아아아아아아아아아아앗!"

내가 그런 쓸모없는, 쓸데도 없는 생각을 하고 있는데, 아라라기 츠키히의 비명이 울려 퍼졌다. 왜 비명만큼은 귀여운 여자애 같은 거지, 이 녀석은? 하며 나는 고개를 들었다.

큰 고비는 넘겼다고 말하긴 했지만, 실제로 딱 한 가지 불안 요소가 남아 있었다. 다른 차원에서 온 몬스터 역할로서 부킹할 수 있었던 것이 민달팽이 괴이뿐이었는데, 그것이 아마추어가 보기에 어떨까 하는 점이다.

마니아가 좋아할 것 같은 괴이니까, 오시노 오빠나 카이키 오빠 쪽은 좋아할지도 모르지만, 어쨌든 민달팽이는 민달팽이이므로 겉모습이 무서운가 하면 그 정도는 아니고, 여자애가 보면 '징그럽다'가 먼저 느껴지기 때문에 몬스터로서는 기대 밖이라고 할까, 김이 새는 감상이 되어 버리지 않을까. 나는 그런 염려를 흐릿하게 가지고 있었는데, 하지만 그것은 결론부터 말하면 기우였다.

애초에 통상, 괴이를 눈으로 보려면 기술이 필요하다. 설령 소금을 뒤집어쓰고 현현한들, 현현한 몬스터가 아라라기 츠키히에게 보이지 않는다면 의미가 없다. 그러므로 수고를 들여서 그냥 종이에 베껴 그리는 것뿐만이 아니라, 센고쿠 나데코에게 민달팽이 일러스트를 그려 달라고 한 것이다.

그 일러스트가 입체화되어 모래 속에서 극적으로 나타난다고 하는 것이 내가 그린 스토리의 클라이맥스였던 것인데… 뭐라고 해야 할까.

입체화를 뛰어넘어, 거대화였다.

센고쿠 나데코가 그린 모에 캐릭터 같은 민달팽이가, 전장 수십 미터 정도 스케일로 모래밭에서 기어 나왔다.

매끈매끈한 심플한 조형이라 보기에 따라서는 귀여운 민달팽이도, 그런 메가 사이즈가 되면 아라라기 츠키히가 아니어도 비명을 지르고 싶어질 정도로, 인간 심리의 공포를 부채질하는 것이었다.

몸이 움츠러들고, 아무것도 생각할 수 없게 된다.

…고 할 수 있을 것이다. 사람이라면.

나여서 다행이다.

놀라움도 공포도, 행위에서는 완전히 분리되어 있는, 감정이 행동에 조금도 영향을 주지 않는, 내가 아니라면 그 거대함에 삼켜져 있었을 것이다.

"언—"

계획을 변경하지 않고, 나는 실체가 된 민달팽이의 몸통을 날려 버리려 한다.

아라라기 츠키히가 눈앞에 들이닥친 말도 안 되는 광경에 굳어 있는 것은, 이 경우에는 기쁜 오산이라고 할 수 있었다. 방해해 오지 않는다는 것은 무척 다행이다.

하지만 예정으로는 왜건 차량 정도 사이즈의 몬스터가 나타나야 했을 텐데 어째서 저렇게 번듯한 고층 건축물 같은 사이즈의, 자칫하다간 공원 밖으로 비어져 나가 버릴 스케일의 민달팽이 두부가 나타난 것인가…. 그 이유는 명확했다.

말할 것도 없이, 센고쿠 나데코의 그림 실력이다.

민달팽이로 보이는 일러스트를 적당히 그려 주면 그것으로 족하다는 정도로 가볍게 부탁해 버렸는데, 하지만 일시적으로 어떤 형태였더라도 신을 경험했던 여자에게 의뢰해서는 안 되었던 것이다. 이것도 나의 미스테이크였다고, 유감스럽게도 인정할 수밖에 없다.

회화 기법이 아니라 만화 기법으로 배경을 자세히 그려 넣었기 때문에 막상 그것이 입체화했을 때 원근감에 문제가 생겼고, 그 결과 상대적으로 거대한 민달팽이가 나타나게 되었다…. 그리고 그뿐만 아니라, 이것은 센고쿠 나데코의 붓에는 그만큼의 힘이 있었다는 뜻이다. 지금은 결과가 나오지 않고 있다고 해도, 만화가로서 의외로 대성할지도 모르겠네, 그 녀석.

혹은 전문가로서.

"리미티드—"

이럴 줄 알았더라면 아라라기 카렌의 벌 쪽이 나았을 거라는 생각도 들었지만 나중에 후회해 봤자 소용없는 일, 여기서는 카이키 오빠가 사용한 것이 민달팽이라서 다행이라고 생각해야 할까.

민달팽이라면, 거대해도 그냥 거대한 것뿐이다.

손써 볼 수 없기는 고사하고, 그냥 손가락 하나만으로 충분하다.

"—룰 북."

마시멜로에 꼬치를 꿰는 듯한 느낌으로 나는 민달팽이 두부의 중심에 자신의 손가락을 꽂아 넣었다. 거대화한 민달팽이에 비대화한 자신의 집게손가락을 꽂아 넣었다.

별다른 저항도 없이 사방으로 흩어진다.

산산조각이 나고, 민달팽이의 신체가 공원 전체로 흩어진다. 그림으로서는 상당히 그로테스크했지만, 어쨌든 액시던트는 있었으나 예정대로 결판은 났다.

나는 비처럼 쏟아지는 민달팽이의 조각들을 피하면서, 아직도 굳어 있는 상태의 아라라기 츠키히에게,

"고마워. 네 덕택에 몬스터를 퇴치할 수 있었어."

라고 말을 걸었다.

이렇게 마음이 담기지 않은 감사 인사도 좀처럼 찾아보기 힘들겠지만… 뭐, 시체인 나에게 연기력을 기대하는 쪽이 문제다.

그것보다 이 여세를 몰아서 재빨리 이 자리를 정리하고 막을 내리자는 것이 나의 계산이었다. 다만 이것은 프로로서 있어서는 안 될 졸속처리였다.

이번 일은 시작부터 실패의 연속이라고 할까, 판단미스가 이

어지고 있는 나였지만, 최대의 실패는 서둘러 막을 내리려고 한 나머지, 여기서 잔심殘心의 자세를 빠뜨려 버렸던 점이다. 적어도 나는 날려 버린 민달팽이 두부의 파편이 전부 땅에 떨어질 때까지 정도는 전투모드를 계속 유지하고 있어야만 했다.

이상하다. 이런 일은 예전에 없었다.

나는 대체 어떻게 되어 버린 걸까?

"오노노키짱! 뒤!"

계속 굳어 있던 아라라기 츠키히가 간신히 내뱉은 대사가 그것이었다. 그 목소리에 나는 반사적으로(죽어 있는 주제에 반사적으로) 돌아보았지만, 하지만 돌아보는 것이 아슬아슬하게 늦고 말았다.

그곳에는 거대한 민달팽이 두부가.

원래 형태대로 복원되어서.

실제에 실재로서 실존해 있었다.

아니, 잠깐만. 민달팽이라는 건 그런 생물이 아니잖아? 형상만으로 따지면 확실히 비슷하다고 할 수 있는 정도로 비슷하기는 하지만 플라나리아 같은 건 아니니까 재생능력 같은 걸 가지고 있을 리가 없잖아?

다만 원래부터 괴이를 상대로 '그런 생물이 아니잖아?'라고 하는 것은 아마추어 이하의 감상이었다. 민달팽이는 민달팽이라도, 그곳에 그려져 있는 것은 민달팽이 두부, 나메쿠지 토후다.

나는 그것을 뼈저리게 깨닫게 된다.

그 미끈거리는 표면에서 마치 집중포화처럼 불을 방사한, 보통 민달팽이는 고사하고 생물의 생태에서는 생각할 수 없는 괴물 같은, 그야말로 당하는 역할로서의 몬스터로부터의 반격을 받고, 뼈저리게 깨닫게 된다.

아니, 피하려고 했으면 피할 수 있었다.

하지만 내 등 뒤에는 아라라기 츠키히가 있었으므로, 피할 수가 없었던 것이다. 정체가 시데노도리인 아라라기 츠키히가 민달팽이 두부의 불꽃을 뒤집어쓴들 결코 죽지는 않겠지만, 그녀가 자신의 정체를 알게 되는 것은 위험하다.

그렇다면 내가 벽이 되는 쪽이 그나마 낫다고 쿨하게 판단했지만, 그러나 판단 자체는 쿨해도 앞서 말한 대로 나는 시체라서 불에는 몹시 약했고, 그리고 앞서 말한 대로 나는 온몸에 샐러드유를 두르고 있었다.

그 불타오르는 모습은 거의 캠프파이어의 한 장면 같았다. 한순간에 온몸이 화염에 휩싸였다.

"오, 오노노키짱!"

그렇게 외치는 아라라기 츠키히가 말려들지 않도록, 벽의 역할을 마친 나는 곧바로 뛰어서 피했다. 괜찮다, 계산착오로 점철되어 있지만, 그것을 후회하는 마음도, 나의 행위에서는 분리된다.

불가피한 미스는 있더라도, 항상 올바른 행동을 취할 수 있는 것이 나의 장점이다. 실패를 계속 마음에 두거나 하지는 않는다. 어쨌든 땅바닥을 굴러서 한시라도 빠른 소화를 시도한다.

그냥 구르는 것이 아니라, 조금씩 '언리미티드 룰 북'을 사용한 초고속 회전이다. 보기 좋다고는 말하기 어렵지만 그걸 신경 쓸 때가 아니다.

폼 잡고 있을 때가 아닌 것이, 이런 말도 안 되는 사건으로 정말로 승천해 버릴 수도 있다. 뭐냐고, 이 무엇 하나 잘 풀리지 않는 느낌은?

물론 이것도 나의 미스다.

전문분야 외의 괴이인 민달팽이 두부와 같은 무대에 서 버린 것이 실책이었다. 특히 화염이라니, 완전히 계산 밖이었다.

단순히, 센고쿠 나데코가 입체감을 내기 위해서 민달팽이에 톤을 붙이고 불꽃 패턴을 새겼기 때문이라고 해석해도 되겠지만 (왜 쓸데없이 기술력이 높은 거냐고), 평범하게 생각하면 내가 모르는 어떠한 에피소드가 민달팽이 두부에게는 있었다는 이야기일 것이다.

민달팽이에다가 불꽃이라면, 그건가….

소금을 뿌리는 것 외에, 민달팽이를 없애는 수단으로서 선향 같은 것을 쬐게 한다는 방법이 옛날부터 있었는데―소금이 귀중품이었던 시대의 자취다―어쩌면 그 부분이 유래로서 얽힌 건가? 혹은 두부 쪽이 열쇠가 되어, 구운 두부라든가 물두부라든가….

그렇다면 예상 이상으로 흉악하다고 할까, 내 입장에서는 상성이 너무 나쁜 괴이였다. 물리공격이 통하지 않고, 그러면서 온몸에서 화염을 내뿜는다니, 오히려 나라는 괴이를 퇴치하기 위해 태어난 괴이라고밖에 생각되지 않는다.

그 출신이 카이키가 소유하고 있던 인공 괴이라는 점을 생각하면, 실제로 그럴 수도 있겠다는 생각도 가능하다…. 그 사기꾼이라면, 여차할 때를 위해서 나를 처치할 수 있는 수단을 일상적으로 소유하고 있어도 이상하지는 않다.

그렇다, 이상하지는 않은 것이다.

이상한 일 같은 건 아무것도 일어나지 않았는데 이 부조리함, 이 꼬락서니…. 짜낸 모든 지혜들이 전혀 효과가 없다니, 마치 이런 건 귀신 오빠나 센고쿠 나데코를 덮쳤던 트러블 같지 않은가.

아라라기 츠키히와 관련된다는 일은 이런 건가?

어쨌든 그렇다고 해서 여기서 포기할 수도 없다. 상성이 나쁘든 천적이든 자신의 뒤처리는 자신이 할 수밖에 없다.

온몸에 화상을 입으면서도 간신히 소화활동을 끝낸 나는, 그 자리에서 민달팽이 두부의 거체와 마주했다. 마주할 생각이었지만, 고개를 향한 그쪽에 이미 이차원의 몬스터는 없었다.

어?

이봐, 이봐.

잠깐 바닥을 구르는 사이에 무슨 일이 일어나야 그런 메가 사이즈의 민달팽이를 시야에서 놓칠 수 있는 거냐고. 한눈을 팔고 있더라도 시야에 들어올 만큼 무시무시한 크기였는데?

그 의문에 대한 해답은 하나밖에 없었다.

나는 그 답을 곧바로 이해할 수 있었다. …바로 머리 위다.

고개를 들자, 공원 상공에 희멀건 민달팽이의 몸뚱이가, 그

거체가 조그맣게 보일 정도로 아주 높이 떠올라 있었다. 어떻게 점프했는지는 전혀 알 수 없지만, 아무래도 원시적인 보디어택으로, 그 중량으로 나를 짓뭉개 버릴 생각인 듯하다.

보디어택은 둘째 치고, 그 상태에서 화염을 발하면 큰일이다. 몸을 꼼짝할 수 없는 상태에서 불이 붙어 버리면 이번에야말로 불살라지게 된다.

임무도 끝내지 못했는데 불살라진다니, 절대 사양하고 싶다. 그렇게 생각하며 나는 곧바로 회피에 들어갔다.

아무리 실수를 계속해 오고 있었어도, 둔중하며 아무런 개성도 없는, 그저 높은 곳에서 떨어져 올 뿐인 보디어택을 피할 수 없을 정도로, 오노노키 요츠기는 영락하지 않았다.

상쾌하게 피하고, 그리고 반격 개시다.

다행히, 계획은 있었다. 내 손안에는 아라라기 츠키히가 건네준 식용 소금이 있다. 내가 사용할 예정은 없었는데, 상대가 민달팽이라 거대하더라도 소금은 유효하게 기능할 것이다.

언니는 이렇게 교활한 수법은 싫어하겠지만(굳이 말하자면 오시노 오빠의 수법이다), 이런 때에 자기 스타일에 얽매이지 않고, 아이덴티티를 고집하지 않고 임기응변으로 최선이자 최적의 방법을 고르는 것이 나의 강함….

"위험해, 오노노키짱"

떠밀려 날아갔다.

카운터를 노리고, 아슬아슬하게 피할 타이밍을 재면서 의식을 머리 위로 향하고 있던 프로인 내가, 아마추어인 아라라기 츠키히에게 옆에서 떠밀려 날아갔다. 중심을 이미 한쪽 다리에 두고 있어서, 가느다란 여자아이의 팔 힘으로도 간단히, 나는 넘어지며 다시 땅바닥을 구르게 되었다.

아니, 나에 대한 건 됐다.

어쨌든 민달팽이 두부의 착지점에서는 이동했으니, 그나마 낫다. 하지만 그건 나를 떠밀었던 아라라기 츠키히가 그 착지점에 딱 들어가 버렸다는 뜻이다.

아슬아슬한 타이밍에.

바보냐, 너? 조금 전에는 몬스터의 모습에 손가락 까딱 못 했던 주제에, 왜 나를 구하기 위해서라면 그렇게 간단히 움직여 대는 거야, 라고 딴죽 걸 새도 없이.

간단히, 자그마한 아라라기 츠키히의 육체는, 거대한 민달팽이의 살덩이에 깔려 버렸다.

빈대떡, 이라고 말할 정도로 코믹한 표현은 아닐 것이다. 저 거체 아래가 어떠한 참상이 되어 있을지 상상도 가지 않는다.

민달팽이에 깔려 버리면, 두부에 깔려 버리면 인간은 어떻게 되지? 두부 모서리에 머리를 부딪혀서 정말로 죽어 버릴 수 있는 걸까….

당연하지만, 아라라기 츠키히는 뭔가 자위책이 있는 상태로 나를 감싼 것은 아닌 듯했다. 나중 생각 하지 않은, 평소대로의 폭주였다.

내가 시체라는 것도 모르고.

자신이 불사신이라는 것도 모르고.

당연하다는 듯, 그 목숨을 던졌다.

"…마치 아라라기 코요미네."

다만, 성가시게 되었다.

성가시기는 고사하고 최악의 사태였다.

이렇게 말하는 것은, 떠밀렸을 때에 나는 들고 있던 식용 소금을 떨어뜨렸기 때문이다. 지금 아라라기 츠키히와 함께, 내 비장의 무기는 민달팽이 아래 깊숙한 곳에 깔려 있다.

농담이겠지.

아라라기 츠키히가 좋을 것이라고 판단하고 취한 행동 전부가, 하나부터 열까지 깔끔히 역효과로 나타났다.

사람은 좋은 일을 하려는 의도로 이렇게까지 역효과를 낼 수 있는 걸까?

아니, 그러니까 사람이 아니라… 불사조.

살아 있다는 실감이 없기에 위기감이 없고, 위기감이 없기에 보통은 피할 수 있을 만한 재난이나 앙화가 차례차례 필연적으로 밀려온다. 그렇다면 재앙신이라기보다는, 아라라기 츠키히 자체가 에어포켓, 뭔가 좋지 않은 것이 바람에 날려 모여드는 공간 같지 않은가. …아니, 고찰은 나중이다.

이 역경에서 분석이라니, 현실도피와 마찬가지다. 지금은 민달팽이 두부와 어떻게 맞설 것인가를 생각해야만 한다, 라고 마음을 전환한다.

하지만 마음을 전환해도, 그런 마음도 나의 행위에서는 분리되었고, 있는 것은 '손쓸 방법이 없다'라는 극히 냉정한 상황판단뿐이었다.

현실도피뿐만 아니라 현장에서의 도피도, 불가능하다.

가루가 되어 버린 아라라기 츠키히를 남기고 갈 수 없다는 휴머니즘이 아니다. 그런 마음은 잘라 내고, 체면 불고하고, 이제 전부 들켜도 상관없으니까 귀신 오빠에게 도움을 청하러 가는 것이 피가 돌지 않는 시체의 매뉴얼대로다. 그런데도 그 행동이 불가능한 것은, 전신화상의 대미지가 상당히 심각했기 때문이다.

심각하고 심도 높은 화상을 입고 있다.

안 그래도 죽어 있는 육체의 대부분이 괴사했다. 이래서는 육체 비대화에 의한 신체조작술 '언리미티드 룰 북'을 사용할 수가 없다.

고속공격은 고사하고 고속이동조차 마음대로 할 수 없었다. 아라라기 츠키히에게 떠밀린 것이 완전히 결정타가 되어 있었다.

활활 타오르는 거대 민달팽이에, 어쩔 도리가 없고 손쓸 방법이 없다. 손가락 하나 댈 수 없다.

…뭐, 됐어.

쓸 방법이 없지만… 뭐, 됐어.

나는 그렇게 결론을 내렸다.

설마 이런 멍청한 종말을 맞이할 줄은 악몽에서도 생각해 본 적이 없지만, 그런 자학도 잘라 낸다.

프로로서의 업무는 은폐공작에 이르기까지 제대로 한 것이 하나도 없었지만, 그래도 사실 이 결과는 최악은 아니다. 이런 사태에 이르더라도, 짓밟혀서 산산조각이 나더라도, 아라라기 츠키히는 죽지 않는다. 가루가 되어 분진폭발을 일으켜서 형체도 남지 않게 되어도 죽지 않는다. 죽음이 없으니까 죽지 않는다. 불길 속에서 유유히 부활한다.

나의 미스로 관찰 대상을 잃는 일은 없었다. 그건 최소한의, 프로페셔널의 리스크 관리였다. 폭주한 민달팽이 두부는 나의 소멸을 감지한 가엔 씨가 곧 어떻게든 해 줄 테고.

시체로서는 뒤탈이 없다.

스파이로서, 최소한의 책임은 다한 것이다.

그렇게 판단하고 깨끗이 포기했다. 다만 이것은 어디까지나 냉정한 판단이지, 결코 마음이 아니다.

나의 마음은 아니다.

이거 참, 뭐라고 해야 할까, 참신하고 새로운 발견이다.

차가운 판단력으로, 차가운 자신의 마음을 관찰하고, 흥미롭다고도, 재미있고 우습다고도 생각한다. 웃을 수 있다면 냉소할 만하다.

이미 옛날에 죽어 있는 시체라도, 죽는 것은 싫다고, 엄청 무섭다고, 그런 식으로 느끼다니….

그리고.

그때… **탁!** 하고.

접혔다.

민달팽이가 아니라, 공간이 접혔다.

그렇게밖에 보이지 않을 정도로 간단명료하게, 구현화했던 민달팽이 두부, 나메쿠지 토후가 양쪽 가장자리에서 중심을 향해 탁, 하고 닫혔다.

입체의 조형이 사실은 얇은 무대세트에 지나지 않았다는 얄팍한 트릭의, 세련되지 못한 트릭의 공개라도 이루어진 것처럼 공중에서 사라져 없어졌다. 아무리 많은 소금을 뒤집어씌운들 민달팽이는 이런 식으로 사라지지는 않을 것이다. 애초에 민달팽이는 소금을 끼얹어도 수분이 빠져서 쪼그라들 뿐이지 이렇게 깔끔히 사라지지는 않는다. 어떻게 된 일이지?

다만, 사실로서 민달팽이 두부는 소멸했다.

전조도 없이, 복선도 없이.

남은 것은 거대 몬스터의 중량에 분쇄되어 땅바닥과 뒤섞여 있는 아라라기 츠키히의 육편만이 남겨졌다. 끔찍한 걸 보고 말았네.

도무지 이해하기 힘든 상황에, 어떻게도 판단하기 어려운 현상에 내가 그저 곤혹스러워하고 있는데, 모래밭 쪽에서,

"오노노키 씨답지 않네요."

라는 목소리가 들려왔다. 그쪽을 보니.

그곳에는 신이 있었다.

이 마을의 신. 새로운 신.

트윈 테일에 배낭을 메고 있는, 소녀 모습의 신. 그 이름은 하치쿠지 마요이라고 한다.

마요이 언니.

"입체를 아무리 상대하려고 해도, 본체가 아니니까요. 노려야 할 것은 평면이죠."

그렇게 말하는 소녀의 손안에는 모래밭에서 파낸 것으로 여겨지는 만화용 원고용지가 깨끗하게 안쪽을 향해 반으로 접혀 있었다.

미래의 인기 만화가에 의해 그려진 귀여운 민달팽이 일러스트는, 그것으로 보이지 않게 된 것이다. 봉해졌다.

봉인되었다.

"……."

그렇구나.

실체화했든 거대화했든, 근본은 한 장의 얇은 종이다. 정의의 마법소녀에 의한 몬스터 퇴치라는 날조된 설정에 얽매여 있던 것은, 아라라기 츠키히가 아니라 오히려 나였다.

그런 간단한 사실을… 어째서 떠올리지 못했던 걸까.

어이가 없어서 말을 잃고 있는 나에게, 마요이 언니는 의기양양하게 가슴을 펴고 말했다.

"훗훗후. 아무래도 비밀리에 일을 진행하고 싶으셨던 모양인데요, 죄송하게 됐네요. 저는 이 마을에 군림하는 신이에요. 언제나 구석구석까지 지켜보고 있습니다."

구석구석까지, 라는 말은 허풍이겠지.

그렇다. 그것도 지금 간신히 생각했는데, 생각해 보면 이 공원을 무대로 선택한 것도 미스 초이스였던 것이다. 그도 그럴 것이, 이 공원은 뱀 신이 모셔져 있는 키타시라헤비 신사와 밀접한 관계가 있으니까.

결계 따월 쳐 봤자 소용없었다.

마요이 언니에게 비밀리에 일을 진행시키고 싶었다면, 그녀의 거처인 키타시라헤비 신사를 피하는 것과 같은 이유로, 이 공원도 피해야만 했던 것이다. 다만 아무래도 그 실패가 나를 구한 듯하다.

"프로의 업무를 방해해서는 안 된다는 생각도 했지만, 마을의 위기를, 친구의 핀치를 간과할 수는 없지요. 그래서 미력하나마 거들기로 했어요. 요컨대."

그렇게 말하며.

달팽이이자 뱀, 하치쿠지 마요이는 민달팽이가 봉해진 반으로 접힌 원고용지를 다시 작게 접으면서, 씩 웃고는 엄숙한 투로 익살스러운 말을 하는 것이었다.

"실례했네요. 한 장, 깨물었습니다."

007

재치 있는 말을 할 수 있었고, 일이 잘 끝났다고 만족했는지, 마요이 언니는 이번 일을 귀신 오빠에게는 말하지 않겠다고 약속하고 산으로 돌아갔다. 그때, 접혀 있던 용지는 배낭에 집어넣고 있었다.

그냥 찢어 버리면 좋을 텐데, 라고 생각했지만 달팽이의 신에게 민달팽이는 권속 같은 것일지도 모른다. 괴이 친구도 많은 그녀이니, 사람뿐만 아니라 괴이에게도 자상한 정치를 하기로 마음먹고 있는지도.

뭐, 모처럼 센고쿠 나데코에게 부탁해서 그려 달라고 했던 그림을 찢는 것도 아까운 일이고, 공적은 전부 마요이 언니에게 있으니까 전편에 걸쳐 실패밖에 하지 않았던 내가 개인적 원한으로 이런저런 참견할 일도 아닐 것이다.

유연성 없는 신이라고 말해서 미안했다.

연체동물인 만큼, 부드럽잖아.

말할 것도 없이 산산조각이 났던 아라라기 츠키히는, 내가 잠시 마요이 언니와 뒤처리에 대한 이야기를 나누는 사이에 원상복귀 되어 있었다. 나기나타 도복은 흐물흐물 질퍽질퍽한 상태가 되었지만, 같은 수준으로 짓이겨져 있었을 그녀의 피부에는 상처 하나 없다.

아주 곤히 자고 있다.

만일 내가 일반적인 전문가였다면, 몸을 던져 나를 지키려고 해 준 그녀의 자기희생적인 행위에 감동해서 이후의 관찰행위에 편의를 봐주거나 하는 결말이 이 이야기에 따라붙을지도 모르겠지만, 그 부분은 다른 이도 아닌 나이므로 그런 은의라든가 인간의 도리 같은 마음은 내 업무의 이후에 일체 영향을 주지 않는다.

그렇다기보다, 기분상으로도 짜증이 나 있다.

가만히 생각해 보면, 내가 평소 이상으로 불타올랐던 것도 원인을 따져 보면 저 녀석이 샐러드유를 뒤집어씌웠던 탓이고, 나중에 어떻게 분석해 보더라도 내가 단순히 실패했던 것만으로는 일이 이 정도 사태까지 발전하지 않았을 것이다.

　거들어 주려고 하면 그만큼 일이 악화되기만 하고, 그렇구나 하고 생각하고 있자니 아라라기 츠키히의 의식이 짓눌려서 소실된 순간, 편의주의적으로 조력자가 나타나서 간단히 문제가 해결된 것이다. 이것은 이미, 누가 어떻게 봐도 사건의 원인이 어디에 있는지 명백하다.

　어디의 누구에게 있는지, 불을 보는 것보다도 명백했다. 상황 증거는 충분해서, 전문가에 따라서는 이번 사안만으로도 시데노도리를 위험 지정하고 토벌부대를 편성해서 말소에 착수하더라도 이상하지 않다.

　전성기의 키스샷 아세로라오리온 하트언더블레이드 이래의 대대적 범인 체포 작전… 아니, 봉황 체포 작전인가.

　다만 내가 가엔 씨에게 그렇게 보고하지 않은 것에는 합리적인 이유가 있다. 물론 수치에 수치를 거듭하며 각 방면에 걸쳐 있는 자신의 미스를 위장하기 위해서라는 높은 프로의식도 있었지만, 그것보다도 이번에 판명된 시데노도리에 관한 새로운 발견이, 내가 만반의 준비를 마친 시데노도리 퇴치를 단념하게 만든 이유가 되었던 것이다.

　우선 아라라기 츠키히가 잠들어 있는 동안에 아라라기 가로 운반하고, 나는 나대로 밤새도록 전신화상의 엠바밍*을 끝내자마자 귀환했다. 아무쪼록 전부 꿈이었다고 생각해 주기를, 이라는 엷은 기대를 품고 감시 대상의 방에서 시치미를 떼며 봉제인형인 척을 하고 있었는데, 꿈이라는 생각은 고사하고 다음날 아라라기 츠키히는 어제의 일 전부를 잊어버린 듯했다.

평소처럼 등신대의 봉제인형으로서 나를 접하는 그녀의 태도에, 내 쪽이 전날 밤의 사건들이 '전부 꿈이었나?' 하며 영문을 알 수 없는 기분이 되었다.

예전에 내가 아라라기 츠키히의 상반신을 날려 버렸을 때, 그녀가 그 일을 기억하지 못하는 것은 어디까지나 나의 공격을 인식하지 못했기 때문이며, 가령 그 순간의 기억을 잃었다고 해도 그것은 뇌 깊숙이 새겨지기 전의 단기기억이었기 때문이라고 지금까지는 해석되어 왔다.

하지만 이번의 아라라기 츠키히는 단기기억은커녕 거의 만 하루 가까운 기억을 잊고 있다. 그것도 입맛에 맞게 커트해서 편집한 것처럼, 움직이는 봉제인형과 정의의 마법소녀, 거대한 민달팽이와 그것에 깔려 버렸던 사실에 대해서 잊고 있다. '죽었을 때의 쇼크로 잊었다'로는, 이것은 설명이 되지 않는다.

너무나 수수께끼 같은 망각이었다.

그렇지만 그런 혼란을 깔끔히 잘라 내고 프로로서 음미해 보면, 그 기억상실의 이유는 단순했다. '죽을 때의 쇼크로 잊었다'가 아니라 '죽은 쇼크를 잊었다'가 올바른 해석이다.

※엠바밍(embalming) : 시체 방부처리.

이 두 문장은 같지 않다.

신체의 상처와 마음의 상처. 비유 중에 그런 표현이 있는데, 신체의 상처는 눈에 보이지만 마음의 상처는 눈에 보이지 않는다는 식으로 쓰인다.

심적외상. 말하자면 트라우마라는 것이다.

다만 이것은 실제로는 비유 이상의 것으로, 그 상처를 치료하는 의사도 존재한다. 외상과 심적외상 사이에 보통 생각하는 정도의 차이는 없다.

과거에 학대당한 기억이, 무슨 일이 있을 때마다 플래시백해서 이후의 인생에 지장을 준다는 케이스는 많든 적든 어느 시대에서나 찾아볼 수 있는 보편적인 증상이다. 과거의 사건이 후유증으로 개성의 코어에 깊이 새겨져서, 살아가는 것을 곤란하게 만든다.

극단적인 케이스가 아니라, 그저 '괴롭다'라고 느끼는 마음이 사람을 자살로 몰아넣는 경우조차 있다. 마음의 상처가 의심할 여지없는 치명상이 되는 경우도 있는 것이다.

그렇다면.

그렇다면 그 상처를… 치유해야만 한다.

그렇다, 시데노도리.

영구한 괴이인 피닉스는, 그것이 마음의 상처라 해도 완전히 치유해 내는 것이다. 살아가는 데 좋지 않은 기억, 상처는 흔적도 없이 뇌 안에서 배제해 버린다.

봉제인형이 움직인다든가, 정의의 마법소녀라든가, 거대한 민달팽이라든가, 산산조각으로 압사당했다든가 하는 황당무계한 기억을 유지하고 있으면 이후의 인생에 방해가 되니까.

그래서 견뎌 낼 수 있는 한계를 넘었다고 판단되면, 그런 비일상이 새겨진 뇌세포는 리셋시키고, 백지로 만들어 버리는 것이다. 불리한 것을 잊을 수 있는 속편한 기억력…이라기보다는 트라우마를 자동적으로 봉인하는 자위능력이라고 말해야 할까.

실제로 이 마을에는, 그런 식으로 싫은 기억을 모두 다른 인격에게 떠넘기고 새하얀 자기 자신을 계속 유지했던 이단의 천재도 있다. 난폭하게 기억에 손을 쑤셔 넣고 주물러 대는 이단의 귀재도 있다.

그런 이단의 자정작용이 활기차게 기능해서, 아라라기 츠키히는 오늘도 기운차고 발랄하게 살아간다. 기운차고 발랄하며, 그렇기에 아라라기 츠키히는 아무리 시간이 흘러도 제대로 배우지 못하고, 전부를 반복한다.

언제까지라도 위태롭게 실패를 계속하고, 게다가 주위에만 그 실패가 퇴적된다.

퇴적堆積하고, 울적鬱積하고… 그것이 새로운 불씨가 된다.

불타오르는 불사조.

그리고 그 불씨는 연속되던 실패를 소멸시키듯이 최후에는 화전처럼 뒤처리도 제대로 하지 않고 날아오르고, 다시 처음부터 영원히 살아간다.

…무섭다. 무섭지만 매우 흥미롭다. 매우 흥미롭고, 깊은 의의가 있다.

적어도 집행유예 기간을 두고, 이제까지 없었던 관점에서 조금 더 생태관찰을 계속할 의미가 있을 정도로는 학술적인 가치가 있다.

부수적으로, 나의 실패도 깨끗이 잊어 주었다는 것은 이때의 행운이었다고 받아들이고, 그래서 나는 이번 건을 상층부에 보고하는 것을 보류하기로 했다.

어쩌면 이 판단 또한, 아라라기 츠키히에게 영향받은 실패한 판단인지도 모르지만. 내가 이런 식으로 생각해 버리는 것도 시데노도리가 지닌 자위능력의 결과물인지도 모르지만.

하지만 어쨌든, 오늘은 못 본 체해 주자.

계속해서 관찰을 지속하자.

간신히 그 어쩔 도리가 없는 생태가 조금이나마 드러나기 시작한, 천연기념물의 보호관찰을 계속하자.

그런 이유로, 나는 이후로 두 번 다시 같은 잘못을 반복하지 않기 위해서라도, 로리콘에게서 받아 두었던 아이스크림들을 일찌감치 소화해 두기로 했다. 관찰 대상이 등교한 뒤, 냉장고에서 몰래 가져온 컵을 침대 위에 죽 늘어놓고 다섯 가지 맛을 순서대로 즐기고 있는데,

"꺄, 꺄아! 왠지 모르게 마음이 내키지 않아서 등교하던 중에 U턴해서 집에 와 보니, 내 봉제인형이 아이스크림을 먹고 있어?!"

그렇게 방에 돌아온 아라라기 츠키히가 어제와 똑같은 비명을 질렀던 것이다.

…정의의 마법소녀, 파트 2.

제대로 배우지 못하고, 전부를 반복한다. …괜찮다

다음 번엔, 죽어도 실패하지 않는다.

바보와 천재는 종이 한 장 차이라는 말이 있습니다만… 아니, 어쩐지 그런 식으로 말하면 그런 것 같다는 기분도 들지만, 하지만 상식적으로 생각하면 바보와 천재는 전혀 다른 것이 아닐까 하고 판단하지 않을 수 없습니다. 상식 정도로 중요한 것은 없습니다, 라고 말하고 싶어집니다. 다만 비상식적으로 생각한다면 여기서 이야기되는 것은 바보 그 자체나 천재 그 자체가 종이 한 장이라기보다, 종이 한 장이란 것은 그들과 그녀들이 취급받는 모습일지도 모릅니다. 주위로부터 이해받지 못하고, 바보 취급을 받게 된 천재란 역사상 셀 수 없을 정도로 많고, 그 반대도 상당한 빈도로 찾아볼 수 있습니다. 천재는 천재로 취급받지 않으면 천재가 되지 못하고, 바보도 떠받들어지면 천재가 될 수 있다는 이야기일까요? 뭐, 표현으로서의 천재나 비유로서의 바보가 아니라, 존재로서의 양자를 생각해 보았을 때, 역시 절대적인 것이 아니라 상대적인 것이므로, 중요한 조건은 '수가 적다'이고, 그건 집단 중에서는 상당히 불리한 입장이라는 점에서는 공통되어 있습니다. 그러므로 천재에게 가장 필요한 것은 '주위로부터 이해를 얻는 재능'이 아닐까요. 무이해나 불이해를 눌러 버리지 않고 지지를 얻는 능력…. 좀 더 쉽게 말하면, 스폰서를 얻을 수 있는 재능이라고 해야 할까요? 그렇게 되면 하늘이 준 재능을 사용해서 자유롭고 마음대로 살아갈 수 있는 이미지의 천재란 것은 사실은 존재하지 않고, 현실적으로는 그들은 결국 '모두의 호의를 얻을 방법'만을 고안하게 되는 걸까요. 반대로 바보는 최대한 주위로부터 이해받지 못하는 것으로 정체불명의 자신을 연출하며 천재인 척할 수 있는지도 모릅니다. 그렇다면 바보와 천재가 종이 한 장 차이인 것은 그저 그들을 지지해 주시는 여러분 덕분이겠지요(딴소리로 마무리).

그리하여 이 책은 어리석은 세 명의 여자를 주역으로 하는 이야기 모음입니다. 오이쿠라 소다치, 칸바루 스루가, 아라라기 츠키히. 세 사람 모두 각각 다른 어리석음을 품고 있다고 할지, 독자적인 어리석음을 체현하고 있다고 할지, 그녀들의 경박한 실패담을 묵직하게 받아들여 주신다면 감사하겠습니다. 뭐, 시리즈가 완결되었기에 쓸 수 있는 이른바 제0화 모임입니다만, 불굴의 오이쿠라도 불퇴전의 칸바루도 불사신의 츠키히도, 평판이 좋다면 그 이후의 제1화를 쓸 수 있을지도 모릅니다. 천재와 바보를 나누는 종이 한 장의 정체는 '노력하는 재능이다'라는 말도 있습니다만, 진짜로 중요한 것은 '재능이 없어도 노력할 수 있는 재능'이라고 생각하고, 그녀들은 그것을 가지고 있습니다. 그런 느낌으로 이 책은 100퍼센트 취미로 계속한 소설입니다, 이야기 시리즈 오프 시즌 『바보 이야기』 제0화 「소다치 피에스코」, 제0화 「스루가 본헤드」, 제0화 「츠키히 언두」였습니다. 그리고 이른바 제0화 모음집이라고 말했습니다만, 아마도 그런 건 없습니다.

표지는 최근(작가의 마음속에서는) 인기 급상승 중인 오노노키 요츠키 씨를 VOFAN 씨가 그려 주셨습니다. 본편에서 가장 심한 꼴을 당한 그녀이므로, 귀엽게 그려 주서서 다행입니다. 시리즈 완결 뒤에도 비교적 평범하게 이야기 시리즈를 쓰게 해 주시는 강담사 문예 제3출판부에게도 감사드립니다. 애니메이션 판도 현재 순조롭게 진행 중이니 잘 부탁드립니다.

니시오 이신

　한국에『괴물 이야기』가 정식으로 나온 것이 2010년 7월 30일
(초판)이므로 이미 만 8년을 넘겼습니다. 원작이 나온 건 2006
년 11월이었죠. 제가 언젠가 한 번 했던 말인 듯한데, 이 시리즈
가 이렇게 오랫동안 이어질 거라고는 생각하지 못했습니다. 참
으로 대단한 생명력이다 싶습니다.

　『끝 이야기』란 타이틀의 상, 중, 하 권을 거쳐서『續·끝 이
야기』가 나온 지 꽤 오랜 시간이 지났습니다. 이번『바보 이야
기』가 나오기까지 오래 걸린 것은 부득이한 어른들의 사정(…)
이 있었다고 들었습니다만, 그것과는 별개로 이렇게 공백이 생
기니 지난 권들의 내용이 흐려지는 것이, 괜히 '지금까지의 줄거
리' 같은 파트가 있었던 게 아니었구나 싶기도 합니다. 뭐, 이제
부터는 후속권들을 바로바로 낼 수 있는 상황이 만들어졌다고
하니, 저도 다시 정신없는 나날을 보내게 될 것 같군요.

　어쨌든 이야기의 끝은 났(다고 하니까 그러려니 하겠)습니다
만, 다음 권이 이어지니 저도 계속 갑니다. 언젠가 이야기 시리
즈 최종권을 마무리하고 역자 후기(장편)를 쓰기 위해서 말이
죠! 그건 그렇고, 이야기 시리즈가 끝나면 보려고 마음먹었던

이야기 시리즈 애니메이션은 대체 언제쯤 볼 수 있게 되는 걸까요….

현정수

FAUST BOX

바보 이야기

2018년 9월 7일 초판 발행

저자	니시오 이신
일러스트	VOFAN
옮긴이	현정수

발행인	정동훈
편집 전무	여영아
편집 팀장	김태헌
편집	노혜림

발행처	(주)학산문화사
등록	1995년 7월 1일
등록번호	제3-632호
주소	서울특별시 동작구 상도로 282 학산빌딩
편집부	02-828-8838
마케팅	02-828-8962~5

ISBN 979-11-348-0690-3 03830

값 12,000원

오키테가미 쿄코의 비망록

니시오 이신

Illustration / VOFAN

"나는 오키테가미 쿄코. 25세. 탐정."

흰머리. 안경. 기억이 하루마다 리셋된다."

오키테가미 쿄코—별명은 망각 탐정.

하루가 지나면 모든 것을 잊어버리는 쿄코 씨는 사건을 (거의) 당일 해결!

많은 사건에 말려들며, 항상 범인으로 의심을 받는 불운한 청년·카쿠시다테 야쿠스케는 오늘도 외친다.

"탐정을 불러 주세요—!!"

스피디한 전개와 망각의 허무함.

과연 쿄코 씨는 사건의 개요를 잊어버리기 전에 해결할 수 있을 것인가?

NISIOISIN 2014   Illustration by VOFAN   Carnival   값 12,000원

오키테가미 쿄코의 비망록

The Memorandum of Kyoko Okitegami

니시오 이신의
망각 탐정 시리즈, 만화판 등장!

수많은 사건에 휘말리는 동시에, 항상 범인으로 의심받는
불운한 청년 카쿠시다테·야쿠스케는 오늘도 범인으로 지목된다.
도움을 요청하기 위해 부른 사람은 명탐정·오키테가미 쿄코.
오키테가미 쿄코는 어떤 사건이든 하루 만에 해결하는
'가장 빠른 탐정'이자 기억이 하루마다 리셋되는 '망각 탐정'이었는데!

©NISIOISIN, You Asami/Kodansha Ltd. 발행(주)학산문화사 값 6,000